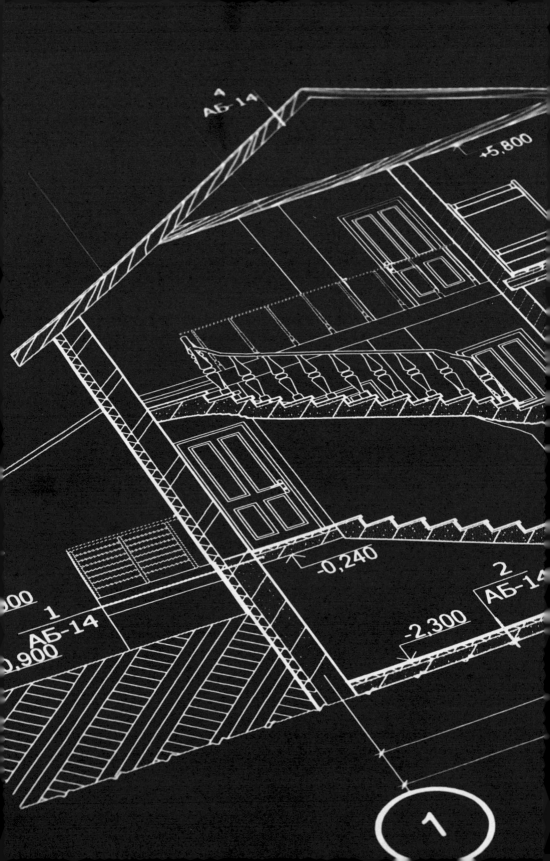

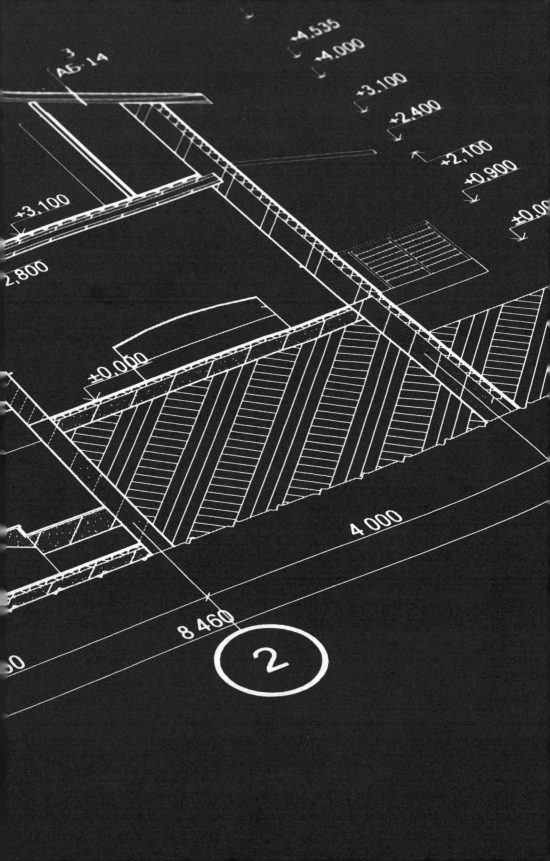

SMALL WORLD © Tabitha King, 1981

Published by agreement with Tabitha King
c/o The Lotts Agency, Ltd.
Publicado mediante acordo com Tabitha King
sob os cuidados da The Lotts Agency, Ltd.

Tradução para a língua portuguesa
© Regiane Winarski, 2019

Diretor Editorial
Christiano Menezes

Diretor Comercial
Chico de Assis

Gerente Comercial
Giselle Leitão

Gerente de Marketing Digital
Mike Ribera

Editores
Bruno Dorigatti
Raquel Moritz

Editores Assistentes
Lielson Zeni
Nilsen Silva

Designers Assistentes
Aline Martins/Sem Serifa
Arthur Moraes

Revisão
Aline T.K. Miguel
Jéssica Reinaldo
Retina Conteúdo

Impressão e acabamento
Gráfica Geográfica

DADOS INTERNACIONAIS DE CATALOGAÇÃO NA PUBLICAÇÃO (cip)
Angélica Ilacqua CRB-8/7057

King, Tabitha
  Pequenas realidades / Tabitha King ;
tradução de Regiane Winarski. — Rio de Janeiro :
DarkSide Books, 2019.
  320 p. : il.

  ISBN: 978-85-9454-156-7
  Título original: Small World

  1. Ficção norte-americana 2. Terror —
  I. Título II. Winarski, Regiane

19-0449   CDD 813.6

Índices para catálogo sistemático:

1. Ficção norte-americana

[2019]
Todos os direitos desta edição reservados à
DarkSide® Entretenimento LTDA.
Rua Alcântara Machado 36, sala 601, Centro
20081-010 — Rio de Janeiro — RJ — Brasil
www.darksidebooks.com

PEQUENAS REALIDADES

TABITHA KING

TRADUÇÃO
REGIANE WINARSKI

DARKSIDE

Para o Bicho-papão,
com amor

O único jeito de desvendar os limites do
possível é indo além deles, até o impossível.

— *Segunda Lei de Clarke*

Qualquer tecnologia suficientemente
avançada é indistinguível de magia.

— *Terceira Lei de Clarke*

PEQUENAS REALIDADES
TABITHA KING

Em todos aqueles anos trabalhando na Casa Branca, todos aqueles anos sendo irmão, pai, padrasto, tio e avô, ela era, pensou Leonard Jakobs, a criança mais infeliz que ele já tinha encontrado. Como tantas das pessoas ricas e brancas, ela não parecia saber *ser* feliz. Era verdade que a mãe bebia às escondidas e o pai não tinha tempo para ela, mas e daí? Não eram só os ricos e os brancos que não amavam os filhos tanto assim — mas algumas crianças se acostumavam, outras não.

Aquela o incomodava. Era uma coisinha pequena e fofa, mas que nunca chegaria a ter uma beleza resplandecente. Não, ela era parecida com o pai e, cedo ou tarde — provavelmente quando fosse uma mulher idosa —, o pai que havia nela voltaria a aparecer. Ainda assim, ela era forte e voluntariosa, como ele, e isso não era de todo ruim. Um pouco de força fazia diferença naquele mundo.

Foi a desesperança que chamou a atenção dele. A sensação de que aquela pobre coisinha já estava perdida, quase antes mesmo de começar a vida, como um filhotinho magrelo e burro que nunca mama leite suficiente da mãe, mas chuta demais, e é provável que vá acabar sendo atropelado por um grande caminhão assim que se aventurar pela rua.

Havia pouco que ele pudesse fazer; brincar com ela, fazê-la sorrir quando a encontrava durante o trabalho. E ele podia fazer por ela o que tinha feito por mais de dez garotinhas ao longo dos anos: usar os dons que o Senhor havia dado a ele para construir uma lembrança do tempo que ela havia passado naquela casa grande.

Ele nunca tinha construído nada como aquilo antes, então leu um dos guias da Associação Histórica que vinha com plantas antigas dentro dele. Houve um trecho que ele leu repetidamente:

É uma visão serena do século XVIII, fundada na então conspícua e divina ordem do universo. A forma quadrada da construção é rompida simetricamente pelos pórticos: o voluptuoso arco ao sul, uma varanda clássica com frontão severo ao norte, ambos compostos de colunas lisas e autoritárias. O detalhe que perturba as linhas severas é, por sua vez, purificado pela cor branca que a idade suaviza e torna creme. É a materialização do sonho da república.

As palavras pomposas se esforçavam para captar, na opinião dele, seu sentimento de que era especial, única, quase viva. Era um lugar triste; uma casa de ninguém para todas as pessoas que lá haviam morado por um tempo. Os homens que morreram sob seu teto simbólico chegavam a oito; ele não era o único funcionário antigo que sentia suas presenças geladas nos aposentos.

Por todos os meses de trabalho minucioso antes do aniversário da criança, ele considerou aquelas questões e se apoiou no Senhor. Aquela casa, aquela imagem da Mansão Maior, traria sempre alegria, prazer e deleite para os corações das crianças que brincassem com ela, pois aquelas eram as coisas que o Senhor queria que as crianças aprendessem com as brincadeiras.

No fim, o Senhor o puniu pelo orgulho do trabalho e fez a criança virar a cara para a casa de brinquedos que ele construíra. Leonard Jakobs escondeu a decepção e decidiu que, se a criança, em toda a sua infelicidade, tinha rejeitado o presente, ele não rejeitaria o do Senhor. Talvez, com o tempo, o Senhor abençoasse Sua filha Dorothy, como tinha abençoado a ele.

1

O QUE ACONTECEU COM A PRINCESA DOLLY?

...desapareceu na última terça-feira. O famoso retrato nu da filha de quinze anos de um presidente, de autoria de Sartoris, tinha se tornado uma peça nostálgica do álbum de família...

28/03/1980
— VIPerpetrations, VIP

Uma campainha tocou suavemente. Roger Tinker estava sozinho em uma cela de três lados, um elemento de um labirinto de partições que parecia uma colmeia e que exibia a coleção do museu. A luz entrando pelas claraboias tinha a intensidade cor de mel do fim da tarde. Partículas de poeira dançavam em raios dourados difusos e sumiam nas sombras angulosas nas paredes. Os sussurros dos visitantes em partida e os cumprimentos dos funcionários invadiam o silêncio eclesiástico como orações abafadas.

Roger, segurando a bolsa-carteira nas mãos suadas, sussurrou sua oração levemente blasfema de agradecimento. Estava olhando para o quadro da garota por tanto tempo que a imagem dela tinha se dissolvido em muitas bolhas ácidas diante dele. A umidade escorria das axilas, que coçavam impiedosamente.

Ele recuou alguns passos, fingindo olhar para outros quadros. De saltos altos, que ainda estavam meio rígidos e apertavam o peito do pé, ele sentia como se estivesse andando no espaço. Parou cambaleante na frente de uma enorme moldura dourada que ridiculamente cercava aproximadamente vinte e cinco centímetros quadrados de um retrato rudimentar de um cachorro. Roger tinha certeza de que era capaz de fazer um cachorro melhor usando uma haste de algodão entre os dedos dos pés.

O ar escalou as pernas não depiladas tal qual a aranha que subiu pela parede na cantiga infantil. Ele tremeu. O náilon sussurrou entre as pernas quando ele ajeitou a posição do corpo. Mordeu os lábios, sentiu o gosto do batom e ficou nervoso ao pensar em como aquilo tudo era desgastante. *Merda*. Ele se repreendeu em pensamento.

A campainha tocou de novo. Um olhar rápido ao teto confirmou que nenhuma câmera tinha surgido lá desde que ele havia verificado uns cinco minutos antes. Um grupo de guardas de cabelos brancos e barrigas grandes dentro de uniformes escarlate, parecendo uma tropa de Papais Noéis fora de época, passou pelo labirinto uma última vez. A atenção deles estava voltada para a saída e para os relógios de pulso.

Roger se moveu casualmente de volta ao local de vigília, na frente do *Princesa Dolly*. Encarou os olhos pesados novamente. A boca era larga, mas nada generosa. De lábios finos. De repente, Roger viu o quadro com os olhos do pintor. O fundo do estômago despencou. Ele fechou os olhos em um espasmo de legítima defesa instintiva. Tarde demais. Ele se sentiu enrijecendo.

A campainha quebrou o transe. Terceira vez, hora de fechar. E a hora do Roger. Ele inspirou fundo, trêmulo. Levou a bolsa até a cintura e tateou dentro dela, como se procurando um lenço.

"Xis", sussurrou ele.

Foi um choque a primeira vez que ele parou na frente do espelho de corpo inteiro da mãe. Não se parecia com o Roger Tinker quando estava vestido de mulher. Era outra coisa, outra *pessoa*. Uma mulher. Não bonita, só uma matrona desleixada, comum e meio masculina. Mas, mesmo assim, uma mulher. Era constrangedor, mesmo depois de várias vezes, ver seu próprio reflexo. Mas ele tinha que olhar, tinha que ver aquele outro Roger.

Uma hora depois de roubar o quadro, ele parou na frente do espelho de novo. Ainda estava excitado. Sua mãe chegaria em pouco tempo, e ele tinha que voltar a ser ele mesmo. Tirou o casaco e a saia longa, a blusa e a anágua. Dobrou tudo com cuidado dentro da caixa da loja de departamentos onde tinha comprado.

A vendedora do departamento de vestidos era magra, idosa e estava muito ansiosa para fazer uma venda. Não houve fingimento no constrangimento de Roger. Ele permitiu que ela estalasse a língua e o consolasse e o admirasse por ser tão atencioso com a mãe sortuda. E ela certamente adoraria aquele terninho de três peças, tão lisonjeiro para o corpo de uma mulher mais idosa, e tão chique também. Roger tinha ido embora sorrindo, com a caixa embaixo da axila úmida, depois de ter sido conduzido pela coroa para comprar exatamente o que ele queria.

Ele admirou brevemente os seios artificiais no espelho — criação de espuma de autoria dele. Ao experimentar o sutiã da mãe, descobriu que era impossível vestir e tirar aquele modelo com fecho atrás. Ou havia algum truque, um segredo de irmandade, ou as mulheres tinham uma junta adicional nos braços. Encontrar um sutiã com fecho na frente foi um grande alívio.

Ele tirou os saltos altos e a meia-calça. Finalmente, estava só com a calcinha azul que tinha o *segunda-feira* escrito com bordado rosa do lado esquerdo do quadril. Não era segunda-feira, era terça. Mas Roger gostava mais da calcinha azul do que da de terça-feira (que era amarela com letras laranja), e sua mãe nunca dissera que dava azar usar a calcinha do dia errado.

Depois de vesti-la, ele teve certeza de que as mulheres deviam pensar nas próprias virilhas o tempo todo. Nem era surpresa que nenhuma delas conseguisse somar e diminuir sem calculadora. Na primeira vez, ele teve uma ereção incrível. Acabou se acostumando à sensação depois de um tempo, mas o toque do náilon sobre as partes sensíveis estava sempre presente, uma pele secreta de excitação.

A mulher jovem e cheia de pose do departamento de lingerie estava acostumada com homens constrangidos, fora da zona de conforto. Ela piscou com os olhos muito maquiados para Roger, e os dedos compridos e finos com as unhas pintadas de forma berrante passaram por todas as coisas sedosas com um som que o fez tremer. Sorriu com sabedoria para ele, e Roger teve medo — uma excitação culpada e um nó no estômago — de que ela *soubesse*.

Ele nunca deveria ter comprado calcinhas para uma semana inteira. Foi um impulso nervoso, uma ideia maluca de que seria mais plausível que estivesse comprando para uma esposa ou namorada mítica se comprasse o pacote todo em vez de uma só. Então agora ele tinha uma branca com *domingo* em bordado rosa; e uma rosa com *quarta-feira* em bordado amarelo; e tinha uma calcinha verde com *quinta-feira* em letras brancas e uma calcinha preta com *sexta-feira* em letras vermelhas; e o contrário, letras pretas na calcinha vermelha para o *sábado*. A ideia de trocar de calcinha todos os dias era tão feminina e até meio fofa, assim como escrever os dias da semana em cada uma delas. Talvez as ajudasse a escolher mais rápido.

A peruca grisalha foi para uma caixa própria. Ele ficou com dor de cabeça por usá-la e, ele teve que rir, não era *ele*, de qualquer maneira. A vendedora da loja de perucas não lhe dissera aquilo ainda há pouco de maneira sarcástica? Roger viu na hora que ela não acreditara em uma só palavra da história da festa a fantasia. Ela dera uma olhada nele e aparentemente o classificara como alguém com tendências sexuais questionáveis, que devia fritar garotinhos para o almoço. Roger aguentou aquela reprovação nervosa até conseguir o que queria.

Sua mãe gostava de dizer, em referência às complicações românticas nas novelas da tarde, que "os corações fracos nunca conquistavam a mocinha bonita". Roger tinha dito para si mesmo que "os corações fracos também nunca tornavam ninguém justo" e saiu andando com passinhos cruéis, piscando abertamente para a velha vagabunda enquanto ela ficava de um tom de gerânio bastante satisfatório.

A maquiagem demorou para sair. Ficou borrada em volta dos olhos e manchou os lábios dele com um vermelho fantasmagórico. Não podia permitir que sua mãe reparasse em uma coisa assim. Ela mijaria na calça. Sorriu ao pensar na mãe descobrindo seus peitinhos de borracha e sua coleção de calcinhas.

Finalmente seu rosto ficou limpo, ainda que um pouco vermelho em volta dos olhos e dos lábios. Era um visual vazio e desconcertante. Jogou a maquiagem velha e as bolas de algodão sujas que tinha usado em um saco de papel e enfiou tudo na caixa da peruca, junto com os sapatos de salto e a meia-calça.

Suas roupas estavam empilhadas de qualquer jeito na cama da mãe. Estava colocando a cueca quando se deu conta de que ainda usava a calcinha azul de *segunda-feira*. Ele ficou quente de súbito e tirou a cueca com irritação. Puxou a calcinha com vigor demais, ficou com um dos pés preso e dançou brevemente como um pássaro perneta para manter o equilíbrio. Era irritante tropeçar em um pedaço de náilon. Depois que tirou a calcinha, a enrolou e enfiou na caixa das roupas.

Com uma sensação quase física de alívio, ele vestiu a calça velha de amarrar e a camiseta do Super-Homem. Levou as roupas ilícitas para um armário trancado no escritório do porão. Só teve tempo para uma verificada rápida no quarto e no banheiro da mãe, para ter certeza de que não tinha deixado nada incriminador, e logo ouviu o carro dela na entrada. Ele ligou a televisão da sala e foi até a cozinha para recebê-la quando ela abrisse a porta dos fundos.

"Oi, mãe", disse ele, e pegou o saco de compras das mãos dela.

Ela ofereceu uma bochecha macia, lisa e cheirosa para ele. "Bem", disse ela com alegria, "não é que estamos animados e com os olhinhos brilhantes?"

Roger a beijou e colocou as compras na mesa da cozinha.

"Claro", concordou ele, abrindo a porta da geladeira, "claro que estamos."

Depois do jantar, Roger se acomodou na frente da televisão. Sua mãe trocou a cinta por um roupão confortável e se juntou a ele. Ficaram sentados em um silêncio tranquilo, grudados na luz azul da televisão, que era como um análogo sobrenatural ao âmbar.

Roger prestou a mínima atenção necessária ao noticiário da noite. O mundo estava indo para o buraco. Tinha sido assim a vida toda. Não havia surpresa nenhuma, até onde conseguia ver. Era uma questão de decisão da maioria, não era? A maior parte da população poderia muito bem estar morta.

A garota que o atendeu na farmácia era um dos zumbis. Ele nem precisava ter se dado ao trabalho de fazer a lista, que terminava com um Tampax por questão de verossimilhança. Ela recolheu todas as peças e pulou fora antes mesmo de ele chegar. Olhou para ele — para todo mundo que estava entrando — como se já fossem fantasmas. Se sua pequena lista era uma mentira por omissão, a vida dela também o era. Não importava que ele fosse um pervertido molestador de criancinhas, ou o presidente, ou Jesus Cristo de patins; ela fez tudo aquilo perder a graça.

A última notícia do jornal local interrompeu suas lembranças amargas. Parecia que tinha acontecido, naquela mesma tarde, outro de uma série de roubos a obras de arte. O apresentador falou com uma alegria danada, como se tivesse sido ele o autor do que chamou de "outro roubo chocante". Um quadro famoso de Leighton Sartoris, considerado por muitos o maior pintor ainda vivo do mundo, desapareceu da Appt Collection, abrigada no Museu de Arte Moderna Feero. Ninguém testemunhou o roubo nem viu os criminosos. A polícia descreveu a segurança do museu como "fraca" e disse que o curador avaliava a obra em 750 mil dólares. Era, claro, o retrato que Sartoris fez em 1950 de Dorothy Hardesty Douglas, a filha do então presidente Michael Hardesty.

A mãe de Roger estalou a língua para o valor. Ela fazia muito isso durante o telejornal, Roger já nem prestava mais atenção. Quando alguém estalava a língua do mesmo jeito tanto para a fome quanto para um ato de estelionato, Roger se recusava a levar o ato a sério. Ele ficou olhando e saboreando a palavra "roubo".

Até aquele ponto, tinha pensado na situação como uma travessura. A verdade era que a parte mais difícil tinha sido fazer as compras. Ele levou dois dias para encontrar os sapatos e a bolsa certos. A jovem vendedora de cabelo comprido achara graça na história dele sobre a festa a fantasia e remexera com alegria no depósito para encontrar um par de scarpins pretos que coubessem nos pés curtos e largos de Roger. A bolsa-carteira foi sorte, um tesouro escondido embaixo de uma pilha de bolsas antiquadas em liquidação em uma loja de ponta de estoque.

Seus pés doeram tanto que ele não conseguiu experimentar o traje completo de uma vez. Enquanto deixava os pés de molho e assistia à game shows, Roger refletiu sobre o que tinha aprendido. Mulheres eram mais fortes do que ele imaginava; aventuravam-se no incrível caos do universo das lojas, compravam o que queriam e voltavam vivas. Aparentemente, até *gostavam* disso.

Chegou uma hora em que ele experimentou o novo guarda-roupa. De repente, ao se ver no espelho, ele soube que havia mais do que apenas roupas e maquiagem. Havia uma postura, um jeito de posicionar o corpo, a expressão do rosto, o jeito de se mover. A ideia toda de se disfarçar de mulher se revelou perigosamente complexa.

Ele se sentiu terrivelmente ignorante. Roupas sempre foram só roupas, uma coisa para cobrir os lugares onde o bom gosto de Deus tinha falhado. E as mulheres, bem, havia sua mãe, e essa era a extensão de seus relacionamentos com o outro sexo. Mesmo assim, ele se dedicou ao projeto, sua *travessura*, e teve que seguir em frente, motivado pela curiosidade e pela empolgação perversa.

Quando o noticiário acabou, Roger correu para o esconderijo no porão. Sua mãe lhe deu o porão quando ele tinha quinze anos. Ela só tinha ido lá embaixo duas vezes durante os trinta anos em que moravam naquela casa. Na última vez que espiou o porão, era um calabouço de cimento úmido, cheio de teias de aranha e com cheiro de umidade e cocô de rato. Quando Roger pediu um lugar próprio, ela achou que ele queria alguma coisa tipo um clubinho, algo rudimentar e propício a um homem, cheio de revistas em quadrinhos e cinzeiros lotados. Ao consentir, ela sentiu um certo orgulho de sua maternidade tolerante.

O local acabou se tornando bem mais do que uma sala de recreação. A escada era iluminada, como sempre, por uma única lâmpada fraca suspensa pelo próprio fio no teto. Do patamar no alto da escada, o porão parecia igual ao que era quinze anos antes. Depois do fraco círculo de luz projetado pela lâmpada poeirenta havia uma divisória de compensado. Roger a pintou de um marrom sem graça para encorajar a impressão geral de escuridão e decadência. Tinha pendurado uma porta firme na extremidade mais escura e instalado uma boa tranca, cuja chave só ele tinha. Na porta, tinha pintado muito tempo antes com estêncil a legenda *Fortaleza da Solidão*.

Depois da primeira divisória, ele botou uma segunda. Um lado tinha prateleiras inacabadas do chão ao teto. Guardavam a coleção de Roger de ficção científica e seus modelos da *Enterprise*, uma nave de exploração e uma nave Klingon. Entre as duas divisórias ficava o aposento que Roger via como seu escritório.

Ele tinha mobiliado a salinha com móveis velhos de bazares de garagem: uma cadeira monstruosa cujo enchimento saía pelos cortes no estofado com cheiro de tabaco; uma mesinha lateral lascada e pintada com uma camada grossa de tinta; um abajur de chão feio o suficiente para paralisar qualquer pessoa que fizesse a besteira de olhar diretamente para ele. Sua mãe tinha contribuído com um banquinho-baú laranja para os pés, no qual ela antes guardava suas revistas femininas. Um pedaço derretido da cobertura de vinil tinha sido colado com fita adesiva depois que ela apoiou distraidamente uma assadeira quente de brownies no banquinho, enquanto mudava o canal da televisão certo dia. Decidiu colocar ali os livros que sua mãe não sabia que ele lia.

Roger tinha construído sua oficina do outro lado da segunda divisória. Era mobiliada de forma impressionante e curiosa, quase toda às custas de cidadãos distraídos. Havia vários armários trancados guardando itens interessantes, inclusive o armário de contrabandos de Roger. Atrás de uma porta ficava o computador caseiro, alimentado de forma ilegal por um transformador vizinho e conectado por meio de uma linha telefônica igualmente ilícita à pesada rede de computadores do governo e a metade dos computadores de bancos da Califórnia. Teria sido fácil invadir os computadores dos bancos, mas Roger estava convicto de que também era um jeito fácil de ser pego. Não foi a consciência, mas as probabilidades, que o fizeram preferir o financiamento alternativo para suas pesquisas.

Ele não era ladrão por profissão. Foi uma surpresa descobrir que — ao menos por natureza — ele não estava equipado para ser um. Tornava a vida interessante e divertida, como não era havia muito tempo.

Ele se acomodou para trabalhar, suprimindo o impulso de pegar o quadro e admirar sua própria genialidade. Um bom começo era apenas isso: um ponto de partida. Ele não relaxaria agora. Não quando estava chegando na parte divertida.

A diversão e o trabalho eram a mesma moeda para Roger. Ele ganhou seu dinheiro por toda a vida adulta trabalhando para o governo. Foi empregado em uma série de projetos de natureza confidencial. Eram, na verdade, um só projeto, várias vezes sacrificado nos altares de ídolos democráticos menores, só para acabar surgindo novamente com outras iniciais, com uma mudança hábil de pessoal e de local, assim que se tornava um projeto político.

Como consequência dessas interrupções periódicas, Roger passou por intervalos correspondentes de desemprego. Ele sofria especialmente pela privação daquele trabalho que representava toda a sua vida. Solteiro e sem amarras, ele não saía tão prejudicado quanto os pais e mães de família atirados na tempestade cada vez maior da economia do setor privado. Ainda assim, tinha mais motivos para ter medo. Não possuía qualificações e contava com um histórico que assustaria qualquer empregador particular.

Algum grandão anônimo no governo olhou para além da saída repentina de Roger da pós-graduação e da tese rejeitada de PhD e o viu não como o herege maluco que seus professores achavam que ele era, mas como um homem de talentos práticos. O governo o tirou da geladeira e o deixou trabalhar. Ele nem pediu que fizessem dele alguém respeitável. Bastava poder trabalhar.

Seu último trabalho foi no sexto andar de um prédio de projetos conhecido como "cozinha". Era um nome metafórico apenas. Comida de verdade era proibida lá, uma regra que Roger Tinker violava com frequência. O que Roger fazia era uma espécie de atividade de "cozinha" muito exótica e impossível de comer, como as comidas envernizadas que eram fotografadas para as revistas de culinária. Não era exatamente experiência, porque em sete de cada dez vezes, Roger alcançava os resultados que previa. Era mais uma progressão ordenada de combinações aleatórias, parecida com citar todos os nomes de Deus.

Roger estava trabalhando em um *nome* específico há várias semanas. Tinha feito muitas coisas interessantes com ele e finalmente chegara a um nível de intimidade com seus atributos. Estava começando a captar certas informações básicas.

Sua barriga falou com ele, e Roger respondeu, como de costume. Tinha se inclinado por cima do teclado do computador e ficou olhando para um padrão em um gráfico. Com um canivete na mão esquerda, descascou uma maçã na direita. Estava inevitavelmente mais interessado no gráfico do que em descascar a maçã. A ponta do canivete escorregou no polegar.

"Puta que pariu!", exclamou Roger com mais surpresa do que raiva enquanto o sangue pingava no teclado. Ele largou o canivete e a maçã, e enfiou o polegar na boca. Por um momento, voltou a ser bebê, trinta e dois anos e uns noventa quilos no passado. Fechou os olhos com força, pois não só odiava ver sangue, como também tinha uma certeza infantil de que não olhar contribuía para a coagulação.

Gemendo com o polegar latejante na boca, ele abriu os olhos. Alguns segundos se passaram até que a mudança no gráfico fosse registrada. O gemido virou ânsia de vômito quando ele sugou involuntariamente o polegar para a garganta. Tirou o dedo da boca, a dor esquecida. O furo continuou sangrando por vários segundos, mas estava diminuindo. Os movimentos de Roger fizeram com que pequenas gotas se espalhassem por cima do teclado do computador e formassem bolinhas no jaleco branco.

Só dois dias depois o machucado exigiu atenção. Sentado em seu carro no estacionamento depois do trabalho, esvaziou o envelope do pagamento e seu conteúdo no colo: um cheque verde e uma fina e delicada folha azul de aviso prévio grampeada nele — o doce lamento do governo. O polegar começou a latejar junto com o batimento nas têmporas. Roger ficou olhando para o ferimento vermelho, inchado e claramente infeccionado, e o torpor no cérebro virou raiva.

Ele achou que, se falasse agora, tomariam sua descoberta. Se acreditassem nele. Era possível que não acreditassem; ele seria visto como um fantasista, sempre inaceitável. Talvez meses se passassem até que ele tivesse uma prova concreta.

Roger trabalhou mais seis semanas no projeto até que a folha azul ficou rosa. Durante aquele período, seus pensamentos e esforços foram dedicados a roubar uma variedade de equipamentos. Todos poderiam ter sido adquiridos comercialmente nas mesmas fontes de onde o governo comprava (provavelmente mais barato), mas haveria registro de compra. Ele disse para si mesmo que não importava; já tinha roubado do governo para construir dispositivos no porão e desta vez era mais ou menos legítimo. Seu trabalho era uma extensão secreta do projeto; no devido tempo, o governo ficaria sabendo. Na verdade, ele mal podia esperar para apresentar o projeto completo para seus antigos superiores.

O primeiro dispositivo tinha o tamanho de um guarda-roupa. O segundo, quatro meses depois, tinha o tamanho de um aparelho de televisão. O terceiro, feito em um frenesi de seis semanas, era um pouco menor do que uma câmera instantânea portátil.

Foi exaustivamente testado. Ao longo de três semanas, Roger usou mais de vinte ratos, comprados aos pares em vários pet shops de vários shoppings diferentes. O bairro vivenciou uma intrigante série de sequestros de animais. Os Lutz perderam os dois gatos; depois de duas semanas, parecia que eles tinham adquirido peixes. O poodle miniatura dos Treat sumiu do cesto na varanda. O gatinho de Eunice Gold, visto pela última vez usando uma camisetinha de bebê e a coleira com seu nome que a avó tinha lhe dado (para o chá que Eunice planejava para aquela tarde), estava entre os desaparecidos. Gilligan, o beagle de seis anos de Andy Stevens, gordo e pesado, não apareceu para jantar três noites seguidas. A mãe tentava não ouvir Andy chorando no armário.

Foi um período agitado e satisfatório para Roger. O resíduo orgânico era divertido. Roger brincava com ele durante horas antes de jogá-lo com relutância na privada.

A euforia passou rapidamente. A hora do *E agora?* tinha chegado. Com repentina certeza, Roger soube que o projeto tinha acabado — e não só a parte dele e nem o projeto secreto no porão, mas o projeto em si. Ponto final. O governo não ligaria mais. E, se não o contratassem novamente, não trabalharia mais como cientista. Sabia como era no setor privado para homens *com* diploma e qualificações. Com o passado que tinha, ele seria invisível.

Se ele não entregasse o dispositivo, o que faria com ele? Nunca foi seu trabalho decidir o fim para uma peça específica. Poderia usá-lo para si? Caso o fizesse, como seria? Era um alívio voltar para o dispositivo. Foi seu passado por tanto tempo que era inconcebível que não fosse seu futuro. Era dele, por tudo que era justo.

Chegar a essa conclusão não resolveu o problema do *E agora?*. Ele não podia continuar tornando o dispositivo menor. Mais cedo ou mais tarde, teria que fazer alguma coisa com ele.

Sua mãe trouxe a resposta para casa em uma caixa de revistas velhas do consultório do ginecologista onde ela trabalhava como recepcionista. Ela fazia isso todos os meses, quando os exemplares novos chegavam. Era meio constrangedor para Roger, mas, na opinião dele, sua mãe costumava ser meio constrangedora.

Era constrangedor levá-la ou buscá-la, pois significava entrar em um consultório cheio de mulheres que estavam lá para fazer uma atividade das mais íntimas, com uma equipe sempre alegre e nada incomodada com o trabalho. Podia ele mesmo encontrar o ginecologista, um homem pequeno e grisalho com um certo brilho nos olhos, que sempre parecia estar tirando ou colocando um par de luvas de borracha. Roger tinha que decidir se apertaria a mão do bom doutor. Não conseguia deixar de se perguntar se o médico gostava do trabalho e se desconfiava que Roger pensava nisso.

Desde que ficou sem trabalho, tinha certeza de que as colegas da mãe, aquelas mulheres sorridentes e incansavelmente limpas, achavam que ele era um preguiçoso que não valia nada, satisfeito de viver às custas da mãe e ler revistas de segunda mão. Era verdade, mas elas passavam pouco tempo discutindo sobre Roger e seus pecados. As repetições infinitas da mãe dele sobre as banalidades e os detalhes mais chatos da própria vida entravam por um ouvido, como no de Roger, e saíam pelo outro. Sua mãe era apreciada pelo bom humor e gentileza, mas ninguém a levava a sério.

Ainda assim, ficou satisfeito quando encontrou um exemplar antigo da revista *VIP* na caixa. Não era tão velha, era do final do mês. Reconheceu a mulher na capa na mesma hora. Leyna Shaw, sua apresentadora de telejornal favorita. Era muito alta, usava saltos que pareciam letais, e estava curvada para a frente para entrevistar um homem em um carro. Roger não deu mais do que uma olhada rápida nele, só por tempo suficiente para identificá-lo como o cara da energia do governo, um babaca pomposo fumador de cachimbo de primeira magnitude que fora seu chefe não muito tempo antes, mesmo sem saber. Roger estava muito mais interessado no jeito como a blusa da moça se abria quando ela se inclinava na direção da limusine para levar o microfone até o Secretário Cabeça de Batata. A blusa branca embaixo do paletó escuro ameaçava deslizar do peito rosado a qualquer segundo.

O secretário estava dando uma boa olhada, uma visão que Roger invejou muito. Seu polegar passou sobre a imagem brilhosa da pétala rosada e parou lá. Fechou os olhos. O polegar rolou delicadamente em círculos. Nunca tinha tocado em um de verdade.

"Roger?", chamou sua mãe.

Abriu os olhos e se sentou ereto. O sofá protestou pela mudança de movimento. "O quê?", disse, tentando parecer animado e nada sexual.

"Quer um brownie?"

"Claro."

Afastou-se pensando em nada além dos brownies. Roger sorriu para as costas dela com expressão amena, encolheu a barriga e pensou em como era maravilhoso que as mães não fossem capazes de ler mentes.

Ele se voltou novamente para a revista. A fotografia era excelente, quase em 3D. Ela era uma garota tão grande, grande demais para ser modelo ou dançarina, e dura como pedra. Havia uma fotografia dela correndo em volta do shopping em Washington. Roger estivera lá muito tempo antes, em uma excursão da escola. Não se lembrava de muita coisa (por estar bêbado o tempo todo) além de jogar balões cheios de água pela janela do hotel, mas tinha um carinho pelo local e reconheceu alguns dos prédios. Os edifícios públicos se erguiam atrás do corpo de Leyna Shaw, e pela primeira vez ela pareceu como se em escala reduzida, uma coisa que ele conseguiria segurar na mão.

Leu o artigo com avidez. Como todos os outros artigos na *vip*, era só uma promessa de história. Só as fotografias eram boas.

Ele folheou a revista. Tinha um artigo sobre um desfile de moda homossexual que o perturbou incompreensivelmente. Outro artigo era sobre um velho pintor que morava em uma ilha perto da costa do Maine. O nome ficou na cabeça de Roger como um carrapicho grudado em linho. Não havia nada que interessasse a ele nos artigos sobre um cantor de rock, uma foca famosa ou o caso do adolescente em coma cujos pais estavam se divorciando e travando uma batalha sobre quem ficaria com o garoto e o respirador. Por fim, sobraram a coluna de fofocas da última página para passar os olhos e a prévia da edição seguinte mais abaixo. Roger parou de repente.

VOCÊ PODE TIRAR DOLLY DA CASA BRANCA
MAS NÃO PODE TIRAR A CASA BRANCA DE DOLLY

A nação se apaixonou pela princesinha de Mike Hardesty quando ela era um pingo de moleca florescendo em um botão de rosa de menina. Nós a vimos crescer, partir alguns corações e se casar com Harrison Douglas, filho do aliado mais antigo de seu pai, em uma festa de contos de fada.

Vinte e cinco anos depois, Dolly foi para todos os lugares, viu tudo. Mas nem todos os momentos foram bons. Sua mãe morreu logo depois da saída de Mike Hardesty da função. Dolly ficou viúva com o suicídio de Harrison Douglas doze anos atrás. O único filho dos dois, Harrison Douglas Jr. — ou Harrison III —, morreu em um trágico acidente aéreo há quatro anos. A perda do neto foi um golpe para o amargurado ex-presidente, e Dolly perdeu o amado pai em menos de um ano.

Então o que a mulher, ainda bonita e rica, faz com a perspectiva de uma vida longa, opções ilimitadas e ninguém com quem compartilhar isso tudo? A imprevisível Dolly e a viúva de seu filho, Lucy Douglas, se envolveram em um novo hobby que se tornou não só uma terapia para as vidas destruídas, mas um negócio e um modo de vida.

Na semana que vem, a *vip* convida os leitores a espiar O *MUNDO DE DOLLY* e explorar a onda crescente das miniaturas.

22/02/1980
— *vipreviews, vip*

O cheiro de brownie quente e fresco invadiu o estado de transe de Roger. Olhou para a mãe, parada na frente dele com um prato de brownies, a testa franzida de preocupação.

"Está tudo bem?", perguntou ela.

Roger desconfiava que ela estava prestes a sentir a testa dele para ver se estava com febre. Ele *estava* quente. Pegou um brownie do prato e colocou na boca.

"Tudo ótimo", murmurou, a boca cheia de brownie. "Maravilha."

A mãe de Roger colocou o prato ao lado dele. Cruzou os braços sobre os seios volumosos. Pelo menos Roger estava comendo. Ele não podia estar muito doente, podia? Sorriu e deu suas bênçãos ao garoto.

A edição seguinte estava nas lojas. A capa continha uma foto da estimada casa de bonecas de Dolly Hardesty Douglas. Roger mal conseguiu ler o artigo de tanto que suas mãos tremiam de empolgação.

Aparentemente, a filha de Mike Hardesty nunca deixou a Casa Branca completamente para trás. Nos últimos anos, Dolly dedicou tempo, energia e dinheiro consideráveis à restauração do modelo da Casa Branca que foi um presente dado a ela quando seu pai ainda era presidente.

"Eu tinha treze anos", conta em meio às risadas. "Achei que era velha demais para casas de bonecas."

Na ocasião, o bem-intencionado presente de Leonard Jakobs, um zelador negro que trabalhou por trinta anos na mansão executiva, não foi apreciado, e ficou esquecido por duas décadas.

Foi depois das mortes do filho e do pai que Dolly encontrou a casa de bonecas, desgastada pelo tempo, entre os bens do pai. Foi natural levá-la imediatamente para a viúva do filho (Lucy Douglas), que já estava ganhando reputação como miniaturista.

"Primeiro pensei em pedir a Lucy para consertar a casinha para Laurie, minha neta", confessa Dolly, "mas depois me apaixonei por ela. Laurie é muito pequena, de todo modo."

A casa de bonecas é uma cópia sinistra da verdadeira mansão executiva, e foi quase tão caro mobiliá-la quanto a verdadeira, cem vezes maior. Lucy Douglas estima timidamente que a sogra gastou 100 mil dólares na restauração da casa de bonecas. Esse dinheiro poderia comprar para a pequena Laurie muitas casas de bonecas um pouco menos espetaculares. A sra. Douglas, que cria Laurie (sete anos) e Zachary (quatro), seus filhos com Harrison, afirma que seu relacionamento com a sogra vai bem e é estável. Ela cobra de Dolly a mesma quantia que cobra de outros clientes por trabalho similar, mas admite que pegou poucos trabalhos durante o período em que trabalhou na casa de bonecas de Dolly. Especialistas do ramo a veem como uma das duas ou três melhores miniaturistas dos Estados Unidos; um colecionador experiente que prefere permanecer anônimo declara que, na verdade, Lucy Douglas cobra pouco pelos serviços.

"Dolly Hardesty fez um ótimo negócio. Aquela casa de bonecas vale uns 250 mil dólares hoje por causa da assinatura de Lucy Douglas", declara o colecionador.

Ainda assim, Lucy Douglas aparentemente obteve um lucro inesperado em seu negócio; quando a informação da Casa Branca restaurada de Dolly chegou a Nicholas Weiler, diretor do Instituto Dalton, enquanto ele estava montando uma exposição de casas de bonecas, Dolly aproximou os dois. Dizem em Washington que Lucy pode em breve retirar Weiler da antiga posição de segundo solteiro mais cobiçado da cidade, depois do presidente.

29/02/1980
— VIP*ersonalities*, VIP

A matéria foi ricamente ilustrada com fotografias da casa de bonecas cheia dos acessórios que Lucy Douglas fazia. Os closes fizeram os objetos parecerem reais e muito chiques — bem mais do que os móveis baratos na sala da mãe de Roger. As fotos de Dolly Hardesty Douglas e da talentosa Lucy não foram difíceis de olhar. Dolly estava mais velha do que Roger lembrava, mas ainda era uma mulher muito bonita. E Lucy — bem, aquele tal Weiler teria um trabalhão do melhor tipo. No fim das contas, na parte do artigo que mencionava a exposição no Instituto Dalton, ele acabou saindo como um aristocrata bonito e previsível que provavelmente tinha uma língua supercomprida de tanto lamber o creme dos bigodes. As glândulas sudoríparas dele deviam ter atrofiado por falta de uso.

Foi mais divertido olhar as mulheres. Roger relaxou e deixou a revista se abrir sobre a barriga como um pequeno telhado. Ele começava a ver possibilidades.

...Sartoris chegou ao ponto de ser considerado lenda entre os moradores da região, pessoas não muito fáceis de impressionar. Isolado na ilha de quarenta e cinco hectares, a dezessete quilômetros de Margarite (pronuncia-se Mar-ga-rait) Port, ele sobrevive, em essência, sem ser afetado pelo dilema entre o preço crescente do combustível e do óleo para aquecimento e as rendas marginais da tradicional economia local, baseada na pecuária e na pesca de lagosta e de peixe. O processo todo está esvaziando gradualmente as ilhas costeiras de residentes que não conseguem mais ter dinheiro para viver nas terras de seus ancestrais.

Os moradores creditam o árduo trabalho de uma existência voltada para a terra, a quimera da autossuficiência dos anos 1960 na qual Sartoris vive desde quando se mudou para a ilha, nos anos 1940, à boa saúde e idade avançada do pintor.

"Culpem Ethelyn", brinca Sartoris, se referindo à empregada e companheira de muitos anos, Ethelyn Blood.

A sra. Blood, uma mulher de Margarite Port, viúva de um pescador de lagostas local, responde rapidamente: "Culpem o diabo", diz ela, "que sabe que já recebeu sua cota de velhos teimosos, e o bom Senhor, que quer me transformar em santa".

22/02/1980
— *VIPersonalities*, VIP

O velho Sartoris via possibilidades. Cutucou o pedaço de vidro quebrado com a ponta do pé. O sol bateu nele e brilhou em verde. O velho tomava ruidosamente um chá gelado.

O telefone tocou. Soltou um palavrão e olhou para a areia debaixo dos pés descalços e para o pedaço de vidro quebrado. O telefone, surdo ao xingamento, tocou de novo.

"Ethelyn!", gritou ele. "Ethelyn!"

A casa estava em silêncio. O telefone emitiu outro grito.

"O que ela está fazendo?", murmurou. Ele passou pela porta de vidro aberta, entrou no quarto e pegou o telefone depois do quinto toque.

"Alô-ô", disse ele.

A pessoa perguntou se ele era Leighton Sartoris. O velho não conseguiu perceber se estava falando com um homem ou uma mulher; a voz estava misturada com a estática da linha. Como conseguiram o número?

"Sim, sou eu. O que você quer?", respondeu com irritação.

A pessoa declarou que era alguém ligando da revista *vip* e queria saber se o sr. Sartoris tinha algum comentário sobre o roubo do quadro dele, *Princesa Dolly*, de um museu na Califórnia.

Sartoris riu com prazer. "Eu nem sabia", disse ele. "Já vai tarde."

Largou o fone sobre a base. Enrolou o telefone na fronha e o chutou para debaixo da cama. Sabia onde o sujeito tinha conseguido o número. Os filhos da mãe deviam ter no arquivo. Foi um grande erro permitir que a mulher xereta daquela revista de fofocas horrível o visitasse na ilha. Queria ele não saber por que tinha permitido; talvez fosse mais fácil pensar que estivesse ficando senil, e não que fizesse coisas tolas por motivos sentimentais.

Pegou o copo de chá e saiu novamente. Havia um tufo confortável de grama ali perto, e ele se sentou para olhar para o copo verde. Um gato velho e cinzento saiu pela porta do quarto e se encolheu ao lado dele. Distraidamente, começou a fazer carinho no pescoço do animal.

Era divertido pensar naquele quadro específico sendo levado de um maldito museu por um ladrão ianque empreendedor. O fato o levou, um pouco contra a vontade, para a época em que o pintou, do jeito que tudo parecia querer levá-lo ao passado.

Foi em seu décimo primeiro ano na ilha. Ele mais parecia um hóspede na época, ainda padecendo em um país estranho. Quando o grupo presidencial, que passava o verão ao sul de Margarite Port, na estilosa Hurd's Reach, o convidou para jantar, ele foi, dizendo para si mesmo que seria grosseria não ir.

Mas isso não era tudo. Ele tinha acabado de fazer sessenta anos e sabia que tinha perdido alguma coisa. Durante o inverno, tinha começado a beber mais — por tédio e, ele disse para si mesmo, para afastar o frio. No verão, parecia, aos seus próprios olhos, um balão na ponta de um fio inseguro, flutuando em um éter alcoólico. Havia uma vontade terrível de fugir e um pânico terrível de acabar fazendo isso finalmente. Assim, ele pediu para pintar aquela garotinha boba e cruel (que aceitou por vaidade infinita), sabendo que o hábito de anos voltaria; ele ficaria sóbrio pelo tempo que precisasse para fazer aquilo do jeito certo.

E foi o que aconteceu. Mas o verão, implacavelmente quente, ficou ainda mais quente na luz da pele úmida e jovem que ele mesmo quis observar de forma masoquista. Trabalhou como louco, com o aroma do gim atingindo-o como gelo nas narinas.

A jovem Dorothy se reclinou meio encoberta em um trecho de sombra, em um vão na areia fora do campo de visão dos guarda-costas, que aguardavam em um bosque de pinheiros sacudido ocasionalmente pela brisa marinha. Usando apenas um short largo, Sartoris ficou sob o sol, a aba larga do velho chapéu protegendo o rosto, e o cavalete resguardado do brilho por uma arrumação estranha de guarda-sóis. Ela falou sem parar durante as seis semanas, e tudo era inteligente e cruel, mas pelo menos o corpo ficou parado. Ele nunca falou com ela; não havia nada que eles não pudessem dizer um para o outro com os olhos.

Na tarde em que ele terminou, ela segurou a língua pela primeira vez. Os olhos estavam ocupados, como sempre, especulativos e um tanto furtivos, e a língua sempre aparecia entre os lábios, se expondo. O corpo estava brilhoso, cheio de gotas de suor, e as mãozinhas ansiosas faziam um som escorregadio ao passarem sobre os seios. Ele assistiu, em um brilho suado, enquanto ela fazia amor consigo mesma. No final, o corpo dela se arqueou, procurando a libertação, e ela riu. Foi um gritinho satisfeito de criança, e tão mais doce e podre do que o murmúrio rouco do prazer de uma mulher.

De repente, o velho voltou a si e sobressaltou-se ao perceber que estava um tanto intumescido. Riu secamente, como se tivesse ouvido uma piada suja, mas sabia que a piada era ele. E desejou profundamente ter alguém com quem compartilhá-la. Não Ethelyn Blood, que tinha ido morar com ele na ilha no inverno seguinte ao que ele pintou aquela vadiazinha, e nem Nick, que atualmente aparecia com frequência em pensamento. Era com Maggie que ele queria falar sobre isso, sobre este momento, e ela *riria*. Ninguém ria como Maggie.

Descobriria se ela ainda estava viva e ligaria para ela. Devia ter anotado o nome de casada em algum lugar da casa, que ele nunca conseguia lembrar — talvez por motivos óbvios demais —, e o número do telefone.

Mas não. Ele não ligaria para Maggie Jeffries. Aquilo era passado e ele o tinha deixado para trás; não tinha mais tempo para aquela história, para ficar sentado pensando no que já passou. A nostalgia era uma emoção desprezível; a lembrança, como pele morta, uma emoção vestigial. Era o tipo de coisa para a qual ele não tinha mais energia.

Havia possibilidades demais a serem percebidas na forma como o sol batia naquele pedaço de vidro. A luz na areia. A luz.

...O único herdeiro da fortuna considerável de Sartoris é Nicholas Weiler, diretor do Instituto Dalton de Washington, D.C., que, apesar de usar o sobrenome de nascimento, é filho natural de Sartoris com a socialite inglesa Maggie Jeffries Weiler.

Lady Eugenie Walters, conhecida como "Pinkie" pelos amigos, relata em suas memórias do período que sua querida amiga Maggie Jeffries nunca amou ninguém além de Sartoris. Ela continuou o caso com ele depois do casamento com lorde Weiler, aparentemente com o consentimento do marido. Ainda assim, foi uma surpresa quando ela teve o bebê que Sartoris logo reconheceu como seu. Tinha quarenta e dois anos na época, e o caso havia se transformado em uma conveniência confortável e ocasional. Pinkie diz que a irrepreensível Maggie nunca conseguiu resistir a uma chance de chocar; não foi por ela ter tido o bebê de Sartoris, nem pela aceitação atordoada do marido, mas por sua declaração calma de que Sartoris era um mentiroso filho da mãe; a criança era do marido dela, e foi isso que escandalizou. Só depois da morte de lorde Weiler, em 1964, que ela parou de fingir. Pinkie sugere que a farsa foi o jeito curioso que Maggie arranjou de pedir desculpas ao maltratado marido...

22/02/1980
— *vipersonalities*, *vip*

Maggie Weiler, que não usava o nome Jeffries havia meio século, riu tanto que soltou o jornal *News of the World* em cima da geleia de laranja. Sua cuidadora, Connie, limpou o jornal com um guardanapo e o devolveu quando ela tinha recuperado o fôlego.

"Ah, me desculpe, minha querida", disse ela, ofegante, vendo a leve reprovação atrás das lentes grossas de Connie. "É cada coisa que acontece."

Connie nunca conseguia ficar com muita raiva de lady Maggie. Ela ria do jornal quase todos os dias. Connie ficava chocada no passado, antes de saber como lady Maggie era boa, tão boa que a fazia pensar naqueles escândalos antigos como sendo mentiras vis, mas agora ela defendia a velha senhora para si mesma, refletindo que dava na mesma rir ou chorar.

"É cada coisa que acontece", repetiu lady Maggie com ênfase.

"Por Deus, algum dos seus amigos morreu?", perguntou Connie. Parecia que lady Maggie ria mais dos obituários dos amigos do que de qualquer outra coisa.

Lady Maggie ergueu as mãos e gritou de prazer. O jornal voou no ovo poché. Connie, vagamente frustrada por ter dito alguma coisa espirituosa acidentalmente, abriu um sorriso inseguro. Esperava, e que a Virgem Abençoada intercedesse por ela, que lady Maggie não estivesse começando um dia difícil.

O capitão Morrisey não deveria sair com o carro. Tinha feito uma promessa para a esposa de que o usaria apenas em exposições de carros, desfiles, e em velocidade baixa no rancho. Ela não entendia, sendo mulher, que uma máquina daquelas precisava ser usada de vez em quando. Então, quando ela foi a Ventura ver a irmã no hospital, ele tirou o Villerosi da baia na garagem e foi para a rodovia, na direção oposta de Ventura.

Percorreu uns cento e cinquenta quilômetros, um trajeto satisfatório, sendo parado uma única vez por um policial, que na verdade só queria mesmo admirar o carro. Deixou o capitão ir embora com um aviso e um sorriso. Sorriso que ele manteve quando o capitão acelerou o Villerosi até cento e quarenta bem na frente dele. O policial provavelmente percebia que um homem que podia ter e dirigir carros como um Villerosi 1949 não era como um moleque arruaceiro em um Camaro incrementado, procurando um acidente em que se meter.

O Villerosi ficou com sede depois de um tempo, e o capitão Morrisey também. Ele saiu da rodovia para encher o tanque em um grande posto de caminhões. Havia um pequeno bar no lado mais distante das bombas, para atender os caminhoneiros. O capitão estacionou o carro esportivo ao lado de uma van azul em frente ao pequeno bar. Considerando a hora do dia, o lugar estava bem agitado; o estacionamento se encontrava quase cheio de picapes, vans e jipes, mas talvez alguns fossem provenientes do shopping center lotado ao lado.

Ele se acomodou com gratidão no frio estofamento de vinil de um banco de bar e tomou dois copos de Guinness. O barman não ficou feliz de servir cerveja quente, menos ainda cerveja *estrangeira*, e olhou com desconfiança para a calça amarelo-canário do capitão e para as botas Bally. O capitão Morrisey não tinha chegado àquele ponto da vida dando atenção aos olhares dos plebeus e dos malsucedidos. Ele apreciou a cerveja, e também a fumaça e o barulho, a ambientação masculina do local, sutilmente enriquecida pelo silêncio que significava a ausência da esposa. Quando saiu ao sol vinte minutos depois e se alongou, sentia-se positivamente sibarítico. Andou com confiança até a van azul, ao lado da qual tinha estacionado o Villerosi.

Ele ficou parado, intrigado por alguns segundos. *Não estava lá.* Um leve pânico surgiu como um nó em seu estômago. Com autocontrole, tentando parecer casual, olhou para o estacionamento. *Era* a mesma van azul. Ele se lembrava claramente do escrito na lateral: *Jim Owen/Zelador*. Não, ele tinha certeza de que tinha deixado o carro ali. Houve um breve segundo de alívio; sua memória não estava falhando. E então lhe ocorreu que, se não tinha esquecido onde tinha estacionado o carro, só havia uma explicação.

O capitão Morrisey, sem cor nenhuma no rosto, ficou olhando para o lugar onde o carro — um projétil longo, baixo e cor-de-rosa em forma de bala, vencedor do Targa Miglia e do Targa Firenze, o carro dirigido pelo detentor de um recorde mundial de velocidade por sete meses — deveria estar, e viu só as linhas brancas e desbotadas no asfalto preto, manchas de óleo, terra, um pedaço de chiclete sujo e deformado, um maço de cigarro amassado.

Um suor frio cobriu sua testa e manchou as axilas da camisa. A Guinness em seu estômago pareceu se agitar. Por vinte e cinco anos ele pilotou aviões, dezessete anos em jatos de fuselagem larga. Era assim que ele se sentia quando uma das malditas rodas não descia, ou quando um pneu estourava na pista e deixava todo mundo com medo. Era essa a sensação quando se acertava um enorme bolsão de ar e os passageiros gritavam e se mijavam conforme aquele monte de metal despencava. Ele disse a si mesmo que não era tão ruim quanto perder a batalha na pista de decolagem, derrapar a duzentos e quarenta quilômetros por hora e não escapar. Ou não encontrar um trecho de boa atmosfera ao desviar de um bolsão de ar. Essas coisas nunca tinham acontecido com ele, mas ele pensava nelas, às vezes em quartos de hotel que eram como uma corrente de bonecos de papel, e às vezes quando estava no meio dos exames físicos que a empresa gostava de mandá-lo fazer no que pareciam ser em intervalos semanais. Não, não era *tão* ruim.

Mas alguém *tinha* roubado seu Villerosi. Seu lindo e clássico carro de corrida. Maureen o mataria. Simplesmente o mataria. Ele se apoiou na van.

"Poderia ser pior", murmurou ele, sem perceber que estava falando em voz alta.

Alguma coisa dentro dele estalou como um elástico. *Ah, meu Jesus sofredor*, pensou ele, e vomitou Guinness quente pela calça amarela e no brilho intenso das botas Bally.

PEQUENAS REALIDADES

TABITHA KING

2

"Lucy", gritou seu pai. "Lucy!"

Ele apareceu na porta. O sol atrás dele o transformou em um espantalho grande e preto que balançava um pedaço de madeira para ela. Lucy levantou os óculos de proteção para o alto da cabeça e desligou a furadeira.

A oficina ficou silenciosa de repente, e o som mais alto era o da respiração ofegante do pai. O ar que Lucy respirava era quente e poeirento, com odor de madeira e óleo. Apesar das luzes no teto e da claraboia aberta acima da bancada, estava mais escuro lá dentro do que do lado de fora, onde o sol de primavera banhava tudo com intensidade. Depois de entrar, deixando a iluminação do sol para trás, seu pai voltou a ser ele mesmo. Estava sorrindo, empolgado, balançando uma espécie de tubo na direção dela. Abriu o tubo nas mãos e ele se tornou uma revista. As mãos de Lucy ficaram suadas de repente. Ela as secou no macacão.

"Finalmente chegou", disse ele, com um peso de satisfação na voz.

Os olhos de Lucy pularam da revista para o rosto dele. Os dentes brancos demais brilhavam para ela. Com relutância, pegou a revista. Seu pai esperou com expectativa enquanto ela observava a capa.

Era o lado norte da Casa Branca, uma vista tão familiar para a maioria dos americanos quanto o rosto da própria mãe. Foi fotografado de forma muito talentosa a partir da mesma perspectiva do terreno sobre o qual ficava o modelo. A simplicidade da vegetação artificial e do gramado, a limusine de plástico na entrada, denunciavam ilusão. Mas parecia a original, quase como se alguém tivesse grudado uma foto da verdadeira Casa Branca em um fundo falso. Só que onde deveria estar o céu havia uma série de letras pretas com fundo vermelho anunciando *VIP*. E outro grupo de letras, menores e manuscritas, anunciavam *Casa Branca de Dolly* onde o Monumento a Washington deveria estar.

A sensação que Lucy teve no estômago foi semelhante a de estar descendo em um elevador. Queria ficar onde estava, mas tinha que seguir o resto do corpo.

Devolveu a revista ao pai. "Eu deveria buscar o Zach."

"Ah, ainda está cedo." Ele ficou enrolando a revista, intrigado com a aparente falta de empolgação dela.

"Quero lavar as mãos e tirar este macacão. Por que você não esquenta a sopa enquanto isso?"

Ele assentiu. "Você não quer ler o artigo?"

"Leia você primeiro. Eu olho depois do almoço."

"Certo." Ele sorriu. "Acho que tudo bem."

"Chegou mais alguma correspondência?" Colocou as ferramentas e os itens frágeis em uma prateleira alta, fora do alcance de Zach.

"Um pedido da sra. Ashkenazy. Acessórios para a sala. Vou botar no quadro de pedidos esta tarde e confirmar. O resto são contas e mala direta", respondeu o pai.

Ela deu um sorriso cansado. "Obrigada, pai. Vejo você em vinte minutos." Lucy saiu da oficina. Sabia que o pai olharia o trabalho dela; não faria isso enquanto ela estivesse lá. E depois esquentaria a sopa e se sentaria para ler o artigo da revista. Ele tinha um orgulho de pai. Estava claramente mais ansioso do que ela para espiar tudo. Ela sentiu uma pequena onda de ressentimento. Não era a vida dele em jogo, não era o trabalho dele, apenas o da filha. O risco não era dele.

Lucy fechou os olhos quando se encostou na pia. *Vai embora, irritação*, desejou ela, lavando as mãos. Foi a maldita revista que a deixou abalada. Implicar com o pobre pai era só um sintoma, o fantasma da raiva adolescente que escorria do caixão de chumbo justo quando ela achou que já tivesse se decomposto.

Era tarefa de Lucy recolher os pratos e botar o resto da sopa na geladeira. Seu pai, agora encolhido na frente da mesa da cozinha com o café e a revista, lavaria os pratos mais tarde.

"Não quer se sentar e olhar isto agora?"

Lucy secou as mãos e se sentou, então inclinou a cabeça para ver se ouvia Zach e não escutou nada. O sono o tinha dominado.

"Terminou?"

"Não tem mais nada que valha a pena." Empurrou a revista pela mesa na direção dela e olhou para o relógio de pulso. "De qualquer modo, está na hora daquele programa idiota. Preciso de todas as risadas que eu puder dar. Com licença." Ele se levantou e pegou a xícara de café com a mão deformada e de dedos grossos.

Lucy puxou a revista e olhou para a capa com um sorriso. Ouviu o clique do botão de ligar a televisão e a estática quando a imagem surgiu na tela. As molas do sofá fizeram barulho quando seu pai se sentou.

Ela observou a capa da revista mais uma vez, brevemente, e a abriu na matéria principal. Era como olhar seu anuário do ensino médio. Queria virar as páginas rapidamente e fingir que ela não estava lá.

A maior fotografia mostrava o modelo da Casa Branca com a parede norte removida para expor os móveis e a decoração dos aposentos. De um lado, Lucy se inclinava na direção da casa de bonecas, apontando para a lareira na Sala Verde. Não precisava da legenda para saber que era um modelo da lareira Monroe Empire original. Conhecia-a com a palma de suas mãos — as mãos que fizeram a pequena reprodução.

A fotografia mostrava claramente suas unhas quebradas e os calos. Segurou um rubor; era um preço baixo a se pagar por fazer um trabalho do qual gostasse. Sua sogra teria algo ferino a dizer sobre isso. As unhas *dela* eram perfeitas, sempre; as mãos pequenas não tinham marcas, eram macias e cheirosas.

Dolly Hardesty Douglas estava do outro lado da casa de bonecas. Parecia uma pequena rainha, coroada com o próprio cabelo platinado. Era delicada, mas reta como uma vara, vestida em linho branco com vincos tão afiados a ponto de cortar, como a beirada de um bom papel. Lucy achou um pouco de graça; Dolly ficaria furiosa com a piadinha da capa mencionando o odiado apelido. Sua sogra exigia ser chamada de Dorothy; Lucy a chamava assim na frente dela, mas como quase todas as outras pessoas que conheciam Dolly Hardesty, voltava a usar o apelido assim que ela estava longe. Sem dúvida ela estaria esganando os editores da VIP agora mesmo. *Antes eles do que eu*, pensou Lucy.

Lucy, na fotografia achatada e com a coloração sutilmente alterada por causa das tintas usadas na impressão, pareceu aos seus próprios olhos ser tudo que Dolly não era, e a maioria dessas coisas era negativa. Seu pai a chamou de *gawmy* uma vez; era uma de suas palavras ianques e queria dizer "grande" e "desajeitada". Ela se sentia assim; era grande e desajeitada ao lado de Dolly. De cara lavada, com seios grandes, bunda grande, uma caipira de calça jeans e blazer, ela se olhou na página como se olhasse para um espelho da casa maluca em um parque de diversões.

Sentiu uma irritação momentânea com Nick. Era coisa dele. Lucy nunca esperou ser incluída na sessão fotográfica. Ela e os filhos estavam presentes a convite de Nick para ver a exposição um dia antes da inauguração, dia em que o Instituto Dalton costumava ficar fechado para os visitantes. Nick a persuadiu, exatamente como tinha persuadido Dolly a emprestar a casa de bonecas para a exposição do museu. Nick era um profissional da persuasão; Lucy não tinha a menor chance de ir contra ele se a própria Dolly não tinha conseguido.

Lucy passou para a fotografia seguinte, na página em frente. Nela, seus filhos admiravam o modelo da Casa Branca. Ela sabia que a fotografia era uma ilusão. Zach e Laurie tinham visto a casa de bonecas várias vezes, em vários estágios de alteração, e também tinham visto cada elemento que Lucy criou para ela. Era algo que não os impressionava mais. Mas os rostos deles na foto estavam animados, os olhos iluminados, as bochechas rosadas de empolgação.

Era algo proveniente de uma total e absoluta posse que eles tinham em relação ao Dalton em si: os espaços amplos, as coleções que o museu abrigava, a equipe, da qual muitos eram amigos e conhecidos, eram todos deles naquele dia. Eles correram pelos corredores e foram iniciados nos mistérios do sistema de transmissão por rádio pelos técnicos simpáticos. Não era surpresa que, quando Nick pediu para que tirassem uma foto com a casa de bonecas da avó, eles tivessem aceitado com tanta pose.

A outra avó deles, a mãe de Lucy, adoraria a foto. Compraria vários exemplares da revista para enviar a amigos e parentes. "Olhe na página onze, tem uma surpresa!" ou algo do tipo estaria escrito em um cartão preso com um clipe na capa. Isso fez com que Lucy se sentisse um pouco melhor com a coisa toda. Daria alegria e prazer à mãe, a quem Lucy tinha dado tão pouco.

Virou a página e encontrou uma fotografia de página inteira do Salão Principal do Dalton, tirada da sacada do terceiro andar. O ângulo pegava as casas de bonecas da exposição com o piso de mármore ao fundo, como a vista panorâmica de um desvio por um vale alienígena. E Nick estava no meio de tudo, marcando a escala das casas em comparação à escala do Salão.

O fotógrafo aparentemente tinha ficado tão impressionado com Dalton quanto Lucy. Ela olhava para cima instintivamente sempre que entrava no Salão Principal, onde o instituto seguia para o alto por cinco andares, como o interior de um bolo de casamento. Os andares sucessivos iam ficando menores conforme subiam, como um zigurate, e no alto havia um salão de vidro pequeno que parecia uma rosquinha, uma versão eduardiana de uma passarela coberta. De lá dava para olhar para o National Mall e ver as grandes construções públicas um pouco reduzidas. Ou dava para olhar para o Salão Principal, uma vista que era um pouco mais ameaçadora para o estômago.

Certa vez, quando estava meio chapado, Nick disse que um dia queria juntar uma coleção de prismas para fazer a refração da luz que entrava pela passarela. Agora, Lucy não conseguia mais olhar para cima sem visualizar as cores se espalhando pelas sacadas e colunas.

No dia da inauguração, o dia seguinte ao que o fotógrafo da *vip* fez as fotos, choveu sem parar. O céu nublado bloqueou a luz, e os andares mais altos ficaram sombrios e obscuros. Os candelabros não ajudavam muito a combater a sensação de amanhecer úmido que durou o dia todo.

Lucy atravessou o National Mall encharcado com Laurie e Zach, dizendo para si mesma que mais três pessoas seriam um aumento do público, um consolo para Nick, e admitiu secretamente que precisava ver um pouco da reação dos visitantes. Os prédios em volta do National Mall estavam distantes e não muito sólidos por conta da chuva e do vento. Pareciam tão românticos quanto templos em ruínas ou castelos. A grama molhada e a lama estavam escorregadias. De vez em quando, o progresso do intrépido grupo era abalado por um escorregão repentino adiante, e um sacolejar frenético e momentâneo para recuperar o equilíbrio.

Encontraram o dinossauro em um trecho de neblina. O corpo era escorregadio e reptiliano, a água condensada pingando do rosto em lágrimas enormes de mentira. A mão de Zach apertou a de Lucy um segundo antes de Laurie gritar "Olha!". Os passos dele se arrastaram quando eles passaram, e Zach olhou impressionado quando a neblina o encobriu.

O tempo não desencorajou centenas de outras crianças e adultos. Os pisos de mármore do Dalton estavam escorregadios e sujos de lama. O próprio ar estava úmido. Capas amarelas deixaram a multidão de visitantes tão colorida quanto um campo de narcisos. As vozes animadas de crianças, as vozes autoritárias dos adultos que as guiavam, o estalar de rádios, o clique feito insetos de guarda-chuvas sendo fechados, formaram para Lucy uma intensa tapeçaria de ruídos.

A primeira voz que falou através dos rádios portáteis que Lucy e as crianças pegaram ao entrar foi familiar.

"Bem-vindos", disse a voz — Zach gritou "Nick!", contente —, "às Pequenas Realidades do Instituto Dalton." As pessoas em volta deles se viraram para sorrir para o garotinho que quicava em suas galochas. "Uma exposição de casas de bonecas e seus móveis, dos tempos coloniais até o presente", concluiu a voz gravada de Nick. Laurie estava revirando os olhos em constrangimento evidente.

De mãos dadas, os Douglas seguiram de ponto em ponto, olhando as casas de bonecas que já tinham visto no dia anterior. Eles não tinham os rádios, aparelhos como telefones que revelavam magicamente todos os segredos, embora tivessem testemunhado o teste pelos técnicos. No dia anterior, o folheto ilustrativo foi o guia, e também Nick, que, assim como Lucy, tinha um considerável conhecimento na área. O trabalho dela estava em várias casas expostas, mas nada tão extenso quanto a Casa Branca da vovó. Por conta da distração do fotógrafo e da presença intimidante da própria Dolly, nenhum deles a examinou detalhadamente. Agora eles podiam fazer isso, e a contornaram para vê-la de todos os lados.

Lucy ficou aliviada por Laurie e Zach terem segurado a língua; quase esperava que eles anunciassem: "A minha mãe fez isso!". Talvez a voz emanando do rádio os impressionara e emprestara um certo glamour ao volume familiar da casa de bonecas.

Eles foram embora na chuva depois de duas horas. Laurie e Zach pegaram no sono no carro. O resto do dia foi levado pela chuva, em um clima de sonho, como o dinossauro ou os prédios em volta do National Mall.

O telefone tocou, e Lucy deu um pulo. O relógio na parede a acusou. Ela deveria ter chegado à oficina quinze minutos antes.

Da sala, seu pai declarou: "Que bosta!".

Ela atendeu ao telefone no segundo toque. Sabia quem era.

"É a Lucy Douglas que apareceu na *vip*? A gostosa?", perguntou Nick. Lucy bufou sarcasticamente e ouviu Nick rir.

"Alguns de nós têm que trabalhar para sobreviver", interrompeu ela, "então me dá licença."

"Espera", pediu ele.

"Estou esperando, mas só pelo respeito que tenho desde a infância pelos mais velhos."

"As fotos ficaram ótimas", disse ele, "e você ficou linda. Você tem mesmo vinte e nove anos?"

"Obrigada. Não, eu tenho catorze, só pareço mais velha do que minha idade real. Você está encrencado por isso, mas merece. Poderia ter me avisado, para eu vestir uma coisa mais lisonjeira do que uma calça jeans que faz a minha bunda parecer do tamanho do prédio do FBI."

"Sei lá", refletiu ele, "eu acho que sua bunda ficou ótima. Além do mais, se eu tivesse avisado, você não teria vindo."

"Você é horrivelmente cruel."

Ele deu uma risada maligna.

"Não esqueça, minha beleza orgulhosa, que a hipoteca do seu pai está comigo."

Lucy riu. "Vejo você hoje à noite, Dick Vigarista."

"Você precisa se libertar, minha querida, dessa obsessão puritana e de classe média por trabalho".

"Eu *sou* de classe média e puritana. E tenho filhos de classe média e puritanos que têm um apetite e tanto. Quer alimentar os dois?"

Houve uma pausa breve e satisfatória por parte de Nick.

"Então?", perguntou ela, apreciando a sensação inesperada de tê-lo encurralado em um canto.

"Estou pensando no assunto", disse ele. "São boas crianças. Só não sei se aguento a mãe deles reclamando."

"Aprendi tudo que sei com você."

"Ufa. Por um minuto, achei que você ia cuspir no telefone de novo e se eletrocutar."

"É melhor você ir brincar com o seu museu", insistiu Lucy, "e me deixar voltar para o trabalho."

"Que pena. Eu ia convidá-la para jantar comigo hoje."

"Então convida." Lucy olhou para o relógio. Se Nick a deixasse trabalhar um pouco, ela se daria uma noite de folga de recompensa.

"Oito horas?"

"Aham."

"Você já falou com a Dolly?"

"Não."

"É por isso que está tão ansiosa para voltar para o trabalho."

"Você é inteligente demais. Mas esqueceu do meu pai. Ele atende ao telefone, junto com todos seus outros excelentes atributos."

"Mas o Zach está dormindo agora. Você vai tirar o telefone do gancho. Fiquei surpreso de ter conseguido ligar, mas achei que você estaria hipnotizada por sua própria imagem nessa gloriosa revista."

Lucy riu. "Nos vemos de noite, Dick Vigarista."

Ela desligou, tirou o fone do gancho na mesma hora e pendurou-o na beirada do quadro de avisos ao lado do telefone.

"Pai, você pode cuidar das crianças hoje depois das oito?"

"Claro." Ele balançou a mão grande na direção dela. Seus olhos não desviaram da tela. "Pura baboseira esse programa, sabia, Lu?"

Ela assentiu. "Estarei na oficina, pai."

Nick Weiler coçou a barba e ouviu o zumbido da linha por alguns segundos. Sem querer se despedir de Lucy, ficou ouvindo a ausência dela.

Ele finalmente desligou e olhou para a revista, aberta na mesa. Lucy ficou nervosa durante as fotos com Dolly. Toda a parte da publicidade a surpreendeu, e naquele momento ela quase acabou ficando na defensiva perto de Dolly. Na foto com os filhos, ela se saiu muito bem.

O fotógrafo captou o curioso movimento ascendente de seus olhos acima das maçãs do rosto, que não eram os ossos ocos e famintos de uma modelo, mas tinham carne e eram modelados, como se esculpidos em madeira esbranquiçada e de textura uniforme. A porção tártara dela, como ela dizia para explicar os olhos e a estrutura facial, brincava com a ancestralidade e com o temperamento.

E ele pensou nas mãos dela, com os calos que pareciam finas cascas de árvore, como se ainda estivesse presa em algum ponto de uma metamorfose mítica, ainda um pouco Galateia, ou se tornando Dafne. Mas, no centro das palmas dela e entre os dedos, nas bases, a pele era macia e sedosa.

Quando o telefone tocou uma vez e um dos números se acendeu, ele afastou com relutância os pensamentos de Lucy e atendeu.

"Sim."

"É a sra. Douglas, dr. Weiler."

E não Lucy, ele pensou, irritado consigo mesmo por querer que ela ligasse para ele, por ficar decepcionado por saber que não era Lucy, que era Dolly, e ele até rasparia a barba se estivesse errado.

"Obrigado, Roseann." Ele ouviu o clique do botão sendo solto por Roseann. "Oi, Dorothy."

"Você viu aquela porcaria de revista?"

"Hummm." Ela ia começar a reclamar. Ele ficaria calado e esperaria a tempestade passar.

"Eu nunca mais vou querer saber daqueles malditos de novo."

"Você não deveria levar tão a sério", arriscou ele, sem nenhuma esperança de ela estar ouvindo.

Um xingamento baixo soou em seu ouvido esquerdo, seguido de uma provocação.

"Você gostaria de ser chamado de Nickie ou qualquer outro apelido horrível que sua família usasse quando você era pequeno demais para se defender?"

"Nickles", disse ele distraidamente. "Minha mãe sempre me chamava de Nickles."

A gargalhada rouca e explosiva de Dolly soou na linha.

"Nickles?", perguntou ela.

"Até eu ir embora para a faculdade."

Dolly fez uma pausa. "Bem, sua mãe sempre foi meio boba."

Nick lutou momentaneamente entre a defesa instintiva da mãe por um filho e a certeza do homem adulto de que a mãe era, nos momentos mais difíceis, uma boba. O amor materno venceu.

"Ela me amava", protestou.

Dolly ficou em silêncio. Seu pai tinha lhe dado o apelido; sua mãe sempre a chamara de Dorothy, ou Dorothy Ann. E Nick Weiler sabia disso, sabia que ela odiava quando as pessoas a chamavam de Dolly porque era o apelido que o pai usava com ela, um nome amoroso. Dela. E do velho Mike.

"De qualquer modo", disse ela com petulância, "eu lamento ter emprestado minha casa de bonecas. Mal posso esperar para pegá-la de volta. Estou sentindo falta dela."

"Você pode visitá-la a qualquer momento."

"Pode ser que eu vá."

Nick sentiu uma alegria repentina por ter saído do território traiçoeiro do nome de Dolly. "Está chamando muita atenção. Nós nunca tivemos uma exposição de tanto sucesso."

"É mesmo?" Dolly pareceu satisfeita.

"É mesmo", garantiu ele.

"Você está cuidando bem dela, não está? Os jornais estão cheios de roubos de arte. É muito perturbador."

"Dolly", disse Nick solenemente, "você é a única pessoa que conheço que roubaria uma casa de bonecas."

Ela riu. "É melhor do que roubar a pessoa que faz a casa de bonecas", disse ela.

"Não se pode roubar o que não tem dono", respondeu Nick com leveza. Ele gostaria de lhe dar uma bronca. Ela devia saber que não deveria implicar com ele por causa de Lucy. Mas não ganharia nada ao demonstrar sua raiva.

"Posso não ser dona dela, mas parece que estou a caminho de torná-la grandiosa, em mais de um sentido", disse Dolly com sarcasmo.

"Nossa, como você é engraçada."

"Muito engraçada", concordou Dolly. "Que tipo de tola você acha que eu sou? Você programou aquela sessão de fotos. Estou perfeitamente ciente de que me usou para promover não só seu bendito museu, mas também Lucy. Graças a mim e a você, claro, ela ganhou um monte de propaganda gratuita e uma reputação instantânea como a melhor decoradora de casas de bonecas do país."

"Você está sugerindo que ela não seja?"

"Não se faça de bobo." Dolly descartou a pergunta. "Ela está trabalhando para mim, não está?"

"Ah, eu achei que talvez você estivesse fazendo isso para ajudar a sustentar seus netos", espetou.

"Isso também." Ela ignorou ou não percebeu o ataque sarcástico. "De qualquer modo, você está me devendo pela casa de bonecas, querido. Seja bom com a Lucy. Sei que ela é boa com você. Ela sabe ser uma filha da mãe, mas você aguenta isso, e ela *precisa* de um homem. Eu nunca esperei que ela vivesse a vida como um memorial virginal a Harrison."

"Servimos bem para servir sempre."

"Adorável da sua parte, querido. Nos falaremos em breve. Cuide da minha preciosa."

Falando da casa de bonecas, claro, não de Lucy, não de Laurie e não de Zach. Nick percebeu que estava trincando os dentes. Condescendente, infeliz... Foi Lucy quem fez as miniaturas da sogra quando Dolly estava de luto, era o trabalho de Lucy, independentemente do preço pago por Dolly, que atraía multidões para a exposição Pequenas Realidades. Ele ficou meio enjoado de lembrar que já tinha conhecido o corpinho rígido de Dolly Hardesty da mesma forma como conhecia o de Lucy agora.

Havia a questão do museu, como ela o tinha chamado, que precisava ser resolvida, e a maldita casa de bonecas para ser cuidada. Havia uma reunião sobre segurança no fim da tarde. Ele não tinha tempo de ficar irritado com Dolly nem de ficar pensando em Lucy. Jogou a revista de lado e abriu o grosso arquivo sobre segurança de museu.

No meio da tarde, ele estava passando pela exposição no Salão Principal. Era a única dentre as doze pessoas naquele recinto que tinha mais de um metro e vinte de altura, e na presença de mais de duzentas crianças e todas as casas em miniatura, ele se sentia como Gulliver em Lilliput.

Ele visitava as exposições com frequência. Gostava de observar as reações aleatórias do público, mas também gostava da visita em si. Os comentários das crianças e seus acompanhantes chegavam nele como peças de um quebra-cabeça, ou, mais corretamente, as peças de dois quebra-cabeças, com as informações saindo dos rádios ao mesmo tempo.

A voz cantarolada de Connie Winslow, sua assistente de eventos especiais, chegou ao seu ouvido: "...construída em 1876, têm gavetas na base para o armazenamento...".

"Brian, não bota a mão." Era a voz estridente de uma professora tensa.

Um garoto com olho bom para escalas. "...a boneca é grande demais para os móveis."

"Não, foi feito desse jeito." O adulto que o acompanhava.

Ele não desistiu. "É grande demais mesmo assim..."

"...o tapete Aubusson na sala de estar foi feito por Elizabeth..." A voz de uma funcionária no rádio, uma das garotas da restauração, ele achava.

"...queria ter aquela casa de bonecas..." Uma criança entristecida.

"...os corredores extremamente estreitos. Severamente danificados em um incêndio..." Eddie Bouton, o chefe de informações públicas.

"...aaah, olha o peniquinho. A ponta do meu mindinho não caberia ali dentro." Uma garota alta e nova, com o olhar intenso da pré-adolescência.

"...típica casa de bonecas vitoriana, dividida em dois andares com dois aposentos em cada..." Connie de novo. Nick tinha persuadido Connie e vários outros funcionários com boas vozes a gravarem as informações. Isso os envolveu mais profundamente naquela exposição específica, os expôs a outras áreas do trabalho do museu fora das especialidades deles e economizou no gasto com leitores profissionais, um arranjo satisfatório para todos.

"...fiz um abajur assim com um pote de creme do Sambo's", contou uma senhora de meia-idade para outra. Adeptas do hobby, elas deviam ter suas próprias casas de bonecas.

"É mesmo?" Um gritinho de prazer.

"...as primeiras casas de bonecas de latão..." Eddie Bouton em um concerto com a própria voz, vinda de dois rádios ao mesmo tempo. "...criadas pelo construtor de armários Joseph Pinkham, na Filadélfia em 1830..."

"...parece a casa de bonecas da minha tia Theresa, a que tem um elevador que funciona mesmo, sabe, quando se puxa a cordinha..." Duas garotinhas conversando.

Ele não conseguiria escapar de si mesmo hoje. "...as janelinhas embutidas nas portas são uma característica única e incomum...", ele ouviu a própria voz dizer.

"...quero uma cortina assim se conseguir o tecido..." Outro adepto do hobby e colecionador.

"Brian, não bota a mão!" Garoto agitado sendo vigiado.

"...o trabalho de costura é excelente, não é? Mesmo assim, é trabalho de mulher. L. Douglas, está escrito aqui. Tenho certeza de que o conjunto de quarto da Harriet Mushrow foi feito por ela, o que tem a colcha de cabana de caça..." A conversa entre os colecionadores o atraiu novamente.

"Srta. Porteous, a Casa Branca é mesmo assim? Fui lá no mês passado e não me lembro de ser assim", perguntou uma criança observadora perto da Casa Branca de Dolly.

"Não exatamente. O que o folheto diz?" A professora.

"...caramba, quem me dera ser a filha do presidente e alguém me dar uma casa de bonecas..." Uma garota gorducha fazendo biquinho.

"...a reforma de 1948 a 1952 foi marcada com um presente do rei George VI, dado para a então princesa Elizabeth. Era um espelho do século XVIII, copiado aqui..."

Diz para eles, Dolly, pensou Nick ao passar perto da gravação dela.

Ele se inclinou para bater no ombro de um garotinho. "Brian, pode botar a mão", apontando para uma casa de bonecas vitoriana grande e com janelas enormes, a melhor para espiar e mobiliada com peças bem resistentes. Brian sorriu e foi direto para a casa de bonecas. Nick encarou a professora aliviada, assentiu e foi para a reunião sobre segurança.

O pai de Lucy abriu a porta quando Nick bateu.

"Oi, sr. Novick", saudou Nick, apertando a mão do homem mais velho.

"Pode entrar", disse ele. "Ela ainda está se arrumando. Já vai chegar." Ele o seguiu até a sala, onde Laurie e Zach estavam assistindo à televisão. "Sente-se", convidou o sr. Novick.

"Tudo bem." Sentou no braço do sofá. "Laurie está precisando de cócegas, não está?"

O pai de Lucy riu com simpatia. "Acho que está, sim."

Nick esticou os braços casualmente na direção da menina de sete anos, que se contorceu para longe dele, rindo, enquanto tentava manter os olhos na tela da televisão. Zach desviou o olhar por tempo suficiente para sorrir para eles e voltou à observação do problema que Snoopy estava enfrentando naquele momento.

Durante o comercial seguinte, Zach subiu no colo de Nick sem falar nada, e ficou sentado lá, parado com a mesma tranquilidade do homem no alto da pirâmide no circo, com um polegar na boca e a outra mão enfiada na abertura da calça do pijama. Nick moveu o braço esquerdo para apoiar o garoto. Laurie olhou para cima e fez cócegas na perna de Nick para chamar a atenção. Ele seguiu o olhar dela até a mão de Zach e eles trocaram um sorriso.

Lucy os encontrou arrumados em um silêncio confortável na frente da televisão. Tirou Zach do colo de Nick e o botou ao lado de Laurie no sofá. O braço de Laurie foi para baixo da cabeça do garotinho em um gesto maternal. Lucy beijou a cabeça dos dois.

"Depois do Snoopy é hora de ir para a cama", disse ela para o pai. "Boa noite, pai."

"Você escreveu o número para o meu pai?", perguntou ela a Nick, e ele fez uma pausa para anotar o número do telefone do restaurante em um pedaço de papel.

O sr. Novick os acompanhou até a porta. "Divirtam-se", disse ele.

"Como está seu pai?", Nick perguntou à Lucy quando a porta estava fechada e eles já estavam a caminho do carro.

"Acho que bem. Ele falou com a minha mãe hoje depois do jantar. Ela viu a revista; ligou por causa disso."

"Eu não sabia que eles estavam se falando."

"Eles não têm muito do que falar agora. Só as crianças." Lucy riu. "A maior parte da conversa deles foi meu pai dando a entender que minha mãe sente falta dos netos, de quem ele por acaso é bem próximo." Ela deu uma risada. "E ela dando a entender que ele está sendo invasivo comigo e que, no mínimo, devia estar bebendo meu xerez de cozinha pelas minhas costas."

"Ela gostou do artigo da *VIP*?"

"Mais ou menos. Gostou da foto das crianças. Disse que achava que você..."

"Oh-oh."

"...parecia distinto, mas mais velho do que ela esperava. Depois, choramingou um pouco e admitiu que eu não era mais o bebê dela."

"Ah." Nick não conseguia ver a expressão dela. Ela tinha encontrado alguma coisa na janela para olhar. "Não", disse, pensativo, "acho que você não é, certo?"

Lucy não respondeu. Aparentemente, ela não queria dar continuidade ao assunto. Nick queria que ela se abrisse com ele, mas ela guardava o passado para si. Sabia que os pais tinham se divorciado quando ela estava no começo da adolescência e que ela nunca se recuperou do sentimento de que era um resto constrangedor, a única verdadeira barreira que os impedia de apagar permanentemente aquele casamento desastroso para os dois. Sua mãe tinha se casado novamente e tinha filhos mais novos; possuía uma vida tranquila no subúrbio, era professora e tinha uma segunda família. Parecia haver pouca energia para algo mais do que um relacionamento superficial com a filha adulta e viúva.

Nick lançou um olhar para Lucy quando parou no sinal. Ela estava com o cabelo preso em um estilo elaborado, quase oriental, que tinha acabado de entrar na moda. Destacava as feições bárbaras dos ossos dela, convidando-o ao toque como uma curva polida de madeira faria.

"Você está linda hoje."

Ela olhou para ele com seriedade. "Obrigada. Você está muito..."

"Distinto?"

Ela riu com ele. "Dolly ligou?", perguntou.

"Ah, ligou. Entre os seus ruídos de desprezo e a reunião infindável sobre segurança."

"Ela também me ligou."

"E o que ela disse, e o que você disse?"

"Eu falei o mínimo possível. Fiz ruídos solidários sobre o sacrilégio que a revista cometeu. Aparentemente, os editores foram bem cruéis quando ela os censurou."

Nick riu.

"Ela queria saber como estavam os queridinhos. Eles não ficaram adoráveis na foto, espiando a casa de bonecas da avó?", debochou Lucy. "Eu quase vomitei."

"Você não tem medo de eles serem como ela?"

Lucy deu um sorriso fraco. "Eu os examinei com atenção no berço. Se tivesse visto a menor semelhança, teria estrangulado os dois bem ali com as minhas próprias mãos. Que, aliás, ela me disse que ficaram obscenas e horrendas nas fotografias."

"Ela deve ter sido uma sogra maravilhosa."

"É. Eu ganhei meu lugar no céu. Sempre moramos em bases militares. Não tínhamos dinheiro para visitá-la, e ela não queria nos visitar. As casas eram bregas e ela se sentia ofendida. Bem, eu falei que o Zach estava botando gesso na escova de dentes e desliguei antes que ela pudesse me dar um sermão por deixar as coisas em lugares onde ele alcança."

"Eu não sabia que você mentia."

"Eu não minto. Ele estava mesmo."

"Eca. Isso não é tóxico?"

"Acho que não. Só não é muito nutritivo, sabe?"

"Minha conversinha com a Dolly também foi divertida."

"É mesmo?" Lucy sufocou uma risada. "Conta tudo."

"Aquela coisinha fofa me acusou de usar o nome e a fama *e* a casa de bonecas dela para promover você, a mim e ao Dalton."

"É mesmo?"

"Ah, é. E deu um golpe especificamente baixo sobre..."

"Consigo imaginar. Merda." A voz de Lucy falhou. "Há quanto tempo você conhece a Dolly, Nick?"

"Desde que éramos crianças. Meu pai pintou um quadro dela uma vez."

"Eu lembro. É o quadro que foi roubado um tempo atrás."

"No verão seguinte, eu acho, depois que o pai dela não estava mais na função, Dolly e a mãe passaram um tempo na Inglaterra. A mãe dela usou a conexão com Sartoris para se apresentar para a minha mãe. A minha mãe é uma fofa, sabe. Não carrega maldade, e não vê maldade nas outras pessoas. Acho que isso explica muito não só sobre como ela pôde amar Sartoris, que é um filho da mãe de muitas formas, e sobre por que meu padrasto a amava.

"Seja como for, ela as hospedou por vários meses. Eu voltei da escola para casa nas férias e elas estavam lá, acomodadas como a realeza exilada na nossa casa. Fui instruído pela minha mãe a ignorar a mão pesada da sra. Hardesty na garrafa de conhaque e a aguentar o que minha mãe chamava de 'euforia de Dolly'."

"E a ser um bom escoteiro?", acrescentou Lucy.

Nick sorriu para ela. Ele ficaria feliz de abandonar essa lembrança específica, mas Lucy insistiu.

"Não faça suspense. Me conta o que a Dolly fez. Me dá uma arma, pelo amor de Deus, para a próxima vez que ela me disser que estou deixando os netos dela crescerem como selvagens."

Houve um silêncio, e Nick confessou em tom funéreo: "Além de ser uma pestinha mimada e terrível, ela provocava todos os homens da casa, inclusive meu padrasto, que já era um senhor debilitado de setenta anos".

Lucy assobiou. "Esse é o tipo de arma que pode disparar pela culatra e me acertar. Acho que não vou usá-la. Você também?"

"O quê? Ah, sim. Mas eu mal era adolescente."

"Não conseguiu fazer você subir direito?", cutucou Lucy com maldade.

"Você está piadista hoje." Nick fez uma pausa. "Engraçado. Ela parou de repente, do nada. Ficou toda estudante recatada. Acho que minha mãe deve ter dado um jeito nela."

"Mas eu achei que você tivesse dito que sua mãe não teria notado."

"Ah, ela sempre nota. Só não reconhece a ideia de pecado ou de uma pessoa deliberadamente má. Não, é tudo uma questão de modos para ela. Não duvido que ela tenha achado que a Dolly foi criada de um jeito ruim e que seria o certo da parte dela dar um jeito na pestinha. Ela tentou, pelo menos."

Lucy tremeu. "Dolly tem ótimos modos. Quando a conheci, eu pensei que ela era maravilhosa. Uma verdadeira dama, mesmo nos dias de hoje. Mas então descobri que ela usa os próprios modos conforme lhe for conveniente." Ela mudou de assunto. "Você conheceu o Harrison?"

"O seu Harrison?"

Lucy assentiu quase timidamente, como se nunca tivesse alegado posse do marido morto.

Nick balançou a cabeça. "Eu mal me lembro dele quando garotinho. Eu não tinha idade para estar interessado nos filhos dos outros. Lamento. Não posso nem dizer que o conheci como adulto."

"Ele nunca cresceu." O tom de Lucy foi casual, mas amargo. "Viveu e morreu como garoto. Ele não era muito parecido com a Dolly, só que queria tudo do jeito dele a qualquer custo. Nós todos somos um pouco assim, não somos?"

Ela estava sofrendo. Por mais que Nick quisesse que ela falasse sobre as coisas que eram importantes para ela, obviamente era demais naquele momento. Ele não respondeu e fingiu se concentrar na mudança de pista para sair da rodovia interestadual.

"Quanto você tem de trabalho para fazer para Dolly agora?", perguntou ele para mudar o foco da conversa.

"O final está à vista." Havia uma satisfação calma na voz dela. Ela tinha se recuperado. "Tenho alguns acessórios a fazer, porcelana e outras coisinhas, e estou tentando encontrar papel de parede de paisagem francês para poder refazer a Sala de Recepção Diplomática do jeito que ela quer. E ela me disse hoje que achou que o modelo do terreno que o pessoal do Dalton fez ficou horrível." Lucy olhou para ele com expressão de desculpas.

"Admito que foi um trabalho meio porco."

"Ela quer que eu faça isso, o terreno."

"Você quer? Parece trabalhoso demais."

"Não. Eu gostaria de fazer alguma outra coisa da vida além de trabalhar para Dolly. Já é bem ruim ter alguma ligação com ela por causa das crianças. Eu tenho outros clientes para atender, e os adiei para fazer o trabalho na casa de bonecas dela. É só que é provável que eu nunca mais tenha outro projeto grande assim."

Era tranquilizador falar sobre o trabalho em si. E era tolice se arriscar para longe daquele caminho estreito. Mas ele faria isso mesmo assim.

"Dolly expressou medo de você se casar comigo e se aposentar antes de ela ter o que quer de você?", perguntou ele de forma amena.

"Não. Mas ela não tem por que se preocupar." Lucy olhou diretamente para ele, o rosto sem expressão.

"Não consigo imaginar você sem trabalhar." Nick seguiu em frente, ignorando de propósito o sentido da resposta de Lucy.

Eles estavam nas ruas da cidade agora, onde a luz e a escuridão se dividiam pelas feições de Lucy.

"Ela acha que eu vou roubar você ou que alguém vai roubar a casa de bonecas dela. Mal sabe ela", continuou Nick, distante, "que o Dalton está mais trancado e seguro do que um banco agora. Além do mais, nunca ouvi falar de ninguém que tenha roubado uma casa de bonecas."

Não precisou acrescentar: *E você também é bem trancada.* Um silêncio desconfortável se espalhou entre eles, que só foi aliviado com o vinho no jantar. Saíram do restaurante em um estado meio alterado.

Ele parou o carro na esquina de uma rua tranquila e arborizada de Georgetown. Lucy, encolhida no banco ao lado dele e relaxada pelo vinho, reagiu lentamente.

Ele segurou o pulso direito dela, enrolado na corrente dourada da bolsinha. "Vamos ver o que tem na sua bolsa", exigiu ele.

As bochechas dela coraram. Ela lutou um pouco, rindo, e protestou. "Não."

Ele a soltou e se encostou. "Anda." Esticou as mãos. Ela lhe estendeu a bolsa.

"Que beleza", repreendeu ele de leve, "não posso levar você a um bom restaurante sem você roubar os enfeites das costeletas de cordeiro e a toalhinha da bandeja de balas."

"Eu talvez use. Eles jogam fora", insistiu ela.

"Você ao menos sabe o que vai fazer com isso?"

"Vou fazer alguma coisa."

"Você não sabe. E as costeletas de cordeiro nem eram nossas."

Ele devolveu a bolsa dela e ligou o carro. "Você é uma acumuladora, Lucy. Quer ficar um pouco na minha casa?"

Ela tinha se encolhido junto a ele e fechado os olhos.

"Eu deixo você levar as caixas de ovos que guardei", ofereceu ele.

Ela segurou um ataque de risadinhas.

"Os papeizinhos dos meus velhos saquinhos de chá?", tentou.

Lucy riu alto. Nick se inclinou para dar um beijo no alto da cabeça dela. "Vamos", sussurrou ela.

PEQUENAS REALIDADES
TABITHA
KING

3

Dolly Hardesty Douglas andava de um lado para o outro na sala. Sentia-se exilada. Não encontrava consolo nos objetos familiares hoje. Sua mãe a observava do retrato acima da lareira, o foco da sala. A labareda do cabelo da mãe era a única cor forte no ambiente creme, prateado e azul. Dolly olhou para a imagem, vendo pela primeira vez não a beleza sonhadora que amava, mas o fantasma, preso nas próprias fantasias, que Leighton Sartoris tinha pintado vinte e cinco anos antes.

Virou-se de costas para olhar a cidade de novo. Manhattan continuava sendo a espetacular escultura de luz de sempre. Raramente deixava de encantá-la. Normalmente, ela a fazia se sentir a rainha de tudo, sentada no topo da montanha de aço e vidro. Mas hoje ela estava apática, incapaz de sentir qualquer ligação com a cidade.

Esvaziou um cinzeiro cheio em uma cestinha trançada só para fazer alguma coisa. Tentou pensar em alguém na cidade que ela conhecesse. Era muito doloroso abruptamente aceitar que não havia mais ninguém. Não alguém que ela quisesse ver. Acendeu um novo cigarro. Era bem provável que não houvesse ninguém na Sin City que a conhecesse ou se importasse.

No barzinho discreto, ela se serviu de um copo de ginger ale. Nunca tinha gostado de bebidas mais fortes do que vinho, um gosto (ou falta dele) que provavelmente a preservou do alcoolismo que destruiu sua mãe. Seu único verdadeiro vício, pensou ela, eram os cigarros. Ela olhou para o que tinha entre os dedos com aversão. Seu pai sempre disse que fumar não era algo digno de damas e lutou por trinta e cinco anos com sua mãe sobre o assunto.

Suas primeiras lembranças eram de sua mãe fumando furtivamente no quartinho dela enquanto lia para Dolly um conto de fadas antes de dormir. Dolly, com idade suficiente para falar, aos dois anos e meio, também tinha idade suficiente para guardar o segredo quando sua mãe o transformou em brincadeira. Seu pai nunca entrava no quarto do bebê; ficava sempre no escritório lá embaixo, à noite.

Desde então, ela fez muitas coisas na vida que seu pai não aprovaria. Não que fosse santa agora. Não tinha amantes havia três anos. Só ela mesma. Não contava a masturbação como pecado, nem como mau hábito. Era maravilhoso para a pele e fazia o dia começar bem, e que se danasse o pai dela. Um homem típico, no fim das contas.

Se amava alguma coisa, era a casa de bonecas. Preencheu as lacunas de sua vida lindamente, obrigada. Três anos de satisfação. Não eram muitos os casos amorosos que chegavam a isso, e nem por tanto tempo. Menos ainda um casamento. Só de pensar em Harry Douglas, e que o filho da mãe ardesse no inferno, ela tinha arrepios.

Seria meio ridículo, ao menos para a idade dela, se colocar disponível junto às mulheres jovens e seus corpos novos. Era só ver Nick Weiler, não muito mais novo do que a própria Dolly, indo atrás da sua nora, uma mulher com dois filhos, e a boba da Lucy com idade para ser filha de Nick. Quase. Não que tivesse ciúmes dele; Lucy podia muito bem ficar com ele. E ele com Lucy. Ele era frio demais para seu gosto. Sempre teve a sensação de que estava pensando à frente dela e que o que estava pensando não era muito elogioso. Assim como o pai dele, aquele réptil velho do Sartoris.

A bem da verdade, Nick tinha seus atrativos. Dorothy se sentou com seu ginger ale e seu cigarro e soprou a fumaça pensativamente na direção do retrato da mãe. Era perfeitamente previsível. Nick ficando de miolo mole e pau duro por uma mulher como Lucy. Delírio da meia-idade, e naturalmente uma garota que era a antítese exata das outras mulheres de Nick. Adoraria saber o que Lucy sabia sobre *elas*. Não muito, se conhecia seu Nick. Ele era um mestre da discrição quando era de seu interesse, e invariavelmente era.

Tomou o que restava no copo e apagou o cigarro. Era hora de uma visita ao quarto das casas de bonecas. Temia fazer aquilo, mas seria bom para a sua alma preguiçosa.

O quarto parecia horrivelmente vazio, mesmo não estando. Havia os aposentos avulsos e as outras casas de bonecas que ela tinha, lindamente expostas. E o grande espaço vago no meio, onde antes ficava a Casa Branca de Bonecas.

Maldito Nick Weiler por convencê-la. Relutante em entrar no quarto, ela se encostou no batente da porta. Era ridículo se ver andando pelo apartamento, trabalhando com dedicação para ter câncer de pulmão e especulando sobre a vida sexual das outras pessoas como uma velha imunda. Tudo porque Nick a convenceu de que ela devia compartilhar a casa de bonecas com o mundo. Capturou-a em uma armadilha com seu próprio orgulho. Deveria ligar para Lucy e ter uma conversinha de mulher sobre o Nick. Furar o balão dele.

Discou no telefone mais próximo com dedos quase firmes. Um esforço desperdiçado, pois quem atendeu foi o velho Novick. Com a voz trêmula e senil, ele disse que Lucy tinha saído. Não precisou dizer com quem.

A garganta dela se apertou com fúria repentina. Os dois sugando-a, tentando tirar a casa de bonecas dela. Trepando como loucos. Seus dedos tremeram de vontade de arrancar os olhos deles. Ela se jogou na grande cama vazia e bateu nos travesseiros até ficar sem ar. Depois do ataque de fúria, ao se ouvir ofegar, começou a dar risadinhas. *Seja generosa*, disse a si mesma.

Como era a música? *What the world needs now is love...* [O que o mundo precisa agora é amor...] Era tão bom que alguém estivesse se divertindo. Ela procurou os cigarros. Mais cedo ou mais tarde, seria a sua vez de se divertir novamente.

Leyna estava linda. Ela sabia. A maquiadora olhou para ela de forma crítica e assentiu em aprovação, mas era só um ritual. Leyna balançou dedos impecáveis para o diretor e foi com confiança até a marca no chão. Ela e Roddie repassaram apressadamente o roteiro. Roddie adorava dirigir Leyna. Ela nunca usava anotações e nem o teleprompter, e nunca hesitava.

Leyna se empertigou toda no alto de seu um metro e noventa, mais dez centímetros do salto. Relaxou os ombros e moveu a cabeça de leve para que o cabelo comprido se espalhasse em volta da gola. Uma pesquisa tinha revelado que os espectadores do sexo masculino fantasiavam com o cabelo dela. Ela nunca esquecia isso.

Tempo, sinalizado pela luz vermelha; olhou para a câmera.

"Pode parecer com comer bolo no meio de uma revolução, mas Washington nunca foi tão alegre, tão socialmente eufórica, nunca foi tão cintilante e bisbilhoteira", começou ela. "Talvez as pessoas, mesmo nos círculos mais altos do governo, precisem de uma válvula de escape em proporção direta às pressões das preocupações nacionais e mundiais. Uma das formas pelas quais a Washington oficial está exorcizando suas crises diárias encontra-se aqui", e a câmera fechou a imagem nela e abriu em outro lugar, do lado de fora, "nesta instituição do século xix, o Instituto Dalton, antes conhecido como Penny Museum." Ela sabia que os espectadores, ao ouvirem a voz dela, estavam vendo a parte externa do Dalton, iluminada como um bolo de aniversário na noite, o pórtico de entrada tomado por pessoas elegantemente vestidas. A câmera piscou e voltou a ela.

"O que tem aqui de tão divertido?" Leyna falou com os espectadores, como se estivesse encarando cada pessoa por cima dos travesseiros fofos de sua cama. "Uma exposição de casas de bonecas", revelou.

Um novo olho, outra câmera, nos degraus mais altos do salão, percorreu o ambiente, filmando a personificação da democracia nos penteados elaborados, vestidos elegantes, smokings alinhados e roupas de cortes perfeitos, andando com alegria no meio das cidades de casas de bonecas. A voz de Leyna, leve e um pouco rouca, continuou. A câmera a encontrou de novo, como se por acidente, uma mulher linda com um vestido ajustado até o chão de um azul-marinho levemente cintilante, separada das pessoas cheias de brilho só pelo fato de ter um microfone em vez de uma taça de champanhe na mão.

"Casas de bonecas", repetiu ela. "As casas em miniatura vão de ovos de ganso forrados de alumínio e mobiliados com bonecas de clipe de papel e móveis de contas, a casas de bonecas de gabinetes vitorianos, cabanas de produção industrial de plástico e latão, brinquedos adultos e extravagantes que valem milhares de dólares." O olho da minicâmera foi de uma casa para a outra enquanto ela falava e conseguiu ilustrar a fala dela enquanto se movia captando, casualmente, um senador ou mulher de senador aqui, o presidente de braço dado com a mãe ali, aqui um juiz, um funcionário de gabinete, uma congressista grisalha, ali um trio de garotas pré-adolescentes usando saias plissadas e pentes de marfim, rindo atrás de leques.

"Mas a estrela da exposição é *essa* casa de bonecas." Leyna parou para permitir que a minicâmera enquadrasse a Casa Branca. "É natural. Estamos em Washington, D.C., afinal. Essa é a Casa Branca de Bonecas de Dorothy Hardesty Douglas, uma réplica incrível da Mansão Executiva."

Agora, na imagem da câmera, havia outra pessoa, uma mulher pequena e delicada de cabelo platinado, embrulhada em um prata translúcido.

"É verdade que quando você ganhou essa casa de bonecas você não gostou dela?", perguntou Leyna.

"Não foi exatamente que 'eu não gostei', eu achei que era velha demais para ela. Agora, desconfio que eu era nova demais", brincou Dolly com leveza sobre si mesma.

"Sua opinião é diferente agora?"

"Ah, sim. Quando a redescobri no meio dos pertences de meu pai, depois da morte dele, me apaixonei por ela. Decidi torná-la uma Casa Branca ideal."

"Uma Casa Branca ideal?", questionou Leyna. "Não é uma réplica exata da Casa Branca?"

"Não como está agora e nem como era antes. A verdadeira Casa Branca quase sempre parece se encontrar em movimentação constante. As anomalias óbvias", aqui as mãozinhas de Dolly voaram em gestos delicados por cima do volume surpreendente da casa, "a falta de alas, que contêm as salas executivas e não muito interessantes, e a ausência dos andares subterrâneos, onde ficam os aposentos dos funcionários. Essencialmente, essa pequena Casa Branca contém as salas públicas históricas e os aposentos particulares da forma como existiam no século xix."

"E você a decorou?"

"A decoração atual segue o estilo de Jacqueline Kennedy, modificada pelos meus gostos pessoais, particularmente nos aposentos privados. Ela entendia muito bem a função histórica da Casa Branca e tinha excelente gosto. Mas, na verdade, esta Casa Branca é a Casa Branca que eu teria, se morasse lá."

Leyna olhou para a câmera novamente. "Leyna Shaw, do Instituto Dalton em Washington, D.C." Lançou um olhar breve e divertido para a Casa Branca de Bonecas. "Dando uma olhada na Casa Branca de Dolly."

A luz vermelha da câmera ficou preta e permaneceu assim. Leyna deu um sorriso frio para Dolly, que ficou imóvel, o rosto como uma máscara repentina. A cabeça de Dolly se moveu rigidamente para cima e para trás, como uma cobra mostrando os dentes. Seus olhos estavam arregalados e chocados. Ela deu meia-volta e saiu andando.

Leyna assentiu para dispensar a equipe e entregou o microfone, agradecendo enquanto passava. Estava livre agora para participar da festa. Enquanto olhava a multidão, decidindo onde ir primeiro, alguém lhe deu uma taça de champanhe. Ela se viu ao lado de Nick Weiler.

"Obrigado, querida", disse Nick. "Dorothy está puta com a VIP por causa da mesma coisa, agora está puta com você por isso, e está absurdamente puta da vida comigo."

"Que bom. Tomara que sufoque de raiva", disse Leyna com um tom de voz agradável.

"Você não entendeu. Ela poderia ter feito uma doação para o Dalton, poderia ter nos dado a maldita casa de bonecas, o resto da coleção. Ela é dona de vários Sartoris, sabe!"

Leyna deu de ombros com elegância. "Eu não fazia ideia de que o velho Mike tinha roubado tanto. Desculpe, eu não sabia. Achava que estava tudo resolvido. E acho que você está sendo ganancioso em relação aos Sartoris. Seu pai não vai doar tudo para o Dalton quando bater as botas?"

"Quem sabe o que o meu pai vai fazer?"

"Bem, você não pode trepar com ela até ela dar o que você quer?"

"Por que você não fala assim no ar?" Nick não conseguiu segurar um sorriso. "Milhões de pervertidos ficariam em êxtase."

"Eu estava guardando para você." Leyna chegou mais perto dele. "Eu me lembro de ter ouvido que você e a Dolly não são mais tão próximos. Agora você está com a doce Lucy, a corajosa viúva do herói, não é?"

"Achei que você estivesse cuidando dos interesses da República, ficando de olho em políticos, mas aqui está você, gastando seu tempo ouvindo fofocas baixas", respondeu ele.

"Dá no mesmo, e tenho tempo para outras coisas. Suas orelhas deveriam estar ficando vermelhas, querido. Acabei de ver sua amiga Lucy com a Dolly. Aposto que elas estão fazendo comparações. Não que você deva ter vergonha."

"Eu estava guardando para você", brincou Nick.

Leyna deu uma risada rouca, do fundo de sua garganta.

Nick Weiler uniu as mãos nas costas. Parecia um gato perto de uma porta de vaivém.

"Você vai fazer o segmento do *Sunday* sobre o Dalton?", perguntou ele.

"Roddie está filmando o suficiente hoje para editar alguma coisa", respondeu ela. "Vou precisar de uma conversinha com você, claro. Vamos planejar hoje à noite."

Leyna não teve a gentileza de olhar para o outro lado enquanto Nick lutava consigo mesmo. Ele a xingou em pensamento pela ousadia. Mas por que devia ser tímida com ele?

"Vou estar aqui até tarde, para fechar o local", disse ele. "Vou tentar."

Leyna assentiu. "Que bom." Ela acenou para alguém que conhecia.

"Com licença", disse Nick, mas foi Leyna que saiu andando, depois de dar um tapinha no braço e um leve e social toque de lábios nos dele.

O Dalton estava vazio, exceto pelos funcionários, quando Nick encontrou Lucy novamente, encolhida em um emaranhado de panos no sofá do escritório dele. Não estava exatamente adormecida, como descobriu ao se inclinar para beijá-la, mas apagada. Ele podia esquecer o beijo mágico do príncipe naquela noite.

Nick conseguiu colocá-la no carro. Ela se encolheu o mais longe possível dele, passando da consciência parcial ao sono e despertando de leve várias vezes no caminho para casa. Ele estava terrivelmente ciente da distância que os separava. Era como se a maré tivesse baixado de repente e o deixado com a planície infinita e um brilho distante de água captando a luz.

O sr. Novick também estava dormindo na frente da tela da televisão. Enquanto Lucy tirava os sapatos, Nick parou para desligar o aparelho. Ela ofereceu a bochecha para um beijo distante e, recolhendo os sapatos, subiu a escada para o quarto sem dizer nada.

Nick saiu, aliviado por escapar do silêncio dela. Já tinha sido bem ruim Lucy não querer falar com ele, pior ainda ela parecer preferir a inconsciência à sua companhia. Sentia-se como um desconhecido que tivesse saído em um encontro com ela e não fora aprovado.

Ele voltou para as luzes da cidade, ciente de não estar nem um pouco sonolento. Parecia que podia ser a única pessoa dentre milhões que não estava dormindo. Uma onda rara e repentina de raiva cresceu nele. Queria voltar à casa e fazer amor com Lucy. Só que não queria fazer amor *com* ela. Queria que ela ficasse deitada, parada e sem reagir, como um manequim ou uma boneca de pano; queria puni-la com seu sexo.

Nick dirigiu rápido, suando por medo da própria raiva. Talvez pudesse conversar com o pai sobre essa nova experiência de raiva no amor; o velho apostador devia entender o que era. Mas seu pai estava longe, na ilha, dormindo o sono dos velhos e justos. O endereço de Leyna não era muito fora do caminho. Ela pelo menos o faria voltar a si.

Ela tinha tirado os saltos idiotas, e eles estavam da mesma altura. Muito tempo depois, ele conseguiu dormir.

Lucy pareceu feliz quando o segmento do *Sunday* terminou de entrevistar Nick e o deixou narrar clipes da exposição de casas de bonecas. Poderia ver as casas de bonecas e o que havia dentro delas, e se afastar da voz regular e com um leve sotaque de escola britânica dele.

> Garotinhas, e às vezes garotas não tão pequenas, brincam com casas de bonecas desde que a memória humana consegue lembrar. Geração após geração de crianças brincaram de casinha, com ferramentas e utensílios infantis ou versões menores dos móveis e aposentos onde guardá-los de seus pais, transformando aprendizado em brincadeira, como as crianças fazem, treinando para viver.

A câmera ilustrou a mensagem: panelinhas e frigideiras esmaltadas azuis, uma máquina de costura de metal, um berço, brinquedos pequenininhos para os bebês das bonecas.

> Adultos também fazem miniaturas de seus bens e construções com propósitos diferentes das brincadeiras de criança. Desde o tempo dos faraós, em cujas tumbas modelos pequeninos de todo tipo de coisa que as pessoas usavam já foram encontrados, as pessoas faziam o que chamamos agora de miniatura não só por motivos religiosos, mas como mercadoria. Havia objetos em miniatura que eram amostras de bens pesados ou volumosos demais para serem transportados casualmente, ou que eram modelos de futuras coisas em escala natural (muitas casas de bonecas, até mesmo hoje, são na verdade modelos arquitetônicos de construções reais)...

Um altar esmaltado e dourado, com um sétimo do tamanho original, foi exibido sobre veludo escuro. Um trem de brinquedo, com uma locomotiva pequena junto; um piano brilhante e polido; um forno de ferro, que não era menos esplendoroso na frente de uma elegante casa de bonecas eduardiana; o modelo de um arquiteto de uma casa tradicional já destruída de Manhattan.

...ou que eram amostras no sentido das amostras comerciais de hoje, com o objetivo de seduzir para a compra. Casas de bonecas e miniaturas eram usadas como objetos de ensino, para que garotinhas de tempos passados pudessem aprender a complicada arte de cuidar da casa...

Um ferro de passar meio desajeitado; lençóis dobrados e amarelados; facas enferrujadas e colheres de tamanhos muito variados; um conjunto de taças de cristal e um decantador; um escorredor de louça; um fole comido por traças; tudo exposto em uma desproporcional e enorme cozinha, tão cheia de utensílios e ferramentas que nenhuma boneca de respeito poderia pensar em fazer qualquer atividade naquele amontoado.

...Outras casas de bonecas preservam modos de vida antigos, artes domésticas de outros tempos, ou às vezes aposentos famosos ou casas famosas. É o colecionador adulto ou o artesão de miniaturas que se interessa por ilustrações históricas, claro. E às vezes encontramos uma casa de bonecas que a paixão e a habilidade de alguém transformaram em obra de arte, em resposta àquele instinto dos seres humanos de transmutar os objetos mais mundanos em algo mais.

A visão final da câmera foi a da casa de bonecas Stettheimer, uma criação dos anos 1920 de um trio de irmãs que é ao mesmo tempo obra de arte, ilustração histórica do estilo de vida de um período e um brinquedo da terra do nunca, uma casa de bonecas para garotas não tão pequenas.

O que será que nos atrai nas casas de bonecas e seus móveis pequenininhos? Talvez seja um pequeno e simples motivo, óbvio e apropriadamente infantil: a reprodução do nosso mundo em escala reduzida, no qual estamos no comando, assim como estávamos quando brincávamos de mamãe e papai, os pais das nossas bonecas, que se tornam nós mesmos.

O pai de Lucy riu com deboche quando o segmento terminou. "Exagerou um pouco aí, não foi, Nick?", brincou ele diante de um pequeno automóvel de luxo sendo anunciado por um jogador de tênis sueco. Lançou um olhar preocupado para Lucy, que estava silenciosa na cadeira de balanço. Ele não tinha a menor ideia do que tinha dado errado, apenas que Lucy estava infeliz e que parecia ser culpa de Nick Weiler. Ele gostava de Nick, mas a infelicidade impassível da filha provocava uma forte aversão ao sujeito.

"Desliga, pai, por favor?", pediu Lucy abruptamente. Ela se levantou e se espreguiçou. "Já acabou."

O homem idoso a viu subir a escada, parecendo apenas cansada. Queria saber o que havia de errado. Contrariado e um pouco afetado pela tristeza dela, diminuiu o volume e se preparou para o noticiário noturno.

Alguns dias depois, ele se deitou em um divã e leu um jornal à sombra do chapéu de palha. Laurie e Zach estavam brincando com crianças vizinhas em um lugar onde dava para vê-los e ouvi-los. Um rádio, em cima de uma mesa próxima, transmitia um jogo.

A tarde estava agradavelmente sonolenta, o tipo de dia de primavera que ele tinha passado a apreciar. Uma nuvenzinha apareceu no formato do pequeno Mercedes de Nick Weiler.

O sr. Novick acenou para Nick e tirou o chapéu só para apontar com ele para a oficina. Sua careca sardenta reluziu ao sol, mas o chapéu de palha logo voltou a cobri-la. Ele abriu um largo sorriso de dentadura e apertou a mão de Nick quando ele passou. Não havia muito a dizer além dos cumprimentos. Esperava, pelo bem de um dia bonito, que eles fizessem as pazes.

Nick, ao contornar a oficina, foi acometido pelo pensamento de que o sr. Novick era menos de dez anos mais velho do que ele. A invalidez, o alcoolismo e a amargura tinham envelhecido o pai de Lucy a ponto de ele parecer e agir como alguém vinte anos mais velho. Tinha deixado os fracassos para trás e vivia em satisfação resignada com o que tinha salvado, uma vida em um lugar ermo com a filha. Nick achava que ele devia se sentir grato por ter algum tipo de família.

Lucy raramente falava do pai ou da desintegração do casamento dos pais — coisa da qual ela já tinha idade na época para se lembrar —, nem do próprio casamento com Harrison Douglas Jr. Por quanto tempo saíram juntos até ela falar sobre os filhos sem pedir desculpas?

Ela era muito fechada; ele só estava começando a entender que o que ela não revelava, por reticência ou discrição ou pela necessidade de privacidade, pesava contra ele. Ele não tinha ganhado sua confiança total, e sabia que a culpa era só parcialmente dela.

Nick se apoiou no batente da porta em silêncio por um momento para vê-la trabalhar. Lucy ergueu o rosto brevemente para ver quem estava fazendo sombra e reconheceu a presença inoportuna dele com uma explosão de rubor em suas bochechas.

"O que você quer?", disse, abruptamente. Seus dedos passavam uma lixa sobre a madeira fazendo um violento som de raspagem.

"Uma audiência justa."

"Estou ocupada", respondeu. Procurando nas ferramentas da bancada, ela pegou um estilete e começou a raspar o pedaço fino de madeira à frente.

"Eu jamais esperaria essa atitude de você, Lucy", murmurou ele.

"É mesmo?" Lucy não olhou para ele. O amontoado de coisas na mesa de trabalho era como o conteúdo de um baú do tesouro de tão concentrada que ela estava. "Evidentemente, nós não nos conhecemos tão bem quanto achávamos."

"Achei que você talvez fosse um pouco mais madura..." Ele foi interrompido por outro ataque selvagem na madeira com a lixa. Foi quase um alívio; achava que estava dizendo as coisas erradas, mas não conseguia controlar.

"Não ligo para Leyna Shaw. Nem para Dolly. E nem para nenhuma dessas mulheres", disse Lucy de repente, com a voz aguda de raiva.

"Lucy", disse, odiando a súplica na própria voz, "ninguém foi enganado nem usado. Eu dormi com algumas mulheres solitárias. Nem foram muitas. Elas não ficaram solitárias por um tempo. Isso é tão ruim?"

"E conseguiu dinheiro para o Dalton ou para onde estivesse trabalhando. Ou alguma coisa, um quadro ou escultura ou um convite para a festa certa." As ferramentas na mesa estalaram e tilintaram quando ela as empurrou com irritação.

"Droga, Lucy, tem muito mais coisa envolvida no meu trabalho do que puxar saco de doadores. Eu sou bom no que faço, em todos os aspectos", explodiu ele. "É o meu trabalho."

"Fico feliz por você. Eu diria que se foda o seu trabalho, mas é isso que você está fazendo, não é? Tem alguma mulher neste país que não teve que ouvir essa cantilena de 'É o meu trabalho'? Deveria ser motivo para divórcio. Entre o adultério e a crueldade mental, 'meu trabalho'." Suas mãos se moviam na madeira sem parar, freneticamente. Ela recuperou o fôlego e seguiu em frente. "Já é bem doentio você ter trepado com a Dolly. E depois comigo. Você tem um cartão de pontos ou foi só diversão? Ou queria deixar os contribuidores felizes? Me dá vontade de vomitar."

"Pelo amor de Deus, Lucy. Dolly e eu foi coisa de anos atrás. Eu tenho quarenta e três anos. Devia ficar me guardando para o verdadeiro amor?"

"Já falei, Nick. Não me interessa com quem você dormiu e nem que tenha dormido com todas. Me interessa o motivo. A questão é que parece que não compartilhamos dos mesmos princípios sobre isso. É importante para mim, bem mais importante, ao que parece, do que para você."

"Nunca foi algo sem importância. Eu gostava delas. Nunca fui para a cama com uma mulher de quem não gostasse. Ah, merda", disse ele com impotência na voz. Por que ela não entendia? Como podia explicar para ela como tinha sido a vida toda, que as mulheres iam até ele, as mulheres tristes e ricas com seus vazios terríveis? Que sempre pareceu a coisa educada a se fazer, a coisa mais gentil.

"Ha-ha." A voz de Lucy pareceu vidro quebrando.

Desesperado, ele tentou recuperar o terreno perdido. "Você está ouvindo a Dolly, a porra da bruxa do Norte, e Leyna Shaw. Duas das maiores filhas da mãe na superfície da Terra."

"Tem certeza de que nunca dormiu com uma mulher de quem não gostasse?", alfinetou Lucy com uma alegria sangrenta.

"Eu não dormi com nenhuma das duas. Estava mais para jogos de guerra na horizontal. Tive sorte de sair com as minhas bolas."

"Encantador. Mal posso esperar para ouvir sua avaliação de mim."

"Lucy, você é ríspida demais", insistiu. "Estou aqui tentando me justificar para você. Isso não é prova de sinceridade?" Ele passou a mão cansada pelo rosto. "Estou dizendo que o mundo nem sempre é tudo preto no branco." Nick tinha a sensação de que era uma coisa que ele tinha percebido quase que literalmente no colo da mãe. Por que era tão difícil para ela entender?

"Como você se sentiria sobre mim se descobrisse o mesmo tipo de coisa?", perguntou Lucy com voz baixa.

"Essa é uma pergunta injusta. Eu confiei em você de olhos fechados desde o começo. Nunca pedi prova de nada." Era verdade, mas uma bem conveniente. Ele sabia desde o começo que ela não o procuraria, que ele teria que ir atrás dela. Esse tinha sido seu verdadeiro erro? Apaixonar-se por uma doce e escrupulosa garota americana de classe média, que acreditava que o amor era sempre puro e fortuito, apenas se você fosse virtuoso o bastante, como se fosse alguma espécie de lei natural?

Ela estava se afastando. Ele sentia a linha ficando frouxa entre os dois. O rosto dela, pétreo e pálido, ainda estava virado para longe.

Nick se encostou no batente da porta e olhou para o sol forte. Ouvia Zach e Laurie e as vozes de crianças que ele não conhecia lá fora. Parecia que estavam brincando de pega-pega. Ele se perguntou quanto tempo levaria para não reconhecer mais as vozes deles. Inspirou fundo e se virou para Lucy, cujas mãos moviam a lixa como uma lavadeira. Fios de cabelo tinham escapado das tranças e caíam em volta do rosto.

"Estou tentando", disse ele lenta e cuidadosamente, "dizer que quero pedir desculpas. Acabou. Com Dolly, com Leyna, com todo mundo. Eu só quero você."

"Numa coisa você acertou." Ela olhou diretamente para ele pela primeira vez desde que chegou à porta. "Acabou." Baixou os olhos rapidamente. "Tenho trabalho a fazer. Sei que você entende. Tchau."

Ele ficou em silêncio por um momento, pensando que esta é a pedra derradeira quando as vozes das crianças se afastaram e sumiram. Ele se virou e saiu andando rapidamente.

As mãos de Lucy enfim pararam, mas ela não olhou. Sentia-se idiota e, de um jeito esquisito e indeterminado, errada. Depois de muito tempo, esticou a mão lentamente, como uma pessoa cega se movendo por um espaço que conhecia de cor, para pegar o estilete. Com cuidado e precisão, ela o moveu para lá e para cá, e repetiu o padrão.

De repente, o jogou no chão e segurou uma das mãos com a outra. Uma linha fina e vermelha surgiu na palma. "Merda", murmurou ela, e passou a mão no macacão. Empurrou as ferramentas para fora do alcance das crianças e jogou a madeira partida na caixa de papelão que servia de recipiente para lixo. De cabeça baixa, ela saiu da oficina.

O miniaspirador zumbiu mecanicamente junto com Dolly enquanto ela o passava por cima e em volta do divã pequenininho. A Casa de

Biscoito de Gengibre estava passando pelo que Dolly chamava de *boa limpeza*. Tinha passado por dezenas de *boas limpezas* na ausência da vizinha, seu orgulho e alegria, a Casa Branca. A tarefa lhe dava a sensação de estar plantando em um cemitério, apreciando o espírito dos falecidos.

Dolly considerou sua conversa matinal com Nick Weiler por telefone. "...bateu recorde de visitas", disse ele, do jeito que as pessoas dizem *pelo menos foi rápido*. "Eu queria que você nos deixasse ficar mais tempo com ela."

Ele poderia ter falado com mais doçura e mais entusiasmo. Dolly tinha que chamar a atenção dele.

"Sim, e se eu permitisse, você pediria para emprestá-la por aí com o resto da exposição."

Nick desmoronou como pão de forma. "Bem, a gente tem a Mansão Fondtland de Missy Updegraff para botar no lugar."

"Não tem nada de cafona nela", disse ela. "De que você está reclamando?", perguntou ela, embora na verdade achasse que a Mansão Fondtland fosse uma sucessora indigna da sua Casa Branca de Bonecas e que Nick não tinha reclamado de nada.

"Agradeço por você tê-la nos emprestado, Dorothy. Gostaria de observar que não foi roubada."

Uma piada fraca e ruim, pensou Dolly. Como aquele tolo poderia acreditar que não havia ameaça à Casa Branca de Bonecas com tantos roubos terríveis acontecendo?

Não, ele não estava agindo como ele mesmo. Foi educado, como sempre; aquela vaca velha da Maggie Weiler provavelmente sairia rastejando de sua cama antiga e bateria nele com o penico se ele não fosse. Mas a velha Maggie também não aprovaria esse comportamento tão chato. Tudo porque ele e a querida Lucy tinham se desentendido. O pensamento fez Dolly cantarolar mais alto.

A idiotice de um homem ao pular na cama com a Leyna Shaw para um repeteco, com ela morando naquele prédio onde metade da Washington oficial morava, testemunhando o carro de Nick estacionado ao lado do dela na garagem, um belo símbolo, pensou Dolly, rindo, do que mais ele estava estacionando e onde. E aí o segmento no *Sunday*, com Leyna ronronando para ele como um gato ouvindo uma lata sendo aberta, para o caso de alguém ainda ter alguma dúvida. Era mais do que divertido os dois cuidando um do outro assim, do jeito como sempre conseguiram tudo: Leyna trepando com qualquer um que soubesse de qualquer coisa além do que sabiam os indispensáveis executivos do canal para conseguir ser promovida, e o querido Nick fazendo mulheres ricas felizes de um jeito alegre e educado, e conseguindo patrocínio para o museu. O que levava à interessante especulação sobre se algum dos dois, ou os dois, já tinha trepado com o presidente. Leyna gostava de dar a entender que sim, e Matt Johnson não ia negar. Ainda assim, Dolly nunca tinha ouvido falar dele indo atrás de ninguém além de pessoas do próprio sexo, e a melhor parte daquele segredo oficial era que Nick Weiler era exatamente o tipo de amigo querido que Matt sempre escolhia.

Ah, bem, Lucy deixava passar os sinais facilmente, e houve uma conversa conveniente daquelas de coluna de fofocas, e a própria Dolly teve uma conversinha agradável com Connie Winslow, de quem Lucy achava ser amiga. Connie, com a bela voz presa em um corpo feio e deformado, sabia bem que Nick Weiler jamais a amaria e mantinha seu desejo por ele bem escondido, a ponto de cultivar as namoradas dele. Connie ficou feliz em contar para Lucy, sem querer, claro, que o querido Nick estava sendo um filho da mãe, *oops!*, e isso era apropriado, não era?

Agora ele era um filho da mãe, mas depois de um tempo não eram todos? E era agradável pensar que a metida da Lucy descobriu que seu verdadeiro amor era apenas um prostituto.

A campainha tocou junto com o zumbido do aspirador. Dolly ignorou o som. Foi seguido pela batida característica da empregada na portinha da casa de bonecas onde ela estava trabalhando.

"Entre", cantarolou ela.

Ruta se agachou e entregou um pequeno envelope pardo para ela. Dolly o examinou com curiosidade e desligou o aspirador. Rasgou o topo do envelope. Quando espiou dentro, não viu papel nenhum, só um quadrado escuro que parecia uma caixa de fósforos fina. Virou o envelope de cabeça para baixo e o conteúdo caiu em sua mão. *Era* uma caixa de fósforos, e de um restaurante bem disputado. Dolly a abriu um pouco e fechou rapidamente. Balançou a mão para dispensar Ruta, cujo rosto estava cheio de uma curiosidade ávida. A empregada saiu contrariada.

Dolly trancou a porta depois que Ruta saiu e abriu a caixa de novo. Com dedos trêmulos, tirou o que tinha dentro dela. Meia dúzia de rosas de três centímetros, do cabo à flor, com botões de menos de um centímetro. Os cabos agarraram na pele da mão dela sem chegar a perfurar. Era como se estivessem beliscando. Ela sacudiu as rosas delicadamente na palma da mão. Brilhavam como gotas frescas de sangue sobre um campo de folhas verdes e caules. Dolly as levou ao nariz. Seu estômago tremeu. O aroma inconfundível de rosas, de rosas de verdade, leve como uma promessa, chegou a ela.

Ela pegou uma lupa de joalheiro que sempre carregava no bolso do avental. Ao observar as rosas, viu os espinhos que beliscaram sua pele como uma leve carícia. Examinou a caixa de fósforos e descobriu um pequeno quadradinho de papel com letras em miniatura no fundo. Usando a lupa de joalheiro, conseguiu decifrar a mensagem. Um nome e um número de telefone.

Depois de guardar a lupa pensativamente no bolso, Dolly foi até o telefone mais próximo. Seu dedo tremia tanto que ela teve que discar três vezes para acertar.

PEQUENAS REALIDADES
TABITHA KING

4

Roger estava tentando relaxar. Comeu hambúrguer e tomou cerveja. Entre mastigar e beber, rolou o carrinho rosa pelo tampo redondo de vidro da mesa de centro. Quando levantava o rosto, via o relógio digital piscando pacientemente ao alcance da mão na mesa de cabeceira. Era quase hora do seu compromisso, então terminou o hambúrguer com duas grandes dentadas. Rolou o carrinho com uma das mãos pela circunferência da mesa, fazendo barulhinhos de motor acelerando e levantando a frente como se estivesse empinando em uma pista de corrida de verdade. Ele o fez rodar entre a lata de cerveja e o envelope pardo.

Roger tomou o que restava na lata de cerveja e a amassou com uma das mãos. Jogou-a no lixo com tristeza, desejando ter comprado mais ou que houvesse tempo para sair e comprar uma sacola cheia. Mas não havia. O relógio digital continuou piscando devagar. Virou o carro casualmente com seu famoso movimento de dedos, aperfeiçoado com as várias tartarugas que tivera quando criança. Era uma daquelas habilidades que a pessoa não perdia.

Pronto ou não, ele pulou quando a batida soou na porta. Lambeu os dentes rapidamente, para o caso de haver pedaços de cebola ou alguma outra coisa. Pegou o carrinho e colocou no bolso. O bolso ficou meio volumoso, mas Roger não se importou. Seu carro estaria na mesa em pouco tempo.

Ele estava com o terno de entrevistas, de um azul-esverdeado iridescente, um sinal de respeito pela visitante. Era profundamente desconfortável, e ele desejava o conforto da calça de moletom e da camiseta, com os buracos convenientes para se coçar. Roger não se vestia assim para ninguém que não fosse um potencial empregador.

Era parte da pequena coleção de regras próprias que ele encarava como sendo seu código.

Sua mão estava quase molhada demais de suor para que conseguisse girar a maçaneta, mas de algum modo ele deu um jeito. Estava olhando direto para a mulher famosa. Era impressionante o quanto ela se parecia consigo mesma. Em três dimensões, e dimensões ótimas, pensou ele, com coloração natural. Ela sorriu, e a cerveja e o hambúrguer gorgolejaram em resposta.

"Sr. Tinker?", perguntou ela. A voz era tão *polida*, tão classe alta.

Ele assentiu vigorosamente e esticou a mão para apertar a dela. Depois disso, se sentiu perdido, e só conseguia pensar em enfiar as mãos de volta nos bolsos da calça. Ela ficou parada, cheia de expectativa no rosto. Em seguida, olhou significativamente para uma cadeira.

E agora?, passou de repente pela cabeça dele. Ele a convidou a se sentar, o que ela fez na mesma hora, do jeito gracioso que ele achava que só as damas de comerciais de automóveis faziam, e propôs chamar o serviço de quarto para pedir uma bebida ou um café. Ela recusou e agradeceu, e Roger estava por conta própria mais uma vez.

Ela falou depressa. "Sou Dorothy Hardesty Douglas." Foi intrigante por um momento, pois Roger sabia disso, mas então percebeu que ela estava tentando ajudar de novo, ter bons modos, deixá-lo à vontade. Seus olhos eram, e ele procurou o jeito certo de se expressar, *gentis*, mas havia algo mais. Diversão?

"As flores são...", ela fez uma pausa e olhou diretamente para ele, "extraordinárias. Como você consegue?"

Roger corou de orgulho. E riu. "Posso revelar", disse com o que esperava que fosse um certo toque de mistério, "que eu *não* as planto."

O sorriso calmo da mulher mudou para uma expressão de confusão. Ela remexeu na bolsa, e Roger, reconhecendo o gesto, soube na mesma hora por quê. Ele pegou seus cigarros Winston e lhe ofereceu um. Ela aceitou, com um movimento agradecido dos lábios que fez Roger se sentir fraco, e o enfiou na boca. Ele lembrou que também deveria acendê-lo. Havia outra caixa de fósforos do restaurante famoso no bolso do terno, e ele a pegou rapidamente e acendeu um com tanta força na lateral da caixa que o palito quebrou.

"Que frágil", murmurou ele, e a moça assentiu. "Eu nunca comi lá."

"Inteligente da sua parte", garantiu com a voz calorosa, "a comida é cara demais e horrível."

Roger foi inspirado pela confiança dela a tentar outro fósforo. Esse foi o mágico, o que acendeu o cigarro da dama. Roger ficou animado. Ali estava ele, acendendo um cigarro cuja outra ponta estava entre os lábios brilhosos de uma mulher famosa, rica e incrivelmente linda.

"Você não as planta?", repetiu ela, pensativa, voltando ao assunto. Por um momento, seu rosto era cruelmente lindo, como o da rainha madrasta da Branca de Neve. Roger se lembrava muito bem do desenho da Disney; o deixou com muito medo numa idade em que ele tinha que fingir que não sentia isso. Mas nunca esqueceu a vilã, a melhor, ele achava, de toda a linha de bruxas e depravadas da Disney, muito mais atraente e sexy do que as heroínas chorosas. "Bem", continuou a mulher, "elas não são fabricadas. São reais pra caralho."

O palavrão saiu pelos lábios dela com a facilidade de um cumprimento. Roger levou um susto grande demais para apreciar o momento, tão imaginado, finalmente acontecer. Ele inspirou fundo.

"Eu as encolho", disse ele calmamente.

Os olhos cinza-chuva da mulher se arregalaram um pouco por uma fração de segundo e depois se apertaram, e ela tragou o cigarro como se fosse um fogueiro no inferno.

Roger casualmente enfiou a mão no bolso do paletó e a fechou em volta do conforto frio de metal do carro. Ele riu um pouco. Lentamente, tirou-o do bolso, escondido nas dobras de pele, e mostrou a mão para ela. Ela levantou as sobrancelhas. Lentamente, um dedo de cada vez, ele abriu a mão. O silêncio caiu como chumbo em volta deles.

Ela olhou pensativamente para o carrinho rosa na palma da mão dele. Depois de um momento, colocou o cigarro em um dos cinzeiros de alumínio do hotel e tirou, do fundo da bolsa, uma lupa de joalheiro. Pegou o carro calmamente, levou a lupa ao olho e observou o pequeno veículo por vários e longos momentos. Em seguida, largou a lupa na mão livre, colocou o carro sobre a mesa e se encostou outra vez.

"Mais alguma coisa?", perguntou ela em tom de conversa.

Roger admirou a tranquilidade da mulher. Qualquer outra pessoa já estaria histérica. Como sua mãe. Ele empurrou o pequeno envelope pardo por cima da mesa. Ela o abriu rapidamente com um tremor quase imperceptível e tirou um retângulo pequenininho. Desta vez, ela ofegou. Foi uma reação bem satisfatória.

A lupa de joalheiro voltou ao olho. Ela teve que firmar a mão que segurava o quadro em miniatura com sua outra mão. Desta vez, o exame não demorou. Quando a lupa saiu da frente do olho, ela ficou estática, o quadro na mão, olhando para Roger tão intensamente quanto tinha olhado para as mercadorias. Ele se sentiu um pouco desconfortável, como uma laranja muito manuseada no mercado. Era melhor que ela tivesse deixado a lente no olho.

Depois de um tempo, ela sussurrou: "Como?".

"Eu miniaturizo os objetos", explicou Roger. "Tenho um dispositivo que chamo de miniaturizador."

Estava no armário, em um estojo de couro para câmeras fotográficas. Mas ele não revelaria isso. Podia ser louco, mas não era bobo.

"Miniaturizador?", perguntou ela. A boca tremeu com alguma piada que Roger desconhecia. Mas seus olhos cinzentos se enevoaram.

Roger viu que ela estava tendo dificuldade com o conceito. Ele pegou os cigarros de novo e tirou um para si.

"Eu trabalhava para o governo em um projeto", disse ele, oferecendo um cigarro. Ela pegou um e assentiu. "Bem, os filhos da mãe, me desculpe, encerraram o projeto. Me despediram." Ele acendeu o cigarro dela de novo e se sentiu como Humphrey Bogart.

Ela levantou a mão de forma imperiosa. "Deixe-me ver se entendi direito. Havia um projeto do governo para encolher coisas?"

Roger deu de ombros. Era quase isso, e ela era rápida. "É um pouco mais complicado. Essa era uma das coisas que eles queriam. Era só pesquisa, mas claro que queriam tirar alguma coisa daquilo. Sabe o que quero dizer?"

Ela tragou o cigarro. O gosto devia estar bom. "É cada coisa que a gente vê", disse ela com a boca no filtro, divertindo-se de novo.

"É", concordou Roger. "O projeto começou na administração do seu pai. Fui convocado uns quinze anos atrás." Ela não parecia mais estar achando graça. Uma sobrancelha elegante se arqueou perigosamente. "Então, eu o concluí. Rá! Parece que eles não querem mais, então é meu."

A mulher continuou fumando. Ficou claro para Roger que ela estava acompanhando sua lógica. Os espólios aos usuários. Isso não tinha tornado os Estados Unidos grandiosos?

"E como funciona?", perguntou ela.

"Muito bem. Está vendo aqui?" Apontou para o quadro na mão dela.

Ela olhou de novo para o quadro e depois para Roger. "Estou vendo. Eu quis dizer que gostaria que você me explicasse o mecanismo."

"Não", respondeu ele secamente. Ficou satisfeito de reparar, pela expressão atordoada, que ele a tinha pegado de surpresa. Pelo visto, aquela mulher não ouvia um *não* com frequência.

"Por que não?", insistiu ela. O cigarro estava sendo esmagado no cinzeiro.

"Porque não posso."

"Ah. Tem certeza?"

"É complicado demais. Só deve haver mais duas ou três pessoas no mundo todo capazes de entender como funciona, supondo que tenham as informações teóricas adequadas. E eu, claro. E mesmo eu não tenho certeza se entendi direito."

Roger pegou o maço de Winston com cuidado. Ela estava fumando muito rápido. Ele hesitou, mas lhe ofereceu outro.

"Acho que entendi o que você está dizendo", disse lentamente. Ela acendeu o novo cigarro depois de pegar o fósforo da mão dele. "Você não pode me contar um pouco da teoria? Vou me esforçar para não ser burra." Abriu um sorriso estonteante.

Não faria diferença lhe contar, ele sabia. Ela não poderia fazer nada com a informação.

Ele se sentou na cadeira em frente. "Tem certeza?"

"Ah, tenho." Seus olhos estavam iluminados e ansiosos.

Ele pensou por um minuto e começou a falar. "Bem, quando eu era criança, achava que o mundo era controlado por botões. Acho que ouvi pessoas falando sobre apertar O Botão e concluí que, se havia um botão capaz de destruir o mundo, devia haver outros botões. Talvez até botões que controlassem pessoas. É loucura, mas eu achava mesmo que tudo que acontecia era porque apertara um botão em algum lugar. Algum adulto. Eu sempre tateava embaixo de braços de cadeira e outros lugares procurando os botões. Isso me preocupava muito. Eu não sabia como a gente ia saber qual botão fazia o quê. Tinha medo de apertar um sem querer, talvez *o* botão, e bum, lá se foi o mundo pelo ralo. Ou um que matasse a minha mãe. Deve parecer uma história muito boba para você."

Ela parecia intrigada, mas ainda prestava atenção.

"Então, ao longo da pesquisa que eu fazia para o projeto, descobri que a minha ideia maluca estava certa. Eu encontrei um dos botões. É, existem mesmo botões."

Ele estava molhado de suor, mas um tanto aliviado, como se tivesse confessado uma transgressão infantil para a mãe. Outra pessoa sabia agora.

"Um dia", refletiu ele, "quando eu tiver dinheiro, vou procurar os outros botões."

O cigarro da dama estava parado entre os dedos. A boca estava um pouco aberta, a ponta da língua saindo nervosamente pela margem do lábio superior. Ela limpou a garganta.

"Mas você pode controlá-lo de forma efetiva?"

Roger assentiu. Ele se inclinou para a frente, as mãos sobre os joelhos. "Você quer saber se posso encolher o que quiser o quanto quiser?"

"Exatamente."

"Claro", respondeu Roger casualmente. Ele indicou o quadro e o carro na mesa entre eles. "Quer alguma dessas coisas? Tenho que compensar meu investimento."

Ela se sobressaltou, aparentemente pensando em outra coisa. Sentou-se um pouco mais ereta e inspirou fundo, trêmula.

"Não tenho utilidade para o carro. Minhas casas de bonecas são peças de épocas antigas, sabe. O anacronismo não ficaria bom. Nenhuma delas tem garagem."

Roger não tinha problemas com isso. Gostava do carrinho. Era um talismã da sorte. Foi sorte ele ter entrado naquele estacionamento na mesma hora que o velho se afastava do carrinho lindo. Foi sorte estar com o miniaturizador. Ele não questionava, sempre que o segurava na mão, que, de um jeito fundamental e misterioso, sua sorte tinha mudado.

"O quadro." Ela fez uma pausa delicada. "Bem, não posso pendurar em uma das casas de bonecas, posso?"

Aquilo não era bom, mas Roger entendia. Ele estava preparado para a perda daquele investimento. Como poderia saber de coisas assim? Parecia que aquele negócio era um pouco mais complicado do que ele achava. Mas pelo menos ele provou para aquela dama que era capaz de produzir qualquer coisa em miniatura melhor do que a nora dela.

"Ainda assim", continuou ela, "vou ficar com o quadro. Tenho motivos pessoais. E acho que posso pendurá-lo em um lugar particular."

Roger bateu palmas. "Ótimo."

Ela mexeu no cigarro e sorriu para ele. "Você não me deixaria comprar o dispositivo de você?", perguntou ela em tom descontraído.

Roger mergulhou em um silêncio perplexo. Olhou com nervosismo para o armário e ficou vermelho quando se deu conta de que ela o viu olhar. Agora, o sorriso da mulher lhe dizia que conhecia seu segredo. Ele sentiu pânico.

"Não", balbuciou ele. "Não."

"Só achei que devia perguntar", disse ela de forma tranquilizadora. "Mas vamos ter que fazer um acordo financeiro e decidir o que exatamente vou comprar." Ela relaxou na cadeira.

"Claro." Estava disposto e ansioso para chegar aos finalmentes. E mudar de assunto.

Ela olhou para o relógio de pulso e franziu a testa. "Está ficando tarde. Talvez a melhor decisão seria você vir ao meu apartamento para ver as casas de bonecas que tenho lá. Infelizmente, a minha melhor não está lá agora." Deu um sorriso de desculpas. "Nós podemos conversar com mais conforto lá. Jantar. Posso ensinar muita coisa sobre miniaturas."

Os batimentos de Roger dispararam. Ela estava certa. E ele nunca tinha jantado com uma mulher bonita em um apartamento chique. Não era uma experiência que ele deixaria passar. Ela ainda estava sorrindo, como se quisesse fazer carinho na cabeça dele.

Quase sem perceber, ele foi até o armário e pegou o miniaturizador.

"Talvez eu queira tirar umas fotos, para referência", murmurou ele.

Ela se levantou e passou a mão pelo braço esquerdo dele. Roger inspirou um ar divino. E permitiu-se ser guiado.

Dorothy Hardesty Douglas morava em uma daquelas torres de vidro. Roger se perguntou, ao olhar quando eles passaram pela rua abaixo, quanto os lavadores de janelas recebiam por um trabalho daqueles.

Eles entraram por uma garagem subterrânea lotada feito uma meia de Natal com Mercedes-Benz, Rolls-Royce e uma variedade cintilante de veículos ainda mais caros e mais exóticos. Conseguia imaginar vários deles encolhidos ao tamanho de miniaturas e guardados em uma caixa de sapatos. O local tinha cheiro de garagem e parecia uma garagem, mas lhe despertou lembranças de enterros de celebridades no Forest Lawn, onde havia filas de carros jurássicos como aqueles seguindo lentamente, como se a caminho de um poço de piche próximo dali.

Um par de seguranças vigiava o saguão pequeno e reluzente que levava aos elevadores. Os guardas foram corteses, mas não o que Roger chamaria de calorosos. Davam a impressão de ter dois metros e meio de altura. Ambos observaram Roger, olhando-o, mas sem enxergá-lo realmente, como os holofotes nos filmes de prisão. Ou talvez como raios-x, procurando malignidades, mas não muito interessados em registrar a presença de tecido saudável.

O elevador estava vazio, exceto por Roger e a senhora ao seu lado. Tinha um passageiro perpétuo, uma muda de planta de borracha em uma caixa de vidro. A planta parecia saudável, mas Roger pensou que devia ser chato ficar subindo e descendo naquela caixa de vidro o dia todo. Antes a planta de borracha do que Roger.

A mulher não parecia estar muito comunicativa. Na verdade, estava rígida como a planta. Roger examinou o painel de controle, a única coisa para olhar além da planta e da companheira retraída. Dois botões indicavam que o prédio tinha piscina e uma espécie de academia.

As pessoas ricas viviam de um jeito diferente das pessoas comuns, isso era algo que Roger já sabia. Eram donos de apartamentos em vez de locatários, e montavam associações e clubes privados juntos. Deviam se sentir mais seguros em gangues.

O apartamento era impressionante. Não era o que sua mãe chamaria de aconchegante. Era... glamouroso. O tipo de lugar em que ele esperaria que sua fada madrinha morasse. As cores eram todas cintilantes.

Uma mulher corpulenta de uniforme cinza-chumbo apareceu, e a sra. Douglas a instruiu a buscar uma cerveja para Roger. Em seguida, pediu licença e sumiu atrás da empregada. Ninguém disse para Roger se sentar na cozinha, então ele se ficou ali mesmo. Presumiu que a mulher fora retocar a maquiagem — não que não estivesse ótimo para ele —, ou ir ao banheiro, ou algo particular assim. Saboreou o luxo ao seu redor. Uma empregada... caramba!

Aboletado no sofá azul-claro, ele observou o quadro acima da lareira. Reconheceu a mulher, Elizabeth Payne Hardesty, que ela descansasse em paz, mãe da sra. Douglas e provavelmente uma santa agora, considerando com quem tinha se casado. Roger lutou para evocar uma lembrança fraca e fantasmagórica de uma mulher que sorria dolorosa e incessavelmente andando atrás do sapo velho, Mike Hardesty. Não se lembrava dela tão bonita quanto no quadro, mas ele era criança na época. Era um quadro engraçado; só a cabeça e os ombros da mulher em tamanho real, as pinceladas imperceptíveis. As cores eram meio transparentes sobre a tela. Provocou um arrepio em Roger.

Levantou-se do doce abraço do sofá e olhou por uma janela grande para a cidade, espalhada como um parque de diversões bem abaixo dele.

A empregada voltou com a cerveja, serviu-a em um copo e ofereceu-a em uma bandeja de prata. Olhou para ele com superioridade. Ele a ignorou e pegou a cerveja. Não tinha gosto de americana, mas era boa. Bebeu satisfeito, refletindo com alegria que a empregada podia sentir o desprezo que quisesse. *Ela* estava servindo a cerveja; *ele* estava bebendo.

A mulher voltou usando roupas diferentes. Tinha trocado o terninho por um tecido estranho cujo nome Roger não sabia, uma coisa cintilante e solta que combinava com a decoração. Ela perguntou se a cerveja estava boa e ofereceu um cigarro de uma caixa com formato de caixão de vampiro. Roger achou graça; era a piadinha de alguém sobre os pregos de caixão. Também ficou aliviado. Estava ficando sem cigarros depois de ter oferecido tantos a ela. Aceitou um educadamente, mas não achou que fosse acompanhá-la no mesmo ritmo.

Eles não falaram muito por um tempo. Terminou a cerveja, ela fumou outro cigarro, e ali estavam eles.

"Quer ver as casas de bonecas?", perguntou ela.

Ele deu um pulo, aliviado. "Foi para isso que eu vim, senhora."

"Queria que a Casa Branca de Bonecas estivesse aqui", reclamou ela, indo na frente.

Não era um aposento tão grande quanto a sala de estar. Havia uma parede de vidro e nenhum móvel convencional. Duas casas de bonecas grandes, no que pareciam ser mesas construídas especialmente para elas, ocupavam dois cantos. Umas seis caixas com aposentos únicos mobiliados ocupavam as paredes. O meio da sala era dominado por uma mesa grande e vazia.

Dorothy Hardesty Douglas contornou a mesa vazia e evitou olhar para a tal mesa. "Esta é a Casa de Biscoito de Gengibre." Ela tocou no telhado à esquerda com delicadeza e fez um gesto como uma comissária apontando para as saídas do outro lado da sala. "Aquela é a Casa de Vidro."

A Casa de Biscoito de Gengibre era uma recriação de um dos contos de fada favoritos de Roger. Todo Natal ele encomendava uma casa de biscoito de gengibre, normalmente feita de plástico ou papelão com uma beirada decorativa comestível, de um dos catálogos que vendiam queijo e salmão defumado. Era sua contribuição à decoração de Natal, mas ele muitas vezes a deixava na mesa de centro até a Páscoa.

Aquela era a melhor que ele já tinha visto. Nem as impressas nas revistas femininas da mãe chegavam perto. Tinha um metro e vinte de altura, mais ou menos, e era feita de madeira pintada para ficar parecendo biscoito de gengibre, com cobertura de açúcar e balas. Os acabamentos pareciam feitos ou entalhados na composição mais agradável e complicada de bengalas, jujubas e várias outras guloseimas.

Havia uma gaiola suspensa perto da lareira. Roger ficou feliz de ver o garotinho de madeira dentro, um garoto de cabelo claro, de short e com um suéter tricotado à mão, um pouco puído nos cotovelos. As bochechinhas estavam coradas pelo fogo falso na lareira ali perto, e seus olhos cintilavam por causa do reflexo do fogo ou de pavor. Havia uma garota acorrentada à perna de uma mesa, sentada de pernas cruzadas e morosa no piso de pedra.

A bruxa não estava em casa, em nenhum dos quatro aposentos de cima e nem de baixo. Não estava no sótão baixo do chalé, cheio de ervas antigas e garrafas de vidro colorido com substâncias não identificadas, nem no quarto, onde havia vestes pretas e chapéus pendurados em ganchos, e onde a cama de dossel trazia o céu da noite bordado. Nem na cozinha, onde as crianças esperavam, com pratos de biscoitos por perto, recém-saídos do forno de tijolos ao lado da lareira aberta. Nem no quartinho para o qual Roger não tinha nome, onde o chão tinha desenhos místicos e não havia mobília além de um espelho de corpo inteiro.

Roger adorou. Ele adorou o maço de gravetos na lareira, ao alcance de Maria, e o caldeirão pendurado em uma vara, e a mesa arrumada para uma pessoa, com a faca de aparência sinistra enfiada na tábua de madeira.

"Uau", disse ele simplesmente. Dorothy Hardesty Douglas aceitou o elogio com seriedade.

A Casa de Vidro era mais uma escultura do que qualquer casa que Roger tivesse visto ou imaginado. Parecia um origami, em todos os ângulos, facetas e lados, e sombras de si mesma, só que transparentes. Roger ficou perplexo ao ver que estava vazia, sem móveis e sem decoração. Só a casa, fazendo jogos abstratos com a luz.

A mulher riu da surpresa evidente.

"Quem poderia morar aqui?", disse ele.

Ela assentiu. Esse homem tinha um talento para perguntas centrais, para o cerne da questão, dentro do clichê. Sem dúvida era uma das características que o tornavam um cientista tão extraordinário, ou um inventor, ou o que quer que ele fosse. Ela balançou a cabeça como se para afastar uma nuvem repentina de fumaça. Tudo era inacreditável. Mas ela tinha *visto* o quadro. Não tinha dúvida do que era.

"Bem", disse ela com uma voz provocante, "só penso em dois tipos de indivíduo que poderiam morar nessa casa." Roger observou a casa. Não conseguia se imaginar morando nela, não havia a Fortaleza da Solidão, não havia banheiro com paredes sólidas. "Fantasmas ou exibicionistas." A sra. Douglas sorriu. Eles riram, unidos pela grande piada.

A Casa de Vidro era como arte moderna para Roger, quase totalmente incompreensível. Ele preferia a Casa de Biscoito de Gengibre, a doce armadilha para crianças, uma casa onde a maldade habitava. Só aguçou seu desejo de examinar a outra peça, a Casa Branca em miniatura.

Ela o levou para fora de novo, desta vez para jantar. Foi um banquete escasso para os padrões de Roger: verduras e legumes crus demais, panquecas finas e sem substância recheadas de frutos do mar com molho e sem nenhum prato de pães por perto. Pelo menos havia a cerveja para Roger e uma garrafa de vinho francês para a dama.

Roger foi quem mais comeu, e a sra. Douglas, começando com "Pode me chamar de Dolly, querido", foi quem mais falou e tomou muito vinho. Roger não era chegado em vinho. Associava-o ao vômito mais azedo e às piores ressacas da faculdade e, do outro lado do espectro, aos esnobes em termos de comida.

Ficou feliz em ouvir enquanto comia a comida disponível e bebia cerveja de um copo que parecia não ter fundo. Ela falava bem, essa dama de ossos finos e pele de porcelana que ele agora tinha a liberdade de chamar de Dolly. Não era como ouvir sua mãe. Ela sabia muita coisa sobre casas de bonecas e miniaturas e estava tornando essas informações disponíveis para ele. Ele reconhecia um seminário quando ouvia um, mesmo se aquele viesse com rango de restaurante chique, cerveja holandesa e vinho francês junto. Quando a refeição acabou, ele sabia o que Dorothy Hardesty Douglas queria para a Casa Branca de Bonecas.

Saíram da mesa quando ele declarou que não queria café, chá e nem sobremesa, e que ficaria feliz se tivesse mais algumas cervejas por perto. Sentiu-se à vontade para pedir, motivado pelo que já tinha consumido, e porque ela levou o restante do vinho junto. Ele a ouviu mandar a empregada tirar a mesa quando estava voltando para a sala. Havia um zumbido agradável em seus ouvidos. Ele se sentia tão bem que parecia resplandecer.

"Tenho que ver essa Casa Branca de Bonecas", disse ele quando a mulher se aproximou.

"Você vai ver", prometeu ela.

Roger gostou do uso do futuro. Seria bom ver mais daquela mulher calorosa e elegante. Um prazer para os olhos e para o nariz. Era incrível pensar que ela tinha idade para ter um filho que, se estivesse vivo, seria menos de cinco anos mais novo do que ele; que tinha netos. Na verdade, ela tinha idade para ser sua mãe, se tivesse começado cedo. Ele se perguntou, meio desajeitado, se devia falar em dinheiro de novo, mas logo o assunto tinha sumido de sua mente.

Dolly de repente estava sentada bem mais perto do que ele percebera. Ele tinha se movido ou tinha sido ela? Ela suspirou de um jeito satisfeito, como um gato perto da lareira, e se encostou nele, piscando os cílios prateados em sua direção.

Na mesma hora, as mãos e as axilas de Roger estavam quase tão molhadas quanto a pedra que Moisés golpeou. Ele passou um braço em torno dela com cuidado e esperou que ela lhe desse um tapa na cara ou que enfiasse a taça de vinho no seu nariz, ou até que socasse sua virilha. Mas ela só se aconchegou e riu, para sua total surpresa. Ele fechou os olhos. Não podia ser tão fácil. Deviam estar mais bêbados do que ele pensava. Agora o telefone tocaria de forma obscena, como o toque da meia-noite, e sua mãe o transformaria de volta em abóbora com um olhar fulminante. Mas não podia; ela não sabia onde ele estava, certo?

Passou as mãos pelo tecido cintilante do vestido de Dolly e tremeu todo. Sua garganta ficou seca e ele quis outra cerveja desesperadamente. Não conseguia pensar em como se soltar para pegar uma das garrafas atraentes na bandeja. Ela estava praticamente ronronando agora, se esfregando em sua coxa e peito.

Um pânico obscuro surgiu nele como o capuz de um algoz. Ordenou a si mesmo que abrisse os olhos; se ela ainda estivesse lá e ele não estivesse apenas ficando duro na almofada do sofá ou com a empregada, acreditaria que aquilo estava acontecendo com ele.

Desde que ela bateu na porta dele, teve a sensação de estar andando à beira de um redemoinho. Estava fora de seu ambiente, andando no fio da navalha, arriscando tudo de uma hora para outra. Agora, o toque sedoso do vestido o pegou de jeito, ao que parecia, começando pelos pés, e ele se sentiu escorregando, deixando que ela o capturasse em seu poder agitado e centrífugo. Ele caiu no redemoinho, escorregou para o olho do furacão, para o tornado, com uma mulher chamada Dorothy.

O sexo não foi como ele tinha imaginado. Foi menos e foi mais, como um cheesecake inteiro comido em frenesi. Quanto tempo ele tinha passado persuadindo a si mesmo que a diferença era mínima entre quando se fazia amor com outra pessoa e quando se fazia amor com a própria mão? Mais uma teoria que fracassava. Mas ele descobriu uma coisa muito mais importante. Outro botão.

Roger despertou na manhã seguinte com uma ressaca horrível. Sentia-se um balde podre em um poço de infelicidade estagnada e distintamente física. Os lençóis sedosos o envolviam tanto quanto ela, debochando da pele torturada. Estava ciente até demais de que não estava morrendo. Precisava de um cigarro, um copo ou dois de água límpida e fria, e de um xixi de dez minutos, tão simultaneamente quanto fosse possível. Se ao menos conseguisse sair do meio do emaranhado dos lençóis...

Depois de conseguir sair e se aliviar, por meio de um esforço violento e corajoso, ele afundou a cabeça no travesseiro. Só queria agora um pouco de esquecimento, até se sentir bem de novo.

Mas os esforços da noite voltaram à sua mente, e de forma bem menos vaga do que ele desejava. Em cores vivas e em 3D, todos os seus fracassos foram reprisados na tela de vídeo do cérebro dele, dentro da sala secreta que havia no crânio. A trilha sonora era a voz da mãe, anasalada e certeira, avisando-o para seu próprio bem sobre cerveja, bares e mulheres ruins.

Atormentado pelas entranhas embrulhadas e por um pássaro preto gigantesco bicando selvagemente seu cérebro, resvalou para uma semiconsciência agitada. Ela estava lá, reparou depois de um tempo. Sentada em uma cadeira com os pés apoiados na cama. Tossiu educadamente, e ele a viu observando-o com olhos apertados através de uma aura de fumaça de cigarro.

Ele ficou todo vermelho e puxou o lençol mais para cima. Ela era tão delicada, desde as unhas dos pés elegantemente pintadas até o fino e desarrumado cabelo platinado. Ela o fez se sentir nojento e desastrado, e agora ele se aproximava de um vermelho distintamente irritado ao se lembrar de como fora desajeitado com aquela mulher, e o que ela lhe disse em um momento delicado. Sua mãe teria desmaiado ao ouvir.

"Como está se sentindo?", perguntou ela com um cigarro na boca.

Roger tentou sorrir bravamente, mas só conseguiu fazer uma careta. Ela soprou mais fumaça em sua direção e atirou-lhe uma caixa de cigarros e o isqueiro. Ele pegou com gratidão, tomando o cuidado de segurar o lençol com uma das mãos por respeito e se movendo com cuidado para não ter um derrame.

"Que coisa idiota de se fazer", ela lhe disse. Ele a encarou, sobressaltado por estar tentando acender o isqueiro com dedos que pareciam feitos de massinha. "Tanta bebida. Estraga tudo todas as vezes, não é?"

Ele tragou o cigarro, aliviado. Ela estava oferecendo uma solução para seu orgulho ferido. Ele aceitaria com a mesma rapidez com que aceitara os cigarros.

Dolly se moveu com facilidade para pegar alguma coisa do lado da cadeira. Ele afastou o olhar do conforto do cigarro, a atenção capturada pela sombra do que ela pegou. O pássaro preto logo acima da cama caiu com tudo em sua cabeça e explodiu. Por um segundo, Roger não conseguiu ver nada, nada além do raio preto atrás dos olhos. Mas logo sua visão clareou.

Ela estava sentada calmamente com o miniaturizador dentro do estojo de couro no colo, a alça enrolada na mão. Ela o encarou. Era como olhar para uma grande cobra infinita da grossura da sua coxa e que está prestes a lhe engolir, por mais rápido que você se mova. Em seguida, ela sorriu, como o anjo com que se parecia, e o jogou delicadamente na cama, aos pés dele. Ele não conseguiu se mexer para pegá-lo. Se sentia tão leve e vazio quanto um ninho de pássaro. O menor movimento o derrubaria da árvore.

Foi ela que se moveu primeiro. Dolly largou o cigarro em um cinzeiro. Passou pela sua cabeça que ela devia carregá-los nos bolsos. Sempre havia um cinzeiro por perto quando precisava. Ela se levantou e se espreguiçou, tão elegante quanto um gato. O pijama sedoso, da cor de champanhe, tremeu e ondulou como folhas ao luar.

Ela subiu na cama pela ponta. O decote do pijama se exibiu. Roger viu os pequenos seios tremendo nas sombras sedosas. A primeira onda de excitação surgiu na barriga, levando embora o que restava da sensação ruim, como detritos em uma praia.

Ela se sentou de pernas cruzadas ao seu lado. Ele sentiu sua fragrância e ficou absurdamente abalado. Cheiro de mulher. Ela passou as pontas dos dedos por sua boca. Na mesma hora ele sentiu o azedume da própria saliva, o sabor ruim de nicotina nos dentes e na língua. Ela começou a cantarolar baixinho.

Roger não conseguia se mexer. Ela se moveu ao seu redor, posicionando-se de uma forma que a agradasse. Ele olhou para ela, seu pescoço arqueado, o queixo alto, como se ela estivesse voando e ele fosse sua vassoura. Ele a sentiu pegá-lo, levando-o junto. Esqueceu novamente o dispositivo que os uniu nesse novo mundo, emaranhado nos lençóis aos seus pés.

"Quero miniaturizar alguma coisa", disse ela mais tarde.

"Hum?"

Ela soprou fumaça de cigarro em seu rosto. Ele afastou a fumaça e se recusou a abrir os olhos.

"Eu quero", repetiu ela.

"Certo", murmurou.

Ela o cutucou na axila. Doeu muito. Ele se encolheu e abriu um olho em protesto.

"Por favor." De repente Dolly estava fora da cama, colocando a blusa do pijama junto com a calça que tinha jogado no chão mais cedo, quando queria outra coisa.

Ele fechou os olhos de novo.

"Não!", gritou ela, e bateu na bunda dele com a mão aberta. Fez um estalo alto que o desmoralizou na mesma hora.

Era evidente que ela queria sua atenção.

Rolou de lado e tentou não grunhir com o esforço. "Que horas são?"

"Quase meio-dia", respondeu a mulher.

Ele pensou por um momento. "Não dá", decidiu, e caiu novamente sobre os travesseiros. Daquele ângulo, ele conseguia ver Dolly vestindo uma calça jeans. Roger admirou a calça. Parecia uma segunda pele e devia custar mais do que o melhor casaco da sua mãe.

Ela plantou os pés descalços no chão e as mãos nos quadris. Se não tinha percebido que estava sem blusa, Roger percebeu.

"Por quê?", perguntou ela.

"Tem gente demais aqui", informou ele. "A não ser que você queira encolher alguma coisa que já tenha ou que queira comprar. Se você vai roubar, a primeira coisa a fazer é agir quando não tem ninguém por perto. A menos que você queira ser pega."

Ela se sentou com infelicidade e cruzou os braços. "Talvez você esteja certo."

"Não estou em condições, de qualquer modo", reclamou ele, sentindo-se íntegro.

"Você não está em condições de nada", retorquiu Dolly.

Roger ficou desanimado. Estava certa, mas não foi gentil da parte dela. Ele se deitou de bruços para se esconder melhor e lembrou que assim deixava o traseiro exposto. Em um movimento desajeitado para cobrir todos os defeitos de uma vez, ele não viu Dolly vestir o sutiã e a blusa.

Ainda assim, não era uma visão ruim, ela vestida. Ele não podia reclamar da forma dela. O corpo era do jeito que ele gostava, nem um grama de carne sobrando, e o que havia era esticado e liso. Não parecia normal uma mulher da idade dela ser tão bonita nua. Roger sentiu sua ignorância sobre mulheres. Desconfiava que ela trapaceasse. Havia cirurgias para quem era rico, ele sabia. E então ele se sentiu culpado e meio desonesto. Ela devia se esforçar muito para se manter assim.

Ela não parecia uma mulher de quase cinquenta anos que tinha passado a noite bebendo e farreando. Bem, talvez um pouco. As veias azuis e delicadas nas pálpebras, as rugas leves em volta dos olhos e da boca sugeriam um toque de idade e extravagâncias. Roger gostava de tudo aquilo. Havia algo de interessante nos detalhes, uma sugestão de experiência.

"Mas ainda quero encolher alguma coisa", anunciou ela. Estava passando uma escova prateada com vigor pelo cabelo. O cabelo platinado espalhado, a oscilação dos seios cobertos pela blusa com o movimento do braço, tudo isso despertou sensações agradáveis na virilha de Roger.

"Bem." Roger decidiu que a manteria falando e escovando o cabelo, se pudesse. "Nem me fale."

Mas ela falou.

PEQUENAS REALIDADES
TABITHA KING

5

A Estátua da Liberdade fica no porto, sofrendo do que parece ser um caso grave de psoríase. Todos os outros pontos turísticos da cidade (o Empire State Building, o Chrysler Building, as torres do World Trade Center e vários outros) foram afetados pela forte chuva ácida das semanas recentes. O movimento nos consultórios dos dermatologistas e as vendas de remédios contra acne, capas de chuva, guarda-chuvas, chapéus, reparadores automotivos e capilares estão em alta. Correr e passear com o cachorro são atividades que estão em baixa, e os taxistas têm uma nova e violenta reclamação. Os novos geradores movidos a carvão da Con Edison em Nova Jersey são os culpados pelo que até o momento tem sido um tipo de poluição bem localizada, embora os estados vizinhos estejam ansiosos diante da mudança do clima.

Sem esperança de recuperação, o bizarro desaparecimento do carrossel do Central Park foi mais um constrangimento para uma já envergonhada administração da cidade. Um pouco da reputação foi recuperada quando um fundo estabelecido para aceitar donativos do público para substituir a famosa diversão de oitenta e cinco anos foi rapidamente exposto como iniciativa empreendedora, mas também fraudulenta, de um lixeiro de Queensland e seu cunhado, um motorista de ônibus. No fim da semana, parecia improvável que os fatos em torno do mistério pudessem ser descobertos, mas os moradores brincaram que o carrossel foi só mais uma vítima da chuva ácida...

11/05/1980

— *VIPerpetrations*, *VIP*

Estava um chuvisco agradável. Roger relaxou no assento e esticou a mão para apertar a de Dolly.

"O que você acha?", perguntou ele, inclinando o pescoço para espiar por cima do para-brisa, para o teto baixo de nuvens escuras acima.

"Que ninguém que tem a cabeça no lugar está no Central Park", respondeu ela com triunfo. "Nem na rua." Ela puxou a mão rapidamente para pousá-la no volante.

"Nem os batedores de carteira", disse Roger, sorrindo.

O Mercedes-Benz prateado de Dolly seguiu pela Central Park South. Dividia a rua com alguns táxis. Havia alguns outros táxis estacionados e ligados — apesar das novas regulamentações sobre a emergência de poluição do ar — perto dos toldos de hotel. Estava cedo demais para os vendedores de rua e para as carruagens, que nem apareceriam hoje se o tempo não melhorasse, pois não havia proteção eficiente para os cavalos e para os arreios. Os únicos pedestres estavam mais interessados em chegar ao seu destino e sair da chuva do que em prestar atenção nos veículos que passavam.

O alvo não estava muito longe entrando por aquele lado do parque. Isso era bom, considerando a chuva leve. E Roger não estava tão convencido quanto tinha tentado parecer de que os seres vivos que frequentavam o parque estavam mesmo procurando abrigo dos elementos do mal.

Dolly estacionou na esquina com a Central Park West e gemeu quando olhou para o capô do carro, que tinha desenvolvido um brilho com uma aparência nada saudável de bolhas e tinha um leve cheiro de rato morto. Ela e Roger tinham coberto toda a extensão de pele vulnerável possível e estavam dividindo um guarda-chuva, andando com a rapidez de quem também preferia estar em um local coberto ao entrarem no parque. Roger estava carregando o miniaturizador dentro do estojo pendurado no peito, assim como uma bolsa vazia.

No alto de uma subida eles pararam e olharam para um prédio nada glamouroso e com formato estranho.

"Merda", murmurou Dolly. "Esqueci as portas."

Roger deu de ombros. "Não tem problema."

Ele pegou o estojo de câmera. Dolly o observou com atenção. De vez em quando, ela olhava ao redor, procurando companhias inesperadas. Um cachorro preto e grande passou por eles arrastando uma guia puída. Ninguém veio correndo e gritando atrás. O cachorro mijou na grama e continuou andando, sem desânimo pelo tempo ruim, embora o pelo castanho não estivesse em tão boas condições.

O miniaturizador não se parecia com nenhuma câmera que Dolly tivesse visto, mas tinha uma coisa que parecia uma lente. Passou por sua cabeça que, com seu pouco conhecimento, as câmeras — se estivessem sem a cobertura de plástico, cromo e couro — poderiam ser exatamente como o dispositivo nos dedos ocupados de Roger. Ela já tinha visto Lucy usar uma Polaroid muitas vezes para tirar fotos de móveis e casas em miniatura em exposições, ou mesmo para tirar fotos de Laurie e Zach. Para ela, era como um passe de mágica o jeito como cuspia quadrados de papel que, misteriosamente, exibiam imagens em segundos. Dolly observava enquanto Roger levava o dispositivo ao olho direito e piscava em uma abertura que parecia uma caixinha de meia-calça L'eggs. Ele apertou um botão obscuro. Ela se virou para observar a construção para a qual Roger apontava.

No local onde ficava, o chão era um octógono nu cercado de asfalto. A *construção* ainda estava lá, no centro do octógono, mais ou menos do tamanho da bolsa que Roger tinha colocado no chão. Ela correu pelo caminho, mas parou de repente na beirada do octógono. Roger, com a bolsa batendo na coxa e o miniaturizador no estojo de couro batendo no peito, correu atrás dela. Foi sem hesitar até o centro.

Roger se inclinou para pegar, mas ela escapou do torpor, disparou e pegou primeiro. Precisou das duas mãos, pois tinha quase sessenta centímetros de diâmetro e era pesado. A respiração dela estava trêmula e empolgada. Olhou direto para Roger por um segundo breve e triunfante. Os batimentos dele vacilaram. Ela era tão linda, com o cabelo claro capturando a luz fraca, as bochechas ardendo de empolgação e cansaço. Ele não se importava de ela ter pegado a miniatura como uma criança ávida.

Os dois a enfiaram na bolsa, que ficou toda esticada. Dolly carregou o guarda-chuva enquanto Roger levava a bolsa até o carro. No caminho de volta para o apartamento de Dolly, Roger se viu fazendo carinho no miniaturizador como se fosse um bichinho de estimação.

A cidade estava despertando. Havia mais tráfego nas ruas, mais pedestres. Umas pessoas correndo, algumas passeando com o cachorro, a caminho do parque. Dolly e Roger passaram por elas, alheios.

Roger estava pensando no café da manhã; Dolly, em chegar em casa.

O parque ainda estava silencioso. O cachorro preto estava bebendo a água ácida de um lago sem vida. Pedaços de papel rolavam ao sopro do vento. A chuva deixava brilhosas as formações rochosas, o asfalto, o caminho sinuoso.

Uma placa perto da entrada sul do Central Park apontava com tristeza para o parque. *Carrossel*, dizia. Alguns metros depois, outra placa ficava bem acima das cabeças dos potenciais pedestres. Apontava o caminho para o carrossel em uma bifurcação. Percorrendo a suave subida, o teto ficaria visível, um teto de oito lados, úmido de chuva. *Carrossel*, indicavam as placas com esperança. *Carrossel.*

O cachorro preto deu meia-volta e correu alegremente até o chão exposto no meio do octógono. Parou para farejar o centro. Em seguida, choramingou, como se alguém tivesse lhe chamado a atenção. E foi embora. Não tinha carrossel algum ali, com certeza.

Não era exatamente pequenininho, ali, na mesa de centro de vidro. Tinha cinquenta centímetros de altura e uns sessenta e poucos de diâmetro. Roger tocou nas portas — baias, na verdade — muito leves. Observou a cúpula do teto. Dolly andou em volta dele, deixando-o tão nervoso quanto um fio desencapado. Ele decidiu tirar o teto. Era coisa simples, apenas um cinzel enfiado entre o teto e as paredes, usado como alavanca para soltar a porcaria. Saiu de forma irregular e aos pedaços, mas saiu.

Agora, Roger conseguia ver o carrossel em si. Uma estrutura central cilíndrica que abrigava o maquinário foi revelada para ele como o conteúdo de uma lata de atum. As formas escuras do carrossel estavam paralisadas na base verde e redonda que era o piso infinito.

Ele começou a tirar as paredes e, com o maior cuidado, o piso de concreto. Era quase meio-dia quando o carrossel estava livre da construção que o abrigava, e o estômago de Roger estava em estado de revolta violenta. Pelo menos Dolly tinha parado de se mexer com nervosismo e estava, com um cigarro entre os dentes, recolhendo os detritos em sacolas de compras. Estava misericordiosamente silenciosa, exceto por uma propensão para cantarolar. Roger conseguia imaginar sua mãe no meio de uma atividade como aquela, a língua afiada falando sem parar enquanto ele tentava trabalhar.

Ele finalmente deixou de lado as ferramentas que tinha conseguido nos armários de Dolly e olhou com orgulho para ela. Ela estava bem mais interessada no carrossel.

"Olha só", sussurrou ela.

Ele tinha passado a manhã toda olhando, e de uns ângulos bem estranhos. Afastou o olhar de novo e grunhiu.

"Como funciona?", perguntou ela.

"Com um motor. Como praticamente tudo", disse Roger brevemente. "Não vai funcionar assim. Tem que ser modificado."

Dolly ficou irritada. "Merda. Quanto tempo vai demorar?"

Roger deu de ombros. "Para começar, vou ter que desmontar o mecanismo. Preciso pensar. Vamos almoçar."

Dolly apagou o cigarro sem pena nenhuma. Roger fez uma careta ao ver o que ela estava fazendo ao patético palitinho de câncer.

"Isso não é divertido." Ela se sentou no sofá e fez biquinho.

"Sinto muito", explicou Roger, com paciência. "É elétrico. Não se pode simplesmente enfiar na tomada. O fio não aguentaria a carga. Precisa de um maquinário diferente."

Dolly pareceu duvidar. "Ah, droga." Ela examinou as unhas. "O que você quer almoçar? Vou falar com a Ruta."

Roger assentiu com alegria. Um almoço breve e ele começaria a trabalhar. Ela ficaria impressionada com a rapidez com que ele colocaria o carrossel para funcionar. Ele a viu sair. A bunda dela era bem bonita de se olhar. Não balançava como a da mãe dele. Na verdade, com a cinta, a da mãe dele não se movia — ondulava. Ele se sentou no sofá e lembrou as coisas boas que sabia sobre o traseiro de Dolly.

A música enfim começou. Os cavalos desciam e subiam em grupos ondulantes de quatro. As carruagens cintilavam ao passar, puxadas por corcéis brilhosos. Roger concluiu que gostava mais dos brancos. O branco mais de fora tentou encostar a cabeça em alguma coisa, uma coisa que não estava lá. Um anel de metal, libertação dos arreios elegantes e coloridos, felicidade? O rabo era aparado e dourado; a crina no arco do pescoço também era dourada.

"É *Blue Skirts*", disse ela de repente, e cantarolou junto com a música do carrossel. Roger também reconheceu a melodia; foi a que ela estava murmurando mais cedo, enquanto ele libertava o carrossel da construção, e a mesma de quando eles estavam fazendo amor.

Uma carruagem de rodas azuis decorada com dragões coloridos e contornos prateados passou por eles. Acima dos animais esculpidos, um friso coroava o carrossel. Nele, cupidos disparavam flechas para capturar pombas e coelhos, e dançavam de fraldas vermelhas. Roger também gostou deles, principalmente dos coelhinhos. Ele sempre achou que cupidos disparassem amor nos corações das pessoas. Talvez os coelhos fossem corações simbólicos. Mas tanto faz, ele não entendia daquelas coisas. Não era sua área.

Nas paredes do cilindro, que agora abrigava um transformador de trem elétrico, dentre outras coisas, palhaços e macacos vestidos como tais faziam cabriolas. Roger franziu o nariz e suspirou com prazer.

Dolly observou o movimento do carrossel enquanto circulava. Estava hipnotizada. Seu rosto estava luminoso e gentil. Ela fez um carinho distraído na cabeça de Roger e se encostou nele.

"Ah, Roger", sussurrou ela, "vamos fazer de novo."

Nick Weiler jogou o jornal de lado na mesa lotada e inclinou a cadeira para trás. Porcaria, só porcaria. Sempre era possível ter esperanças de que algum sentido fosse surgir no meio da porcaria. A infelicidade sobre a porcaria era que o que saía dela costumava feder como um esfregão sujo de um mês atrás. Ele fechou os olhos. A cabeça doía de pensar naquele artigo bizarro no jornal.

O único fato verificável era que, na noite anterior, o carrossel do Central Park tinha sido removido. Por quem, para onde, com que propósito, tudo isso era um mistério. O como também. Durante a noite e no Central Park, o que queria dizer horas extras para os funcionários do sindicato, enquanto o zoológico sem grades da humanidade estava inquieto. A peça mais curiosa e de formato mais estranho do quebra-cabeça era que a construção que abrigava o carrossel também tinha sido retirada, e os tipos de detritos que os trabalhadores costumam deixar para trás foram meticulosamente removidos. Uma coisa mais curiosa do que a outra. Era como se tivesse sido removido por inteiro.

Nick balançou a cabeça para afastar as teias de aranhas. Era bem provável que a coisa toda fosse alguma idiotice colossal por parte dos trabalhadores do parque e seus chefes. As chances eram boas de que a estrutura fosse descoberta um dia em algum depósito, ou no lixão da cidade, ou em Nova Jersey ou em Nevada nas mãos de um empreendedor surpreso, trabalhador e tão desonesto quanto Mike Hardesty.

Ele voltou à posição normal, e os pés da frente da cadeira bateram com força no chão. Alguém tinha considerado a possibilidade de que o carrossel tivesse sido desmontado para ser espalhado pelo mercado de antiguidades? Nick ligou para Roseann, sua secretária, e pediu que ela ligasse para um homem que ele conhecia no FBI.

Tirou o jornal do meio do caos da mesa. Havia duas fotografias pequenas no artigo: do carrossel, reduzido a um enigma escuro e não identificável, e do representante do parque, com cara de que alguém tinha beliscado a bunda dele na hora da foto. Nick sentiu pena do pobre sujeito. Que emprego.

"O sr. Tucci está retornando sua ligação", disse Roseann no interfone, interrompendo seus pensamentos.

"Roscoe", cumprimentou Nick com simpatia. "Como você está?" Ele ouviu Roscoe Tucci admitir que ainda estava entre os vivos e sofredores. "Escuta, Roscoe. Eu estava pensando no Mike Hardesty e em como ele começou."

Roscoe riu. "Ele foi sargento encarregado de suprimentos no sudeste da Ásia, não foi? Vendeu tudo que pôde e nunca foi pego."

"Isso mesmo. E acabou sendo presidente e saiu do cargo, e foi perdoado por todos os pecados que cometeu depois da primeira comunhão, antes de um dos colegas dele ir a público. Essa maluquice do carrossel do Central Park botou isso de volta na minha cabeça. Eu lembro que ele vendia antiguidades chinesas e tibetanas. Achei que essa coisa do Central Park tinha cheiro do trabalho dele, sabe."

"Nick", protestou Roscoe, "você está doido. Hardesty está fritando no inferno."

"Eu sei disso." Nick fez uma pausa. "Desculpe por eu parecer estranho. Essa coisa toda é a mais estranha que já vi. Só achei que alguém pudesse ter decidido seguir a cartilha dele. Talvez não queiram o carrossel. Talvez queiram as peças."

A linha ficou silenciosa por dez segundos. "Meu Deus, isso é lindo."

"Pode apostar, Roz. Colecionadores particulares que não são lá muito exigentes para saber quem é o dono de tal peça que eles eventualmente acabarão comprando. Peças de um carrossel, quem sabe como se encaixam, como identificá-las. Quem está com elas pode até deixar passar um tempo, deixar tudo esfriar."

"E as peças avulsas podem alcançar um preço melhor do que o todo."

Nick concordou. "O preço pelo vidro e não pela garrafa, por peça e não por peso, pensamento clássico de Mike Hardesty."

"Deus o abençoe", disse Roscoe com tom fervoroso. "Vejo uma promoção para mim por isso. Você já está convidado para festa. Ligo quando tivermos algo tangível."

"Tudo bem", disse Nick.

Era bom pensar que Roscoe seria elogiado pelas ideias inteligentes de Nick Weiler. Roscoe retribuiria o favor algum dia. Pensamento do velho Harry, o querido pai de Dolly. Um filho da mãe odioso. Nojento como uma lesma. Pobre Dolly.

Que se danasse a Dolly. Pobre Nick, isso sim. Sentia falta de Lucy. Não tinha notícias dela há muito tempo. Ela costumava levar as crianças ao museu uma vez por semana. Ele ficava meio enjoado de pensar que ela não sentia falta dele, que o evitava, a ponto até de evitar ir ao Dalton.

A mesa dele estava tão bagunçada quanto a cabeça, o coração e o resto do mundo. Roseann e Connie enchiam sua paciência até ele estar à beira dos gritos. O próprio museu, seu amado Dalton, que ele tinha resgatado dos pântanos da penúria e do tédio, o sufocava como um dispositivo de tortura medieval. Era hora de tirar férias. Talvez fosse visitar sua mãe, que o acalmaria, ou o pai, que talvez o instigasse, e as duas alternativas eram um jeito de sair de onde estava. Mas primeiro, e ele sorriu, encontrando a outra ponta para fechar aquele círculo lógico, ele tinha que botar as coisas em ordem.

...Os roubos — que incluíram várias relíquias de família de ouro e prata, e que coincidiram com uma visita da colecionadora de casas de bonecas Dorothy "Dolly" Hardesty Douglas ao Borough Museum — intrigaram a polícia e os representantes do museu com sua natureza aleatória. Acredita-se que os ladrões saíram com a casa de bonecas Stillman e o resto do butim enquanto os visitantes e os funcionários estavam distraídos com a presença da sra. Douglas. Ela é bem conhecida por lá e doou vários itens pertencentes a seu pai para a coleção presidencial do museu...

02/06/1980
— VIPerpetrations, VIP

No dia em que Roger Tinker fez checkout do quarto de hotel, entre o primeiro encontro dele com Dolly e sua aventura no parque, ele mudou de vida e também de entorno. Às vezes, achava que talvez tivesse até trocado de corpo com alguém.

Dolly voltou da aula de dança naquele dia e lá estava ele, sentado com constrangimento na sala. Ela ainda estava com o traje de dança, aquelas roupas grudadas que pareciam uma segunda pele. Aquele era branco. Ela estava com uma saia por cima. Do tipo que se enrolava, amarrada com fios finos em volta da cintura, dando várias voltas. O perfume estava acompanhado de um aroma ligeiramente atlético, fresco, leve, de suor de mulher.

Ela o olhou de cima a baixo como se ele fosse um tipo particularmente virulento de germe. A empolgação com a entrada dela se dissolveu em uma onda violenta de vergonha. O zíper estava fechado; foi só sua reação instintiva. Algumas pessoas acreditam que nasceram com o pecado original. Roger nasceu com a vergonha original.

O terno casual pêssego não ajudou. Ele não podia explicar para Dolly que, dois anos antes, sua mãe o obrigou a comprá-lo para o casamento da prima. Tentou dar um pouco mais de classe ao visual com uma camisa preta, mas tinha encolhido, assim como o terno, e ele tinha medo de parecer um assassino de aluguel do submundo de terceira categoria. Ainda assim, era a única roupa que tinha ali, além do terno da entrevista e das meias, cuecas e pijama. Não planejara ficar mais de dois dias. Nem ter essa mulher repentina em sua vida.

Ela se sentou e acendeu um cigarro.

"Meu Deus, Roger", murmurou. Deu um pulo e um soco na barriga dele, nada delicada. Ele ficou surpreso demais para reagir. "Você é impossível", complementou.

Ele sabia exatamente o que ela queria dizer. Impossível ele estar com ela. Baixou a cabeça ao ouvir a repulsa em sua voz.

"Bem, isso pode ser evitado", continuou ela.

Ele ergueu o rosto com surpresa e, ao ver a posição de sua boca, sentiu a mesma empolgação temerosa de quando ela o tocou pela primeira vez.

"Vamos comprar umas roupas decentes. Nos livrar dessas." Ela encostou com desprezo na gola da camisa preta. "Trapos da *Califórnia*."

Roger deu um sorriso agradecido. Ela estava dizendo que o gosto dele não era horrível, só era horrível a loja onde ele tinha comprado as roupas. Mais uma pequena porta de um mundo para outro. Obrigado, Dolly.

"Não muitas", continuou ela, "porque logo você vai ficar pequeno demais para elas."

A vida ficou mais ativa do que já tinha sido em qualquer outra ocasião. As dolorosas horas na academia do prédio de Dolly. As refeições de passarinho. Uma fome constante. Ele trapaceava sempre que podia, mas passava muito tempo com ela, e ela o vigiava. E Ruta, a empregada, não podia ser convencida a fornecer nem um biscoito de água e sal.

As horas de infelicidade física eram alternadas com horas deliciosas e excitantes com Dolly. Ela o conduziu por outro seminário, não sobre miniaturas, não sobre casas de bonecas, mas um curso mais básico. Introdução à pele — a dele e a dela.

Em sua Fortaleza da Solidão, no porão, ele já tinha se perguntado se as pessoas reais faziam as coisas sobre as quais ele lia nos livros escondidos no banquinho ou se aquilo tudo era uma pegadinha sem graça com os inocentes e solitários. Alguns dos acontecimentos pareciam exagerados. Ele nunca tinha se aventurado pelos cinemas sujos e obscuros que exibiam filmes pornográficos, com medo de suas fantasias serem destruídas pela exibição à meia-luz.

A verdade era mais satisfatória por ser inesperada. Ela lhe ensinou; ele ficou feliz de bancar o aluno. No começo, ela se sentava nele e o montava como o cavalo branco do carrossel. Era mais fácil para ele, e talvez para ela, considerando o peso que tinha. Ele ficaria satisfeito em fazer desse jeito sempre. Ela não o deixou parar ali. Em pouco tempo, houve variações.

Era tudo tão agradável ou tão excruciante que ele tinha dificuldade de se lembrar de pensar em qualquer coisa além do que estava acontecendo no pequeno universo em implosão do seu corpo.

Lembrou-se de ligar para a mãe, que achava que ele estava fazendo uma entrevista de emprego em uma mítica empresa de suprimentos científicos. Disse que teria que ficar mais alguns dias e que talvez aceitasse um emprego de consultor. Ela teve dúvidas. Roger sabia que ela estava com medo de que pedisse para ela morar em algum outro lugar com ele, ou que a deixasse de vez. Eles sempre conseguiram evitar longas separações ou que ele se mudasse. Ela se mudaria se ele quisesse, claro, porque não podia lidar com a possibilidade de perdê-lo completamente, mas não seria fácil deixar aquela que vinha sendo a sua casa por trinta anos, nem era provável que arrumasse um novo emprego com a idade dela. Depois de ser lembrado disso tudo, Roger desligou aliviado. Não podia dizer por quanto tempo ficaria — não sabia. Tudo dependia de Dolly.

A remontagem do motor do carrossel era uma distração bem-vinda da festa carnal. Seu cérebro ainda era um refúgio, ainda funcionava. Ele levava o miniaturizador para todo lado, o trancava em um armário público quando precisava e dormia com ele ao alcance da mão. Fez algumas modificações para que ficasse um pouco mais difícil de usar, um pouco menos automático. Dolly deu a ele um quarto pequeno em seu apartamento, que logo ficou atulhado com suas ferramentas, acumuladas como os brinquedos de um garotinho.

Fora essas questões menores, Roger não tinha muito em que pensar além de Dolly, sobre o que ela estava fazendo com ele e em sua absorção na vida dela. Ela continuou lhe ensinando sobre as casas de bonecas e as miniaturas, e o instruiu sobre as outras pessoas que a rodeavam. Havia pessoas que cuidavam do cabelo, das roupas, do apartamento, que lhe ensinavam dança e tênis. Havia as pessoas que eram a coisa mais próxima que ela tinha de amigos, como Nick Weiler, e essas ela evitava, dizendo que eram figuras que a deixavam entediada.

E havia a nora e os dois netos. Dolly falava com os netos várias vezes por semana no telefone. Havia duas fotografias em porta-retratos prateados pendurados na parede, junto com uma foto do filho morto. Fora os cinco minutos passados ao telefone de tempos em tempos e as fotografias, Dolly nunca mencionava aquela mistura sortida que era sua família. Roger achava que ela não queria falar e não se importava com isso.

Por não ter amigos, ele não achava incomum o isolamento da vida de Dolly. Presumia que estava apaixonado. Isso se fosse possível amar sua fada-madrinha. Não se permitiu considerar se ela estava apaixonada por ele. Ela talvez gostasse dele do jeito como gostava de uma casa de bonecas velha e maltratada que quisesse restaurar. Era o suficiente deixar que ele frequentasse sua cama.

Dolly estava tão empolgada com o carrossel que ele decidiu fazer outra coisa por ela, e logo. Talvez em Washington, para onde ela teria que ir em um futuro próximo, para buscar a Casa Branca de Bonecas naquele museu. Ele se viu incluído nos planos dela para aquela viagem. Era necessário que ficasse por perto o suficiente para ver o que poderia fazer sobre aquela casa de bonecas, por Dolly.

Enquanto isso, nas poucas horas que eram só dele, ele andava pelas lojas de Manhattan e pelas galerias de arte e museus da cidade. Os museus tinham uma segurança ridícula. As lojas variavam. Algumas exibiam sinais de paranoia louca. Outras deveriam exibir placas que dissessem *Sirva-se*. Roger executava pequenos roubos básicos de tempos em tempos, um cachecol aqui, um par de meias ali. Mas a maioria das lojas ficava no meio-termo e recorria a uma quantidade de espelhos suficiente para uma casa maluca de parque de diversões. Isso lhe dava a oportunidade de se admirar com frequência em duplicata. O jeito como o regime novo tinha funcionado de forma evidente em um período tão curto; o corte das roupas novas; o tom corado nas bochechas. Ele bateu no estojo de câmera que escondia o miniaturizador. Achou que parecia próspero. Satisfeito sexualmente. Com sorte.

No dia em que eles tinham que ir com um caminhão alugado até Washington para buscar a casa de bonecas, Roger convidou Dolly a visitar um museu do centro com ele. Era um museu que ela conhecia bem, e onde era conhecida, pois abrigava uma pequena e preciosa coleção de casas de bonecas e seus móveis.

Um olhar rápido na direção dele e ela começou a procurar os cigarros na bolsa.

"É mesmo?" A voz tremia de empolgação.

"Vamos nos divertir." Os olhos dela cintilaram e ela tragou o cigarro com força. Ela lhe ofereceu um, e ele aceitou. Ela fumou por nervosismo, ele fumou porque gostava. Apreciou o cigarro até o último trago.

"Quero que você chame atenção quando entrar."

"Que aja como a dama famosa, você quer dizer?"

"Claro. Quero xeretar do outro lado do salão enquanto você olha as casas de bonecas. Me dá uns quinze ou vinte minutos para o caso de ter gente lá."

"E depois?"

"Você sai assim que eu entrar no salão. As pessoas vão estar prestando atenção em você, espero."

"Vou cuidar disso", prometeu ela.

Ele entrou antes dela e foi até a lojinha no lado esquerdo do saguão. Um trio de mulheres idosas entrou antes de Dolly; ela esperou graciosamente que subissem os degraus, empurrassem as portas pesadas e antigas e atravessassem o saguão. A mulher do balcão de informações deu uma olhada nela e pegou um telefone interno. Meio minuto depois, um cavalheiro calvo com uma cara enrugada de funcionário importante apareceu, e a agitação que Dolly prometera realmente começou.

Roger subiu pela escadaria central enquanto ouvia o anúncio do funcionário importante.

"Sra. Douglas! Como é bom vê-la novamente!"

Cabeças viraram. Roger sorriu. Dolly era mestra; ela cuidaria de tudo perfeitamente.

Ele foi casualmente até uma sala em forma de Y, na mesma ponta do segundo andar, onde ficavam as casas de bonecas. Essa sala, do outro lado do corredor da sala das casas de bonecas, era cheia de armários de vidro encostados nas paredes. Mais armários de vidro ocupavam o centro, deixando só corredores estreitos por onde andar. Tinha iluminação ruim, mas dentro dos armários de vidro reluzia uma coleção de objetos prateados, dourados e acobreados.

Roger já tinha estado ali. Sabia o que queria. Mas antes precisava ser a única pessoa na sala. Normalmente, a movimentação nunca era intensa ali. Com sorte, ele teria cinco ou dez minutos sozinho.

Ele esperou um homem de meia-idade segurando um cachimbo apagado olhar alguns objetos. O homem foi levado para fora por uma gangue barulhenta de pequenos estudantes guiados pela mão não muito firme de uma jovem professora. As crianças também passaram quase direto pela sala, anunciando que estavam achando aquilo chato. Roger deu um suspiro de gratidão para Loki, o deus dos ladrões, e pegou o estojo pendurado no peito.

Ficou decepcionado quando uma mulher com um carrinho ocupado por um bebê adormecido entrou. Ele olhou para o próprio reflexo, sem realmente vê-lo, no vidro diante de um conjunto de bules de chá e café. A mulher saiu rapidamente, como se tivesse entrado na sala errada.

Do lado de fora, Roger ouviu o funcionário do museu falando, Dolly rindo educadamente, e os sussurros e movimentações de um bom número de pessoas. Ela estava bancando a flautista mágica. O grupo que a acompanhava devia estar entrando na sala em frente. Ele tirou o miniaturizador do estojo.

Os armários de vidro ficavam trancados com o tipo de fechadura que parecia um pequeno cilindro dentro de uma moldura. Roger apontou o miniaturizador para uma das trancas. Um tilintar soou com o impacto dela no piso. Onde antes ficava a tranca agora só havia um buraco cilíndrico na madeira. Roger se abaixou, pegou a tranca pequenininha no chão e colocou no bolso.

Ele olhou para a porta e não viu ninguém. O barulho vindo da sala das casas de bonecas era regular. Uma balbúrdia considerável, como sua mãe diria. Ele empurrou o vidro com delicadeza para cima. Deslizou alguns centímetros. Pegou um cartão com quatro anéis, colocou no bolso e fechou o vidro.

Roger foi rapidamente até o armário seguinte, um expositor de parede. Depois de disparar na tranca, miniaturizou e recolheu um espelho de mão prateado, uma escova com cabo e uma sem cabo, um abotoador, uma calçadeira e um pratinho para guardar grampos de cabelo, botões de rosa secos e bilhetes de amor. Roger estava suando muito. Ele secou a testa com o lenço e foi para os fundos da sala.

Lá, destrancou outro armário. Seus prêmios desta vez eram um bule de café, uma leiteira e um açucareiro da era vitoriana. Ele enfiou tudo no bolso, botou o miniaturizador no estojo e saiu.

Lentamente, entrou no meio da multidão na sala das casas de bonecas. Dolly o viu e olhou diretamente através dele. Foi um pouco inquietante. Ele tinha que admirar a atuação dela. Eram os nervos que deixavam seu estômago embrulhado e faziam sua cabeça doer.

Em dois minutos, ela estava levando o careca para fora, um desfile de crianças, senhoras idosas e mães jovens seguindo logo atrás, sussurrando. Ela viu uma criança ansiosa querendo um autógrafo e a chamou com um sorriso rápido e a mão esticada. A criança colocou uma folha de papel e uma caneta suada em suas mãos. De repente, ela foi tomada pela multidão pedindo autógrafos. A porta onde tinha parado ficou congestionada, ninguém conseguia entrar ou sair dali. Os poucos que permaneceram dentro da sala das casas de bonecas estavam bem mais interessados nos acontecimentos do corredor do que na exposição. Para todos os fins práticos, a sala era só de Roger.

Demorou bem pouco. Ele abriu caminho de forma meio grosseira pela multidão agora bem menor em volta de Dolly e saiu do museu. Estava muito quente para o começo da primavera, e Roger achou que derreteria. Ele comprou um refresco de laranja de um vendedor de rua e achou que tinha gosto de mijo com açúcar. Mas bebeu mesmo assim. Era líquido.

Dolly o encontrou dentro do carro.

"Foi exagerado", disse ele com um sorriso fraco.

Dolly entrou ao lado dele. "Me mostra."

Ele balançou a cabeça. "Vamos sair daqui primeiro."

Ela fez beicinho, mas saiu dirigindo. Pelo menos o ar-condicionado estava ligado.

Quando viu o conjunto de penteadeira, o bule de café e os outros itens, ela deu um gritinho e ficou se balançando. Por algum motivo que ele não sabia explicar, ficou com o cartão de anéis, a única parte da pilhagem que não tinha miniaturizado ainda. Mas ficou surpreso quando o prazer dela passou rápido.

"Meu Deus, Roger, eu não sabia que você ia fazer isso." Ela estava com a casinha na palma da mão. Olhou-a como se achasse que era um dos bibelôs favoritos da tia-avó Helen. Ele se perguntou, sem ousar dizer, o que será que ela achava que ele havia proposto. "Você não vê?", prosseguiu ela. "Eu estava lá. É provável que haja suspeita de que tive alguma coisa a ver com o desaparecimento da casa de bonecas e essas outras coisas. Tudo sumiu na mesma hora."

Roger deu de ombros. "Por que você está preocupada? Todo mundo naquela tumba estava olhando para você. Você obviamente não estava com nada debaixo do braço."

Dolly olhava as peças de prata sem parar. "Talvez você esteja certo. Mas chega de riscos assim, por favor. Não quero aparecer publicamente em nada assim novamente."

Roger deu um tapinha na mão dela. "Vou buscar uma bebida."

Dolly fez um movimento de cabeça leve e agradecido. Estava cansada, ele percebeu, por causa da Grande Apresentação, mas seguia bravamente em frente. Sempre em frente.

Ela permitia que os dois tomassem uma taça de vinho por dia, em momentos variados, para preencher os silêncios ou demarcar pequenos eventos. Roger cantarolou sozinho enquanto servia. A música dela. A do carrossel. Ele nunca apreciaria o gosto de vinho que ficava na boca, um gosto podre, ele achava, mas conseguia ao menos tolerá-lo agora. Ela chamava aquilo de sua pequena taça de civilização. Ele chamava de alívio.

Não era ruim Dolly ficar nervosa. Ela estava desconfortavelmente interessada no miniaturizador. Seria melhor se botasse uma certa distância entre ela e seu uso. Era melhor manter o controle da coisa. Era *dele*, afinal. Não se importava se ela queria bancar a inocente.

"Temos que partir para Washington", disse ela quando recebeu a taça de vinho. "Vamos precisar de uma noite inteira de descanso para podermos arrumar tudo amanhã."

"À uma boa noite", brindou Roger.

"Mal posso esperar para ver meus bebês." Dolly se encostou nele de um jeito confortável.

Roger podia, sim, esperar para ver os bebês dela. Os netos. O vinho desceu pela garganta em uma onda fria e oleosa. Eles conseguiram evitar a família um do outro muito bem. No dia seguinte, ele teria que conhecer não só os queridinhos, mas a mãe deles, e, ainda mais surpreendentemente, outra Dolly — a avó. Só podia temer o que aconteceria aos dois. Ele se preparou psicologicamente.

Seria melhor ficar fora da cidade por uns dias, principalmente em uma viagem planejada semanas antes. A polícia poderia revistar o apartamento o quanto quisesse. Não encontrariam o cofre de Dolly, no qual Roger tinha enfiado o carrossel. Não encontrariam as outras coisas porque estariam procurando-as no tamanho errado. E talvez o butim do dia fosse para Washington com Roger e Dolly, para os objetos se perderem em meio aos inúmeros outros da Casa Branca de Bonecas.

Bem, o que quer que acontecesse na viagem, seria interessante. Conhecer pessoas novas, ver coisas e lugares novos. Essa era uma das grandes virtudes do relacionamento com Dolly. A vida era quase sempre interessante.

PEQUENAS REALIDADES
TABITHA KING

6

"A sra. Douglas está aqui", disse Roseann para Nick pelo interfone.

Ele abandonou o trabalho na mesa e se levantou para cumprimentá-la. Se ficou surpreso ao ver que ela não estava sozinha, não demonstrou.

Ela tinha mudado sutilmente. Era como se tivesse deixado para trás dez anos desde o Baile do Dia do Fundador, quando a tinha visto pela última vez. Na ocasião, estava frágil; agora, estava delicada e flexível, florescendo. Acabou lembrando-se da jovem que ela foi. De repente, parecia o pesadelo da noite anterior, aquele interlúdio picante depois do suicídio do marido dela.

Ele beijou a bochecha dela com formalidade e sentiu o perfume familiar. Também estava um pouco mais leve, um pouco mais essencial. Ferimentos que ele achava que tinham virado cicatrizes se abriram dentro dele. Ficou abalado pela dor, mas se por Dolly, por Lucy ou por si mesmo, ele não saberia dizer.

"Nick, este é Roger Tinker." Ela apresentou o homem que tinha entrado com ela.

Nick encarou os olhos constrangidos de Roger. "Roger", disse Dolly, "este é Nick Weiler, diretor do Dalton."

Os dois homens apertaram as mãos educadamente e se olharam. Ficou claro na mesma hora para os dois que não havia esperanças de um relacionamento civilizado.

Roger viu um homem louro, alto e barbado, cujas roupas caras lhe caíam bem. Um homem que, durante toda a vida, teve todo o dinheiro, as mulheres e o poder que quis. O tipo de homem que Dorothy Hardesty Douglas podia ter como amante, o que seria bem mais lógico do que gente como Roger Tinker.

O homem que fez Nick Weiler erigir as barreiras das boas maneiras estava dolorosamente deslocado. Exibia o novo terno e o novo corte de cabelo como se o pinicassem. Ele não sabia, e seu corpo deixava isso bem claro, como interpretar aquele escritório arrumado, naquela exagerada declaração de sensibilidades vitorianas que Nick Weiler via como seu museu. O lugar dele não era com Dolly — muito menos lançando olhares possessivos para ela.

"O sr. Tinker está escrevendo um livro sobre miniaturas", revelou Dolly.

"Se pudermos ajudar de alguma forma...", ofereceu Nick. Roger não pareceu animado com a ideia de assistência profissional, se é que a careta azeda na cara dele significava alguma coisa.

Nick, refletindo que Dolly tinha amigos estranhos, voltou a atenção para ela. "Tem certeza de que não quer que meu pessoal arrume as coisas para você?"

Ela o segurou pelo braço. "Ah, não, querido. Queremos começar agora. Nos conduza."

Nick só ficou com eles pelo tempo suficiente de entregá-los ao gerente de coleções e dois embaladores. Quarta-feira era o dia em que o Dalton fechava as portas ao público e fazia a limpeza. Ele tinha desculpas legítimas de ter trabalho a supervisionar. Dolly, como uma estudante provocadora, se agarrou a ele e o cobriu de *queridos* e *amores*. O olhar feroz de leão guardião de Roger Tinker era infantil e irritante. Foi um alívio deixá-los cuidando dos seus afazeres.

Depois de examinar o material para embalagem, Dolly mandou que os empacotadores do museu fossem embora e disse que os chamaria se precisasse de ajuda. Os empacotadores ficaram felizes por sair dali. Dolly não era famosa por ser uma boa companheira de trabalho. Ela queria a casa de bonecas só para si, e agora a tinha.

A desmontagem e o processo de embalagem consumiram horas. Dolly não pareceu prestar atenção nem na passagem do tempo e nem em Roger. Ela foi embrulhando todos os pequenos objetos da Casa Branca de Bonecas e os guardando com paciência e amor em suportes de espuma. Roger ficou supervisionando.

Era a primeira vez que Roger examinava a casa de bonecas. Ele disse para si mesmo que não era medo o que estava sussurrando no ombro dele como um grande e malvado pássaro preto, e que não era só uma casa de bonécas grande demais. A perfeição dos detalhes era impressionante; parecia precisar de pessoinhas pequenas para ocupar os preciosos aposentos.

Depois de um tempo, cansou de olhar e saiu andando para ver o resto da exposição. Mas o medo não passou. Alguma coisa ficava cutucando seu cérebro, uma espécie de coceira mental que *queria* ser resolvida.

Sem irmãs e criado em um conceito de masculinidade tão firme e restritivo quanto uma camisa de força, ele não foi exposto a casas de bonecas quando criança. Sua infância foi bem antes da moda de bonecas que garotinhos disfarçavam de "figuras de ação" e toda a parafernália paralela de naves espaciais, motos, carros e quartéis-generais na escala correspondente. Já tinha lido sobre isso, mas ali, no Dalton, viu as provas físicas: os brinquedos de gerações de crianças foram metamorfoseados em um hobby adulto — e, para alguns adultos, mais do que um hobby, era uma obsessão.

O porquê estava fora do alcance dele, sólido e tangível, mas liso, duro e inacessível, como pedra polida, um pedaço de vidro fundido. Por que a redução de todos os aspectos da vida humana era tão fascinante?

Enquanto trabalhava o assunto em sua mente, andou até uma galeria no segundo andar, onde uma nova exposição estava sendo montada. O lugar estava lotado de equipes técnicas e equipamentos elétricos. Os funcionários, a maioria eletricistas, eram um enxame de abelhas uniformizadas de bege-dourado, equipadas com cintos de ferramentas.

Roger concluiu que eles estavam montando uma série de telas de projeção, cada uma com equipamentos de som e unidade de videodisco integrados. Era interessante de assistir, e ele ficou bastante tempo lá, tentando não atrapalhar e doido para oferecer ajuda.

Viu trechos das gravações conforme o equipamento era testado e descobriu que o zoológico todo tinha a ver com mostrar processos pré-industriais. Um trecho de três minutos era de um homem idoso fazendo ripas de barril. Outro detalhava a preparação de xarope de bordo e açúcar. As fitas eram tão interessantes quanto o equipamento.

A cada tela, ferramentas antigas eram arrumadas em ambientes realistas. Uma garota do departamento gráfico contou a Roger que os visitantes seriam encorajados a mexer nas ferramentas antigas. Roger pensou que alguém acabaria roubando a exposição toda, peça a peça, e que o Nick Weiler devia estar doido pela nora de Dolly, como Dolly disse que ele estava, para ter aprovado tal ideia.

Quando a ideia de roubo surgiu em sua cabeça, Roger lembrou que queria encontrar alguma coisa para Dolly e começou a olhar em volta despreocupadamente. Sua observação foi interrompida pelo som de uma voz que ele já tinha ouvido, e ele virou a cabeça a tempo de ver o rosto desagradável de Nick Weiler do outro lado da galeria. Ele saiu do ambiente e se viu depois de alguns minutos em uma escadaria dos fundos, na galeria do terceiro andar.

Era proporcionalmente menor do que a do segundo andar, e totalmente diferente em atmosfera. Era mais tranquila, mais escura, tomada por retratos. Roger andou pela sala, observando rostos de americanos antigos, pintados de forma primitiva. Ficou impressionado com a qualidade caleidoscópica do Dalton. Estava mais para a Disneylândia do que para os museus da época dos seus passeios de escola, ou os que visitou em Nova York. Tantos fios! Ele sempre pensou em um museu como sendo uma grande igreja católica romana durante um funeral. Só que os museus tinham caixões de vidro no lugar de madeira, e dezenas deles, cheios de objetos poeirentos, velhos e chatos no lugar de ossos. Ninguém com o mínimo de inteligência científica ativa se interessaria por aqueles lugares e coisas, assim como não se interessaria pelo conteúdo da mente da mãe dele. Mas, aparentemente, os museus tinham mudado desde que Roger parou de frequentar a fila do refeitório. Aquele ali era organizado como uma caixa de brinquedos de um garoto rico.

Roger voltou até Dolly usando um elevador.

"Nick apareceu para perguntar se queríamos almoçar com ele", disse ela para Roger bruscamente, sem nem desviar os olhos da tarefa.

"O que você quiser." Roger não teve dificuldade de controlar o entusiasmo pela ideia da companhia de Nick Weiler.

Dolly se sentou sobre os calcanhares e olhou seu trabalho com satisfação. "Deixe isso para lá, então. Me dê uma mãozinha com isto e vá procurar os amiguinhos de Nick, de preferência os musculosos, para nos ajudarem a encaixotar."

Ela estava tão alegre e cheia de energia que Roger afastou as sombras e começou a trabalhar. A Casa Branca de Bonecas e seus objetos foram colocados na van alugada no meio da tarde. O estômago de Roger roncou alto. Ele estava ansioso por um merecido almoço.

"O que você achou dele?", perguntou Dolly a Roger quando eles se afastaram um pouco.

Roger olhou para o pórtico do Dalton, onde Nick Weiler, como o bom anfitrião que era, estava parado esperando que eles fossem embora. O sol da tarde cintilou no cabelo louro, transformando palha em ouro.

"Bonito", grunhiu Roger.

Dolly esticou a mão para bater na dele em um gesto de consolo.

"Você devia ter visto como ele era quando garotinho, morando com a mãe. Correndo por uma mansão podre, úmida e velha como maçã estragada, com o velho padrasto dele encolhido na biblioteca, meio gagá, e uns dez empregados velhos tentando manter a casa arrumada."

Roger observou a cidade enquanto ela dirigia a van pelas ruas lotadas. Ele estava procurando o prédio do FBI, cuja construção ainda não tinha sido finalizada na última vez em que fora à capital. Dolly rompeu o silêncio quando eles se aproximaram do hotel.

"O pobre Nick sempre foi bonito. É uma maldição", disse ela, pensativa. Olhou para Roger e sorriu. Foi um sorriso feliz e satisfeito.

"Você", declarou ela.

Roger se empertigou e esperou o veredito.

"Você é mais inteligente do que parece", disse.

Roger sorriu. "Estou com fome", revelou ele.

Dolly olhou com severidade para a barriga dele, quase imperceptível naquelas roupas. "Você poderia muito bem pular uma refeição", disse em tom repreensivo.

O coração de Roger despencou. Parecia que haveria um longo percurso até o jantar.

E houve mesmo. Dolly se recusou a trancar as caixas na traseira e deixar tudo no estacionamento. Tiveram que ser levadas pela garagem até o elevador de carga e colocadas na suíte. Ela supervisionou a operação toda, e Roger e os dois carregadores de malas que foram designados para o serviço não tiveram oportunidade de relaxar.

Roger teve que sair para comprar um barbeador descartável. Disse para Dolly que só levaria alguns minutos, mas que ele talvez desse uma volta nos arredores do hotel. Era perto das atrações turísticas; Roger pôde comprar um cachorro-quente de um vendedor de rua e comê-lo enquanto olhava para o Capitólio. Passou pela Biblioteca do Congresso e comprou uma camiseta que dizia *Tinta fresca* em letras coloridas que pareciam estar escorrendo. Dolly ficaria repugnada com a camiseta, mas fez com que ele se sentisse melhor. Um homem tinha que ter uma roupa na qual se sentisse à vontade de vez em quando.

Ele estava no chuveiro tentando abrir a embalagem do sabonete do hotel quando o FBI chegou. Se tivesse ouvido a batida na porta, teria achado que era o serviço de quarto e se apressaria em terminar, mas não ouviu. Quando terminou, ficou perambulando no meio das coisas, molhado até as orelhas, com o cabelo encaracolado pela umidade. Encontrou Dolly sentada em uma das caixas, fumando, enquanto dois agentes do FBI levantavam o olhar com uma expressão idiota diante de uma caixa aberta.

Ela o apresentou. Ele se sentou no sofá para calçar os sapatos e pentear o cabelo enquanto os agentes revistavam as caixas com eficiência. Dolly se sentou ao lado dele. Mas descobriu que estava sem cigarros.

"Ah, merda", disse ela, como um apelo.

"Vou comprar mais", ofereceu ele depois de procurar nos bolsos e não encontrar nenhum. Pegou o estojo de câmera e foi para a porta.

Não ouviu a gargalhada leve que soou atrás. Teria reconhecido o som. Dolly a usava com ele com frequência. Era uma gargalhada que o deixava à vontade.

No quarto do hotel, um dos agentes procurou o bloco e a caneta.

"A senhora se importa de responder algumas perguntas?"

Dolly achou graça. Uma estrela dourada pela educação, da parte do Tio Santo J. Edgar. Se queriam executar roteiros antigos da mitologia televisada do FBI, ela tiraria o máximo de diversão que pudesse da situação.

"Não, claro que não."

"Sobre o sr. Tinker."

"O que você quer saber?"

"Bem, o que ele faz da vida? De onde ele é?"

"Ah." Dolly se mexeu e pegou um cinzeiro. Ela o girou lentamente nos dedos. "O sr. Tinker está escrevendo um livro sobre miniaturas. Eu o estou ajudando. Acho que ele é da Califórnia, mas sei bem pouco sobre a vida dele."

O agente assentiu. "A senhora sabe o endereço dele?"

Dolly sorriu. "É o mesmo que o meu."

Tudo anotado. "Ele é um funcionário seu?"

"Não exatamente."

O agente insistiu na pergunta. "Qual é seu relacionamento com o sr. Tinker?"

"Nós somos amigos. Ele é meio desamparado. Eu cuido dele." A ideia era fazer com que eles trabalhassem um pouco. Desafio faz bem para a alma.

O agente trocou um olhar nervoso com o colega. Não queria ter que fazer a pergunta de novo, de forma mais grosseira. Não conseguia ver motivo para o FBI precisar saber a resposta, mas sabia que seu supervisor perguntaria, e era melhor que tivesse a resposta certa.

"Ah, não", exclamou Dolly. "Não foi isso que eu quis dizer. Roger é tão gay quanto o Mardi Gras, querido."

"Como a senhora conheceu o sr. Tinker?" Alívio. Pergunta seguinte.

"Ah, em algum lugar. Numa festa. Não lembro direito."

O agente fechou o caderno e se preparou para sair. "Obrigado, senhora. Desculpe o incômodo."

Os agentes passaram por Roger no corredor, que lhes deu um sorriso simpático e ficou decepcionado por não receber nada pelo esforço além de cara feia.

"Já vão tarde", disse Dolly quando ele passou pela porta. "Mais um 'senhora' e eu daria um grito."

Ele lhe entregou um maço de cigarros. Tirou o estojo de câmera do pescoço e o colocou na gaveta mais próxima. "Pelo menos, isso acabou. O que você disse?"

Dolly parecia levemente incomodada. "Você não vai gostar. Tive que mentir muito."

"Claro. Mas o que você disse? Eu tenho que saber para o caso de tentarem nos pegar com histórias diferentes."

Ela o espiou com os olhos um pouco fechados. Apagou o cigarro que fumava naquele momento.

"Eu tive que dizer que tomei você debaixo da minha asa, como algumas pessoas fazem. E que você é gay."

Roger ficou perplexo.

"O quê? Pelo amor de Deus, por quê?"

"Eu não queria que eles desconfiassem da verdadeira natureza do nosso relacionamento."

"Merda." Ela parecia estar citando uma porcaria de novela. "O que isso tem a ver com o que eles estavam procurando?"

"Não fale comigo assim." Virou as costas para ele.

Roger só conseguia pensar em um motivo para ela contar uma mentira dessas. Tinha vergonha dele. Abruptamente, a verdadeira natureza do relacionamento deles, como ela dizia, pareceu encará-lo diretamente, como seu próprio reflexo encontrado de forma inesperada. Ele tinha uma coisa que ela queria, o miniaturizador, e ela sabia perfeitamente o que o miniaturizador era capaz de fazer. Ela tinha o dinheiro, e também tinha o corpo.

Roger viu a rigidez da coluna dela e percebeu que ela poderia esmagá-lo. O que já não tinha feito por aquela mulher? Torturava-se com a porcaria da dieta e o programa de atividades físicas, pulava a cada comando que recebia. Isso para que ela pudesse renegá-lo para um par de agentes do FBI cuja opinião não tinha importância para nenhum dos dois, ou não deveria ter. O único culpado era ele mesmo. Sua mãe teria dito.

Se não fosse o conhecimento profundo do estado da própria carteira, ele poderia ir embora. Depois de comprar o maço de cigarros, tinha exatamente cinquenta e sete centavos no bolso. Mas então decidiu que isso não era problema. Daria um jeito, mesmo que tivesse que lavar louça. Abriu a gaveta onde tinha guardado o dispositivo.

Quando ergueu o rosto, Dolly tinha se virado para ele. Havia um pânico quase descontrolado nos olhos dela. Aproximando-se rapidamente, ela encostou o corpo pequeno e rígido no seu. Ele segurou o miniaturizador com mais força e se afastou dela.

"Roger", suplicou ela, "por favor."

Ele balançou a cabeça. "Não tenho mais dinheiro", disse ele. "Não posso mais ficar. Vou para casa. Estou minimizando minhas perdas."

"Não", disse ela. E deu uma leve risada. "Garoto bobo, por que você não disse? Eu sou muito distraída com dinheiro, sabe. Nunca pensei nisso." Ela pegou a bolsa com um gesto desajeitado.

Roger parou. Sabia que era mentira. Ela pensava em dinheiro o tempo todo. Não tinha morado tanto tempo com ela para não reparar. Achava que ela era magra como era porque não gostava de pagar por comida decente. Ele a deixaria assim que tivesse a satisfação de ouvi-la suplicando para que ficasse. O miniaturizador pesava sobre seu peito. Sentiu seu coração batendo acelerado.

Ela estava indo em sua direção agora, com um bolo de dinheiro em cada uma das mãos de unhas bem-cuidadas. Enfiou o dinheiro nos bolsos dele.

"Pronto, querido", murmurou. "Vou cuidar para que você tenha tudo de que precisa. Tudo."

O cabelo dela fez cócegas no rosto de Roger com aqueles fios finos. As mãos, agora sem o dinheiro, o envolveram e o abraçaram. Roger fechou os olhos e inspirou o perfume dela.

"Ah, mãe", murmurou ele.

"O quê?" Dorothy olhou para ele.

"Ah. Nada."

Ela passou a mão pelo cabelo crespo dele. "Escuta, querido. Eu tenho sido uma *vaca*. Não pensei em você em momento algum. Quero compensar."

Roger assentiu, entorpecido. Entendeu naquele momento como as moscas se sentiam ao caírem na teia da aranha. Queria a isca, quase sentia o seu gosto, e o apetite não diminuiu. Ficou excitado com a visão da aranha no centro da teia. Até a substância grudenta provocava uma sensação elétrica.

"O que você quer?", sussurrou ela.

Ele ouviu *Faça o que quiser*. Limpou a garganta e lhe disse: "Eu vi uma estátua hoje".

Ela estava desabotoando a camisa dele. "Sim."

"Era um deus, sei lá. O deus do mar."

"Netuno", disse Dolly, oferecendo o nome.

"É. Com sereias em volta."

Ela tinha parado de acariciar, massagear e desabotoar. Estava olhando para ele.

"Você se importaria", gaguejou ele, "ah, de fingir que é uma sereia?"

Dolly pensou no assunto e decidiu rapidamente. "Claro que não, querido. Até que é fofo. Me explica, o que as sereias fazem?"

"Bem", explicou Roger, guardando o miniaturizador de volta na gaveta e torcendo para ela não notar como ele estava suando, "eu imagino..."

"O quê?", encorajou ela.

"Acho que é melhor a gente encher a banheira primeiro", decidiu ele. "Depois eu posso mostrar."

Roger achava que ela estava dormindo. Como não estava com sono algum, saiu da cama e foi para a sala da suíte. Ligou a televisão e assistiu ao final de um filme. Esperou pacientemente pelo que pareceu uma hora de comerciais, e a música mecânica do noticiário da madrugada soou. Ele desceu da cadeira onde estava sentado e deitou de bruços no tapete. Apoiou o rosto nas mãos, com os cotovelos no chão, e se preparou para a adoração.

Ela estava maravilhosa, tão linda quanto na reportagem da *vip*. A maquiagem estava um pouco mais pesada, o cabelo um pouco mais elaborado. Estava usando um suéter de gola v, reminiscente dos anos 1950. Aqueles peitos incríveis faziam coisas impressionantes debaixo da camada fina de lã. A cor da televisão do hotel não estava boa, e Roger não teve energia para ajeitar, mas ele sabia que o suéter deveria ser de um vermelho intenso, assim como o batom nos lábios carnudos.

Ponderou se Dolly aceitaria fingir que era Leyna Shaw. Ela talvez ficasse ofendida se ele a pedisse para imitar uma pessoa real.

Dolly não devia estar dormindo tão pesado quanto ele achava, pois Leyna mal tinha falado sobre as notícias de economia — todas ruins — quando ela apareceu embrulhada no robe branco de cetim e se sentou na cadeira dele. Não disse nada, só assistiu e ouviu.

Roger ficou surpreso quando, depois de alguns minutos, sentiu o pé frio dela cutucando sua bunda nua.

"Desliga essa porcaria e volta para a cama. Quero dormir."

"Desculpa", murmurou ele. Ele se sentou e desligou a televisão. "Eu não estava conseguindo dormir."

"Bate uma punheta, então", disse Dolly com grosseria.

Roger sorriu. "Eu poderia fazer isso se pudesse ver Leyna Shaw ao mesmo tempo."

Ela não pareceu achar graça. Voltou para o quarto e bateu a porta.

"Ei", disse Roger, indo atrás. "Eu estava brincando."

"Eu gostaria", informou ela friamente, "que você não citasse aquela vaca na minha presença de novo."

"Ela é sua inimiga, por acaso?" Roger estava realmente curioso. Como alguém podia odiar uma mulher tão linda?

"Sim, é exatamente isso que ela é. Ela adora fazer piada com a minha cara, é isso."

"Bem, me desculpe."

Houve um longo silêncio, no qual os dois ficaram se revirando pela cama.

"Roger." Dolly cutucou a axila dele com os dedos, para ver se ele ainda estava acordado. "É melhor você saber logo disso."

"O quê?", perguntou ele, finalmente com sono.

"Eu tenho muitos inimigos. Sempre tem gente que odeia qualquer pessoa que tenha alguma coisa que elas não têm. Dinheiro, poder, talento físico, aparência, a família certa. Entende?"

"Claro." Roger entendia aquilo. Sua mãe não criou nenhum idiota. O mundo era difícil.

"E tem gente que me odeia mesmo eu nunca tendo feito nada para elas."

Roger murmurou em solidariedade.

"Ela é uma dessas pessoas."

"Quem?"

"A porra da Leyna Shaw!", exclamou ela.

"Ah."

"Você é um amor, Roger, mas tem que começar a prestar atenção. Você parece uma criança. Só pensa no que quer pensar. Você tem que começar a usar esse cérebro maravilhoso na vida diária."

"Humm", concordou Roger. Ele estava quase dormindo.

Dolly suspirou, se sentou e pegou os cigarros.

Que merda de dia. Pelo menos estava com a Casa Branca de Bonecas de volta. Sua mão tremeu ao segurar o isqueiro, e precisou firmá-la com a outra. Devia estar sentindo algo como a depressão pós-Natal. Querer tanto uma coisa e não ficar satisfeita quando a tem.

Ou talvez fosse só tristeza pós-coito. Ela observou o volume escuro que era Roger enrolado no lençol. Precisou ficar bêbada para conseguir fazer na primeira vez. Ele era tão tímido, tão sem classe. Já tinha ouvido falar de mulheres que gostavam de trepar com seus motoristas e jardineiros, mas isso nunca teve encanto nenhum para ela. Achava que deviam estar muito entediadas com as alternativas, seus maridos e os maridos das amigas.

Mas, no fim das contas, ela devia ter tido alguma intuição sobre ele, porque havia algo de especial ali. A inexperiência, que era uma coisa um pouco surpreendente naquela época, e um talento natural selvagem. Tudo isso ajudado e encorajado pelo mesmo desejo de conhecimento que o tornava um cientista talentoso, ainda que meio maluco.

Nick lançara uma sombra sobre Roger hoje. Mas ela podia testemunhar que quando chegava a hora de se embolar nos lençóis, preferia Roger. Nick tinha sido coisa de alguns anos antes, mas ela não tinha esquecido. Ele dominava os atos carnais básicos, mas não havia sentimento real, exceto pela sensação gélida de que ele estava se segurando porque não se importava realmente. Era como se ele estivesse dando comida para os gatos. Já Roger não sabia o significado de se segurar.

Uma cinza do cigarro caiu na pele de seu corpo. Ela a afastou languidamente, sem se importar com a leve ardência do fogo. Caramba, a vida era complicada. E estava sempre mudando. Roger a fizera lembrar em que os homens eram bons, depois que ela já tinha desistido deles; ele trouxera de volta uma parte morta da sua vida. Tudo que realmente queria agora era a casa de bonecas e o miniaturizador. E Roger. Como todos os homens, ele logo ficaria tedioso. Ela não duvidava disso. Mas sabia que se viraria muito bem quando isso acontecesse. Tal certeza acrescentava o tempero da perversidade. Ela se divertiria pelo tempo que durasse.

A cidade ficou para trás rapidamente. Era sempre uma surpresa quando Dolly se dava conta de como Washington era pequena. Eles seguiram pela rodovia interestadual, pelos subúrbios e pelas áreas rurais ainda não exploradas. Na maior parte do tempo, o tráfego estava mais movimentado na direção oposta, e eles seguiram rapidamente.

Roger mostrou a Dolly o modelo do Monumento a Washington com o apontador de lápis na base, que ele tinha comprado para a mãe. Ela lançou um olhar de desprezo e voltou a atenção para a estrada.

"Eu poderia ter encolhido o de verdade", gabou-se Roger, como um garotinho.

"E por que não fez isso?", perguntou Dolly. Pensou que daria no mesmo a mãe dele ter uma coisa feia daquelas, fosse a original ou uma cópia.

"Tinha turistas demais."

"Desculpas, desculpas. Encolhe logo todo mundo."

"Meu Deus", disse Roger. "Acho que estaríamos ferrados. É meio óbvio, sabe."

"Não, querido", retorquiu Dolly, "a gente podia ferrar os turistas, pisar neles." Ela riu.

"Seria uma sujeirada", observou Roger, para manter o espírito da conversa. A ideia não era muito atraente para ele.

Dolly atravessou um cruzamento. "Falando sério, a gente deveria encolher algum suvenir enquanto estamos na cidade."

"O que você tem em mente?" Roger estava preparado para ser razoável, embora uma nova aventura talvez estivesse próxima demais da anterior. "Que tal a verdadeira Casa Branca?", brincou ele.

"Eca. Dispenso."

"Tem muita gente, de todo modo", disse ele. "Você ia mesmo querer uma casa cheia de secretárias pequenininhas e homenzinhos do serviço secreto?"

Ele reparou em um caminhão passando. Era um carregamento de comida congelada. Era o que dizia na lateral. Ele bem que gostaria de um prato de comida congelada. Tinha conseguido comer outro cachorro-quente de manhã, quando saiu para dar uma volta, mas Dolly não dava sinais de reparar que a hora do almoço estava passando, nem que aquele caminhão estava cheio de tortas de frango.

"Na verdade", ela dizia, "o que a Casa Branca de Bonecas precisa é de algumas *bonecas* para morarem nela. E", ela o cutucou para chamar sua atenção e apertou o isqueiro do carro, "a única coisa que ninguém faz direito em miniatura são bonecas."

Roger deu um cigarro a ela. "Lucy não consegue?"

"Ela disse que não. E não quer nem saber."

Roger tinha que admirar uma pessoa que dizia não para Dolly. Estava curioso para conhecer essa Lucy.

"Por quê?"

"Não é a área dela. Disse que perguntaria por aí, para tentar encontrar alguém. Mas, fora o universo da Disney, desconfio que não haja ninguém que poderia fazer isso para mim. Só você."

"Eu poderia encolher um daqueles robôs animados que eles usam na Disneylândia", ofereceu Roger.

Dolly soltou fumaça por entre os dentes. "Não, obrigada, me parece um tanto horrendo."

"Ah." Roger revirou a ideia na mente.

Dolly jogou a guimba do cigarro pela janela. "Escuta, Roger. Você já miniaturizou um animal?"

"Claro. Animais de laboratório."

"Deu certo?"

"Deu. Foi ótimo. Tive um beagle incrível de quatro centímetros."

"Não dá para fazer com gente?" Ela lhe lançou olhares rápidos enquanto dirigia.

Ele passou o dedo pelo estojo no colo. "Minha nossa!"

"E aí?", perguntou ela.

"Bem", ele respirou fundo, "até onde eu sei, e sei mais do que qualquer pessoa sobre isso, o processo não é reversível. Não se pode desminiaturizar as coisas."

"Ah." Desta vez, foi ela que pensou. "Eu queria que você considerasse como opção. Que pensasse bem. Talvez a gente consiga resolver."

"É."

Eles estavam vendo a cerca branca que envolvia um gramado generoso cheio de árvores na frente da casa de Lucy. Roger viu uma piscininha de plástico em um esplendor lamacento na grama bem verde. Dolly apertou a buzina da van.

Zachary Douglas, sentado na beirada da piscina, usando uma sunga desbotada, estava tentando enfiar os dedos dos pés um a um no bocal de uma mangueira. Os pés estavam enlameados até os tornozelos; e a grama imediatamente em volta da piscina parecia satisfatoriamente molhada.

Laurie, servindo xícaras pequenininhas de chá de água para a mãe e para o avô, gritou quando viu a van entrar no pátio da casa, onde parou, atrás do carro velho de Lucy.

"Vê!", gritou ela.

Zachary ergueu o olhar por um segundo e voltou ao sério trabalho experimental no qual estava absorto. Era bem mais interessante do que a avó, que ele chamava de Vê. Ele sabia por experiências anteriores que ela não gostava de lama.

O sr. Novick estava ouvindo outro jogo de beisebol em um fone de plástico conectado ao rádio dentro do bolso da camisa. Ele estava quase adormecido por ter passado boa parte do dia no sol e no calor e por ter ingerido dois sanduíches de presunto no almoço. Só as exigências incipientes da bexiga, transbordando com as xícaras do "chá" de Laurie, o mantinham acordado. Ele se empertigou para se apresentar de forma mais digna para a sogra da filha.

Lucy, relaxando em uma espreguiçadeira sob o sol da tarde, se sentou rapidamente e verificou o botão de metal do short jeans rasgado para ver se estava preso. O zíper também estava fechado. Ela se levantou e se espreguiçou.

"Olá, olá", gritou sua sogra quando se aproximou pela cerca branca. "Lucy, você está maravilhosa."

Lucy estava se sentindo muito bem. Ela assentiu. "Obrigada."

"Ah, esse é Roger Tinker, Lucy. Ele está escrevendo um livro sobre miniaturas."

Lucy apertou a mão meio úmida de Roger com educada surpresa. Fazer e colecionar miniaturas era um mundo relativamente pequeno que ela conhecia bem, e ela nunca tinha ouvido falar de um Roger Tinker.

"É um prazer conhecê-la", murmurou ele. Encarou a parte da frente da blusa dela e enfiou as mãos nos bolsos de trás, assentindo enquanto era apresentado ao pai de Lucy. O estojo de câmera estava pendurado no pescoço dele como um pingente grande demais.

"E essa", disse Dolly com orgulho, "é minha florzinha Laurie." Ela estava segurando a garotinha com força. Laurie Douglas deu um gritinho, aproveitando ao máximo a atenção.

Dolly olhou com expectativa para Zachary. O garotinho os ignorou.

"Zach!", repreendeu seu avô, "diga oi para a sua avó."

Dois pontinhos de cor apareceram nas bochechas de Dolly. Zach ergueu os olhos do que estava fazendo e os encarou com seriedade.

Dolly riu. "Venha, bobinho. Venha ver a Vê."

Lentamente, com uma sensação de ritual, Zach enfiou delicadamente um dedo na narina. Isso foi demais para Lucy.

"Zachary", disse ela.

O dedo saiu e desapareceu no bolso com culpa. Ele chegou perto da avó. "Oi."

Dolly o avaliou. Ele agora tinha lama até os joelhos, como se fossem meias sujas, e também exibia luvas lamacentas que iam até o cotovelo. Ela encontrou uma região de pele razoavelmente limpa acima de uma sobrancelha, se abaixou para um beijo rápido e recuou a uma distância segura.

"Não precisa ficar aqui por minha causa", provocou ela.

Ele olhou para a mãe cheio de esperanças, recebeu um aceno de autorização e voltou para a piscina, onde ainda havia mundos a explorar.

Lucy sorriu para Dolly, pedindo desculpas. Ele só tinha quatro anos.

Dolly ergueu as sobrancelhas. "Você podia ter dado um banho nele. Sabia que eu estava a caminho."

A boca de Lucy se firmou com teimosia, e ela ignorou a repreensão.

Laurie quebrou a tensão oferecendo uma xícara de chá a todos. Roger olhou com ansiedade para a xícara na mão dela. A esperança se esvaiu quando se deu conta de que era apenas água. Dolly riu e recusou. Foi grosseira, pensou Roger, pois nem se deu ao trabalho de perguntar se ele queria.

"Obrigada, querida", Dolly estava abraçando a menina de novo, "mas preciso conversar com a sua mãe primeiro."

"Eu fico de olho nos pequenos", ofereceu o pai de Lucy. Ele tocou o boné de leve na direção de Dolly, e se acomodou na cadeira.

Laurie deu de ombros e voltou para o chá da tarde. Os adultos estavam sempre ocupados com eles mesmos e seus trabalhos. Devia ser chato.

Lucy levou Dolly e Roger para a oficina, dando a ele a oportunidade de andar atrás das duas mulheres, um ângulo no qual podia admirar a bunda de Lucy no short jeans e a de Dolly na calça de linho. Uma boa visão, concluiu ele. Valeu a viagem.

Lucy chegou para o lado e deixou Dolly olhar a arrumação da mesa de trabalho. Estava vazia, exceto por um guarda-roupa pequenininho. Uma das duas portas estava aberta o suficiente para a luz cintilar no espelho que havia dentro. Uma mancha vermelha brilhava no espelho, reflexo da roupa pendurada dentro.

"Muito bom", murmurou Dolly. Ela abriu um pouco mais a porta com um leve empurrão da unha. O vermelho lá dentro desenvolveu uma sombra esbranquiçada. Ela tirou dois vestidinhos. Acariciou-os em um elogio mudo.

"Perfeitos." Ela os colocou de volta.

"Tenho outra coisa, uma surpresa." Lucy tirou magicamente de algum canto escuro uma tigelinha prateada em cima de uma bandeja de prata. A tigela estava cheia de frutas.

Dolly segurou o objeto na palma da mão. Levou uma lupa ao olho e inspecionou cada milímetro. Depois, farejou. Olhou para a frente, impressionada.

"Lucy!" Tirando uma laranjinha da tigela, ela cheirou com curiosidade. Roger chegou mais perto para ver por que ela estava tão empolgada. Ela levou a laranja até ele, e ele também sentiu o cheiro.

"Maravilhoso!", exclamou Dolly. "Tem cheiro de laranja de verdade."

"E as maçãs têm cheiro de maçã, e as bananas têm cheiro de banana, as uvas têm cheiro de uva", disse Lucy.

Roger sorriu para Dolly. "Nada mau", grunhiu ele.

Ela chamou a atenção dele. Um pensamento mudo passou de um para o outro: *mas nós podemos fazer melhor.*

"É um presente. Para você." Lucy corou.

"Ora, obrigada, querida." Dolly ficou ligeiramente espantada. Quando Lucy fazia coisas assim, tornava tudo mais constrangedor. Ela não soube como reagir.

"Como você fez isso?", perguntou Roger, tentando ajudar.

"Eu ando brincando com aromas artificiais há semanas. Para o jardim. Eu queria acertar nas rosas e nos canteiros de flores, e talvez na grama. Seria muito complicado. Mas agora vejo possibilidades que eu não sabia que existiam três meses atrás. Ando escrevendo para empresas químicas e fabricantes de perfume para aprender mais. Sei que posso fazer melhor do que grama de plástico e rosas de plástico com arame."

Lucy reparou que seu entusiasmo não estava contagiando. Dolly não pareceu interessada. E o amigo parecia achar uma graça peculiar, como se a tivesse visto tirando a calcinha que tinha entrado na bunda. Confusa, ela prosseguiu.

"O mais difícil vai ser a grama. Grama de verdade tem tantas propriedades, tipo se mover na brisa e ter uma sensação sedosa ao toque e um cheiro bom. Vai ser muito difícil acertar."

Abruptamente, ela parou e olhou para Dolly. Roger afastou o olhar das duas mulheres. Não queria ouvir o que viria agora. Lucy parecia uma mulher dedicada. E bonita. Ele observou as bancadas de trabalho e as ferramentas na parede, os materiais bem arranjados em prateleiras industriais.

"Lucy, querida", ele ouviu Dolly dizer em voz baixa, "não quero que você faça o jardim."

Em meio ao silêncio que caiu como uma sombra sobre eles, Roger ficou mexendo com uma pequena serra tico-tico. Lucy não reparou. Estava tão imóvel que parecia não estar respirando. Seu rosto estava branco e distante.

Roger olhou mais um pouco ao redor. Observou o sol aparecendo através de uma janela com proteção para tempestades que tinha sido colocada no teto como claraboia. Havia uma porta de correr nos fundos da oficina, atrás de Lucy, que dava vista para uma horta. O lugar tinha um ar caseiro que fez Roger pensar em seu esconderijo no porão, na Califórnia. Ele sentiu uma pena enorme de Lucy.

"Tem alguma coisa que você queria que eu fizesse primeiro?", perguntou Lucy com um tom intrigado.

"Bem, não." Dolly se voltou para os vestidos no pequeno guarda-roupa. "Na verdade, eu queria deixar a Casa Branca de Bonecas como está, por enquanto."

Lucy se empertigou. "Você quer o guarda-roupa?"

"Ah, sim. Quero muito. É lindo."

"Vou embrulhar para você, então."

Lucy pegou a peça e começou a embrulhá-la rápida e cuidadosamente em papel pardo e fibroso. Não lançou sequer um olhar para Roger e para a sogra. Pelo jeito como se movia, Roger pensou nos movimentos curtos e violentos de um açougueiro. Ele começou a suar pesadamente.

Dolly foi até a porta de correr e olhou para o jardim. Roger observou as ferramentas. Serras pequenininhas, cinzéis, uma serra de ourives, uma pequena furadeira, uma lixadeira de disco, um torno. Belas ferramentas. Qualquer um que trabalhasse com aquilo tão bem quanto Lucy Douglas tinha o respeito de Roger.

Ela abriu uma gaveta para pegar um elástico grosso. Roger viu de relance pequenos grampos, pinças, a ponta de uma tesoura de ourives, pinças menores, coisas comuns a qualquer caixa de ferramentas. Lucy passou o elástico na caixinha de papelão e a colocou na mesa à frente. Em seguida, botou a tigela de frutas em um saquinho de papel.

Dolly estava observando a operação agora, sorrindo como se o ar não estivesse carregado com a raiva muda de Lucy.

"Quer os arquivos?", perguntou Lucy baixinho, a voz estrategicamente desprovida de emoções.

Dolly assentiu.

A mulher mais nova começou a remexer em um arquivo pequeno que ficava em um canto da oficina. Havia pedaços irregulares de tapete empilhados ao lado. Pareciam terem sido usados por uma criança pequena em um escorrega. Distraidamente, Roger pegou um estilete x-acto número dois e enfiou no bolso. Uma lâmina número onze foi em seguida. Dolly estava ocupada procurando cigarros na bolsa. Os arquivos, depois de encontrados, foram de Lucy para Dolly, e então para Roger. Ele os segurou da mesma forma como seguraria um bebê se alguém fosse burro o bastante para lhe entregar um.

"A correspondência com Dud Merchent sobre o papel de parede que você queria está lá. Eu ia perguntar se você queria a amostra que ele mandou, mas imagino que você mesma vai cuidar disso agora."

Dolly acendeu o isqueiro. Estava entediada. Roger reconheceu os sinais evidentes.

"E as fotografias do cobre de Linda Bloch estão lá. E, claro, tudo que fiz até agora para o jardim. Vou mandar a conta do guarda-roupa e do trabalho de estudo do modelo do jardim. Espero que você entenda que me considero livre para usar o que desenvolvi."

Dolly pegou a caixa com o guarda-roupa dentro e o saquinho com as frutas. "Boa tarde, Lucy", disse, sem fazer o menor esforço para disfarçar a diversão na voz. Ela deixou a oficina. Roger foi atrás, carregando os arquivos.

Saiu sorrindo e acenando como a própria realeza para o pai de Lucy e as crianças. O homem tocou no boné de novo em sinal de cumprimento. Laurie acenou. Zach, enfiando lama na mangueira, ignorou tudo.

Como Lucy estava demorando a aparecer, o pai foi atrás. A oficina estava vazia e a porta da horta estava aberta. Ele a encontrou tirando insetos dos tomates.

As bochechas estavam úmidas das lágrimas que ela não tinha conseguido segurar, e o nariz estava vermelho. Ela olhou para ele, e conseguiu dar um sorriso rígido e corajoso. Mostrou uma lesma na palma da mão.

"O nome desta lesma é Dorothy Hardesty Douglas, pai." Ela a largou na lata de água salgada a seus pés. "Tchau, sua filha da puta."

"Ah, Lu", disse seu pai. Ele se agachou ao lado dela.

"Foi para o melhor, na verdade", continuou ela. "Ela só usa as pessoas. Não se importa. Quando termina de usar, as joga na privada mais próxima. Estou feliz de não ter mais que trabalhar com ela. Queria poder me livrar dela completamente."

O sr. Novick assentiu. "Você está certa. Mas você não gosta de ser despedida, não é, amor?"

Lucy sorriu. Examinou a parte de baixo de uma folha. Gostava do cheiro almiscarado dos tomateiros. Sempre a deixava melhor.

"Não. Quer saber, pai?"

"Diga."

"Odeio pensar que aquela p... vaca tem tantas coisas nas quais dediquei várias horas da minha vida. Sinto que me vendi em uma esquina qualquer."

"Ah, querida." Ele chegou mais perto e a abraçou. "Lu, agora você pode fazer algumas das coisas de que andava falando. Vai ser bom. Você está certa."

"Claro, pai. É isso que vai ser agora." Ela se levantou e se espreguiçou, para que ele visse que ela já tinha parado de chorar. "Quando levei Harrison para te conhecer, você chegou a pensar que seria algo tão importante?"

As palavras dela evocaram uma imagem vívida na memória do pai: o garoto tímido e magrelo de uniforme de verão, de mãos dadas com sua filha de dezenove anos no balanço bambo da varanda antiga, os dois tão jovens e tão lindos. Sua filha tinha crescido; o garoto, não. Mas eram os filhos deles que agora estavam brincando na piscina lá na frente, e a mãe de Harrison tinha estragado um dia perfeito de verão. Ele balançou a cabeça. A vida era uma coisa complicada e curiosa, e ele não precisava assistir às novelas para saber que o fato de ser clichê não queria dizer que não era verdade. Era mágico e doloroso o jeito como o tempo dava voltas e nada parecia terminar de verdade.

"Não", respondeu ele, incapaz de botar as emoções em palavras.

"Vamos fazer churrasco esta noite. Eu faço a limonada e você prepara as salsichas dos cachorros-quentes."

"É melhor esquentarmos o carvão. Cadê as crianças? Vou botá-las para ajudar."

Lucy limpou as mãos no short e foi para a cozinha. Seu pai a observou. Ele queria que sua filha não tivesse terminado com Nick Weiler. Ela foi quase feliz com aquele sujeito. Mas ficaria bem. Sempre ficava. Era uma criaturinha durona, embora não tão pequena agora. Quem pensaria que Louisa e ele teriam uma filha como Lucy? Não ele. Isso o fez sorrir.

Na cozinha, Lucy discou no telefone.

"Nick está aí, Roseann? Aqui é Lucy Douglas. Eu gostaria de ter uma palavrinha rápida com ele, se possível."

"Tenho certeza de que está, Lucy." Uma surpresa inconfundível na voz de Roseann. E curiosidade.

"Obrigada", disse Lucy.

"É bom ter notícias suas de novo", disse Roseann inesperadamente, e transferiu a ligação.

"Lucy?" Nick pareceu ansioso.

"Nick", disse ela, e teve que parar e pensar no que iria dizer. "Nick, desculpe incomodá-lo. Mas uma coisa estranha aconteceu. Você pode vir me ver hoje à noite?"

PEQUENAS REALIDADES

TABITHA KING

7

Na suíte do hotel, Dolly guardou o pequeno pacote com o guarda-roupa em uma das caixas de móveis da casa de bonecas. Abriu o saquinho com as frutas aromatizadas, virou as peças na palma da mão e as cheirou com satisfação.

"Minha querida Lucy", ronronou ela. "Ela é tão doce." Lançou um olhar zombeteiro para Roger. "Você não fica com vontade de vomitar?"

Roger, afrouxando a gravata e tentando ignorar a fome avassaladora, sentiu que estava em terreno instável.

"Ela é... legal", disse ele, protegendo a si mesmo com uma palavra dotada de vários significados.

"Bunda gorda", declarou Dolly. "Caipira." Não ficou claro se ela estava falando da nora ou dele. Fosse como fosse, decidiu que era mais seguro não dar atenção. "Mas é típico, de qualquer modo. *Homens.* Meu filho casou com uma mulher que é completamente o oposto da mãe."

Ele não conhecia Lucy Douglas tão bem para ter certeza, mas achava que a postura dela não era tão diferente da de Dolly. E as duas mulheres tiveram experiências com Nick Weiler, o que indicava pelo menos um gosto em comum. Pensar em Weiler o irritava. Dolly, ao contar sobre o antigo caso, chamou o diretor de museu de Consolo de Viúva. *Não fique com ciúmes, querido, seu rosto fica vermelho. Além do mais, isso foi praticamente antes de você nascer.*

Roger tirou o paletó e o pendurou em uma cadeira, cantarolando distraidamente. Quanto menos fosse dito, mais seguro era.

"Aquela vaca deixa o velho criar as crianças. Não me surpreendo de terem modos tão horríveis. Ela sai e fica se divertindo. Com o meu dinheiro e o da morte do Harrison. E todo mundo acha que ela é uma santa. Boa demais para trepar com o resto dos outros."

Dolly estava ficando furiosa.

"Ela está com muita raiva", arriscou Roger. "Não tem medo que ela afaste as crianças de você?"

Dolly riu enquanto acendia um cigarro. "Não, seu bobo. Ela é tão *justa*. Está acumulando pontos para ganhar uma auréola. E se sente culpada porque matou o Harrison."

Roger, que estava botando os pés no sofá, quase despencou. Essa era uma versão totalmente nova dos eventos que foram divulgados como notícia histórica. "Achei que ele tivesse morrido quando o avião caiu."

Dolly se sentou no sofá aos pés dele e ficou quieta. Roger se empertigou, chegou perto dela e se preparou para ouvir uma confidência com a atenção adequada.

"Eles eram tão novos quando se casaram", disse ela. "Eu não gostei, claro, mas eles eram maiores de idade. Bem, antes de você piscar os olhos, eles tiveram um filho, e depois havia outro a caminho. Claro que eu *amo* meus netos. Tem dias em que só continuo viva por causa deles. Mas eu sabia o que a responsabilidade faria com o Harrison. Ele puxou o pai. Sentiu-se encurralado, e tinha que provar que era homem. Foi por isso que insistiu em ser piloto de testes. Lucy não quis lhe dizer uma palavra sequer. Disse que ele tinha que decidir por si só. Tudo correu bem para ela. Recebeu uma boa pensão do governo."

A mão esquerda dela, passando com cansaço pela testa, tremeu de leve. Roger viu que ela não estava revelando tudo, estava chateada. Ele não sabia o que fazer com uma mulher chorosa e esperava que abraçá-la em silêncio fosse suficiente.

Roger também não sabia o que fazer com esse constrangimento ligado à história familiar. Lucy Douglas lhe pareceu uma mulher boa. Devia ter alguma coisa a ver com a antiga inimizade entre mães e noras. Weiler passar da cama de Dolly para a de Lucy, ainda que indiretamente, era uma espécie de encenação da perda do filho para a nora, um horrível toque adicional em uma tensão familiar estereotipada. Provavelmente, as duas mulheres mereciam pontos por se manterem civilizadas até o momento. Mas Dolly estava sensível demais para ouvir qualquer tipo de conselho sobre o assunto vindo dele.

Ele procurou palavras. "Ei. Você está com sua casa de bonecas de volta e já cortou todas as obrigações com Lucy em relação a ela. Pode fazer o que quiser agora. Você devia se proporcionar bons momentos."

Dolly se ajeitou, assoou o nariz e deu um suspiro eloquente.

"Um bom jantar", sugeriu dele. "Um pouco de champanhe."

"Acho que mereço isso", admitiu ela.

Com visões do jantar pairando sobre a cabeça, Roger a abraçou com força e deu um beijo camarada em sua testa. Talvez estivesse aprendendo com ela. Ficando mais aprazível, além de mais magro. A vida não era incrível?

Nick Weiler os encontrou na varanda telada na parte de trás da casa, sentados em volta de uma mesa de piquenique coberta por uma toalha impermeável. O pai de Lucy se levantou para apertar a mão de Nick avidamente. Laurie, com um pijama fresco de verão, deu um pulo para lhe dar um beijo. No colo de Lucy, Zach sorriu e esticou a mão com a palma para cima, revelando uma bola de massinha de aspecto lamacento. Nick se inclinou para beijá-lo e foi surpreendido por um cheiro forte e repentino de frutas. Foi tão forte quanto a sensação de pertencimento que o tomou ao estar na presença deles, e por um momento ele ficou desorientado com suas próprias e confusas emoções. Lucy sempre tinha cheiro de madeira, verniz e tinta, e nunca usava perfume — não que ele soubesse. Mas claro que estava forte demais para ser perfume. Ele franziu o nariz, e Lucy riu.

"É a massinha", explicou ela.

Ele aceitou a bola torta que Zach ainda lhe oferecia e a cheirou. Limão, sem dúvida, forte o suficiente para fazer sua boca ficar seca.

"Cheira isso", disse Laurie, e ofereceu a ele uma minhoca de massinha de três centímetros.

"Banana!", exclamou ele.

"E cereja, e coco, e várias outras." Laurie mostrou a ele um prato de papel com uns seis montinhos da mesma massinha cinzenta. Era como cheirar uma salada de frutas.

"Incrível. É comestível?", perguntou para Lucy.

Ela fez que não. "Não é tóxica, mas também não é muito nutritiva. Acho que não provocaria mais do que uma diarreia."

"Isso vai fazer você ganhar fortunas e competir com as massinhas comerciais?"

Lucy levou um susto. "Céus, eu nunca pensei nisso. É só para fazer comida em miniatura. Acho que eu ficaria com medo de os pequenos colocarem na boca."

"Fiz uma toranja", anunciou Zach. "Quer um pedaço?"

"Nhac, nhac", disse Lucy, pegando a bolinha e botando na palma da mão. "Estava uma delícia."

"Está na hora de dormir", avisou o avô das crianças.

Laurie deu um gemido teatral. Depois de um segundo de observação atenta, Zach produziu uma boa imitação dela.

"Está mesmo", concordou Lucy, ignorando as objeções deles. "Vão escovar os dentes e lavar o rosto. Vou em cinco minutos botar vocês na cama."

"Eu levo a turminha." O sr. Novick pegou Zach e o jogou sobre o ombro, como um bombeiro carregando uma pessoa. O garoto deu gritinhos de alegria.

"Cuidado, pai", Lucy pediu, e em seguida olhou para Nick. "Tenho medo de que ele machuque as costas de novo se ficar carregando o garoto assim. Mas não posso impedi-lo."

O pai dela sorriu e mostrou os dentes falsos e perfeitos. "Não, não pode mesmo. Vem, Laurie."

Por um momento breve e constrangedor, Nick e Lucy se viram sozinhos na varanda. Lucy de repente ficou muito interessada na massinha. Ela começou a arrumar tudo em pequenos recipientes de plástico. Nick examinou as mãos com nervosismo e decidiu não oferecer ajuda. Se atrapalhasse, ela só ficaria irritada.

"Depois mostro as frutas prontas. Tem algumas na oficina." Ela arrumou os recipientes na mesa. "Tenho que dar boa-noite para as crianças. Já volto." Ela entrou pela porta da cozinha.

De repente, Nick ficou mais deprimido do que tinha ficado em semanas. Ir até lá era como cair de um muro. Tinha ficado confortavelmente empoleirado em cima dele por dias, e agora ia cair novamente. Ela mal conseguia suportar ficar na presença dele.

Sentou-se no velho balanço da varanda com as almofadas cheirando a mofo e olhou para o céu. Estava limpo, mesmo o calor não tendo aliviado muito. Ele não se importava. Na cidade, o calor movia as pessoas e fazia com que os turistas adentrassem as grandes tumbas frias de mármore das construções públicas.

Ela voltou com uma bandeja com limonada em uma jarra antiquada e copos altos cheios de cubos de gelo. Não se sentou imediatamente, mas ficou encostada na porta de tela da varanda, observando-o sob as luzes fracas que zumbiam.

"Como você está, Nick?"

Ele deu de ombros. "Indo."

Havia uma rispidez na gargalhada educada. "Não estamos todos?"

Ele limpou a garganta. "Você está linda."

"Obrigada." A voz dela soou baixa e, para a surpresa dele, satisfeita.

Ele hesitou, mas foi em frente. "Está saindo com alguém?"

Ela inclinou a cabeça. "Estou."

O estômago dele rolou como uma folha seca no outono. "Não fique tão arrogante por causa disso", balbuciou ele.

"Ah, Nick." Ela se virou de costas e olhou para o céu da noite.

"Deixa para lá", disse ele. "Por que você quis me ver?"

Ela se virou novamente para ele e exibiu um rosto repentinamente cansado e tenso. "Dolly veio aqui hoje."

"Ela pegou a Casa Branca de Bonecas ontem. E veio aqui hoje?"

"Isso." Lucy pareceu agitada. "Bem, ela me despediu."

Nick se sentou ereto. "O quê?"

"Ela pegou uma peça que eu tinha acabado de concluir. A última das maiores. Em seguida, cancelou o trabalho do jardim e os acessórios. As coisas que não tínhamos terminado."

"Ahh. Que vaca insensível."

Lucy assentiu. "Achei que ela ficaria muito empolgada com a massinha fedida que fiz."

"Massinha fedida? É assim que você chama?" Nick riu, apesar de tudo. "Desculpa. Você tem minha solidariedade."

"É como Zach chama", explicou Lucy. Ela se sentou abruptamente ao lado dele e se encostou nas almofadas já quase sem forma. Voltou ao assunto da dispensa de seus serviços por Dolly. "Se divorciar deve ser assim. Alívio e frustração por não fazer dar certo, tudo misturado. Nunca fomos próximas, mas nos entendíamos. Agora, vai ser sofrido cada vez que ela vier para ver as crianças."

Nick se afastou um pouco para olhá-la. Se perguntou se era isso que ela sentia em relação a ele.

Mechas de cabelo caíram por cima do ombro dele quando ela se encostou. "Fico com raiva por ela te tratar mal, Lucy, mas você fica melhor sem ela. É uma pena não poder se livrar dela completamente. Se eu fosse você, não me daria ao trabalho de permitir que ela tenha acesso a Laurie e Zach. Ela só vai arrumar confusão."

"Isso é bem verdade. Tudo que você disse. Ela é muito ousada quando se trata dos meus filhos. Gosta de me dizer como estou fazendo um péssimo trabalho, e na frente deles, se puder. Mas ela não é a única sogra horrível do mundo, tenho certeza."

"Ainda assim, você leva a paciência e a boa vontade longe demais. Ela vai tirar vantagem de você. Cuidado."

Lucy sorriu. "Acho que sou capaz de lidar com ela."

"Agora você pode seguir em frente com outras coisas. Sei que você quer fazer outros trabalhos. Que tal as ideias para a loja do museu sobre as quais conversamos há cem anos?"

Lucy se inclinou para a frente com atenção. "Quero que você veja uma coisa em que tenho trabalhado quando posso. Na oficina. Acho que é uma coisa que meu pai e eu podemos produzir em quantidade suficiente para a loja. Por um preço razoável, claro."

"Eu sabia que seria capaz, se conseguisse se dedicar."

"Bem, estou cansada de fazer brinquedinhos caros para mulheres ricas, Nick. Eu gostaria de fazer brinquedos de criança. Meu pai tem um projeto dele. Quer construir uma casa de bonecas simples e resistente que ele criou e que pode ser adaptada para ficar cada vez mais sofisticada. Ele está ansioso para trabalhar, mas não gosta de me atrapalhar. E sente que precisa cuidar do Zach para mim."

"Zach vai começar a fazer meio período no jardim de infância no outono, não vai?", perguntou Nick.

Ela assentiu. "Vão ser cinco manhãs ou tardes, dependendo de para qual turno ele for escolhido."

"E, no ano seguinte, ele vai ficar o dia inteiro, certo? Parece ideal. Seu pai pode começar gradualmente."

"É possível que seja um bom momento. Ele está com medo, sabe."

"De fracassar?"

"Um pouco. Mas acho que mais com medo de se sair bem e das mudanças que isso pode significar. Ele tem uma rotina confortável; a vida está organizada. É difícil correr riscos."

Ela afastou o olhar. Nick sentiu que ela falava de si também.

"O que quer que ele faça, Zach vai começar a escola. Vai continuar crescendo, assim como a Laurie. Eles não vão precisar tanto do seu pai quanto já precisaram."

"Nem de mim", acrescentou Lucy pesarosamente.

"Você acha que já passou pela cabeça dele que você talvez se case novamente?"

Desta vez, ela o olhou diretamente nos olhos. "Ele não parece preocupado. Sempre fica satisfeito quando saio com alguém."

"Talvez ele conheça você melhor do que eu. Ou saiba de alguma coisa que não sei."

Lucy sorriu. "Talvez só seja generoso."

Nick olhou para cima, para o andar superior da casa. "Ele não foi para a cama também?"

"Não, só está vendo televisão e tentando não nos atrapalhar. Ele ficou feliz quando eu disse que você viria hoje. Acho que gosta de você, sei lá."

Nick riu. "Alguém já disse que você é uma provocadora?"

Ela o ignorou. "Quero perguntar se Dolly disse a você alguma coisa que indicasse o porquê."

"Você está mudando de assunto, mas se você quer saber por que ela te despediu, não. Ela não falou em você. Só achei que viria visitar, já que estava perto."

"Humm." Lucy mordeu o lábio. "O que você achou do cara que ela estava arrastando por aí?"

"Estranho. Dolly pode estar agindo de um modo um pouco peculiar, mudando de vida, sei lá. Colecionando acompanhantes esquisitos."

Lucy riu. "Ele era mesmo estranho. Ela disse que ele estava escrevendo um livro sobre miniaturas, mas ele não pareceu muito interessado nelas aqui em casa. Mexeu nas minhas ferramentas e ficou com cara de tédio."

"Eles ficaram juntos no hotel favorito de Dolly. Também não acho que ele esteja escrevendo nada."

"Sério?" Lucy pareceu genuinamente surpresa. "Eu estava brincando. Não achei que ele fosse o tipo de homem em quem ela ficaria interessada."

Era terreno delicado o gosto de Dolly para homens. Nick pensou com cuidado antes de falar. "Até onde eu sei, não é. Mas não dá para explicar o gosto quando o assunto é sexo."

Isso gerou outro olhar pesaroso de Lucy.

Ele prosseguiu. "Mas ele pode ser bajulador, sei lá. Fornecer cocaína da boa. É impossível adivinhar, considerando que a Dolly é a Dolly."

"Como você sabe disso tudo?"

"Um amigo do FBI. Aconteceu uma coisa estranha em Nova York."

"O quê?"

"Lembra a coleção de casas de bonecas do Borough Museum?"

"Claro."

"Uma das casas de bonecas foi roubada, aparentemente na mesma hora em que Dolly estava no museu."

"Nossa! Eu não vi isso."

"Ela estava cercada de gente, não poderia ter cometido o roubo. Na verdade, é um mistério como uma coisa grande daquele jeito foi tirada do local sem testemunhas. E no meio do dia, ainda por cima. E, claro, outras coisas foram tiradas da coleção de ouro e prata do Borough."

"Então é apenas uma espécie de coincidência extraordinária?"

"De fato. Só que ela é filha de Mike Hardesty, e ele nunca parou quando queria alguma coisa. Está no sangue dela."

Lucy se inclinou para a frente e se apoiou nas mãos, pensando. "Estou perplexa, Nick. De repente surge uma nuvem escura enorme de atividades confusas envolvendo a Dolly. Esse cara, qual é o nome dele?"

"Tinker."

"Tinker", repetiu. "Parar os projetos que tinha em andamento comigo, e agora esse roubo maluco do Borough Museum, bem quando ela estava lá..."

"Dolly sempre foi imprevisível. Quanto trabalho ela tinha contratado você para fazer?"

"O projeto do jardim, o mais recente e mais amplo. O papel de parede com paisagem de uma das salas de recepção e outros pequenos detalhes. Muito do que faltava seria terceirizado, de qualquer maneira. Porcelanas e pinturas. E um dia falamos sem compromisso sobre bonecas."

"Para quem ela estaria levando o trabalho?"

"Ela pode negociar diretamente com os terceirizados, claro. Não pagar a minha parte. Não sei sobre as outras coisas. O jardim."

"Sabe, sim."

"Bem, eu posso supor. Mas não quero saber quem vai fazer."

Nick passou um braço em volta dela e a puxou para perto. "Se apegou ao projeto, não foi?"

"Sim."

"Sinto muito por isso."

"Eu também."

Lucy o empurrou e se levantou. Pegou os pequenos recipientes de massinha e entrou em casa, para voltar quase em seguida.

"Falei para o meu pai que estaria na oficina. Quer ir ver as coisas?"

"Claro."

Ele a seguiu em volta do jardim. A vista de alguns passos atrás dela era perturbadora, mas excitante demais para abandonar. Ele refletiu, não pela primeira vez, que Lucy despertava o garoto de dezessete anos que havia nele. Tinha tido tantos anos de sexo cuidadoso e discreto que essa explosão de paixão era tão desconfortável quanto tinha sido na adolescência, quando o impulso sexual era tão grande que chegava a ser doloroso.

As luzes fluorescentes na oficina se acenderam. Insetos pareceram ser gerados espontaneamente em volta das barras longas e azuladas de luz. Lucy deixou abertas as portas que davam para a horta, e os cheiros da vegetação chegaram até eles e se misturaram com o perfume amadeirado e peculiar da oficina.

Ela lhe mostrou uma caixinha de frutas cheia de bananas, uma fruteira prateada cheia de deleites variados, uma minúscula torta de cereja. Ele ficou maravilhado. As perfeições diminutas e os aromas sensuais alimentaram o prazer de ambos por estarem juntos de novo.

Em seguida, ele pegou uma caixa pequena, do tamanho de um pacote de manteiga. Abriu e encontrou um curioso quebra-cabeça feito de pedaços de madeira. Reduzido a seus componentes, revelou-se como os móveis de uma sala de jantar em miniatura. De uma caixa idêntica ele tirou um quebra-cabeça que era formado pelos móveis de um quarto: cama, penteadeira, mesa de cabeceira e um penico com tampa de madeira, formando o centro dele.

"Com que velocidade você consegue fazer isso, Lucy?", perguntou ele, examinando os objetos com atenção.

"Eu e meu pai? Duas ou três dúzias por semana, se não fizermos outra coisa."

"São exatamente o que eu quero para loja do museu. Algo que se identifique totalmente com o Dalton."

"Podemos fazer um outro que já está projetado. Uma cozinha. E tive uma ideia para o banheiro. Vamos acabar tendo uns seis aposentos diferentes."

"Maravilhoso. Eu sabia que você era capaz. Há quanto tempo está trabalhando nisso?"

"Quando tenho tempo, desde que você pediu pela primeira vez."

O rosto dela vibrou de satisfação com a aprovação dele. Ele colocou os brinquedos na bancada e a segurou com alegria pelos ombros.

"Você merece um beijo por isso."

"Oh-oh", ela começou a protestar, mas de uma forma tão provocativa que ele a puxou para mais perto. As boas intenções sumiram como as mariposas perto da luz. Ele se viu olho no olho com ela, desejando desesperadamente que ela não se virasse e não fechasse os olhos. Ela se inclinou na direção dele lentamente, com um pequeno suspiro, como um balão murchando.

"Senti sua falta", admitiu Lucy.

Ele acariciou seu cabelo. Abruptamente, ela rompeu o abraço. Nick prendeu a respiração e se encostou na bancada de trabalho. Lucy começou a mexer nos pedaços de tapete que estavam empilhados a alguns passos. Ela os jogou no piso azulejado perto da porta da horta. Por um segundo, Nick se perguntou se ela tinha ficado louca. Mas então entendeu o que ela estava fazendo e, com uma gargalhada repentina, se juntou a ela na tarefa.

Havia pedaços mais do que suficientes para formar uma cama aceitável. Eles fecharam parcialmente as portas, mas o cheiro de tomate, de cebola e o almíscar das folhas de abobrinha continuavam invadindo. Uma ave noturna piou ali perto, e cachorros latiram no bairro. Lucy apagou as luzes para que só a lua os iluminasse delicadamente. Eles se ajoelharam juntos. Ela esticou a mão, hesitante, para tocar no rosto dele.

"Está bom", disse ela. "Bom o bastante."

Nick abriu os braços para recebê-la. Ela tinha dito tudo que precisava ser dito.

Em uma cama king-size em Washington, o capitão Kirk, também conhecido como Roger Tinker, se divertia com uma aventureira alienígena de Alfa Centauro cujo nome era impronunciável por lábios humanos, mas que atendia em outras dimensões de espaço e tempo pelo nome Dorothy Hardesty Douglas. A fantasia foi perturbada em um momento crucial pela barulheira da queda de várias garrafas quase vazias de Dom Perignon do pé da cama no tapete, sobre o qual derramaram fluxos fragrantes e espumosos de líquido.

Depois do amanhecer, a vista do hotel dava para o Potomac e um trecho de calçada na margem do rio. Havia vasos de concreto cheios de flores vermelhas e amarelas entre a superfície brusca e prateada da água e o concreto cinza da calçada. A noite não tinha dissipado o calor; a atmosfera estava abafada e meio enevoada perto da água. Roger se sentou na varanda de short e observou o pequeno pedaço de mundo abaixo. Ouviu um cachorro latindo com alegria ao longe. Corredores passaram, sozinhos ou em pares, ou em pequenos grupos. Um retardatário de um dos grupos passou ofegante, suado e com o rosto vermelho. O cachorro que latiu passou correndo, um setter irlandês com uma cor linda, seguido por um velho de cabelo branco que se movia com a mesma facilidade do cachorro. Depois, uma mulher. O cabelo da mulher estava solto e voava conforme ela corria. Roger se mexeu na cadeira. Era uma garota alta, e havia algo de familiar nela.

Ao reconhecê-la, deu um pulo e ficou de pé, tomado por uma vontade irresistível de ir correr.

Ela estava mantendo o ritmo, se movia sem esforço e quase sem pensar. Se estivesse pensando em algo, não era política nem carreira e nem o que faria com o marido que via uma vez por mês. Ela estava pensando — se isso *fosse* um pensamento real definido pela deliciosa sensação de movimento contínuo — que estava quase voando.

Sua rota era elaborada e mudava todos os dias. Naquele dia, correu junto ao rio e voltou pela cidade até o National Mall. Uma só volta em torno do National Mall, em vez das duas ou três que costumava fazer, e de volta ao apartamento, uma corrida precisamente cronometrada de dezesseis quilômetros.

Ela acenou para um congressista idoso que estava correndo na direção oposta, rumo ao Capitólio. Não olhou para nada em específico, pois tinha feito o caminho tantas vezes que já lhe era familiar e desinteressante, tal qual a cozinha de uma casa o seria para quem trabalhasse nela. A cozinha de Leyna Shaw era um bar e tinha uma mini geladeira com sucos de frutas, iogurte e ovos. Se não pudesse fazer uma refeição com aquilo, ela saía.

Ainda era cedo, mas o sol estava afastando a neblina. As pessoas que saíam cedo para trabalhar já estavam na rua, além de vários turistas. Ela não prestou atenção ao turista suado com a câmera sobre o peito. As pessoas tiravam fotos dela quase todas as vezes que ela corria em volta do National Mall. Ganhava a vida com as pessoas tirando suas fotos. Por que reparar no homenzinho pegando a câmera enquanto ela se aproximava?

"Moça!", gritou ele, e ela teve tempo de pensar que esse não era o cumprimento habitual. "Leyna!", eles gritavam, como se sempre a tivessem recebido em seus coquetéis. Mas esse homem gritou um alegre "Moça!" para ela, e ela o olhou. Só um sorriso e ela teria mais um fã para o resto da vida. Grãozinhos de areia, mas era assim que as praias nasciam.

Ela virou o pescoço elegante e mostrou os dentes claros e quase perfeitos. Uma luz vermelha piscou. Flash nesse sol deixaria a foto superexposta. Nessa hora, ela foi atingida, uma onda que a empurrou para trás e interrompeu o movimento de dez quilômetros por hora. *Eu me choquei com alguma coisa. Alguma coisa bateu em mim.* Ela ficou com raiva de si mesma por não olhar para onde estava andando e com raiva do turista por tê-la distraído. *Agora ele vai vender minha foto caída no chão.* Não teve chance de imaginar como ficaria na *Newsweek*, na *Time* ou na *vip*. Uma piada, caso ficasse levemente ferida. Um furo, caso morresse. A dor veio com tudo e um frio horrível penetrou nela toda, e aí, *graças a Deus*, não sentiu mais nada.

Roger chegou em dois passos rápidos, a recolheu em um lenço e deu meia-volta, andando tão rápido quanto suas pernas curtas o permitissem no National Mall. Passou por algumas pessoas que o ignoraram, na pressa de ir para o trabalho ou tomar café da manhã, só porque ele não era muito interessante. Em dois minutos, estava seguindo por uma rua menor. O National Mall foi engolido pelos prédios grandes ao redor até ser só uma sombra atrás dele.

Largou o miniaturizador apressadamente no estojo de câmera e, com movimentos mais vagarosos, o ajeitou lá dentro. Roger não gostava da quantidade de gente que havia por lá, mas o National Mall era enorme, o que reduzia os visitantes a um tamanho que dava para arriscar. Ele esperava que ela estivesse bem. Ela era tão linda, com o cabelo voando como asas grandes e brilhantes. Foi como pegar uma borboleta rara e linda em pleno voo.

Quando entrou na suíte do hotel, Dolly estava tomando seu banho matinal. Fazendo uma cama de lenços de papel em uma das caixas de sabonetes chiques de Dolly, ele colocou a forma pequenina de Leyna Shaw lá dentro. Foi um alívio ela ainda estar respirando, mas parecia meio pálida. Ele se perguntou se ela estava em estado de choque. Mas logo riu ao pensar como aquilo deixaria Dolly louca.

A água batia no piso do chuveiro e escorria pelos ombros de Dolly, fazendo duas cachoeiras nas pontas dos seios. Descia pelas costas e pelas nádegas. Ela passou sabonete — o dela, não os quadradinhos insultantes embrulhados em papel que o hotel depositava como balinhas ruins em lugares prováveis. Lembravam-lhe do quanto ela amava balas embrulhadas individualmente. O papel acrescentava uma medida de hesitação, de adiamento, e então uma pequena surpresa à doçura da bala. Mas tinha que haver uma bala dentro do papel, não sabonete, principalmente não do tipo de sabonete que os religiosos gostavam de usar para lavar as bocas das crianças levadas.

Ela se ensaboou com paciência, dos ombros aos dedos dos pés, de acordo com a rotina de alguns anos. Em seguida, se enxaguou e ficou parada, limpa, embaixo da água do chuveiro. Quando pegou o sabonete de novo, depois de uma pausa de um segundo para entrar no clima, ensaboou entre as pernas e, enquanto o fazia, foi deslizando até o chão. Só levou um minuto ou dois para chegar ao clímax. E se admiraria no espelho quando o vapor começasse a se dissipar. Aquilo fazia muito pela coloração de sua pele.

Roger, fazendo buracos de agulha na caixa de sabonete com um enorme cuidado, ouviu cessar o barulho aparentemente infinito da água. Dolly tomava os banhos mais longos do mundo. Os banhos de banheira de domingo da mãe dele levavam pelo menos uma hora, mas era só uma vez por semana, e talvez só antes de ocasiões especiais, como o Dia das Mães. Ela ficava tão rosada e feliz depois que ele não se ressentia de ser obrigado a ficar do lado de fora por tanto tempo. Mas Dolly passava horas no banheiro, a maioria delas, a julgar pelo som da água, sob o chuveiro. Ele gostava do cheiro do sabonete chique que ela carregava por aí dentro da caixinha. Não havia problema. Só tinha dúvidas sobre se ela não estaria tirando os germes saudáveis da pele, mas, só de olhar para ela, era tão linda que isso simplesmente não seria possível. Depois dos banhos, ela reluzia. Ele desconfiava que as mulheres deviam ter algum outro cheiro além de sabonete e tinha ouvido boatos de que o cheiro natural delas era horrível ou maravilhoso, dependendo de quem estava espalhando o boato, ou de qual livro sobre sexo ele consultava. Era o tipo de coisa sobre a qual ele não podia perguntar à sua mãe. Nem a Dolly.

Ela saiu de roupão, a pele ainda úmida do vapor. O cabelo estava cacheado em volta da cabeça, delineando-a com cachos prateados de cupido. Ela olhou para ele sem muito interesse e foi olhar pela janela.

"Parece quente lá fora e não são nem oito e meia", observou ela.

"É," concordou Roger. "Está horrível lá fora."

Dolly ergueu a sobrancelha para ele. "Você esteve lá fora."

"Boa dedução." Ele esticou a mão direita com a palma para cima. A caixa estava equilibrada ali, precariamente.

Dolly parou e olhou para a caixa. A inquietação que sentiu quase automaticamente quando o ouviu dizer *está horrível lá fora* virou um medo sombrio, como tinta de polvo. Roger sorriu para ela como se estivesse fazendo um teste para ser o bobo do vilarejo.

"Você vai amar isso." Ele avançou para perto dela e tentou lhe entregar a caixa.

Ela recuou. "Você não fez nenhuma idiotice. Fez?" O rosto dele se enrugou em negação, mas ela não reparou. Ela respondeu à pergunta sozinha. "Não tem nada aberto tão cedo. Não pode ser."

Relaxando visivelmente, ela esticou a mão para pegar a caixa. Seriam flores, um bagel ou alguma outra curiosidade.

Ele entregou a caixa para ela e recuou um pouco, levando as mãos às costas e a observando. Ela abriu a caixa com o ar de uma mulher recebendo uma flor, ciente da honra, mas preparada para encontrar algo a que fosse alérgica. Seus olhos se arregalaram, a cor sumiu do rosto dela, as narinas tremeram. Ela fechou a caixa com cuidado e a colocou na mesa mais próxima rapidamente.

Roger a viu tentando se controlar, sem saber se ela estava com raiva ou tão maravilhada que não tinha como se expressar, ou só surpresa demais para falar. Ela abriu a boca duas vezes, como se para dizer alguma coisa, ou inspirar o ar antes de a água se fechar sobre sua cabeça, e suas mãos tremeram tanto que ela as enfiou nos bolsos do roupão cinza de seda. Ela se virou de costas para ele, foi até a janela e murmurou contra o vidro.

Inquieto, Roger se aproximou dela.

"O que foi?", perguntou ele.

Ela se virou para ele, as costas eretas e os olhos brilhando. "Seu idiota maldito", sussurrou ela.

Roger piscou. Deu passos para trás e se sentou no sofá, prendendo as mãos entre os joelhos para ficar mais confortável. Estava atordoado demais para pensar.

"Seu idiota maldito... e *genial*", disse ela.

Ele buscou cegamente pelo som da voz dela e prendeu a respiração em um soluço de alívio.

Ela tinha assumido o controle de si mesma e dele. Seu rosto estava sereno e sorrindo. "Tem um cigarro, garoto?", perguntou.

Roger teve vontade de pular e gritar. Mas era um homem do mundo agora. Então encontrou cigarros para ela, assim como fósforos, e ofereceu tudo com um sorriso largo.

"Temos que sair daqui", continuou ela. "Vamos para casa."

"O que você quiser", concordou ele.

Ela pegou uma das mãos dele. "Você é maluco, eu acho. E eu sou mais louca do que você. Mas prefiro ser louca a não ser, certo?"

"Certo."

Ele se sentiu uma borboleta que tinha fugido de um inimigo predatório. Ainda tinha suas asas e o sol ainda estava brilhando.

PEQUENAS REALIDADES

TABITHA KING

8

Foi Lucy quem informou Nick Weiler sobre o desaparecimento de Leyna Shaw. Ela ligou para ele no Dalton depois de ouvir o noticiário do meio-dia no rádio. Foi uma conversa curta, uma troca rápida de fatos e planos de se verem, e Lucy foi fazer o almoço da família. Nick resolveu rapidamente o trabalho que havia na mesa antes de sair para almoçar com um doador importante e um senador influente.

No fim da tarde, a caminho de casa, Nick ouviu a notícia repetida no rádio, que levou o incidente de volta aos seus pensamentos. Depois da reconciliação com Lucy, a pressão do trabalho no Dalton e o planejamento de uma viagem à Inglaterra para visitar a mãe, aquilo foi como encontrar uma moeda da sorte desaparecida em um cofre de banco. A notícia o afetou, intrigou, perturbou, o fez se sentir culpado sem motivo e era mais do que ele queria ter na cabeça. Ele queria pensar em Lucy e quase mais nada, mas havia muita coisa acontecendo.

Ao entrar no silêncio tranquilo do apartamento, ele foi cumprimentado pelo par de gatos velhos e enormes que eram seus companheiros mais próximos havia vários anos. Primeiro de tudo, lhes deu comida, e foi dispensado da atenção deles imediatamente, como sempre. Ficou para vê-los comer. O que apareceu de repente em sua mente quando ele estava parado na cozinha foi o jeito como Dolly ficou na noite do Baile do Dia do Fundador no museu, quando Leyna usou o apelido de infância de um jeito calculado para desdenhar da paixão de meia-idade de Dolly, a casa de bonecas, como algo infantil. E Dolly estava na cidade. Mas era ridículo.

Era bem provável que Leyna tivesse sido sequestrada por dinheiro ou motivos políticos. Se os inimigos dela não estiverem envolvidos no desaparecimento, e este não tiver sido só um ataque terrorista aleatório, ainda assim havia dezenas de outras pessoas que tinham motivos mais fortes para odiá-la e lhe fazer mal do que Dolly. Era só que Dolly era tão boa em odiar quanto o pai dela, e não era sensível em relação a nada. Ainda assim, ele não tinha nenhum medo pessoal, então por que pensar nela sempre como uma mulher potencialmente perigosa? Só porque ela tinha tentado magoá-lo por meio de Lucy?

Ele se libertou da teia grudenta da especulação. Era um beco sem saída. Tomaria um banho para tirar o suor do dia, apararia a barba com atenção e levaria Lucy para um restaurante tranquilo para eles ficarem de mãos dadas. Era horrível ter a sombra da tragédia de Leyna pairando sobre eles. Mas ele era egoísta o suficiente para querer estimar o que quase perdera completamente.

No dia seguinte, soube pelo seu contato no FBI que Dolly tinha voltado para Manhattan com a Casa Branca de Bonecas e seu amigo estranho. O FBI tinha revistado os móveis nas caixas e a casa de bonecas antes do desaparecimento de Leyna Shaw. Estavam seguros de que Leyna não tinha sido levada para fora da cidade escondida dentro de alguma caixa do tipo. Havia muitas outras possibilidades para serem investigadas, inclusive suicídio e uma saída à francesa. Para o FBI, isso estava destinado a virar um caso aberto.

Para Nick Weiler, aquilo permaneceu por muito tempo como uma dúvida irritante, uma pergunta inquieta, enterrada debaixo de explorações mais envolventes e urgentes.

Uma semana depois, ele foi para a Inglaterra. Tentava ir para lá de três em três meses e ficar pelo menos por uma semana. Às vezes, os negócios do museu o levavam ali irregularmente, e ele conseguia fazer uma visita à mãe. Desta vez, só poderia ficar três dias. Ele foi se sentindo culpado.

Às dez da manhã, lady Maggie estava no ponto alto do dia, descansada, alimentada, banhada, vestida, maquiada e enfeitada com joias, distraindo seu único gatinho no esplendor da sala matinal. Nick, sentindo-se e parecendo-se mais com um gato de rua depois de uma noite acordado do que o gatinho de alguém, estava recostado em um divã antiquado.

Sua mãe mandou a enfermeira servir uma xícara de chá revigorante para ele enquanto se sentava, como em um trono, em sua cadeira favorita estilo William e Mary. A expressão dela era calma e serena, mas as mãos tremiam ocasionalmente, mostrando que ela estava satisfeita e empolgada com sua presença. A felicidade dela o afetava, tornava a ressaca física do longo voo entre fusos horários diferentes mais infeliz. Sua mãe poderia estar majestosa com o colar e os brincos Lalique, mas era só mais uma senhora solitária, e *isso* era culpa dele.

Depois de dar as notícias sobre o círculo de amigos cada vez menor, contar as fofocas que tinha acumulado nas últimas semanas para contar em pessoa, e eles ficarem à vontade um com o outro de novo, ela o deixou tomar o chá em paz por um tempo e permitiu que o sol das janelas velhas e altas a aquecesse.

"E como estão as coisas com você, querido?", perguntou.

Ele abriu um sorriso secreto. "Boas, mãe."

Ela o olhou de forma crítica. "Apesar dos seus esforços, aquela última carta pareceu muito depressiva. Não está me enganando, está?"

"Estou com Lucy de novo", admitiu ele.

Ela uniu as mãos. "Ah, que bom."

"Quer ir a Washington? Eu ficaria feliz de recebê-la se for da sua vontade. Vocês poderiam se conhecer. Se não, vou persuadi-la a vir aqui."

"Infelizmente, não", disse ela, rindo. "É muito para mim agora. Tenho que aceitar algumas limitações, sabe."

Nick sabia. Ela estava com aparência muito frágil, bem mais frágil do que na última vez que ele a vira, três meses antes. O colar pesado parecia afundar na pele fina; ele achou que devia doer usá-lo. Mas havia anos que ela sempre o usava nas ocasiões importantes. Cintilava e brilhava na luz, empalidecido pelo sol, mas ainda elegante, bárbaro, cruel.

"Bem, estou aliviada", disse ela. "Tive grandes esperanças sobre esse vínculo entre vocês. Foi muito perturbador pensar que você tinha estragado tudo."

Nick riu. "Eu realmente acho que a moça ficou mais com medo do que com raiva."

"De você?" Sua mãe ergueu as sobrancelhas. "Meu Nickles, o terror das mulheres?"

"Não mais."

"E fico feliz com isso. Não sei onde você arrumou essa ideia de que fazer amor com qualquer uma que pedisse era a coisa mais educada a se fazer. Não com seu pai, tenho certeza, e não", lady Maggie insistiu, "comigo."

Será que era isso mesmo? Excesso de bons modos? Não conseguia se lembrar de nenhuma mulher específica, só de suas várias partes: o ombro dessa, o seio daquela, o pescoço de outra, a mão pequena e ávida coberta de anéis, inclusive uma aliança de casamento.

"Talvez tenha sido Weiler?", especulou sua mãe.

Talvez, mas ele guardou o pensamento para si. Talvez a doce inofensividade do velho Blaise Weiler tenha sido a principal herança deixada pelo padrasto, e não a fortuna que ele concedeu a Nick, o filho bastardo de um vigarista nascido da esposa do coroa. Apropriadamente, Nick aceitou a herança só porque não era de sua natureza ofender a memória do sujeito. Ele a colocou em um fundo, para passar para os filhos caso viesse a ter algum, junto com o nome do padrasto, e não o de seu pai biológico. Para os filhos de Lucy, talvez. Gostaria disso.

Ele se reclinou no leve calor do verão da Inglaterra e saboreou o momento. Disse a si mesmo que se lembraria disso, e observou as paredes pálidas e sedosas cor de creme, o retrato da mãe com ele ainda criança, pintado por seu pai — o único quadro nas paredes —, os móveis antigos e delicados, a chaleira georgiana prateada, o ar aquecido pelo sol, fragrante com o aroma do chá e do perfume da sua mãe, a doçura límpida de rosas.

"Agora me diga, querido, o que você fez para ofender aquela jovem adorável?"

Ela talvez fosse a única pessoa para quem ele poderia contar que não o julgaria, não por ser sua mãe, mas por ser *Maggie*.

"Se lembra da jornalista que apresentei a você um ano atrás, mais ou menos, quando vim aqui para o acordo da propriedade dos Wilkin?"

Sua mãe assentiu. "Uma mulher linda, ainda que meio rígida. É muito triste o sequestro ou o que quer que seja, não é?"

"Sim. Bem, eu... constrangi Lucy por causa dela."

A velha senhora ficou em silêncio e o deixou condenar a si mesmo. Ele seguiu lutando, como se estivesse confessando uma travessura na escola.

"Eu errei. Quase perdi Lucy. Mas botei minha cabeça no lugar. Eu percebi o que queria."

"Como ela descobriu?" A crítica foi muda, mas ele a ouviu mesmo assim. *O mínimo que eu esperaria do meu filho é discrição.*

Por quê? Ele poderia ter perguntado com amargura, mas não precisava, porque ele era seu filho.

"Dolly."

"Dorothy Hardesty?"

"E a própria Leyna, eu acho. Aparentemente, Dolly estava com vontade de se intrometer."

"Você aprontou vezes demais", repreendeu sua mãe de um jeito amigável. "Acho que não teve o bom senso de evitar as garras *dela*."

"Não. Não tive o bom senso e, não, eu não evitei as garras dela, como você diz tão ricamente. Ela sabia de tudo porque conhece todo mundo, tem uma mente incrivelmente imunda, e fui burro a ponto de cair no feitiço dela, embora não por muito tempo, pelo menos."

"Que bobo. E a sua Lucy não entendeu, não foi?"

"Não. Ela é muito vulnerável. Tenta ser dura com ela mesma e acaba sendo com as outras pessoas."

"Exatamente o que você precisa."

"Alguém que me mantenha na linha."

Eles riram juntos com alegria.

"Ah, bem, você resolveu as coisas. Ela mudou de ideia."

"Mudou."

"Que bom. Sabe, eu ficaria muito feliz se você se casasse antes de eu morrer." Ela levantou a mão para sufocar qualquer protesto, embora Nick não tivesse nenhum a fazer. "Sei que não devia dizer isso, mas agora já é tarde: eu te amo e deixei que você cometesse seus próprios erros. Talvez não devesse. Você não é um mau menino. Bonito demais, claro, e meio descuidado por medo de ser visto como covarde. Foi isso que aconteceu com a sua pintura. Você não conseguiu se permitir gostar dela por medo de que ela se tornasse importante demais. Você pode até começar a botar suas pinceladas na frente das pessoas, mas depois não consegue deixar de notar que a maioria das pessoas *sequer* vale uma pincelada, não é?"

Ele não tinha como refutar. Ela o entendia, como sempre. "Culpa minha. Do seu pai. Queria que tivéssemos sido pessoas melhores."

De repente, ela ficou cansada, os olhos cintilando com lágrimas.

Ele também. Chamou a enfermeira dela e a mandou para a cama, recomendando que guardasse forças para saírem para um jantar animado. Em seguida, foi se deitar, encolhido na cama estreita de menino, tão maltratado emocional quanto fisicamente. Ele a amava muito, mas visitá-la era difícil só por causa disso; havia muita dor e arrependimento, culpa e tristeza entre eles. Ele adormeceu, determinado a não deixar o passado, o dele e o dos pais, ditar seu futuro, e sabendo quanto isso seria impossível.

...Como nenhum pedido autêntico de resgate chegou até o meio da semana, o foco da investigação foi alterado para um exame mais atento da vida particular da jornalista. O arquiteto Jeff Fairbourne ficou genuinamente perturbado pelo desaparecimento da ex-esposa, de acordo com as autoridades. Os amigos do casal concordaram que, embora o casamento tivesse acabado, Jeff e Leyna tinham uma relação amigável. Shaw saiu com uma variedade de políticos, funcionários administrativos e astros da imprensa, mas, aparentemente, não havia envolvimentos profundos ou apaixonados. O caso continua sendo um enigma terrível...

09/05/1980
— *viperpetrations*, VIP

...Dorothy "Dolly" Hardesty Douglas, em Washington semana passada para pegar a Casa Branca de Bonecas na exposição de casas de bonecas do Instituto Dalton, estava acompanhada de um homem misterioso. Ele era claramente mais novo do que ela, salientando aquilo de que se desconfiava o tempo todo: Dolly tem o coração jovem...

16/05/1980
— *vipairs*, VIP

A escuridão, maciez e firmeza prometiam paredes, cantos, beiradas. Mesmo sem luz, não era difícil saber o que era ela e o que era o ambiente ao seu redor. Ela. Cada parte do que chamava de si mesma parecia esmagada. Cada respiração era recompensada com dor lancinante. Ordenou que o corpo ficasse em uma imobilidade nada natural.

Depois de um tempo, houve um alívio da dor, e ela conseguiu pensar, entre começos e paradas. Aquilo era ruim. O que quer que tivesse acontecido com ela. Assustador. Ainda podia rejeitar, e rejeitava, o pensamento sinistro e insistente de que aquilo era mais do que ruim, era a morte.

A escuridão a dominava com frequência, apagando a dor e a especulação. Acabou sonhando com terremotos, vulcões, meteoros, estrelas cadentes. Ela era uma pequena espaçonave. Ou uma nuvem errante de gases que havia se soltado de algum sol distante. O espaço era enorme, preto, frio e curiosamente áspero.

Ela acordou em uma cama. Uma satisfação. Nua, mas não com frio. Bem aquecida, na verdade. Os lençóis eram agradavelmente pesados e com boa textura. Estava na sombra, a cama coberta para esconder a luz. Observou que era uma tenda de oxigênio, aliviada por conseguir identificá-la. Com cuidado, se deitou no berço gentil da escuridão. Estava em segurança.

Dolly estava arrumando a casa de bonecas, uma tarefa que disse a Roger que levaria dois ou três dias. Cedeu a ele a cama para Leyna, uma concessão que ele percebeu e agradeceu.

Ele encontrou uma prateleira em um armário e a colocou lá. Tinha outras tarefas para executar, mas voltava compulsivamente para dar uma conferida. Era quase impossível se afastar da maravilha que ela era. Ela ainda estava em choque; isso o preocupava, mas não podia fazer nada. Uma vez, enquanto estava olhando, Dolly apareceu atrás dele.

"Ela está bem?", perguntou, ansiosamente.

"Está", afirmou também para si mesmo. "Ela está bem."

Ficaram olhando para ela.

"Você já leu a história da mulher pequenininha? Ou sua mãe ou alguma outra pessoa contou a você quando era criança?", perguntou Roger de repente.

Dolly balançou a cabeça. "Não."

"Eu olho para ela e só consigo pensar nisso. A mulher pequenininha."

"Ah." Dolly se agitou com impaciência pelo óbvio. "Ela é isso mesmo. Como é a história?"

"É uma história infantil. É mais ou menos assim: era uma vez uma mulher pequenininha que morava em uma casa pequenininha. Dá para ficar para sempre descrevendo todas as coisas pequenininhas da casa dela, o gatinho pequenininho e o canário pequenininho, o que for. Aí a mulher pequenininha começa a ficar com um pouquinho de fome. Ela sai e, por algum motivo, vai ao cemitério. Encontra um ossinho pequenininho em um túmulo e o leva para casa. Ela está tão cansada quando chega em casa que coloca o ossinho pequenininho no armário..."

"No armário pequenininho?", interrompeu Dolly, absorta na história.

"É", concordou Roger. "Então ela vai dormir. À noite, é acordada por um barulho pequenininho. Ela se esconde debaixo da coberta e o barulho vai ficando um pouquinho mais alto até que ela finalmente entende que é o ossinho pequenininho dizendo 'Me dá meu osso'. Eu sempre achei isso bobo, o osso pedir ele mesmo, mas acho que a ideia é entender que tem um fantasma que é dono do osso e que está tanto no ossinho pequenininho quanto nos outros ossos. E que não vai ficar feliz na sopinha pequenininha e nem naquele armário. Ele quer voltar para o cemitério. Então a mulher pequenininha ignora os pedidos do ossinho pequenininho e tenta dormir, mas cada vez que ela adormece, a porcaria começa a choramingar de novo. E cada vez que choraminga, é um pouco mais alto. Finalmente, ela grita com o ossinho; ela grita 'Fica com seu osso velho'."

Dolly, o rosto corado de prazer, estava intrigada. "Mas não parece ser uma história muito lógica."

"Não. Há vários tipos de pergunta que ficam sem resposta. A mulher pequenininha era canibal para fazer sopa com um osso do cemitério? Por que o osso estava do lado de fora? E por que, no final, é suficiente dizer 'Fica com seu osso velho'? De qualquer modo, eu gosto."

"É bonitinha", disse Dolly. "Gosto da parte da casa pequenininha."

"Imaginei", provocou Roger, mas ela já tinha enrolado o suficiente ali.

"Você não tem coisas a fazer?", repreendeu ela.

Suspirando, ele guardou a caminha de novo em um lugar seguro.

Havia a questão do jardim. Ela o encarregou disso como se fosse a mesma coisa que sair para comprar hambúrguer e batata frita. Mas seria legal. Entregou-lhe um bolinho de dinheiro e mandou que ele fosse comprar a grama.

Isso foi resolvido rapidamente. Em uma viagem a Connecticut em uma picape alugada, ele conseguiu fechar a compra com um desconto satisfatório em uma grande loja de jardinagem. Uma pausa rápida na primeira parada e os enormes rolos de grama estavam em duas caixas de sapatos. Outra loja de jardinagem em outro condado foi a fonte de uma grande quantidade de arbustos, um carregamento de caçamba inteira que coube muito bem em outra caixa de sapatos, depois das devidas alterações. Mais uma parada, assim como as outras. Roseiras, plantas perenes, uma lista de vegetação na caligrafia precisa de Dolly. Ele demorou dois dias para reunir todo o necessário, menos as árvores, e a maior parte do tempo foi passada dirigindo ou indo ao McDonald's. Foi um trabalho pesado dirigir tanto.

"Ninguém vende árvores crescidas", explicou ele para Dolly, que nem ergueu os olhos das pilhas de materiais de embalagem que ameaçavam soterrá-la.

"Roube, querido", aconselhou ela. Ele repetiu o comentário rouco dezenas de vezes enquanto dirigia por Westchester, procurando as árvores certas. Teve arrepios que começaram em algum lugar dos testículos. Quantas mulheres, admirou-se ele, entendiam que um homem precisava de um desafio?

Ele fez o melhor que pôde, como sempre, e faltaram só quatro árvores da lista. O Central Park acabou sendo uma fonte surpreendentemente rica. Veio em seguida um dia longo e infinito montando tudo, junto com uma discussão sobre miniaturizar fertilizante e montar a água e a luz artificial para as plantas.

Finalmente, Dolly se afastou da Casa Branca de Bonecas, com câimbras e com fome depois da reconstrução frenética. Roger deixou o trabalho do jardim para o dia seguinte. Eles nadaram juntos na piscina da academia do prédio no horário peculiar das três da madrugada. Inspirado, Roger se levantou de novo e voltou com uma bandeja de carne moída com ovos fritos por cima e cerveja para acompanhar. Dolly comeu tanto quanto ele, rolou de lado e caiu em um sono de pura exaustão. Roger empilhou os pratos sujos em uma bandeja e os deixou na cozinha, um presentinho para Ruta pela manhã. Estava empolgado demais, nervoso demais para dormir e decidiu espiar sua mulher pequenininha antes de ceder ao impulso da saciedade.

Ela era um montinho nas sombras de seu abrigo, encolhida como um bebê no útero. O cabelo estava espalhado nos travesseiros em asas escuras, os cílios, derretidos em manchas escuras debaixo dos olhos. Ela estava insubstancial de um jeito alarmante. O estômago de Roger roncou alegremente, cheio de carne e ovos e cerveja, e ele sentiu culpa.

Tocou-a com cuidado, e ela se contraiu em seu sono. Pelo menos ainda estava viva. Um pezinho saiu de debaixo da coberta. Ele o moveu com o polegar e o indicador para debaixo da colcha. Estava tomado de emoções estranhas e desconhecidas. Esfregou o peito e pensou se a carne moída com ovos não tinha sido um erro. A mulher pequenininha na cama da casa de bonecas evocava sentimentos que ele nunca tivera por ninguém. Ela era dele. Nem Dolly era realmente dele. Roger Tinker criou aquela pessoa pequena. Fez com que ele se sentisse divino. Queria cuidar bem dela. Fazê-la feliz. Com essa promessa, voltou para a cama.

Por um momento, ao acordar, ela pensou que estava em seu antigo quarto. Foi delicioso estar de volta à cama de dossel com a cobertura rosa de bolinhas. Sua mãe logo a chamaria, e estaria com o café da manhã pronto, para que não perdesse o ônibus.

Não, isso não estava certo. Nada de ônibus, era verão. Ela podia ficar na cama pelo tempo que quisesse.

Só que não era bem assim. Deitada perfeitamente imóvel no travesseiro, ela prendeu a respiração. O quarto escuro em volta sumiu. Ela ainda estava toda dolorida. E estava horrivelmente faminta e sedenta. Não havia como estar no antigo quarto, porque aquele quarto já era de outra pessoa agora, havia anos e anos, e a casa também era de outra pessoa. Desde que a mãe se casou com David, e o pai se casou com Ruthann.

Levantou a cabeça com cuidado e ignorou a dor. Agora, via que as quatro hastes em volta da cama eram de madeira escura, não branca. A cobertura era rosa, mas de uma seda cor-de-rosa lisa, não rosa com branco, como a dela tinha sido. Ficou deitada olhando para a curva do tecido acima dela. Não era uma tenda de oxigênio.

Então não estava muito ferida, só com uma dor horrível causada por machucados, por coisas que tinham cura. Não estava em um respirador ou hemodiálise, nem com gesso no corpo todo. Nada heroico. Podia espreguiçar um pouco os membros, e a dor foi tranquilizadora, até. Tudo parecia funcionar, julgando pela superfície.

A vontade de fazer xixi veio sem aviso. Ela se esforçou para se levantar. Não havia campainha para chamar uma enfermeira com uma comadre, não que conseguisse encontrar. Com mais esforço, passou as pernas pelas laterais da cama. A pressão na bexiga foi suficiente para deixá-la em pânico. Via o resto do aposento, para além da fresta na cobertura da cama. Uma parte, pelo menos. Uma cômoda. Uma lareira. Uma porta. Talvez uma porta de banheiro.

Ela se levantou e caiu para trás, quase desmaiando. Na beirada da cama, reuniu forças e se concentrou, sufocando a fúria no corpo. Aquilo não era um quarto de hospital. Não com uma cama de dossel e uma lareira com cornija de mármore. Não havia isso em nenhum hospital que ela conhecesse. Mas sabia uma coisa sobre quartos com camas de dossel, e lareiras, e o tipo de papel de parede cujas estampas eram sombras na parede olhando de onde ela estava. Tateando pela lateral da cama, puxou os panos pendurados em volta dela. À direita da cama, escondida pelas dobras de seda rosa, havia um gabinete. Ela foi até o chão ao lado e abriu a porta do armário.

Uma lágrima de alívio escorreu do olho esquerdo. Ela puxou o penico e empurrou a tampa com um movimento fraco até esta cair no chão. Colocou o penico dolorosamente entre as pernas. Doeu se sentar nele, mas não tanto quanto doía não fazer isso. Sua urina chiou no penico por uma eternidade, os vapores subindo quentes até o nariz. Seu estômago se embrulhou de repulsa, e outra lágrima escapou. Finalmente, acabou. Ela conseguiu colocar a tampa no lugar, mas ficou com medo de virar o penico ao colocá-lo de volta no gabinete, então o deixou ao lado da cama.

Procurou a coberta como um refúgio. As lágrimas escorriam, o nariz escorria, e ela estava quase fraca demais para se limpar. Depois de usar um canto do lençol, ela cuidadosamente enrolou a parte suja para longe de si. O esforço a cansou tanto que a fome e a sede sumiram. Ela caiu quase que imediatamente em um sono agitado.

"Ela está bem?"

Roger ergueu o olhar do caos no chão. Era necessário modificar a base que sustentava a Casa Branca de Bonecas para que a vegetação nova continuasse crescendo. Era mais um problema de jardinagem do que de qualquer coisa que interessasse a Roger, mas precisava ser feito. No entanto, ele não podia ignorar a preocupação genuína de Dolly. Sabia que ela estava cuidando de seus bens. Não havia qualquer amor repentino por Leyna Shaw nascendo no peito pequeno e ossudo de Dolly só porque Leyna agora era pequenina e vulnerável. Pensar no peito de Dolly fez despertar naturalmente a lembrança do de Leyna, que um dia tinha sido um farto e sedutor par de luas aparecendo, rosado, sob a blusa em uma capa de revista.

"E então?", perguntou Dolly.

"Ela só está passando por um processo de compensação. Vai acabar saindo desse estado."

Não adiantava acrescentar *é o que eu espero*. Roger só podia projetar a reação dela à miniaturização pela pequena quantidade de dados que tinha acumulado ao testar mamíferos menores. Foi um daqueles riscos que tinham que ser tomados, como quando a primeira bomba atômica foi explodida e alguns dos cientistas do Projeto Manhattan achavam que havia uma chance de explodir o universo, mas torceram muito para que isso não acontecesse. E não explodiu o universo. Esse era o ponto.

Roger olhou para o relógio de pulso. "Hora da aula de ginástica", ele disse para Dolly com alegria.

Depois disso, era hora do almoço. Era incrível como tinha passado a se animar com a perspectiva de um copo de iogurte natural e um pedaço de melão. Que coisa horrível, melão. Essência de meleca. Com o iogurte e a fruta pesando no estômago, e um leve toque de azia (não do iogurte, que já não o incomodava tanto, mas de não comer o suficiente), ele perdeu a alegria. À tarde, terminaria o modelo do jardim e ficaria alegre de novo, com a aproximação do jantar. Estava encarando a vida assim, uma refeição de cada vez.

Dolly apagou o cigarro no cinzeiro que carregava consigo. Olhou Leyna mais uma vez, agora docemente acomodada na réplica do quarto da Rainha. "Vou subir para nadar", anunciou e saiu andando.

Roger assentiu em aprovação, mas ela tinha ido embora, deixando só a fumaça do cigarro para trás como um rastro de vapor de um trem. Parecia agitada; nadar faria bem a ela. Mas ele teria que falar com ela sobre o cigarro. Não era bom para as plantas, nem para as casas de bonecas com seus móveis delicados, nem para a pequenina Leyna.

A fome e a sede, essas gêmeas apocalípticas sempre populares, a despertaram. Sentia-se tão fraca. Até a dor no corpo estava fraca. Ela mal conseguia abrir os olhos.

A luz no aposento tinha mudado, mas ela não conseguia avaliar que hora do dia podia ser, só que não era noite. Um pequeno abajur iluminava um pouco a cama.

Tinha perdido peso; nem precisava olhar. Percebia só de se mover que estava com pelo menos uns dez quilos a menos. Foi assim que se sentiu quando teve uma gripe forte três anos antes. Levou semanas para se sentir normal. A única compensação foi não ter que fazer dieta por um tempo. Os milk-shakes de café e os pães doces. E creme de verdade no café.

Estava salivando. Alivia um pouco a sede, pensou tolamente. Rolou para o lado e se sentou. Seu peito protestou na mesma hora pelo esforço. Seu coração estava disparado como uma bomba de água velha. Fechou os olhos e esperou.

Era nisso que dava tentar ficar em forma. Acabava no prejuízo, debilitada. Gostaria de saber o que tinha acontecido. E onde estava.

Ela abriu os olhos de novo e espiou ao redor. O mesmo aposento que tinha visto antes por debaixo de um véu de dor. Um quarto antiquado, com mobília antiquada. Janelas enormes cobertas por cortinas de aparência cara. Uma lareira preparada para o fogo, mas não acesa. Um espelho acima da lareira que era perturbadoramente familiar. O gabinete ao lado da cama, graças a Deus.

Ao ser lembrada disso, deslizou da cama e tirou a tampa do penico. O odor estagnado da própria urina agrediu seu nariz. Prendeu a respiração por tempo suficiente para fazer o que precisava. Desta vez, estava recuperada o bastante para desejar ter um lenço de papel, mas não havia nem um rolo de papel higiênico escondido discretamente no fundo do pequeno armário.

De volta à cama, descansou do esforço. Logo alguém apareceria para contar o que tinha acontecido e onde estava. Provavelmente alguém tinha entrado enquanto dormia. Ignorou a evidência do penico, que teria sido levado e esvaziado se alguém tivesse estado lá. Encontraria um banheiro, decidiu, e ela mesma o esvaziaria. Um banheiro de verdade teria água, e outras de suas necessidades seriam satisfeitas.

Duas portas no quarto, uma delas tinha que ser de um banheiro. Depois de sair da cama novamente, sentiu frio e percebeu sua própria nudez. Seus seios eram caroços duros no peito. Era como se ela não tivesse mais carne, só os ossos frios e rígidos. Havia algo de constrangedor em ficar nua em pelo no meio de um lugar estranho, mas ela repreendeu a si mesma. Não era como se o presidente fosse entrar ali. E esse foi um pensamento estranho para surgir do nada naquele momento, mas ela sabia que não estava em seu estado normal. Mesmo assim, pegou o lençol da cama e o enrolou nos ombros. Ficou um pouco mais aquecida.

Foi mancando pelo piso, se apoiando nos móveis pelo caminho. Parou uma única vez para descansar junto a um lindo guarda-roupa velho. Tinha cheiro de verniz, cera, sachê e serragem, tudo misturado. Mas foi necessário abandonar aquele suave apoio e seguir até a porta mais próxima.

A porta levou a um corredor que era similar ao quarto, coberto por um tapete oriental antigo e ocupado por antiguidades. Móveis que eram por definição velhos e bem-feitos e quase inúteis, exceto para ocupar espaços apropriados com a desculpa de sustentar um vaso de flores ou um busto qualquer. Havia mais portas no caminho. Não era do que ela precisava no momento. Fechou a porta.

Ao percorrer o quarto até a outra porta, apoiando-se na parede, ela teve que passar pela lareira. No espelho acima, um vislumbre dela mesma como seu próprio fantasma, assustadoramente branca e ossuda, a sobressaltou. Os olhos estavam afundados e sem vida dentro de buracos borrados. Não conseguiu se encarar.

A maçaneta da segunda porta cedeu a um empurrão fraco. Ela cambaleou para dentro e observou tudo ao redor. Outro aposento antiquado, mas, sim, um banheiro. Uma privada com descarga acionada por corrente, uma banheira com pés de garras, uma pia do tipo que sempre a lembrara uma garça dormindo apoiada em um pé. Seu primeiro e trêmulo toque na pia lhe informou que era de porcelana fria e delicada, não de plástico e nem de fibra de vidro. Ignorando o pequeno copo no suporte dourado na parede, ela esticou a mão para a torneira. O pequeno *f* escrito no botão de cerâmica embutido na torneira encheu sua visão. Girou a torneira. A água não saiu. Girou mais uma vez, xingando a própria fraqueza. Nada de água. A torneira quente girou com a mesma facilidade, mas também não ofereceu nada.

Ela cambaleou até a banheira e girou as duas torneiras, mas não houve resultado. Apoiando-se nas paredes da banheira até a privada, ela segurou o assento com as duas mãos e o levantou. Estava seca. Quando baixou a tampa, derrotada, o som foi como o de uma janela batendo na parede pela força do vento.

Ela afundou até o chão e escondeu o rosto nas mãos. As fantasias envolvendo banhos longos, água fria para beber e uso digno do vaso se dissiparam como um oásis em uma miragem. Que tipo de banheiro não tinha água?

"Droga, droga, droga", murmurou ela.

As lágrimas vieram de repente, as torneiras da emoção abertas violentamente. Por que estava ali, e onde estava e por que estava completamente sozinha? Quem tinha desligado a água e por quê? Havia tantas perguntas sem resposta e ela não conseguia pensar, não sem comida e sem água. Tremendo, enrolou o lençol no corpo. Estava ficando com mais frio.

Encostada na superfície gelada da privada, sussurrou: "Mamãe, eu quero a minha mãe".

Depois de um breve momento, tinha parado de chorar. O frio, a sede e a fome se tornaram mais exigentes do que a mera dor e o pavor. Ela voltaria para a cama e pelo menos ficaria aquecida. Ao se levantar, reparou que havia um rolo de papel higiênico ao lado da privada. Mexeu no suporte e o segurou com uma das mãos enquanto segurava o lençol com a outra. Um lucro muito pequeno em uma viagem muito sofrida, mas era alguma coisa. Mais tarde, esvaziaria o penico na privada. Pelo menos não teria que ficar sentindo o cheiro da própria urina, mesmo que não pudesse dar descarga.

Os travesseiros e a colcha aveludada eram presentes pelos quais devia ficar agradecida. Ela os puxou para perto e fechou os olhos de novo. Estava tão, tão cansada. Talvez alguém (*a mamãe*) aparecesse em breve para cuidar dela.

Roger espiou pela janela. Ela tinha se movido. A empolgação borbulhou em seu estômago e fez a azia sumir. Os lençóis pareciam ter sofrido uma guerra. E o peniquinho estava fora do gabinete. Ela estava dormindo agora, e ele não queria acordá-la, então prendeu a respiração. Ela precisava de todo o tempo que pudesse passar dormindo. Era parte do processo de compensação. Ele queria que ela não estivesse com uma aparência tão ruim, diminuída, como seu pai ficara nos últimos seis meses de vida.

Levaria comida e água para ela. Quando acordasse novamente ela teria sede, principalmente se tivesse ficado acordada por tempo suficiente para usar o penico. Mas primeiro ele tinha que contar aquilo para uma pessoa.

Ele se afastou para procurar Dolly e a encontrou no quarto, trocando de roupa.

"Adivinha?" Dolly ergueu os olhos dos sapatos que estava calçando. Eram de tiras, cheios de fivelas. Roger os adorava. Mas, de repente, ela ficou agitada e mordeu o lábio. "Ela passou um tempo acordada", anunciou antes que ela pudesse perguntar.

Dolly inspirou fundo, trêmula. "Finalmente." Inclinou-se sobre os sapatos e se apressou para terminar. "Posso dizer agora que estava começando a ficar preocupada."

"Vou preparar alguma coisa para ela." Roger parou para abraçar Dolly. "Já volto."

Roger estava tão absorto em seus planos que não viu que ela lhe olhou com uma certa inveja. Pegando um tubo de creme para mãos, ela esfregou um pouco para ver se paravam de tremer.

Ele a encontrou espiando pelas janelas da casa de bonecas quando voltou. Estava com um prato de ovos mexidos, uma fatia de torrada cortada em quatro pedaços e um copo de suco de laranja.

"Ela não vai conseguir comer isso tudo. Vai para o lixo."

"Eu como o que ela não quiser", ofereceu ele corajosamente.

Dolly fez uma cara feia. Ele a ignorou, feliz por ao menos uma vez tê-la colocado contra a parede. Ou ela jogava fora a pequena quantia representada pela gororoba ou deixava Roger sair da dieta. Viva!

"Você não pode botar esse pratão enorme lá dentro", atacou. Ela levantou uma das paredes da casa de bonecas. Fez um som horrível, e Roger olhou para Leyna com ansiedade. Ela não se moveu.

Remexendo em um armário de louças, Dolly pegou duas peças que eram amostras dos muitos jogos de jantar presidenciais. Examinou as peças criticamente antes de entregá-las para Roger. Sem saber o que fazer com aquilo, ele só ficou olhando.

"São da Lenox", informou ela. "Harry Truman que escolheu. Gosto dos lírios, você não?"

Tentando desesperadamente sustentar seu lado do que parecia uma conversa um tanto insana, murmurou: "Gosto do que tem as águias".

Harry Truman não tinha nada a ver com aqueles pratinhos pequenininhos de boneca; eram cópias dos que o antigo presidente tinha escolhido. Dolly falava sobre os móveis da Casa Branca de

Bonecas como sua mãe falava das novelas, como se eles (ou a vida vivida nos romances televisivos) fossem reais. Devia ter alguma coisa a ver com os eventos mensais das mulheres, mais uma evidência da loucura cíclica delas.

"Águias!" Dolly quase cuspiu. "Todas as coisas da Casa Branca têm águias. Eu odeio."

Roger deu de ombros. Sua mãe teria dito que o que não pode ser mudado precisa ser aceito. Dolly precisava de um pouco dessa filosofia. Ele começou a colocar uma pequena quantidade dos ovos no pratinho.

"Coloca a parede de volta", ordenou ela.

Roger não queria, mas tentou fazer da forma mais delicada possível, por Leyna.

"Agora tira aquela."

Ele hesitou. "Ela está dormindo", protestou com um sussurro.

"Bem, merda, ela está dormindo há dias. Por que você fez essa comida se não vai dar para ela enquanto ainda está quente?"

A lógica era inquestionável. Ele tirou a parede.

Ela ouviu as vozes ao longe. Eram como a trilha sonora de um filme, ouvida do saguão do cinema. Abriu os olhos e se sentou. Alguém tinha dito alguma coisa e depois "comer", ela tinha certeza. Houve um barulho de trovão, como um velho elevador subindo ou descendo, e as vozes de novo. "Águias", ela ouviu. E um enfático "Bem, merda", e o ribombar soou de novo, como um pequeno terremoto em volta dela, e a parede com as janelas sumiu. Ela ficou vendo-a se erguer e a luz entrar, fazendo com que ela piscasse rapidamente. Achou que tinha identificado formas enormes como nunca tinha visto na vida.

Ela se sentou ereta na cama e abriu a boca. A garganta estava paralisada; só conseguiu soltar um miado lastimável. E então a Mão, uma mão do tamanho dela, maior do que a cama, apareceu.

O grito que ela estava tentando dar se libertou da garganta.

Ela cobriu os olhos.

Roger lançou um olhar de reprovação a Dolly. Não adiantou de nada; *ela* estava olhando para a mulher pequenininha, que estava agachada no canto mais distante da cama. Dolly enfiou a mão na casa de novo. Roger segurou o cotovelo dela. Não era possível que não conseguisse ver o tamanho do pavor de Leyna. Mas Dolly parou por vontade própria, quando o grito agudo de sofrimento chegou aos seus ouvidos. A mulher pequenininha estava gemendo. Foi horrível de ouvir.

"O que houve?", perguntou Dolly a Roger com uma voz baixa e fraca. Havia alarme genuíno na expressão dela.

"Ela está com medo."

Roger colocou a bandejinha de prata com os pratos de porcelana na beirada do quarto. Começou a botar a parede no lugar, de forma tão cuidadosa quanto a tinha removido. Dolly recuou e observou. Leyna fez o mesmo, os olhos arregalados e cautelosos, em meio a um casulo de lençóis. Quando a parede a escondeu dos olhos deles, Roger segurou Dolly pela mão e a puxou delicadamente.

"Eu quero ver", sussurrou ela.

Com as mãos em seus ombros, ele a empurrou para fora. "Claro." Roger fechou a porta entre o quarto de Dolly e o quarto da casa de bonecas. Sentou-se na beirada da cama. "Fume um cigarro", disse, jogando um maço para ela. Dolly o pegou por reflexo e olhou como se tivesse esquecido o que era. Suspirando, abriu o maço. "Deixe que ela se acostume um pouco. Não vai demorar. A mente humana é capaz de aceitar qualquer coisa", acrescentou.

Roger se sentou de novo na cama. Seus pensamentos estavam fixos no resto dos ovos mexidos esfriando ao lado da Casa Branca de Bonecas.

"Me dá um", pediu ele. Na tempestade, qualquer porto serve, sua mãe diria.

A parede desceu. Ela só respirou quando o quarto foi completamente fechado. Ficou paralisada por uns segundos, olhando para ver se a parede se manteria onde deveria, e percorreu a cama com fraqueza para pegar a bandeja, sem conseguir resistir aos cheiros atraentes.

O cheiro de ovo e suco de laranja e pão quente chegou até ela, tão gostoso quanto os primeiros aromas da primavera, e seu estômago roncou de expectativa. Por um segundo assustador, achou que vomitaria, mas logo ficou bem. A bandeja era pesada, feita de prata e enfeitada com um desenho delicado, mas ela não olhou direito. Era de se esperar, mas acompanhava o estilo do quarto. Foi uma luta levá-la até a cama e conseguir subir com ela em seguida. Tudo ficou preto diante de seus olhos; precisou se deitar até que passasse.

Finalmente conseguiu levar o garfo à boca. Foi a melhor coisa que já tinha comido. Cinco estrelas. Ela riu. Comeu rápido demais.

Seu estômago se embrulhou de novo, e o suco de laranja deixou um gosto ácido na boca. Ela empurrou a bandeja para um lado da cama e puxou o lençol e o cobertor em volta do corpo. Por um momento, ficou bem de novo. Aquecida. Sem fome. Sem sede. A dor tinha se tornado só um incômodo e uns hematomas.

A parede e a Mão voltaram à mente dela. Ela afastou o pensamento. Não podia ter acontecido. Não aconteceu. Estava delirante de fome, e talvez de choque. Não sabia o que tinha acontecido. Tinha sofrido um acidente, isso era aparente. Poderia ter sofrido ferimentos na cabeça, uma concussão, alguma coisa que não era séria a ponto de precisar de hospitalização, mas que ainda poderia fazê-la ver coisas, coisas de pesadelo. Fechou bem os olhos e bloqueou tudo aquilo.

Alguém a tinha alimentado, finalmente. Tudo seria explicado e compreendido com o tempo. Ela estava doente. Já era muito trabalho tentar se curar. Seu corpo exigia sua atenção de novo. Ela *estava* doente, sentia-se enjoada. Sentia-se toda verde e lerda. A comida consumida rápido demais se juntou em um bolo horrível e oleoso no fundo do estômago. Ela gemeu. Não tinha forças para lutar.

Na lateral da cama, mirando no chão, abriu a boca e tudo saiu — ovos, torrada e suco de laranja ainda distinguíveis. Sentia-se distante do que estava acontecendo, era capaz de olhar como se fosse a sujeira de outra pessoa, e reparar no azedume daquilo.

"Ah, droga, mas que merda", explodiu uma voz altíssima e rouca, "ela está vomitando na roupa de cama."

Fechou os olhos por mais um instante. Já era ruim que aquela comida azeda estivesse ardendo em suas narinas e boca, e no fundo da garganta. Era pior ainda seus ouvidos ouvirem vozes vindas de fora, vozes de dimensões maiores do que as humanas. Ela não conseguiria suportar ver de novo a parede desaparecendo, nem aquela Mão, de Deus ou de Alguém, entrando no quarto, tentando pegá-la.

A voz rouca continuou, repreendendo-a e a alguma outra pessoa, ela tinha certeza de que outra pessoa estava levando bronca. Essa Outra Pessoa respondeu em um protesto grave e hesitante. A Outra Pessoa a protegeu, a defendeu da voz rouca que estava com raiva dela por ter vomitado.

Era um sonho no qual tinha sete anos de novo, na noite da festa de seu aniversário. Vomitara os doces que ela amava o dia inteiro na casa da avó, da tia Reenie e em casa, na grande festa. Sua mãe protestou várias vezes, avisando que ela passaria mal, e os outros ficavam dizendo *É aniversário dela, Leona.* Com esse feitiço de privilégio, a mãe ficou em silêncio. Leyna foi para a cama e ficou muito mal à noite. Convocada pelo ruído dos vômitos, sua mãe teve um acesso de fúria.

"Que tal seu aniversário agora, sua porquinha?"

E seu pai, indo atrás da esposa, tentou acalmá-la. "Pelo amor de Deus, Leona."

"Onde está sua mãe agora, e sua irmã Reenie?", gritou com ele. "Agora que tem vômito nas minhas cobertas e no meu tapete?"

"Lee, a criança está passando mal."

"Estou vendo! *Estou vendo!*" E ela empurrou Leyna da cama, xingando o tempo todo e a chamando de porca. Recolheu a roupa de cama e o tapete, e arrancou a camisola suja do corpo trêmulo e febril de Leyna.

"Vou dar um banho nela", ofereceu seu pai, e começou a levar a garota para longe da ira da mãe.

Mas ela não deixou. "Não seja bobo, volte para a cama. Você tem que trabalhar de manhã. Eu dou."

E deu mesmo, da forma mais rude possível, murmurando entre baldes de água fria jogados na cabeça de Leyna: "Está gostando do seu aniversário agora?".

"Que sujeira horrível", disse Dolly com repulsa.

"Vou limpar", ofereceu Roger.

"Claro que vai. É culpa sua."

Dolly estava procurando um novo cigarro. Enfiou um na boca e buscou o isqueiro.

"Tem certeza de que ela está bem?", perguntou.

"Claro." Roger tirou a parede da posição com cuidado. "Deve ter comido demais de estômago vazio. Ou rápido demais."

Dolly inspirou a fumaça do cigarro com gratidão. Encobriu bem o fraco cheiro de vômito. Ela odiava vômito.

"Por que você não pega alguma coisa para dar um banho nela?", sugeriu Roger.

Era algo a ser feito e a tiraria do quarto por um momento, longe do fedor. Voltou do banheiro com um pote cheio de água, uma barra de sabonete flutuando dentro e uma toalha de mão no braço.

"Isso serve?"

"Claro."

Roger nem olhou direito. Estava concentrado na delicada operação de desenrolar a mulher pequenininha do lençol sujo sem espalhar vômito pelo quarto.

"Ela está bem?", perguntou Dolly de novo.

Roger assentiu. O corpinho, enrolado em um lençol, estava na palma da sua mão. Ela estava encolhida como uma criança adormecida, o cabelo emaranhado e úmido formando um travesseiro escuro embaixo da cabeça.

"Ela parece horrível", observou Dolly.

Ele sorriu. "Ela passou por muita coisa. Choque. O choque físico e o mental, que só está começando. Vai demorar um pouco para se ajustar. Mas vai ficar bem."

"'A mente humana é capaz de aceitar qualquer coisa', não é?", citou Dolly. Ela rolou o cigarro entre o polegar e o indicador com delicadeza.

"É. Exatamente."

Roger desenrolou o lençol. Ela estava completamente nua. Os hematomas eram manchas escuras na pele. Alguns eram tão escuros quanto o triângulo de pelos pubianos. Os mamilos eram as sombras mais claras na pele. Ele a mergulhou na água com uma das mãos e usou a outra para jogar um pouco do fluido morno por ela, da forma mais delicada que conseguia.

"Você pode lavar o cabelo dela?", pediu à Dolly.

Dolly botou o cigarro de lado. Tocou no pequeno crânio com hesitação. Era sinistro, como tocar em um rato ou esquilo.

"Só um segundo", disse ela, e saiu do quarto de novo. Voltou com uma colher de chá.

"Assim", disse ela para Roger, reposicionando Leyna para que a mão de Roger apoiasse o corpo até a base do crânio. A cabeça estava livre e o cabelo pendia entre o polegar e o indicador de Roger.

Dolly usou a colher de chá para molhar bem o cabelo e depois passou sabonete. Não era a melhor coisa para o cabelo, mas quebraria o galho. Foi surpreendentemente agradável enxaguar o sabonete, sentir os fios sedosos de cabelo escorregando entre os dedos.

"Pronto", anunciou ela com uma certa satisfação. Olhou para Roger por cima do pote e sorriu com orgulho.

"Bom trabalho", murmurou ele, e depositou com cuidado o corpinho na toalha de mão.

"Não sei como ela pode ficar dormindo no meio disso tudo", disse Dolly. "A água devia tê-la acordado."

Roger sorriu. "Ela não está dormindo. Só não quer olhar para nós. Vou embrulhá-la em um lenço seco e colocá-la na sua cama, tá?"

"Certo."

"Você devia arrumar umas roupas para ela."

"Isso já foi providenciado, querido." A voz de Dolly chegou até ele através da casa de bonecas. Ela estava com a cara na casinha. "Agora, essa sujeira. Ah, eca."

Roger foi até lá para ver de que ela estava reclamando. Ela lhe estendeu o peniquinho. "Que bom", disse ele. "Tudo normal."

Dolly entregou o penico para ele. "Se você gosta, é seu."

"Vou examinar. Para ver se ela está bem."

"Antes você do que eu. Achei que tivesse dito que ela estava bem."

"Bem, ela *está* bem. Mas nada como um pouco de xixi para dizer a verdade completa, não é?" Roger riu.

"Argh. Não faça sujeira, por favor. Já tivemos muita hoje." Ela se virou para a casa de bonecas. "Olha, é melhor você ligar a água aqui. Não quero passar o resto da vida esvaziando penico, dando banhos e lavando cabelo, como se fosse uma mãe."

"Cuido disso logo", prometeu Roger, "depois que examinar o xixi. Estou pronto para começar."

Era a chance de comer um hambúrguer, ou um sanduíche, ou até mesmo uma pizza com cerveja quando fosse à farmácia comprar os equipamentos para o exame de urina. Não demoraria nada. Ele queria muito fazer o exame. Assim, poderia ter certeza de que sua mulher pequenininha estava mesmo bem.

Ela acordou embrulhada em lençóis tão frescos e cheirosos que chegavam a ser vítreos ao toque. Surpreendentemente, sentiu que estava com cheiro de sabonete. Sentia-se limpa. Ficou imóvel por um instante, apreciando a sensação de ter sido cuidada. Foi o som de água corrente que a fez se sentar. Era insistente, não só um gotejar, mas água correndo. No banheiro. Ela desceu da cama, desta vez sem se dar ao trabalho de pegar um lençol para se embrulhar. A cama estava feita. Não podia bagunçá-la. Já estava na hora de agir como uma hóspede decente na casa de outra pessoa. Com a ajuda dos móveis, chegou à porta do banheiro.

Sua gargalhada, por mais fraca que tenha sido, se juntou espontaneamente ao jorro de água na banheira e na pia. Ela levantou a tampa da privada com alegria, olhou para baixo e viu seu próprio reflexo na poça, no fundo. Fechou-a e se sentou para recuperar o ar. Abriu a torneira, tomou um copo de água para acalmar a garganta (mas não rápido demais, lembrou a si mesma) e encheu outro para colocar ao lado da cama. Voltou para o quarto se sentindo um pouquinho mais forte e com uma sensação deliciosa de bem-estar.

O pesadelo tinha acabado. Ela tinha fechado os olhos e fingido dormir até que dormiu de verdade, e os horrores passaram. Olhou ao redor, para a solidez das paredes e da mobília. Aquilo era sanidade (limpeza, água corrente) em todos os aspectos.

Agora não estava tão incomodada com a fome. Sabia bem por quê. Era como fazer jejum; ela já tinha feito antes. Não de dieta, mas em um cerco no qual tinha ficado presa, o que fez seu nome no jornalismo televisivo. Por cinco dias a equipe ficou encurralada em um Hilton destruído em uma terra de ninguém, no centro de uma cidade do Oriente Médio. Quatro dias antes dos soldados canadenses das forças de paz das Nações Unidas os levarem para fora, os sitiados consumiram o que restava das barras de chocolate nas máquinas e tomaram os últimos refrigerantes quentes. A cozinha do hotel foi saqueada pelos empregados na saída, e o que restou foi infestado por larvas. Um deles estava ferido, o joelho estilhaçado por uma bala, e quase morreu de choque e perda de sangue. O hotel ficou coberto de corpos — havia corpos empilhados nas entradas e perto de determinadas janelas com vistas úteis. As larvas estavam em plena atividade nos cinco dias de aprisionamento da equipe de filmagem. Depois de um tempo, o apetite já não era um problema.

Durante sua recuperação, um médico militar lhe disse que o estresse acabava com o apetite, pois o corpo se concentrava na sobrevivência. A herança genética de uma espécie que vivia de coleta, segundo ele. E depois de um certo tempo sem comida, a química do corpo mudava, e o estômago parava de reclamar. O corpo se resignava a consumir a si mesmo. Esse era o ponto em que seria melhor que a nutrição voltasse ao normal, caso contrário poderia haver dano real.

Mas a euforia era um efeito colateral comum da fome, assim como visões místicas. Ela estava próxima da euforia de tão forte que era seu sentimento de bem-estar. As visões místicas, refletiu, podiam ficar para depois. Ela tinha seus pesadelos e isso já bastava.

A parede ribombou e reclamou e subiu novamente. Ela se sentou ereta e gritou como se sentisse dor. Balançou os punhos para a parede sendo erguida.

"Não é meu aniversário!", gritou ela. "Não é meu aniversário!

Desta vez, a Mão não parou na parede externa. Entrou no quarto, e ela ficou em silêncio, paralisada de medo. Chegou mais perto, e ela viu o penico entre o polegar e o indicador, como uma noz de porcelana. Passou por ela e desceu. Os dedos enormes como troncos cutucaram e abriram o gabinete. Ela ficou olhando os nós dos dedos, todos cheios de rugas grossas como os joelhos de um elefante, e viu também uma cicatriz no formato de uma cabeça de flecha com a ponta cega que cruzava as costas da Mão. Acabou se afastando com um brilho escarlate, uma grande poça de um escarlate brilhoso, e ela soube que era uma Mão de Mulher.

"Pronto", disse a voz que parecia uma unha sendo passada no quadro-negro, bem próxima e alta, de forma que ela fez uma careta e tampou os ouvidos. "Roger?", disse, em tom de pergunta, e se afastou levando junto uma nuvem lilás e cinza. Não ousou olhar para cima para ver se tinha rosto. Não tinha aprendido nas aulas da igreja que a visão do rosto de Deus era reservada para o Juízo Final? E nem mesmo a forte possibilidade de uma piada cuja vítima fosse a raça humana, em que Deus era tal qual a pintura de uma mulher, apagava a certeza de que, no Juízo Final, todos nós estaríamos mortos.

Ela se encolheu debaixo das cobertas. Preparou-se para morrer.

"Roger?", disse Dolly baixinho. "Você sabia que isso seria um problema?" O tom de voz dela sugeria que ele devia saber.

"Deveria", confessou ele, usando uma estratégia que funcionava bem com sua mãe (ele pensava nessa estratégia como sendo "bater nela com uma vara"). "Vou montar um sistema de som. Alguma coisa que amplifique a voz dela e diminua a nossa."

"E o exame? Ela está bem?"

"Basicamente, está." Abriu um caderno e pegou uma caneta, então ficou bem parado, pensando. "Ela tem que começar a comer. Mas", deu um sorriso malicioso, "já resolvi isso."

"Como é?"

"Vou miniaturizar a comida para ela. Acho que vai ser mais fácil para ela digerir."

"E água?"

"Ela está bebendo e segurando no estômago, e está saindo bem pelo outro lado. Não sei por quê. Talvez seja só psicológico."

"Bem, se funcionar..."

"Certo. Um de nós devia tentar acalmá-la. Não queremos que ela entre em choque por causa do medo ou do sofrimento."

"Eu cuido disso", disse Dolly.

Resignado, Roger decidiu deixar passar. Dolly mostrou sinais de ser muito rígida nas questões envolvendo Leyna. Mas havia muito trabalho a ser feito, e ele teria que deixar que ela cuidasse dessa parte, ao menos por enquanto.

A parede ficou levantada. Minutos se passaram, e houve silêncio. Os batimentos de Leyna ficaram mais lentos, a adrenalina diminuiu. Sua cabeça começou a doer muito. Ela se lembrou da panaceia da mãe para as dores de cabeça da infância: água. Era uma coisa que ela tinha. Com cautela, olhou o lugar onde antes ficava a parede e tomou água do copo que tinha trazido do banheiro. Estava em temperatura ambiente, mas ainda doce e tranquilizadora. Os músculos da garganta, secos e doloridos por causa dos gritos, e também por *querer* gritar por conta do terror absoluto, relaxaram.

Ela botou o copo na mesinha e se deitou, fechando os olhos. *Comercial de dor de cabeça: jornalista celebridade no meio de um dia estressante e agitado durante sua carreira meteórica é derrubada por uma enxaqueca pouco antes de as câmeras começarem a filmar. Ela se deita em um divã próximo, toma água e o remédio da propaganda, coloca as lindas pernas para cima enquanto a câmera foca nelas e na abertura da blusa. Minutos depois, inicia o noticiário das seis e meia com uma exibição impressionante de dentes e olhos brilhantes, saudáveis, imperturbáveis. Tome Blergh. Ou o que for.*

Um estalo invadiu sua fantasia. Ela viu a Mão desaparecer mais uma vez. Começou a tremer toda. A vontade de entrar embaixo do cobertor quase tomou conta dela. Foi a folha de papel que a fez parar. A Mão tinha deixado uma folha de papel, tão misteriosa quanto um antigo mapa do tesouro, no chão perto do guarda-roupa.

Ela se aproximou, enrolada na colcha. Não se importava de bagunçar a cama. Só não queria expor sua nudez para Deus ou Alguém lá fora. Pegou o papel e voltou correndo para a segurança da cama. Na sombra da cobertura da cama, abriu o papel como se estivesse abrindo o *Times* domingo de manhã. Era do tamanho da envergadura de seus braços. A caligrafia se espalhava, tinha centímetros de altura. Mas claramente legível. Leyna riu. Nunca tinha recebido um bilhete de Deus.

Não tenha medo. Não queremos fazer mal a você.

Os clichês do bilhete de um sequestrador ou da ameaça de um ladrão de banco: *Ninguém vai se machucar. Façam o que mandarmos. Não vamos machucar a criança se você pagar.*

Merda.

Ela ficou olhando para o papel, mas sem prestar atenção nele. Estava em um quarto, em um lugar específico. Era mobiliado com bom gosto, com papel de parede e tapetes e cortinas lindos. Depois da porta havia um corredor, e o corredor tinha mais portas que levavam a outros quartos. O que ela tinha visto era familiar, mas não era um lugar em que já tivesse morado. Quantos quartos assim em quantas casas velhas havia naquele país? Era bem provável que fosse familiar para ela simplesmente por ser de um determinado tipo, com características específicas. Um clichê.

E havia a parte maluca. Paredes que se moviam e sumiam. Quando as paredes sumiam, não havia lugar ao ar livre, não havia rua, não havia outros prédios e nem jardins e nem árvores, só aquelas criaturas enormes e amorfas de pesadelo que escreviam bilhetes.

Sua melhor e mais cínica explicação era que ela estava em um manicômio particular. As aberrações naquele quarto, talvez o quarto em si, estavam só na mente dela, como consequência do acidente, do qual ela ainda não tinha conhecimento certo. Poderia ter afetado sua sanidade. Antes do acidente, ela não era neurótica e nem instável. Sabia quem era e o que estava fazendo da vida. Empurrões profissionais, as muletas que as outras pessoas costumavam usar, nunca tinham sido necessárias. Nem bebidas, nem drogas. Não, ela era suficientemente sã e sensata. E ainda havia um certo equilíbrio essencial que dizia em silêncio que uma parte do que ela percebia era fantasia, impossível, algo tão sem noção quanto o Chapeleiro Maluco. E que também garantia que era mais provável que fosse consequência de um dano orgânico, e não de qualquer tipo de dano mental da parte dela.

Foi essa certeza, alcançada com a cautela de sempre, como se estivesse atravessando uma fileira de pedras em um riacho, que sufocou o terror. Ela não gritou quando a Mão voltou.

Aquilo foi diretamente para cima dela, e ela se encolheu por instinto, o medo crescendo como água em volta de um afogado. A Mão parou e esperou, e finalmente se aproximou e a tocou. Era bastante quente. A pele tocando na dela era rígida, lisa e firme, como uma mala gasta, mas de qualidade superior. Pegou-a delicadamente, enrolada na colcha que ela tinha puxado em volta do corpo.

Ela fechou os olhos. Sempre fazia isso durante pousos e decolagens, e durante as raras ocasiões em que tinha sido convencida a andar de montanha-russa. Não havia nada a fazer além de fechar os olhos, respirar fundo, trincar os dentes e fechar os punhos, e espantar a morte com a força de vontade.

A colcha, como uma mortalha em volta do corpo, ficou quente demais. A Mão gerava um calor enorme, e ela ficou logo coberta de suor e precisou lutar contra a náusea e a sensação de desmaio. A libertação foi rápida e gentil, em uma suave maciez. Ao abrir os olhos sob uma luz forte e natural, viu que tinha ido parar em cima de algo que parecia uma nuvem vista da janela de um avião, um ondulante e enorme campo branco. Era formado de caules, como um campo de cereais, mas ela soube pelo toque e pela visão que a substância que ia até o meio de suas coxas, branca e fina e muito macia, não era nenhum tipo de planta. Não havia terra embaixo dos seus pés descalços, só uma coisa trançada, como a parte de baixo de um tapete oriental. Tinha um cheiro poeirento, mas não havia aroma de natureza, nenhum aroma de planta, nada *verde* chegando às narinas.

Observando o campo branco, ela não foi capaz de dar nome a nenhuma outra característica. Acabava ali, mas o que havia depois era só massa e cor. Não havia dimensões, não havia perspectiva. Os caules à sua volta ondularam de leve e ela se virou instintivamente para a fonte de agitação. Encontrou uma parede de cortina rígida e cintilante. Era tecida grosseiramente e não tinha moldura perceptível, nem parece sólida em volta. Só subia até o ponto mais alto que ela conseguia enxergar ao inclinar o pescoço para trás ao máximo.

E aquilo finalmente se moveu. Percebeu que não estava se movendo horizontalmente, mas verticalmente, e para baixo. Prendendo o ar, recuou enquanto a coisa descia sem parar.

Mudou de repente, e não era uma parede, mas um Rosto, claramente um rosto, bem próximo e tão grande — não, maior, muitas vezes maior do que ela. Uma cara de lua, uma máscara em uma vareta, irreal em sua enormidade. Ela se lembrou, de repente, do rosto do Mágico que tinha impressionado e assustado Dorothy e seus companheiros. E é claro que era um truque, uma projeção, criada pelo canalha encantador que era e ao mesmo tempo não era o Mágico de Oz. Uma risada de alívio morreu na garganta dela. Conhecia esse Rosto e por que tinha trazido à sua mente o Mágico de Oz. Gemendo, ela escondeu o rosto nas mãos.

"Não tenha medo."

O Rosto tinha voz, a mesma voz rouca que ela tinha ouvido antes, no quarto misterioso. A Voz de Deus. Só que agora ela a reconhecia como a Voz de Dolly Hardesty. O tom foi tranquilizador, o volume, alto, como se saísse de um alto-falante. Apesar da mensagem, ela não conseguiu evitar a ânsia de vômito.

"Você está em segurança. Nada pode fazer mal a você."

Ela se obrigou a baixar as mãos e ergueu os olhos. Preparou a voz, botando ali toda a força que lhe restava. "Dorothy?" Uma risadinha suave rolou pelo campo na direção dela e soprou seu cabelo. "Dorothy?", gritou de novo, com medo.

"Pode me chamar assim se quiser. E vou chamar você de Dolly."

Leyna apertou a colcha em volta do corpo. Uma imobilidade terrível cresceu nela. Ela inspirou fundo, com calma.

"Dorothy?", questionou ela uma terceira vez, e sua garganta doeu quando gritou o nome de novo.

"Sim?"

"Estou louca?"

O silêncio se espalhou em volta dela de forma quase palpável, pois, assim como os caules tremiam quando a Voz de Dorothy falava, também ficavam imóveis quando ela não falava.

"Ah, sim."

Ela ouviu a garantia com tristeza na voz e a condescendência de um ovo parcialmente cozido. Não havia mais nada a perguntar e mais nada a dizer. Leyna caiu de joelhos lentamente; os caules a envolveram como um muro baixo. Fechando os olhos de novo, ela esperou. Abriria os olhos apenas na realidade, na sanidade, ou nunca mais.

Roger, atrás de Dolly, ouviu a última parte da conversa. Ele a segurou pelo pulso e a puxou para longe no canto do quarto.

"O que você está fazendo?", perguntou em um chiado sibilante.

Dolly o encarou friamente e soltou o pulso. Virando-se, saiu andando. Ele a seguiu até a cozinha, onde ela abriu a geladeira.

"O que você estava fazendo?", insistiu ele.

Ela olhou para ele e sorriu. "Realmente, querido", disse, "acho que você não pensou nisso tudo direito."

Era o que ele vinha achando dela. "Bem, me diz o que não pensei."

Ela se virou para a geladeira e tirou duas garrafas de cerveja importada. Entregou uma para ele. Ele teve que chegar perto dela para pegar. Sentiu como estava maravilhosamente gelada mesmo antes de tocá-la, e sua boca salivou. Olhou ao redor, apressado, procurando o abridor que tinha deixado na tábua de corte na hora do almoço.

Quando olhou de volta, Dolly estava com uma gaveta aberta e um abridor de garrafas na mão. Ele teve que sorrir diante da presciência dela. Além de permitir que ele tomasse uma cerveja, ela também ia tomar uma. Era um gesto grandioso para Dolly. Arrependeu-se da força com que tinha segurado o pulso dela.

"Vai ser bem mais fácil lidar com ela se ela achar que ficou louca", explicou Dolly enquanto tomava a cerveja.

Roger pensou na questão. Fazia sentido de um jeito meio maluco. Ela talvez ficasse mais dócil. Por outro lado, eles tinham vantagem sobre ela, não tinham? Ficou inquieto. A mente humana era tão imprevisível, e aquela em questão vivenciara um trauma único nas mãos deles. *Na mão dele*, ele se corrigiu. Mas pensar nisso não fez a inquietação passar. Ele não disse nada para Dolly. Já havia coisas demais a serem discutidas.

"Ela vai ter que ser alimentada, e logo. Prepare uma nova bandeja para que eu a miniaturize. Ela está fraca. Precisa de roupas. Um pouco de friagem pode ser um risco."

"Claro. E se ela não quiser se vestir?"

Roger pensou. "Eu não encostaria nela se ela estiver histérica. Se ela consentir, apenas tome cuidado, muito cuidado."

"Saúde", disse Dolly, erguendo a garrafa para ele.

Ela bebeu direto do gargalo, como ele. *Noblesse oblige.* Mas o trabalho podia esperar. Roger terminou a cerveja rapidamente.

Leyna estava quase desmaiando de verdade quando a Mão voltou. Ficou inerte e sem reagir no abraço dela. O cheiro de comida novamente a atingiu quando ela ousou abrir os olhos. Estava de volta na cama. A bandeja prateada estava sobre o gabinete ao lado. Desta vez, os cheiros foram de caldo e torrada com manteiga. Quando ergueu os cloches dos pratos, gemeu de prazer. Não reparou na parede sendo recolocada no lugar. O caldo estava delicioso, e ela não pôde evitar os goles um pouco barulhentos ao consumi-lo.

Depois se deitou e quase se sentiu normal novamente. A boa comida faz essas coisas por uma pessoa. Se questionou se tinha alguma coisa a ver com a questão da sanidade ou não. Era verdade que a fome podia deixar uma pessoa louca, criar desequilíbrios químicos que distorciam a percepção da realidade. Mas não foi isso que a Voz de Dorothy quis dizer, ela tinha certeza.

A Voz era sua loucura, e também o Rosto que a acompanhava e suas Mãos terríveis. Aquele quarto, a cama, a comida, tudo era tão real e sensato quanto possível. Sua barriga cheia lhe dizia isso. Ela tinha que estar pelo menos um pouco sã para considerar a questão.

Então a Voz falou de novo. Leyna ficou imóvel nos travesseiros pensando *não, não, não.* Se a coisa ouviu seus pensamentos, os ignorou.

"Olha no guarda-roupa. Tem roupas para você lá."

Ela esperou que falasse de novo. Por um, dois, cinco minutos. Ficou em silêncio. Ela concluiu que a mensagem estava dada e a coisa tinha ido embora.

Não havia motivo para não verificar se era verdade. Ela sentiu como se estivesse tentando montar um quebra-cabeça — embora não tivesse ideia de qual era a imagem — e aquela podia ser uma pequena peça. E ela estava com frio e com vergonha quando saiu da cama.

Quando saiu da cama, teve certeza de que Alguém a observava. Uma olhada rápida ao redor não revelou câmeras visíveis nos cantos do teto. Em algum momento, em breve, prometeu a si mesma, ela procuraria por câmeras escondidas.

O guarda-roupa era um daqueles móveis bem-feitos que testemunhavam a solidez pessoal de algum antepassado. Ela admirou o acabamento delicado e cheio de detalhes, as partes de metal, o laqueado nas portas. Era o tipo de coisa que conseguia dezenas de milhares de dólares em um leilão. A admiração a fez reavaliar o quarto. Era bem mobiliado mesmo. O quarto de uma pessoa rica, na casa de uma pessoa rica. Outra peça do quebra-cabeça.

Refletindo sobre isso, abriu a porta da direita e olhou para o interior da escuridão vazia. Hesitou e abriu a porta da esquerda. Foi recebida por tons de vermelho e branco que refletiam a luz de volta para ela. Ela esticou a mão instintivamente para acariciar os tecidos, seda da cor de sangue, e um cetim que era ofuscantemente branco como um campo de neve ao meio-dia.

Ela escolheu o vermelho. Examinou o vestido e se impressionou com a elegância e simplicidade. Havia uma série de ganchos escondidos debaixo de uma costura discreta nas costas. Demorou um tempo para soltar todos. Como ela iria fechá-los era um problema que deixaria para o futuro.

O vestido pousou sobre seus ombros e escorregou pelo corpo, acariciando-a com a textura. Ela jogou o peso de um pé para o outro em um clássico movimento feminino, o primeiro passo de uma dança, e o vestido desceu, caindo em linhas impecáveis pelo corpo.

O espelho da porta do guarda-roupa a refletiu, o vestido brilhando ardentemente sobre a pele clara. Era sem mangas, e o decote formava um U meio quadrado. O corte perfeito para exibir o rosto doentio e as clavículas proeminentes. Um passo para trás confirmou o que ela sentira. O vestido era curto demais. Não tinha ornamentos e nem detalhes, o efeito que causava era devido apenas ao corte, à cor e à textura. Caindo de forma minimalista e sem interrupção até a cintura, o tecido fazia um plissado no lado esquerdo do quadril, de onde caía em dobras até a barra. A barra em si tinha sido um pouco reduzida.

Obviamente do período pós-Segunda Guerra Mundial, considerou, e feito para ir até os tornozelos que estariam cobertos por meias de seda de verdade e sapatinhos de cetim. Nela, parava quinze centímetros acima, um efeito ridículo. O vestido não servia; teria que experimentar o outro e torcer para que coubesse melhor.

Pelo menos não precisou fechar os ganchos daquela porcaria. Ocorreu a ela de repente que as moças da época daquele vestido tinham empregadas e ferramentas apropriadas para fazer aquele serviço, anacronismos, ou talvez as ferramentas e habilidades de um modo de vida mais civilizado, agora perdido para sempre. Ela o tirou dos ombros, e ele escorregou até o chão. Que magrela, refletiu secamente, e olha que aquele vestido tinha sido feito para uma mulher magra. Ela saiu do emaranhado de seda vermelha e pegou o vestido branco.

Olhando na luz, ficou óbvio que o vestido branco também não serviria. Era um vestido feminino muito pequeno, quase infantil nas proporções, e uma verdadeira peça de época. Ela teve que sorrir ao ver os babados nas mangas curtas, a gola extravagante com ombros expostos que mergulhava em v até a linha da cintura, da qual metros de tecido caíam pela saia. Pedia anáguas e luvas compridas e alguma espécie de adereço de cabeça, talvez com penas, para ficar com a aparência adequada — na pessoa a quem pertencia, não nela. Nunca ficaria bem nela, graças a Deus. Colocou-o de volta no guarda-roupa, por um momento agradecida por ter nascido na época em que nasceu, quando as mulheres usavam roupas mais confortáveis de um modo geral. Fora o ocasional salto agulha e a calça jeans apertada na virilha. Adeus, rainha Vitória.

Aí estava a conexão. O vestido parecia uma coisa que a antiga monarca poderia ter usado, provavelmente quando era jovem. No pré-guerra, sim, só que no pré-Guerra de Secessão, talvez no pré-Guerra do México. Uma bela peça de museu.

Ela pendurou o vestido, pensativa. Algo estranho para estar no armário de qualquer pessoa. Ela foi perturbada por uma sensação familiar, mas a ignorou. Era uma síndrome que ela tinha. Informações demais para serem absorvidas e, depois de um tempo, não muita coisa *foi* absorvida. Sobrecarga sensorial. Ela conhecia colegas de profissão que sofriam dessa sensação constante de *déjà vu*. Era a base da paranoia do maior tipo.

Pensando nisso, ignorou um detalhe que era óbvio nos dois vestidos. Os estilos eram inquestionavelmente antigos. Mas os *vestidos*, não. O tecido era firme e com cheiro de novo; as costuras estavam ajustadas e limpas. Os vestidos tinham sido feitos recentemente.

Pegou a colcha e voltou para a cama, exausta de repente. Teria que ficar nua mesmo, resignou-se. A não ser que as gavetas da cômoda grande tivessem alguma coisa, mas isso teria que esperar. Precisava dormir. Alguma coisa surgiria quando ela despertasse. Era reconfortante saber que ela acordaria novamente.

"Ela está dormindo", informou Dolly a Roger.

"Que bom", grunhiu ele.

Roger estava sentado no chão, vendo o carrossel girar. Tinha arrumado uma passageira, a pequena Maria da Casa de Biscoito de Gengibre, que estava em uma das carruagens. Não dava para imaginá-la gostando do passeio, pois seu rosto estava eternamente fixo na expressão de terror de uma pessoa encurralada, algo apropriado para a lareira da bruxa. Ela ainda usava a coleira de cachorro em volta do pescoço, que cintilava como uma aliança de casamento; Roger tinha tirado a corrente, mas viu que a coleira estava grudada na pele dela.

Mas Roger estava gostando do passeio, mesmo que ela não estivesse. Ouviu a música da virada do século que tilintava dos alto-falantes pequenininhos e o contraponto dos ruídos mecânicos do próprio carrossel. Era uma bela peça.

"Os vestidos não couberam", disse Dolly, trazendo-o de volta ao mundo real.

"E as roupas dela, as de corrida?"

"Eu lavei e guardei."

"Deixa lá para ela. É melhor do que nada."

"Ela vai dar trabalho", fungou Dolly.

"O caldo que ela tomou ficou no estômago?"

"É." Dolly estava procurando um cigarro.

Ele interpretou isso como um sim. "Achei mesmo que sim. Não ouvi você berrando e dando chilique."

Dolly riu. "Eu nunca gostei de criança passando mal. Harrison vivia doente, se entupindo de besteira. Era uma daquelas crianças que se recusavam a comer qualquer coisa que não fosse porcaria, sabe? E depois que se casou com Lucy ele se converteu à alimentação saudável e ficou insuportável em relação a isso."

Roger sabia como era esse tipo de criança. Ele mesmo tinha sido assim, embora abençoado com um sistema digestório aparentemente superior ao do falecido filho de Dolly. E não tinha desistido desses hábitos até conhecer Dolly.

Ele se sentou sobre os calcanhares. Dolly raramente falava sobre a família. Era impossível saber coisas sobre ela que não fossem de forma vaga, como se absorvidas da imprensa por osmose. Era como conhecer um vizinho de quem todo mundo falava, mas que não era seu próprio vizinho.

Dos poucos retratos familiares no apartamento, só o retrato da mãe de Dolly feito por Sartoris recebia qualquer destaque. Provocou arrepios em Roger até ele se dar conta do motivo: era em tamanho real, como se estivesse olhando na cara de alguém, pelo menos no que dizia respeito à escala. Ao mencionar coisas sobre o assunto, percebeu que Dolly nunca tinha se dado conta.

Fora isso, a ausência quase total de retratos da família não exigia diploma de psicologia para ser compreendida. Dolly não queria lembrar que o falecido marido e nem o falecido pai tinham existido. Só a mãe, o falecido filho e os netinhos, estes três últimos em porta-retratos discretos de prata em cantos igualmente discretos.

"Ei", disse ele, tentando falar com leveza sobre um assunto potencialmente perigoso, "achei que as pessoas ricas faziam as empregadas limparem as sujeiras dos pestinhas."

Dolly fez uma careta em meio a uma auréola de fumaça. "O queridinho sempre conseguia fazer as sujeiras dele na noite de folga da babá."

"Que dureza", disse sem sinceridade, voltando-se para o carrossel. "O que a gente faz agora?"

"O quê?"

"O que a gente faz agora? Com *ela*?"

"Dá comida. Tenta deixar ela saudável. Isso quer dizer deixá-la aquecida e dar algo para ela fazer."

"Como o quê?"

"Ela está acostumada a exercícios puxados. É bom que volte a fazer atividades assim que puder. Devia preparar as próprias refeições, ler livros, ouvir música, andar no jardim. Começar a tricotar. Porra, sei lá. Qualquer coisa que a estimule. Para não se deteriorar e ficar louca."

"Tecer cestas?", sugeriu Dolly.

"Pode chamar como quiser. Ela é uma pessoa, não um bicho de estimação, nem uma prisioneira. Precisa se ocupar."

A palavra *ocupar* tinha conotações desagradáveis para Roger. Foi o que os alemães fizeram com os franceses e os polacos e metade da Europa, o que os americanos fizeram com os japoneses, os russos com os alemães orientais. O que os vitoriosos faziam com os perdedores. Mas não era isso que ele queria dizer. A sensação foi a de andar sobre o próprio túmulo. Ele não gostava; apenas saiu sem querer.

"Isso é bem mais complicado do que eu pensei que seria, Roger. De verdade", reclamou.

"É isso que torna tudo interessante." Ele sorriu, embora não se sentisse alegre. "Ei, talvez ela pudesse fazer as próprias roupas."

"É possível que precise mesmo. Não posso sair e comprar roupas para uma pessoa trinta centímetros mais alta do que eu para você miniaturizar, não com o FBI e metade do mundo procurando por ela. Talvez depois. Mas não no futuro imediato."

O pensamento do mundo todo procurando Leyna Shaw fez Roger se sentir estranho. Ele e Dolly eram foras da lei. "Quando o calor passar."

Roger queria ter um chapéu branco e um terno risca de giz. Dolly seria uma ótima prostituta. Ele a chamaria de *Dot*, e ela usaria um vestido vermelho de bolinhas brancas e decote, e aquelas sandálias de salto que eram tão sexy. Ele percebeu que ela estava sorrindo para ele.

"Em que você estava pensando? A expressão no seu rosto ficou tão estranha." A ponta da língua dela apareceu e tocou no lábio superior.

"Na minha cara", disse ele. "*Cara* é a palavra."

Ela se inclinou para trás, apoiando-se na porta do armário. Os olhos dela estavam alertas de especulação.

"Cara", repetiu ela devagar. E Roger sabia que ela entendia tudo sobre aquilo.

PEQUENAS REALIDADES
TABITHA KING

9

O quarto estava escuro quando ela acordou. Fingiu estar dormindo para o caso de os Gigantes a observarem. Ficou quieta, prestando atenção. A profundidade do silêncio a convenceu de que estava realmente sozinha.

Ignorando a fome desesperadora, tomou um longo banho, prolongando-o até a água ficar morna. A única luz do banheiro, uma arandela antiquada em forma de lótus, espalhava um casulo de luz fraco e um tanto romântico sobre a banheira. Ficou surpresa de sentir um leve calor emanando dele.

Ficou logo com frio, provavelmente porque estava só pele e osso, e saiu da banheira. Viu os hematomas desaparecendo, ao menos na parte da frente do corpo. Apesar de estar a ponto de matar por comida, parecia estar se curando.

Leyna examinou-se no espelho da porta do guarda-roupa. Suas costas estavam pontilhadas das marcas suaves de hematomas em cicatrização. Seus quadris se projetavam como a beirada de um baldinho de brinquedo meio enterrado na areia da praia. Encerrou o exame com um *eca* e foi desarrumar a cama para poder se enrolar em um lençol.

Desta vez, elaborou um traje com nós. No espelho, achou que estava parecendo uma fronha ambulante depois de amarrar o lençol nos ombros, nos pulsos e nos tornozelos. A imagem lhe provocou risadas. Enrolou uma fronha e amarrou na cintura como um cinto.

"Adeus, lista das mais bem-vestidas", murmurou.

A roupa amarrada ao menos cobria aqueles ossos horríveis.

Ela abriu a porta do corredor e saiu do quarto pela primeira vez. Parou diante da porta, um espantalho curioso iluminado pela luz do quarto vinda de trás. A luz cintilava nas arandelas nas paredes do corredor, no vidro dos quadros, e nos olhos dela, curiosos e ferozes como os de um predador. Ela foi acendendo tudo ao passar e seguiu pelo corredor. No final, olhou para trás. Agora, o corredor ficou menor, mais curto do que parecia na semiescuridão. Tinha mobília simples, com uma mesa de tampo de mármore no canto e um par de poltronas delicadas com assentos de brocado. Automaticamente, ela as classificou: Duncan Phyfe.

Chegou o momento de escolher entre duas portas. Uma delas, no final do corredor, prometia levar a outro salão ou a uma escadaria. A porta à esquerda era um quarto, um banheiro ou um armário. Ela abriu e espiou a escuridão no interior. A porta em si bloqueava a luz do corredor. Chegando para o lado e entrando no aposento, tentou adivinhar onde ficava o interruptor. Depois de um momento de pânico tateando e procurando, encontrou um abajur. Viu na mesma hora que, se tivesse ido para a esquerda em vez de para a direita, teria encontrado o interruptor na hora.

Depois de iluminado, o aposento se revelou outro quarto bem decorado que ela reconheceu, para sua diversão, como uma versão parecida, mas não exata, do Quarto de Lincoln na Casa Branca. Quem o decorou pelo menos teve o bom senso de eliminar o tapete rosa-repolho que sempre gerou náuseas em Leyna. Devia ter custado um dinheirão para obter as peças certas, se bem que muito dinheiro era gasto em coisas mais estranhas, e o quarto estava lindamente decorado. Encontrar os móveis certos seria difícil, mas não impossível. Os Lincoln foram pessoas típicas da sua época e classe; o estilo que mobiliou o quarto original devia estar duplicado em dezenas de milhares, se não milhões, de outros quartos.

Ela se sentou na colcha branca de crochê, que lhe pareceu familiar. Da sra. Coolidge? Ela não conseguia lembrar. Preferia ter ido parar na cozinha e não naquele quarto de museu vitoriano, mas seria bom para um descanso antes de seguir em frente. As molas gemeram de forma abominável e ela ficou feliz, ao sentir o colchão caroçudo, por estar em outro aposento. As janelas, naquele quarto e no dela, só exibiam a escuridão da noite.

Ela pensou nos aposentos que tinha visto e nos quais tinha vivido nos últimos dias. Eram toda a informação que tinha sobre onde estava, sobre sua verdadeira localização. Podia dizer para si mesma *estou aqui*, neste quarto, neste corredor, neste banheiro, o que fosse. Depois disso, esses aposentos tinham que dizer onde ficavam.

Ela já tinha se hospedado em casas assim na Virgínia, no estado de Nova York, na Nova Inglaterra. Mansões do século xviii, evidentes pelas dimensões dos aposentos, pelo trabalho em gesso, pela decoração, tributos ao Iluminismo. Casas grandes preservadas com cuidado ou reformadas por quantias absurdas de dinheiro. Antiguidades reais, incrivelmente caras e bem-feitas as mobiliavam. Washington era cheia de casas assim, as residências de todos os níveis de políticos, legisladores, burocratas, juízes da alta corte, advogados, promotores especiais, diplomatas — a lista era interminável. E ela conhecia muitos deles, pessoal e profissionalmente.

Por que estaria na casa de um deles, e qual casa seria? Esta tinha uma característica familiar que poderia significar que ela estivera ali no passado, ao menos uma vez, mas também poderia ser só mais um exemplar de um tipo de casa a qual frequentara. De tamanho bom gosto, tão colonial, tão tediosamente cuidadosa. Ela ficou com esse pensamento na cabeça, de que era possível que conhecesse aquela casa melhor do que se lembrava. Se tivesse machucado a cabeça, talvez tivesse perdido partes da memória que poderiam ou não voltar. Era bem provável que o mistério estivesse dentro de sua mente tola.

Fechou os olhos para descansá-los. Estava com uma leve dor de cabeça, nada digna da elaboração de uma fantasia de propaganda, gerada pela fome e por pensar demais em sua situação. Estava seguindo em frente e provavelmente para baixo. Para aquele passeio ser digno da energia que estava sendo gasta nele, era melhor que houvesse comida no final. Deixou as luzes acesas e saiu do quarto. Uma leve provocação afastou sua mão do interruptor. *Que meu anfitrião ausente apague essas porcarias*, pensou ela, *ou envie seu mordomo monstruoso, a Mão. Se eu deixar as luzes acesas, pode ser que Ele perceba que estou aqui.*

A porta seguinte levou a um corredor maior e a um elevador em uma jaula de metal. Depois de acender todas as arandelas das paredes, ela chamou o elevador, que estalou de forma ameaçadora, vindo de algum lugar de cima.

Enquanto esperava, ela reparou nervosamente, como se para se distrair, que o corredor era mobiliado com um par de aparadores, adoráveis peças federalistas, exibindo bibelôs caros. Um único tapete

Aubusson cobria boa parte do piso de madeira escura. Um suporte de metal para guarda-chuvas com uma bengala ocupava um canto; uma planta de borracha da metade da altura dela ocupava outro.

O elevador chegou e suas portas se abriram com um barulho alto. De repente, sua boca ficou seca — *parecia muito uma boca aberta* — e suor escorreu das axilas. Ela deu um sacolejo mental em si mesma e entrou com firmeza na jaula. Balançou abruptamente, e se segurou no apoio lá dentro com desespero.

O painel no interior dizia 1-2-3-4, mas não havia indicação de qual era o andar em que estava. Concentrando-se, avaliou que era o segundo andar, porque era onde havia uma grande probabilidade de os quartos ficarem. Apertou o 2, pensando que nada aconteceria se seu palpite estivesse certo, e então faria outra escolha. Mas seu palpite estava errado; as portas se fecharam e o elevador desceu. Acima, as máquinas gemeram dolorosamente. Ela se lembrou então da história de terror que tinha lido em sua lua de mel. Era sobre um hotel assombrado, com um elevador que andava sozinho à noite. Vazio. Era como aquele, uma antiguidade curiosa.

Disse a si mesma que estava sendo boba de ficar com medo por causa de uma história de ficção. O elevador do Hotel Overlook não existiu, não era assombrado de verdade. Trincando os dentes, ela se obrigou a tocar no metal acetinado e frio da porta. Tinha cheiro de metal; ela não precisou levar o nariz até lá para saber. Era real. Aquilo era só um elevador, uma caixa presa em uma roldana.

Foi uma viagem bem curta. O elevador parou tão logo começou a se deslocar. Aparentemente, tinha descido um andar. Olhou pela grade de metal para a escuridão. Seus dedos pararam perto do painel, com vontade de apertar o 3 e voltar para o território conhecido. Mas o vazio em seu interior e uma inquietação crescente em relação ao elevador a persuadiram a continuar. Ela enfrentaria os segredos desse andar porque não tinha escolha. Depois de sair cuidadosamente, esperou que sua visão se ajustasse à falta de luz.

Enquanto aguardava, pensou com carinho em seu apartamento. Mobiliado de forma monástica com uma cama estreita, um carpete azul-marinho de pelo curto e paredes da mesma cor subindo até o teto branco com quadrados de plástico transparente cobrindo os tubos fluorescentes, o apartamento não guardava muitos segredos. A indulgência de um closet enorme, invisível com as portas fechadas, era um deles. Ela disse a si mesma que tinha que guardar suas coisas em algum lugar.

A mobília era mínima: o bar, um sofá modulado, um sistema de som embutido, uma única prateleira com livros de capa dura, todos eles tomos de peso da grande literatura, com um de cada em chinês e em russo, sinalizando que ela não era uma atriz superestimada, mas uma pessoa séria. Não havia plantas, pois eram poucas as plantas domésticas que ela achava que valiam o trabalho, e ela era alérgica a flores. Não gostava de gatos e achava cruel ter um cachorro em um apartamento na cidade. Só sobravam os animais pequenos, que teriam que viver necessariamente engaiolados, como companhia e um toque de fragilidade.

Depois de descartar os pássaros por serem barulhentos demais e os peixes por serem trabalhosos, ela se decidiu por um par de gerbis fêmeas. Acabaram revelando-se pestinhas ariscas, dadas a barulhos noturnos, cocôs quase constantes e tentativas de fuga quando ela limpava a gaiola. Quando chegaram à maturidade sexual, começaram a brigar uma com a outra em batalhas sangrentas que deixavam a gaiola toda suja e com pedaços de rabos. Finalmente, cansada das guerras noturnas, ela as deu para a filha do zelador do prédio.

O único móvel realmente impressionante no apartamento era uma mesa de jantar que foi presente de casamento do marido. Acomodava dez pessoas em volta do tampo oval de mogno reluzente e era valiosíssima, não apenas por ser funcional, mas também uma declaração evidente de que ela tinha dinheiro e muito bom gosto.

Não havia aparadores, gabinetes, mesas de canto e nem mesas de centro de vidro. Odiava mesas pequenas. A família do marido possuía casas cheias de mesas, posicionadas em todos os cantos, como crianças ou criações de cachorrinhos. Talvez soubessem de alguma coisa que ela não sabia sobre o valor intrínseco de mesinhas pequenas. Talvez as porcarias valessem ouro, mas, para ela, ser rico significava sofrer da Maldição das Mesas.

Na quase escuridão do lado de fora do elevador, sentiu que estava em um outro corredor, algum tipo de saguão. Pensou conseguir discernir um parapeito, como se estivesse no patamar de uma escada. Movendo-se pela parede, procurou um interruptor. Foi um esforço longo e que não deu em nada, durante o qual ela ficou íntima do trecho de papel de parede de brocado e dos detalhes em gesso. Chegou em uma esquina e a dobrou, movendo as mãos com desespero. Fez contato com uma superfície nova, madeira sólida, parecendo uma porta. Sua mão voou instintivamente para a altura da maçaneta, foi de um lado a outro da porta e encontrou a esfera fria de metal. Leyna soltou o ar em um soluço azedo. A maçaneta girou com facilidade. Ao menos a porta estava destrancada. Ela a empurrou lentamente. Lambeu a transpiração salgada do lábio superior. A sensação de invasão era bem forte agora; ela se sentia uma garotinha explorando as gavetas da cômoda da mãe ou ouvindo do outro lado da porta do quarto dos pais na escuridão da noite.

Depois de passar pela porta, explorou a parede mais próxima até seus dedos encontrarem uma placa, um retângulo frio de cerâmica, cheia de botões redondos. Reostatos. Sorrindo de triunfo, apertou todos de uma vez.

As luzes se acenderam na intensidade mais alta. Pequenos sóis como lâmpadas explodiram nos olhos então acostumados com a escuridão. Ela se agachou e se encolheu diante de uma coisa que não sabia nomear, mas que temia tanto quanto a morte. Seus batimentos pareceram altíssimos no salão cavernoso iluminado por uma série de lustres e pelos castiçais tão altos quanto as plantas enfileiradas nas paredes feito guardas. Paredes de mármore branco se erguiam de um piso branco. Os pilares, também de mármore branco e tão amplos quanto o peitoral de um homem, iam até o teto branco. Era ofuscante. Exceto pelo tapete vermelho que acompanhava o comprimento da sala, tudo era frio e casto como um mausoléu. Fez com que ela tremesse encolhida no canto, descalça e enrolada no lençol.

Ela descobriu nessa hora, ao olhar para o salão, por que fora tomada por um *déjà vu*, por que o outro quarto copiava o de Lincoln, e o dela, percebeu, o quarto da Rainha. O local era um fantasma da Casa Branca. Ela tinha entrado e saído daquele lugar com frequência suficiente para ver na mesma hora o que isto aqui queria imitar. O medo sumiu e foi substituído por confusão. Ficou meio tonta só de pensar. Ou talvez estivesse tonta por falta de comida. Não podia ficar pensando nessa duplicação maluca agora. Tinha que encontrar comida, manter o corpo e a alma unidos, por mais que a mente vagasse solta.

Ela andou devagar pelo salão e olhou para o saguão de entrada que imitava a Entrada Norte da Casa Branca. Era bizarro vê-la esvaziada até mesmo dos guardas que deveriam estar sentados perto da escadaria particular. Só que a escadaria também não estava lá. Não dava sequer para pensar em algo assim. Ela passou pela porta do outro lado do salão, percorreu outro corredor pequeno onde havia uma escadaria enorme de madeira escura. Sabendo o que havia no andar seguinte, ao menos em parte, ela concluiu que podia ignorá-lo. Tinha certeza de que não havia nenhuma cozinha lá, de qualquer modo. Não fazia sentido, com base no que ela sabia.

Os interruptores do aposento seguinte, à esquerda, foram fáceis de encontrar com a luz que vinha do enorme Cross Hall. Ela os apertou e girou a maçaneta de uma das portas duplas. Andou pelo que era obviamente uma sala de jantar. Leyna não reparou nas belas cortinas nas janelas e nem no brilho espelhado da mesa. As flores do lustre e o tapete florido passaram despercebidos. Primeiro, ela viu a tigela de frutas na mesa, parte de uma fruteira rococó que tinha sido transformada em um centro de mesa mais elegante. As cores das frutas cintilando no dourado, refletidas na base espelhada da fruteira, que era como uma bandeja filigranada, com vidro embaixo e ouro na base e nas laterais, fizeram-na fraquejar nos joelhos. As cores quentes das frutas eram quase as únicas cores no salão, que tinha paredes brancas, decoração dourada, um tapete dourado e prateado florido, e móveis de madeira escura. E o cheiro de maçã, banana, pera, uva e laranja deixou sua boca salivando, obliterando os demais odores da sala da mesma forma que as cores das frutas atraíam o olhar para longe da suave decoração.

Pegou a maçã vermelha do recipiente. O tato devia tê-la avisado, pois o peso, a densidade e a superfície não estavam certos, mas ela estava com muita fome. Talvez seus sentidos não fossem confiáveis. Comida. Ela mordeu com avidez, pensando que adoraria que o sumo escorresse pelo queixo. Uma mordida foi suficiente.

Ela cuspiu o pedaço de massa aromática na superfície reluzente da mesa e jogou a maçã falsa na parede. Explodiu em pedaços, sujando o tapete e deixando uma mancha como a de batom vermelho na parede branca. Cuspiu pedacinhos de massa no tapete com a pequena quantidade de saliva que conseguiu reunir. O gosto e a textura da substância pareciam esgoto nos dentes, e ela não conseguia removê-los.

As lágrimas vieram silenciosas e caíram na boca com seu gosto salgado. Um gemido gutural escapou dela e virou um choro. Ela pegou uma laranja e uma banana, uma em cada mão, e jogou nos retratos na parede. As uvas, maçãs e peras foram em seguida, até a fruteira esvaziar e a sala estar suja de pedaços de massa e manchas de cor nas superfícies brancas e douradas.

Afundou em uma das cadeiras acolchoadas de costas altas e se debruçou sobre as mãos. Elas faziam um travesseiro horrível, cheias de nós e ossos, e as mãos estavam quase tão finas que quase se via a madeira através delas. Só confirmavam o problema em que ela estava metida. As lágrimas jorraram descontroladamente. Ela caiu em pura infelicidade.

Roger, voltando do banheiro, decidiu dar uma olhada nela. Estava tentando amarrar os cordões da calça do pijama, tarefa quase impossível na escuridão e com sono, quando entrou no quarto da casa de bonecas. "Um xixi e uma espiada", murmurou baixinho, rindo de si mesmo, e parou na hora. Os cordões parcialmente amarrados da calça foram esquecidos. Havia luz na Casa Branca de Bonecas. Não só no quarto, mas em toda parte. "Ah, merda", disse.

Na mesma hora, decidiu não acordar Dolly. Cuidaria para que tudo ficasse bem. E contaria para ela de manhã.

Primeiro, espiou o quarto de Leyna. Não esperava encontrá-la ali, e não encontrou mesmo. A cama parecia ter sido palco de uma batalha de exército. As luzes o guiaram, como um caminho de migalhas fartas ao luar, até ela.

Mas não foi um alívio encontrá-la. Encolhida em uma cadeira na Sala de Jantar do Estado, o choro dela era perturbadoramente audível, um leve som de soluço. Foi um erro sério não botar alto-falantes e câmeras. Ele a assustaria se falasse agora, aumentando o aborrecimento dela.

"Por favor", sussurrou ele.

Ela se sentou e olhou ao redor, pronta para enxotar qualquer animal pequeno.

"Por favor." Ele manteve a voz suave e gentil. "O que houve?"

Não houve resposta. Ela só ficou parada, o olhar fixo no olho que espiava pela janela. Ele esperou. Paciência. Foi assim que o gato pegou o rato. Examinou o que conseguia enxergar do quarto. Os pedaços quebrados das frutas falsas o intrigaram. E então ele entendeu.

"Você está com fome!", exclamou, esquecendo que não queria assustá-la. Ela gemeu e se encolheu para longe dele.

Para Leyna, o Olho piscou rapidamente e sumiu. Ela teve vontade de correr e se esconder antes que ele voltasse. Mas ele a encontraria, tinha certeza, e estava tão cansada e com tanta fome. Talvez fosse lhe dar comida. O pensamento gerou uma risada louca. Ela tinha certeza de que a fome causava aquelas alucinações de Gigantes e de Partes do corpo deles. E as ilusões dos Gigantes, por sua vez, a alimentavam. Ela não conseguia entender. Insanidade.

Roger demorou quinze minutos para entrar no quarto e pegar o miniaturizador no armário, e depois para fuçar na cozinha e preparar alguma comida, encolhê-la e voltar até a Casa Branca de Bonecas. Ela estava cochilando, caída por cima da mesa, ainda soluçando regularmente durante o sono.

Era necessário remover uma parede, algo menos barulhento do que tentar abrir uma das janelas. Ele o fez como se fosse um cirurgião cortando uma coisa horrível do cérebro de alguém. Movendo-se lenta e suavemente, colocou uma variedade de frutas e legumes miniaturizados, um pedaço de queijo, um pão e um pacote com seis cervejas em cima da mesa. Sentiu o calor dela perto das mãos. Isso fez com que sentisse uma vontade enorme de tocar nela, consolá-la. Mas resistiu, sabendo que ela só ficaria com medo. Talvez outra hora.

Para acordá-la, balançou um pouco a parede ao colocá-la no lugar. Ela deu um pulo sobressaltado ao despertar, e ele viu saliva brilhando nas mãos dela, onde tinha babado dormindo. Teve certeza, pela expressão atordoada, que ela não viu a parede fora do lugar.

Ela talvez nem tivesse reparado se ele não a tivesse colocado no lugar. Paralisada, olhou para a comida na mesa. Com um suspiro satisfeito, pegou a banana. Ele sufocou uma risadinha quando ela a cheirou com cuidado. Queria ter estado perto para vê-la experimentar as frutas falsas. A vingança desconhecida de Lucy, que o fez ficar impressionado com as voltas que o mundo dava. Que bom que as frutas não eram feitas de alfinetes, mas ela teria reparado nisso. Ela devia estar com muita fome para comer as frutas de massinha.

Ter apetite era bom sinal. Ela enfiou a banana na boca de um jeito nada delicado. Olhou para ele com os olhos arregalados e sem piscar, e enfiou o restinho da banana na boca com a mão fechada. Igual aos macacos no zoológico. Largou a casca na mesa e desviou o olhar dele, voltando-o para a tarefa da vez.

A mãozinha foi direto pegar a cerveja. Roger sorriu. A melhor coisa para ela, cheia de nutrientes. Ele a viu virar a garrafa verde e tomar uma golada grande. Até ficou com um pouco de sede só de olhar. *Não rápido demais*, ele queria dizer para ela. *Saboreie*. Ela pareceu ouvi-lo sem que precisasse dizer. Olhou para a tampinha de rosca na mão como se nunca tivesse visto aquilo e a largou na mesa. Mais um gole e ela passou as costas da mão na boca, depois apoiou a garrafa na mesa para comer um pedaço de queijo.

O Olho a observava, e ela o observava de canto de olho. Não era o olho de Dolly Hardesty; esse era marrom e pareceu, talvez por tê-la alimentado, um tanto gentil.

A fraqueza estava passando. Ela estava começando a sentir a comida, não só preenchendo o buraco na barriga, mas firmando os músculos trêmulos, diminuindo a dor de cabeça. Tudo tinha um gosto divino. Saboreou tudo, consumindo os alimentos de forma deliberadamente vagarosa.

Terminou a primeira garrafa de cerveja com um arroto satisfatório, que trouxe de volta os sabores todos misturados da Heineken, da banana, do pão e de um queijo cremoso dinamarquês do qual ela sempre gostou. A combinação não foi menos maravilhosa na segunda vez. Inclinando a cadeira para trás, observou o que restou do banquete.

Depois de uma certa reflexão, decidiu que uma parte da fruteira serviria como bandeja. Com o lado sem borda encostado no corpo, ela poderia transportar em segurança o resto da comida e bebida para o quarto. Um pé de alface tentou sair rolando. Ela o colocou no lugar e saiu da sala devagar, carregando a bandeja como uma barriga de grávida à frente do corpo. Foi imensamente satisfatório subir na cama e tomar mais cerveja e comer mais pão e queijo Havarti. Quando já tinha tomado a segunda garrafa inteira, achou a situação meio engraçada. Arrotou alto e riu.

O Olho que a observava acompanhou seu retorno até a cama. Espiou pela janela do quarto enquanto ela apreciava o repentino e incrível luxo de uma barriga cheia. Ela o ignorou. Era bem mais divertido permitir-se um leve cochilo.

Se ela sonhou com um sol castanho e líquido em uma terra de pão e queijo e bananas estranhas e massudas, já tinha se esquecido pela manhã.

Roger ficou olhando até ela adormecer. Ou apagar. Não pôde evitar um sorriso. A casa de bonecas ainda estava iluminada, como se fosse para um evento de Estado. Ele apertou o interruptor principal. Foi atingido na mesma hora pela percepção de que estava morto de cansaço. Ele tinha esquecido, enquanto observava a mulher pequeninha, que já era bem tarde e que Dolly, dormindo enquanto ele cuidava de Leyna, não o deixaria dormir até mais tarde. Ela tinha planejado um dia agitado para ele. Com o ressentimento surgindo no coração, foi para a cama.

O dia seguinte começou mal. Ruta reclamou com Dolly que não sabia o que devia preparar se os ingredientes básicos tinham sido levados durante a noite. Dolly pulou em cima de Roger antes que ele tomasse o primeiro gole de café, acusando-o de sair da dieta. Com cansaço, ele mostrou a ela a situação da Sala de Jantar do Estado, as paredes ainda manchadas, as frutas aos pedaços, parecendo a abóbora de Ichabod Crane, e as provas no quarto de Leyna de que a comida tinha sido para ela, não para Roger.

"Cerveja!", exclamou Dolly. "Você deu cerveja para ela?"

Ela tinha que encontrar algo com que implicar, já que ele era inocente do primeiro pecado do qual o acusou.

"É cheia de carboidratos e coisas boas", disse Roger, se defendendo.

"Ela parece desmaiada."

Roger deu uma espiada na janela. Leyna estava esparramada na cama, roncando de leve. Havia um aroma distinto de cerveja velha no quarto.

"Você tem que cuidar melhor dela", murmurou ele.

"Eu? Não fui eu que dei cerveja para ela."

"Não, quero dizer que ela está muito magra. Ela precisa ser alimentada, recuperar peso. E roupas. Ela ainda precisa de roupas."

"Vou devolver a roupa de corrida dela. Não tenho outra coisa para fornecer a ela neste momento."

"Que tal roupas de boneca?"

Dolly apertou os olhos enquanto pensava. "Vou verificar."

Roger olhou para a xícara de café. Preto e amargo e tão satisfatório quanto um sopro de vento.

"Tudo bem", disse ele, suspirando. "Eu vou para a academia."

Talvez conseguisse dar uma escapada e arrumar um donut de geleia. Ele não se importava de fazer exercícios. Enquanto o corpo estava ocupado, percebeu que pensava melhor. Era um fenômeno curioso para ele. Gostaria de pesquisar na literatura científica para descobrir o que estava acontecendo dentro de si. Algo a ver com as velhas ondas alfa, sem dúvida, mas isso seria o desenvolvimento óbvio e superficial. Alguma coisa tinha que engatilhar essas ondas cerebrais.

Ele dedicou o exercício daquela manhã aos pensamentos em torno de Leyna. Estava mais e mais convencido de que ela devia ser deixada em paz para se adaptar da melhor maneira à nova vida. Ela devia fazer as coisas por conta própria, para ter o que fazer. Assim, os choques seriam... bem, minimizados. Mas ele estava sem fôlego algum para rir da própria gracinha. É, as paredes deviam ficar no lugar; as mãos deles deviam ficar fora da Casa Branca de Bonecas. Ela ficava perturbada quando era observada; portanto, qualquer observação deveria ser imperceptível.

Solução óbvia: encolher câmeras de televisão e instalá-las. Dolly faria cara feia por causa do gasto, porque ele teria que usar as melhores câmeras em cores, não aquelas caixas baratas em preto e branco que os bancos usavam para segurança. Era uma coisa que eles deviam ter feito de imediato.

Talvez ele estivesse ficando frouxo, mas a empolgação no ato de roubar tinha quase desaparecido. Ele tinha Dolly, pelo menos um pouco dela, durante parte do tempo. E tinha sua mulher pequenininha e seu miniaturizador. Devia bastar para qualquer homem são.

Dolly acendeu um cigarro com impaciência. Não conseguia acreditar na reação de Roger. Levar a sério o conselho de um homem era o mesmo que vê-lo sendo atirado na sua cara o tempo todo, como cinza de cigarro.

Roger passou os dedos nas roupas de boneca que ela tinha comprado e riu. Enfiando um indicador e um mindinho nas mangas de um vestido, ele dobrou os dois dedos do meio abaixo do decote para imitar os seios e dançou com sua nova marionete na mesa de centro. Quando pegou uma calça e começou a enfiar os dedos nas pernas, Dolly arrancou a peça de roupa da mão dele.

"Jesus Cristo", sibilou para ele.

"Eu só estava brincando", disse ele em tom de desculpas. Ele olhou para os dedos como se tivessem segurado um peito estranho sem perguntar primeiro.

Dolly dobrou as roupinhas e as colocou na caixa.

"Recebi uma carta da minha mãe", anunciou Roger.

"Que bom." Não estava muito interessada na mãe dele. Um olhar para a foto que Roger carregava na carteira deixou claro que ela devia poupar sua energia.

Do bolso do peito, Roger tirou uma folha de papel muito dobrada e a desamassou sobre o joelho.

"Eu acho que devia ir para casa para vê-la", disse ele para Dolly com sinceridade.

"Ah, que maravilha." Dolly se sentou e apagou o cigarro. "Ela está doente?"

"Bem, não. Mas acho que eu devia fazer uma viagem rápida até lá para deixá-la mais calma. Ela se preocupa comigo."

Dolly ergueu as sobrancelhas com ceticismo.

"Eu também", murmurou ela.

Roger suspirou e passou a folha de papel para ela. Pegando-a com alguma relutância, fez uma careta para o cheiro de violetas e a sacudiu uma vez, como se para botar tudo em ordem ou afastar um inseto.

Estava escrita com uma caligrafia delicada e cheia de curvas.

Querido Roger,

Como vai meu bebê na cidade grande e malvada? Não teve jeito; depois que você ligou ontem, eu chorei. Era de se pensar que eu estaria acostumada a ser uma velha senhora sozinha agora. Mas, quando você foi para a faculdade, você vinha para casa todos os fins de semana, e nunca senti como se você tivesse ido embora. Mas não precisa se preocupar comigo. Sou só uma mulher velha e sozinha, sem marido e sem pintinhos para botar embaixo da asa.

Estou bem, exceto pelo intestino preguiçoso, e perguntei ao dr. Silverstein sobre isso, e ele disse que eu devo esperar algumas mudanças com a idade. Tenho uma garota nova para treinar no escritório, e ela é muito burra, mas o que se pode esperar? Ela só está interessada no cabelo e no namorado. Acho que lembro como era isso, o velho fóssil que eu sou, e devo ter sido tola e perdido minhas chances de me casar de novo depois que seu pai passou para o Outro Lado, mas eu sentia que meu menino precisava de mim, e eu tinha que pensar em você primeiro. Obrigada pelo cachecol com a maçã. Combina muito com meu terninho rosa, e me sinto uma verdadeira viajante do mundo quando o uso. As garotas do escritório perguntaram se fui a Nova York visitar você, e eu disse: "Não, eu não fui lá, mas acho que Roger vai me convidar a qualquer momento, assim que estiver acomodado".

Bem, não vou ocupar mais do seu valioso tempo, querido. Gosto dos cartões-postais que você envia, mas adoraria uma carta bem longa e outra ligação, ou, melhor ainda, ver você na porta quando chegar em casa do trabalho um dia desses. O jantar é chato sem meu menino fazendo piadas para mim. Eu só fico sentada na frente da televisão vendo as notícias e não consigo comer a comida com todas as coisas horríveis que estão acontecendo. Então fico sentada vendo os programas até a hora de dormir, sem uma alma viva sequer com quem passar meu tempo. Você deve estar passeando pela cidade com uma garota bonita, comendo em restaurantes chiques e assistindo a peças. Espero que não gaste tudo que ganha. Uma vida tola sempre cobra seu preço, querido; você pode me achar uma velha chata, mas muitas garotas não são muito legais, principalmente em um lugar como Nova York, cheio de pervertidos e pessoas malvadas.

Bem, vou tentar dormir um pouco esta noite, para variar (uma mulher só três anos mais velha do que eu na Ocean View Drive foi morta enquanto dormia por um ladrão ou um pervertido, ou uma pessoa qualquer na noite de quinta; era uma professora aposentada e solteirona que morava sozinha). Talvez eu tenha disposição para cuidar de algumas tarefas aqui amanhã. A porta de tela está frouxa. Se eu não conseguir consertar, vou ter que contratar alguém, e acho que vai ser muito caro. Acho que minha renda ainda não cobre um jardineiro.

Pense um pouco na sua mãe, meu amor. Ela está pensando em você o tempo todo.

Com amor,
Mamãe

Dolly terminou a carta com um leve rubor nas bochechas. Dobrou-a e a entregou para Roger.

"Ela sempre escreve assim?"

"É a carta mais longa que ela já escreveu." Ele guardou a carta com cuidado no bolso do peito. "Não está acostumada comigo estando longe, não por tanto tempo. Ela depende de mim."

"Você acha sábio ceder a esse tipo de manipulação emocional tão óbvia?", perguntou, firme.

Roger levantou o queixo com teimosia. "Acho que devo ir para casa e acalmá-la um pouco."

"Acha?" Dolly se levantou e foi até a janela para olhar com irritação para uma Manhattan indiferente. "Bem, eu não ia querer que sua mãe ficasse toda chateada e trêmula."

Isso foi genuinamente perturbador para Roger. Ele ousou ter esperança de que Dolly mostraria alguma compreensão. Não foi uma escolha fácil, considerando quanto estava dividido entre sua preocupação com Leyna, a necessidade que ele tinha de Dolly e a culpa em relação à mãe.

Ele inventou desculpas. "Eu devia fechar minha oficina lá. Tem coisas que posso usar aqui, e não é seguro deixar tudo para trás."

O toque de determinação nos planos dele acalmou Dolly.

"Você vai trabalhar aqui?"

"Se você arrumasse um canto para mim, seria incrível."

"Quero que você faça isso. Não vai ficar longe muito tempo, vai?"

Ela só precisou olhar para ele para fazê-lo hesitar.

"Uma semana, não mais", prometeu.

Ela sorriu e se encostou nele. "Só não vai viajar e me esquecer aqui como um guarda-chuva."

"Não é muito provável, você não acha?"

Roger passou o braço em volta dela. Era um espião deixando sua mulher para mergulhar em um louco e absurdo ato de ousadia. Ele a beijou de leve. Ela que se lembrasse desse momento, um sorriso estreito nos lábios dele, agindo como se ele realmente achasse que poderia sobreviver para voltar.

Quando a porta se fechou depois da saída dele, Dolly quebrou, no interior da lareira, um vaso chinês que já era velho quando Cristo foi crucificado. Foi a única coisa disponível que ela encontrou para substituir a vontade de gritar com ele, de importuná-lo e manipulá-lo insistentemente. Ele ia levar o miniaturizador. E se a porcaria do avião caísse e o dispositivo fosse destruído? O que ela faria? Ele não tinha direito de levar. Não era justo.

Durante a aula de dança, ela conseguiu alcançar certa calma. O almoço foi mortalmente silencioso. Tinha se acostumado com o rosto bobo do Roger olhando para ela por cima do camarão com abacate. O lugar pareceu tão parado e vazio, e ela sabia que isso só queria dizer que estava solitária.

Ela achava que tinha deixado para trás em definitivo os hábitos de gente casada. Agora, não conseguiria dormir no lado dele da cama, não por um bom tempo, até que as linhas invisíveis de propriedade se desintegrassem. Com quem falaria, para quem contaria as coisas bobas que aconteciam todos os dias? Ela sabia como era, já tinha passado por isso. Era só um hábito, consolou a si mesma, mais fácil de abandonar do que o hábito do tabaco que contaminava sua boca e seus pulmões todos os dias.

Claro que sentiria falta à noite, na cama. Ele tinha uma flexibilidade sexual incrível. Chegou para ela como uma folha em branco, onde ela escreveu as instruções de palco até que, de repente, entendeu e pegou o jeito. Foi divertido; ainda assim, quando é que esse tipo de coisa durava? Ele que passasse o tempo segurando a mão da mãe horrenda dele.

Foi até o quarto da casa de bonecas e parou na porta por um tempo. Não era mais seu quarto apenas. Roger o tinha tomado, alterado substancialmente a Casa Branca de Bonecas e, ao fazer isso, tornou-a parcialmente dele. Era Lucy novamente, só que mais. Lucy era circunspecta em sua possessividade. Ela nunca esquecia quem pagava as contas.

E, agora, Roger ousava lhe dizer como cuidar da hóspede da casa. Deixe-a em paz, dissera ele. Ela tem que aprender a viver em um novo mundo.

Dolly andou pelo quarto com inquietação, tentando não olhar para a casa de bonecas. Quando decidiu se permitir uma espiada pela janela do quarto, encontrou o aposento vazio. Prestou atenção e não ouviu nada. A porta do banheiro estava fechada. Ela estava no vaso ou não?

Indo de janela em janela, ela desejou que Roger tivesse colocado as câmeras das quais vinha falando desde sempre, ao que parecia. Finalmente a encontrou na Sala da Porcelana, observando retratos. Lucy tinha encontrado um adolescente extraordinário no Texas para fazer as reproduções dos quadros da Casa Branca. O retrato de Grace Coolidge pintado por Christy, que Leyna estava observando naquele momento, era um dos frutos de seus esforços quase impecáveis. Enquanto Dolly olhava pela janela, Leyna pareceu sentir sua presença e se virou para ela. Nenhuma das duas piscou.

"O vestido vermelho no guarda-roupa", disse Leyna com sua vozinha aguda, "é esse."

Ela estava corada; aparentemente empolgada e ao mesmo tempo assustada com a descoberta.

"É", concordou Dolly. "Que pena que não coube."

Leyna tremeu.

"Vou buscar suas roupas", ofereceu Dolly.

Leyna ficou parada em silêncio na frente do retrato de Grace Coolidge. Já o tinha visto, no dia em que Matt Johnson a levou para fazer a visita guiada. Foi só um ato publicitário, com a ideia de gerar especulação nas colunas de fofocas de que ela e o primeiro presidente solteiro da nação desde que Wilson ficou viúvo estavam interessados romanticamente um no outro. Uma mão lava a outra, e só o público é enganado.

Não tinha importância nenhuma que a imprensa toda e a mãe dele soubessem que Matt Johnson era homossexual. As mulheres ficavam fascinadas por ele tão rapidamente quanto os homens porque ele era um filho da mãe encantador, mas sua inclinação sexual era bem definida. Ele não tinha amigos pessoais de nenhum dos gêneros, só aliados, inimigos e parceiros sexuais desses dois grupos.

Quando Leyna começou a identificar aquele lugar curioso onde se encontrava, passou por sua mente que, por algum motivo, Matt Johnson tinha decidido levá-la para um quarto do Estado enquanto ela se recuperava. Foi um pensamento louco, descartado imediatamente. Havia muitas coisas fora de lugar para aquela casa ser a Casa Branca que ela conhecia. Não estava exatamente correta, como se estivesse em uma dimensão diferente, em outro mundo.

Mas ali estava o retrato de Grace Coolidge, e a porcelana com todos os desenhos e padrões que ela tinha visto no dia do passeio. Porcelana feia, ela pensou na época, e ainda agora achava o mesmo, e isso a fez lembrar de alguns dos modelos mais notáveis. Não podia estar enganada.

Lutando para sair da cama com uma leve ressaca, comeu tudo que tinha sobrado da refeição da noite anterior. Foi um café da manhã meio estranho, mas funcionou. Os carboidratos e cerca de um litro de água fizeram seu organismo parar de tremer. Ela tomou um belo banho na banheira e amarrou novamente o lençol em torno de si. Estava ficando meio sujo e com um cheiro perceptível de cerveja derramada, mas era o que tinha. Penteou o cabelo recém-lavado com uma escova prateada do conjunto que brilhava em cima da cômoda. Peças lindas, sensuais em sua graciosidade sutil.

O espelho do guarda-roupa revelou que ela parecia um pouco mais viva. Ela enrolou o lençol no corpo e sorriu. Agora que tinha satisfeito a fome por um tempo, descobriu um novo apetite. Sempre tinha sido solitária, feliz consigo mesma. Não foi um desejo real de amizade ou companhia que surgiu nela. Só a necessidade de ver uma pessoa do seu tamanho, um ser completo e são, para corroborar sua própria perspectiva. Não partes de pessoas do tamanho de gigantes de contos de fada. Não Olhos, Bocas, Mãos.

Ela se preparou para sair explorando novamente. O estranho silêncio do local tinha que terminar em algum momento. Mais cedo ou mais tarde, a casa tinha que responder.

Ainda assim, o Olho cinzento de Dorothy a encontrou na Sala da Porcelana. Leyna se perguntou que parte de sua mente tinha inventado o Outro, o Gigante de olhos castanhos que parecia bem mais gentil e delicado com ela.

Quando Dolly voltou com as roupas, viu que Leyna tinha retornado para a segurança do quarto. Ela abriu a janela com muito barulho e colocou a pilha de roupas dobradas no quarto. Em seguida, esperou avidamente que a mulherzinha lá dentro se vestisse, observando-a pelas sombras do tecido de cobertura da cama.

Depois de um tempo, quando os Dedos já tinham se afastado a uma distância segura da janela, Leyna pegou a pilha de roupas no chão. Reconheceu-as na mesma hora: seu short, sua blusa e seu sutiã de corrida. Quando tocou nas peças, não pode evitar abraçá-las junto a si. A primeira evidência concreta de que ela tinha existido em um outro mundo.

O Olho voltou à janela. Abalada com um sentimento de culpa irracional, Leyna escondeu as roupas nas costas. Encarou o Olho, perplexa com a enorme esfera gelatinosa que a espiava pelo vidro.

Finalmente, não conseguiu mais se segurar; saiu correndo para o banheiro e bateu a porta. Foi um erro. Ainda estava fraca demais. O esforço repentino fez sua visão dançar em vermelho e preto por trás das pálpebras fechadas. Ela cambaleou e se sentou na privada. Seu estômago se rebelou. Bem a tempo, ela se virou e abriu a tampa, e despejou o café da manhã no vaso.

Encolhida junto à lateral fria do vaso, desejou voltar para a cama, dormir e acordar com o novo pesadelo esquecido. Com um ruído de estourar os tímpanos e um tremor enorme, a parede do banheiro foi removida abruptamente. Ela gritou, mais de raiva do que de medo. Não havia esconderijo no aposento apertado; estava encurralada.

O Olho, agora parte de um rosto tão grande quanto a parede do banheiro que o exibia, olhou para ela. O Nariz era do seu tamanho. Uma Boca aberta, enorme e vermelha, expirou ar fedido em sua direção. Ela poderia cair dentro daquela Boca como a Alice na toca do coelho e nunca mais ser vista.

"Não se esconda de mim!", rugiu Dolly com ela.

Leyna cobriu os ouvidos. Lágrimas escorreram pelas bochechas. A pilha de roupas caiu da mão dela no chão do banheiro.

A Voz, agora suave, ordenou: "Vista-se e eu coloco a parede no lugar".

Leyna gemeu. A saliva escorreu pelo queixo. Ela teve que se segurar na lateral da banheira para se levantar. Os nós que tinha feito no lençol para se vestir estavam firmes e duros. Brigando com eles, quebrou unhas e arranhou os nós dos dedos até sangrarem. Em poucos minutos, o lençol se amontoou no chão em volta dos pés. Ela tremeu violentamente e se cobriu com as mãos sem perceber.

"Não precisa se preocupar com isso, somos só meninas aqui", disse Dolly, e riu. "Vista-se."

Leyna começou a tentar lembrar o que tinha feito com as roupas. Pegou-as debaixo do lençol caído. O sutiã foi a parte mais difícil. Sendo um sutiã esportivo sem fecho, tinha que ser vestido pela cabeça, mas ficava se embolando. Colocou o short e a blusa, e ela estava vestida novamente.

"Coisa horrível", repreendeu Dolly. "Você não usa calcinha como uma boa menina? Sempre pronta, não é?"

Leyna balançou a cabeça violentamente em negação. Não era uma menina má. Não havia saliva suficiente em sua boca para explicar suas idiossincrasias pessoais sobre roupas de correr.

"Você fugiu", prosseguiu Dolly.

Leyna baixou a cabeça.

"Não esperou por isto."

Leyna olhou para cima. Na ponta de um Dedo enorme, seus tênis de corrida, com as meias enfiadas dentro, apontavam as biqueiras vermelhas para ela.

Dolly começou a cantarolar enquanto colocava a parede no lugar. O som atingiu Leyna em ondas contínuas que vibravam como os pneus de caminhões enormes passando à noite. No silêncio que se seguiu, Leyna ficou de joelhos. Sua mente era uma tela vazia. Não havia sequer um pensamento nítido que estivesse concentrado na parede branca de emoção. Ela engatinhou até a cama.

Prendendo o ar, Dolly a observou. Por longos momentos, olhou para o montinho embaixo do cobertor. Ela sorriu, brincou com um maço de cigarros, mas não acendeu nenhum. Não tinha desejo algum de fumar. Pela primeira vez, estava se divertindo.

PEQUENAS REALIDADES

TABITHA KING

10

A porta de tela estava com a dobradiça solta apenas o suficiente para desalinhar toda a porta. Roger tomou uma nota mental para consertá-la antes de ir embora. Era só uma das coisas superficiais precisando de ajuste pela casa. A ausência dele era evidente de formas menores.

Ele colocou a bolsa de viagem na varanda, abriu a porta e carregou com ele apenas o miniaturizador dentro do estojo de câmera. A casa estava vazia, silenciosa, exceto pela torneira da cozinha pingando. Tinha planejado para que fosse assim mesmo, por querer um pouco de tranquilidade para dar uma olhada nas coisas e se preparar antes da mãe chegar do trabalho.

Abriu a geladeira. Ela tinha feito um estoque para o filho pródigo. Hesitando por um segundo entre um pedaço de pepperoni e um pote de ovos em conserva, ele escolheu o pepperoni, pegou uma cerveja e desceu a escada para a Fortaleza da Solidão com determinação.

Em meio às teias poeirentas do porão, a cerveja foi tomada como limonada. Adiantou-se aos resquícios que permaneciam na embalagem de plástico na geladeira, e aquilo o fez se sentir ligeiramente perverso.

A ausência dele era evidente na oficina, na camada de poeira por cima da sujeira e do lixo da sua vida anterior: digitais, marcas de ferrugem de fundos de latas, gordura, manchas de óleo. O lugar tinha um cheiro de estragado e uma aparência cafona.

Fez um inventário rápido, mexendo nos armários e prateleiras, marcando mentalmente o que precisaria enviar para o Leste, o que deveria destruir ou jogar fora. De manhã, iria a uma loja de bebidas para pegar caixas.

Acima dele, a porta de tela se abriu com um rangido alto, e ele ouviu o barulho dos saltos da mãe. Ele jogou os cocôs de rato que tinha na mão em um pano e pegou o pepperoni. Trancou tudo rapidamente e subiu a escada, gritando com alegria: "Mãe! É você?".

Naquela noite, eles foram jantar em um restaurante chique em um novo shopping center. Ela falou sem parar; ele voltou com facilidade ao velho hábito de ouvir sem prestar atenção. Enchendo a barriga *de steak* à Diana e enchendo a cara de leve com um vinho caro de gosto amargo, ele permitiu que a falação dela o envolvesse como uma carícia. No fundo dos seus pensamentos alterados pelo álcool, mastigando com gosto um pedaço de carne malpassada, ele demorou a notar que ela parou de falar. Olhou para a frente quando o silêncio penetrou e a viu observando-o com um brilho de lágrimas nos olhos.

Ele limpou a boca, sentindo-se claramente como um paciente terminal cuja condição está sendo escondida.

"Tem alguma coisa errada, mãe?", perguntou ele, sem conseguir pensar em mais nada para dizer.

Lentamente, com pesar, ela balançou a cabeça. Mas esticou o braço por cima da mesa, segurou uma das mãos dele e a apertou convulsivamente. Roger deixou que ela a segurasse, mas se mexeu com inquietação na cadeira, torcendo para que ninguém no restaurante reparasse.

"É que estou tão feliz por você estar em casa de novo", disse ela, fungando. Escondeu o rosto no lenço e sufocou os soluços.

Não havia nada que Roger pudesse dizer. E não pareceu o momento certo para avisar que voltaria para o Leste assim que conseguisse dar cabo de seu equipamento e resolver as coisas para ela.

Dois dias depois, Roger ficou surpreso ao se perder a caminho da loja do Exército da Salvação na Redondo Street. Depois de entregar uma caixa de roupas velhas, andou pela loja e deu uma olhada nas coisas de bebês e televisões velhas. Uma mulher estava mexendo na pilha de camisolas de segunda mão em uma mesa. Outra estava experimentando uma variedade de sapatos. Um funcionário sorriu esperançosamente para cada uma delas. Roger ficou atordoado de um jeito atípico, em absoluta anomia. Era a ideia de dar suas roupas velhas e confortáveis sabendo que, em breve, estranhos as pegariam das pilhas genéricas e as examinariam sob olhos críticos. E se perder em uma cidade onde ele tinha morado boa parte da vida. A sensação de que alguma coisa estava acontecendo com ele, uma coisa que ele não tinha como impedir e que talvez nunca parasse, que permaneceria para sempre, o oprimiu.

Ele passou pela arara de casacos. Passou a mão de leve por um velho casaco de pele. Os pelos finos e sedosos passando por seus dedos o lembraram do dia em que Dolly o mandara pegar o casaco de pele dela no armário. Havia um closet enorme no quarto dela, contendo mais roupas do que ela jamais usara. Ela nunca havia dado nenhuma delas, então a variedade de estilos e de altura das saias era uma aula sobre as mudanças da moda ao longo de algumas décadas. O closet tinha um armário, uma área mais fria bem ao fundo, onde ela guardava as peles. Ele entrou casualmente, pronto para pegar o casaco certo e sair, mas as peles eram como água em volta dele. Instintivamente, ergueu a cabeça mantendo o nariz no ar pesado com o aroma peculiar e poeirento dos casacos, e estagnado e frio também. A simples claustrofobia provocou uma sensação de afogamento, mas foi um afogamento delicioso, acariciado pelas peles.

Ela ficou impaciente e o encontrou lá, e o sacudiu para tirá-lo do transe. Talvez tivesse adivinhado sobre aquilo, pois, naquela noite, permitiu que ele pulasse em cima dela enquanto ainda estava de casaco. Ele fingiu que era um tripulante da Enterprise, estabelecendo bons relacionamentos interestelares, desta vez com uma nativa do planeta Nutria.

Estava a anos-luz da loja do Exército da Salvação. Ele diagnosticou febre espacial, só esperada quando um velho astronauta como ele caía em um planeta depois de anos entre as estrelas. Ele deu um último tapinha no guaxinim careca e saiu da loja, torcendo para que o caminho para casa fosse melhor do que havia sido o caminho até a loja das coisas descartadas e abandonadas.

Seu último dia em casa era um dia útil de trabalho da mãe, mas ela tirou folga para poder se despedir. Ela achou que era o mínimo que podia fazer, considerando que ele tinha se esforçado tanto para ajeitar a casa. Não havia nada que Roger pudesse dizer que a fizesse voltar ao trabalho. Ele não iria embora sem a despedida dela.

No espaço de uma semana, fez os pequenos consertos necessários pela casa. Levou o carro de sua mãe no mecânico e providenciou a venda do seu, que tinha permanecido na garagem por todo o tempo que ele ficou fora. Depois de esvaziar seu escritório no porão, enviou uma série de caixas de aparência inócua para o endereço de Dolly em Manhattan e levou outras tantas para coletas de descarte no shopping center. Teve o cuidado de fazer essa arrumação quando a mãe estava no trabalho, com esperança de ela não reparar. Preferiu não tentar imaginar o que ela sentiria quando descobrisse que o clubinho adolescente dele, a casa dentro de casa, estava agora vazio, exceto pelos móveis marcados e roídos pelos ratos, bolas de poeira e teias de aranha.

Ele colocou a bolsa de viagem na varanda. Não havia mais nada a levar além do miniaturizador, dentro do estojo pendurado no peito como um amuleto exótico a ser colocado no carro alugado. Sua mãe ficou esperando na sala, que estava escura no meio do dia, as cortinas fechadas por causa do sol. Parado perto da porta, ele não conseguiu evitar a agitação, a vontade de fugir e acabar logo com aquilo.

Ela rompeu a tensão silenciosa entre os dois como se fosse uma linha de costura, com um movimento rápido dos dentes.

"Você não vai voltar, não é, Roger?"

E ele tinha se enganado pensando que mães não conseguiam ler pensamentos.

"Não seja boba, mãe. Eu vou voltar", mentiu ele.

"Você levou todas as suas roupas", disse ela em tom acusatório.

Ele deu de ombros. "Estavam grandes demais. Eu as dei para o Exército da Salvação."

"Seu carro. Você vendeu."

"Eu falei. Não vale a pena deixar aqui. Vou alugar um quando vier."

Ela tinha mais evidências para apresentar. "Você levou seus livros."

"Eu dei os livros infantis. Os outros eu talvez possa usar, então enviei para Nova York, onde fica o meu trabalho."

"E onde fica sua nova casa. Você vai ficar lá e nunca mais vai voltar." O queixo flácido tremeu com ênfase.

"Vou ficar pelo tempo que o trabalho durar. Pelo amor de Deus, mãe, um emprego é um emprego. Demorei meses para arrumar esse, e é um bom trabalho."

"Não fale o nome de Deus em vão para mim, Roger. Eu ainda sou a sua mãe. Espero mais respeito."

"Desculpa, mãe", resmungou ele.

"Por que não posso ir com você?"

Pronto, a grande pergunta estava ali, finalmente. A última coisa que ele queria ouvir.

"O momento é ruim", disse ele. "Talvez mais tarde, quando eu tiver um bom apartamento e estiver bem acomodado. Quando conseguirmos um preço decente pela casa, e eu estiver ganhando o suficiente para você não ter que se preocupar em trabalhar para ninguém." Não conseguia pensar em mais nenhuma condição, mas tentou.

Ela o observou com desconfiança. A expressão no rosto dela revelava que estava acreditando nisso tanto quanto tinha acreditado na justificativa dele quando foi expulso da pós-graduação. Por trás da imitação de uma máscara inca, a única acusação havia sido feita: *Se estão dizendo que você está maluco, você deve ter agido como um maluco. Qual é o seu problema para jogar seus estudos fora? Seu pai e eu nos sacrificamos por você. Como você pôde botar suas opiniões em primeiro luga*r?

E a resposta na ocasiã*o: Eu estava certo. Eles estavam errado*s. Agora, ela *era e*les. A questão não estava tão clara.

Ele sufocou o pânico crescente. Era um homem adulto; não precisava ceder à reprovação da mãe. Era sua vida, caramba. E estava começando bem tarde.

"É uma mulher, não é?", disse ela de repente. Seus olhos estavam brilhantes, procurando a verdade nos dele. "É por isso que você está tão magro e comprou essas roupas chiques."

Roger ficou vermelho. "Mãe", protestou ele.

Foi uma resposta suficiente. Virando o rosto para as sombras da sala, ela reconheceu que tinha perdido a guerra não declarada pelo filho.

Ele se aproximou com cautela, se inclinou e beijou a bochecha que ela ofereceu. Estava fria e flácida, com a textura de um pêssego velho. Mas estava seca, e isso foi um alívio. Ela o estava deixando ir com facilidade.

Quando saiu dirigindo, discutiu consigo mesmo. Que lugar poderia conceder a ela em sua nova vida? Era como se estivesse morando em outro planeta. O que Dolly acharia dela? Não, ele não podia voltar, não de vez. Ele se afastou das promessas implícitas de visitas futuras como se fossem contagiosas. Seria voltar ao passado, em um poço de culpa. Sua escolha estava feita. Um homem tinha que viver sua vida.

Ele finalmente se distraiu, preocupando-se com Leyna. Antes de viajar, tinha encolhido o equivalente a uma semana de comida. Não mais do que isso, como sinal para Dolly de que ele voltaria quando prometeu, atraído pelo ímã das suas duas bonecas.

Alimentar Leyna tinha se tornado um problema maior do que eles haviam previsto. Ruta reclamava das invasões à cozinha. Ele tinha instalado um frigobar e um micro-ondas no quarto das casas de bonecas para que fosse possível preparar a comida da pequenina hóspede com uma certa discrição. Os eletrodomésticos o empolgaram; ele gostaria de ter um de cada em seu próprio quarto. Mas, em pouco tempo, quando Leyna estivesse forte o bastante para se cuidar, ele os encolheria e os instalaria na Casa Branca de Bonecas.

Roger pensou, ansioso, que ficaria feliz por vê-la de novo. Muito feliz. E então, como uma alfinetada ou uma ferroada de abelha, percebeu que estava se referindo a Leyna.

Havia uma nova refeição: bife, batatas, uma coisa verde, torta e uma rosa em um vaso. Ela pensou em restaurantes a que tinha ido que exibiam uma única flor na mesa. E nesses lugares pretensiosos ela comeu refeições similares, bonitas e sem dúvida caras, mas os alimentos não estavam muito quentes, e a parte fria da refeição murchara de tanto esperar. Quem preparou aquilo estava à toa junto ao micro-ondas aquecendo o que fora feito horas e horas antes da refeição em questão, para poupar trabalho.

Ainda assim, ela comeu. Não devolveria nem se pudesse. A fome é uma forma maravilhosa de manter os clientes na linha.

Parecia que aquela fome horrível talvez estivesse no fim. Tinha uma tigela de frutas para beliscar, uma lata de biscoitos, um pote de frutas secas. Alimentada regularmente, descansada e de novo com as próprias roupas, ela voltou a se sentir ela mesma. Um desejo por exercício físico, ao qual estava tão acostumada, surgiu. Os músculos da coxa estavam mais finos e flácidos. Os hematomas eram como uma sombra suave, mas estava pálida demais, os ossos muito proeminentes. Se ela já não parecia estar à beira da morte, ainda achava que poderia se qualificar para uma vaga em um barco de refugiados. Mas ela tinha se acostumado; na maior parte do tempo, conseguia se olhar no espelho e não fazer careta.

Ela saiu do quarto e andou pela casa. O lugar era estranho. Provocava-lhe arrepios. Estava sempre encontrando objetos que reconhecia. Ainda mais perturbadoras eram as ocasiões em que esperava encontrar alguma coisa, uma porta, uma mesa, um tapete, mas essa coisa não estava lá.

Ela finalmente encontrou a cozinha, no andar mais baixo da casa, junto a uma lavanderia equipada para dar conta de um estabelecimento enorme. Era tudo estritamente pré-Segunda Guerra Mundial. A lavanderia a levou de volta à da casa da avó em Chicago, com os tanques enormes e tábuas de passar e máquinas de lavar, mas faltava o odor distinto, o perfume de cloro, e sabão, e o calor. A cozinha enorme e antiquada não tinha comida; se tivesse conseguido encontrá-la antes, teria morrido de fome no meio dela. Assim como a lavanderia, não dava sinal de já ter sido usada. Perplexa, voltou para o andar de cima.

Começou a se sentir presa. Houve vislumbres de verde pelas várias janelas, mas ela não teve forças para se arriscar do lado de fora. Sabendo que o Pórtico Sul daria no jardim maior, ela o escolheu como saída.

Encostou o rosto nas portas de vidro e viu o verde da grama, das árvores e dos arbustos, circundados por um caminho de carro lá fora. Um borrão de cores no meio do verde; achou que era algum tipo de estrutura fantástica, como uma tenda de circo ou um jardim muito florido. Quando abriu a porta, um ar de aroma verdejante chegou até ela, e um som baixo de música chegou aos seus ouvidos. O frescor do ar a fez perceber quanto tempo ela tinha ficado em um ambiente fechado, em aposentos onde a atmosfera não era exatamente sufocante, mas um tanto preservada, como em uma biblioteca ou museu.

Fora da distorção do vidro, ela viu que o borrão de cores era um carrossel. Era dele que a música emanava. Foi atraída até lá como um ímã; quem conseguia resistir a um carrossel? Ela o viu girar, fantasmagórico e sem ninguém. Quando ficou mais devagar e parou, ela subiu na plataforma sem pensar.

Depois de dar uma volta, escolheu um corcel preto como montaria. Pretendia sentar-se nele só por um ou dois segundos, fingindo montar, tentando relembrar as sensações da infância, mas o carrossel chiou e gemeu e começou a girar de novo. Enquanto revolvia lentamente, ela teve tempo suficiente para pular. Mas preferiu não fazer isso; era divertido demais ficar montada no magnífico cavalo preto, subindo e descendo, enquanto a brisa fazia seu cabelo voar. Os cheiros da vegetação se intensificaram na corrente de ar, como se estivessem sendo sugados feito líquido durante o movimento. Foi glorioso.

Ela desceu quando o carrossel parou. Em algum outro momento, andaria nele de novo. Primeiro, havia muita coisa a ser explorada, muito mais que ela precisava saber e que o carrossel não tinha como contar. Ele começou a girar de novo enquanto ela se afastava; aparentemente, funcionava de forma automática. Foi difícil deixá-lo para trás. Enquanto o observava, uma lembrança tentou se formar, lutou no cérebro dela, mas sumiu, fora de alcance.

Completamente distraída, ela deu as costas para a música e seguiu pelo lado esquerdo da passagem de carro. Ao espiar a casa de onde tinha saído, ficou desconcertada ao perceber que um denso grupo de árvores obscurecia não só os anexos em ambos os lados da Casa Branca, mas os prédios que deviam ser visíveis daquele local. Percebeu então que não havia anexos, pois não tinha encontrado nenhuma das entradas para as alas lá dentro. O exterior era de fato o da Casa Branca, mas era menor, mais compacto, mais a Casa Branca original do que aquela que tinha visitado como convidada de Matt Johnson. E é claro que foi só a força do hábito que a fez procurar os conhecidos pontos de referência em volta da Casa Branca. Se aquela não era a Casa Branca, mas uma cópia, era improvável que existisse em um lugar visível da Pennsylvania Avenue.

Isso a fez cambalear um pouco. Ela começou a se afastar, correndo levemente pelo caminho, olhando para a casa em intervalos de segundos. O carrossel não era um acréscimo tão improvável ao terreno quanto poderia parecer; ela já tinha testemunhado enormes tendas coloridas erigidas naquele mesmo lugar para as festas nos jardins. Também não seria algo além do alcance da imaginação de Matt Johnson colocar um carrossel inteiro no quintal da Casa Branca.

A confusão na mente dela passou de repente. Ela se lembrou do curioso desaparecimento do carrossel do Central Park. Apenas alguns dias antes de seu acidente. Isso a fez parar de repente, sentindo uma dor na barriga como se tivesse levado um soco. Abruptamente, sentou-se e cobriu os olhos, tentando entender. Nada fazia sentido. Uma dor de cabeça horrível atrapalhou seus pensamentos.

Ela estava carregando um punhado de frutas secas no bolso do short. Quando a dor de cabeça começou a melhorar, ela as comeu. Lentamente, seu corpo relaxou, e então, quando as pedrinhas da superfície do caminho começaram a beliscá-la, ficou desconfortável de novo. Detalhes suficientes, disse a si mesma, acabariam por delinear a imagem da situação para ela, com o tempo.

Como nunca tinha se interessado muito por plantas e árvores, era difícil lembrar detalhes sobre os jardins da Casa Branca. Reconhecia grama quando via, de todos os tipos, e uma árvore era só uma árvore. Conseguia diferenciar uma sempre-viva de uma decídua, um bordo vermelho de um salgueiro. Cercas vivas eram apenas arbustos, e as flores podiam ser de cores diferentes e tendiam a ficar perto do chão, exceto por trepadeiras e girassóis e malvas-rosas. Não era totalmente ignorante, mas quase. Identificava magnólias pelo cheiro, e uma rosa era uma rosa, certo? Todos esses detalhes se resumiam a não conseguir dizer exatamente por que aquele jardim, como a Casa Branca na qual ela residia, estava estranhamente fora de foco.

Os músculos de suas pernas estavam com câimbras. Ela foi mais devagar e saiu do caminho para carros, indo na direção da cerca de ferro para tentar ver o que havia além. Um leve pânico, ou talvez um punhado de frutas secas, embrulhou seu estômago quando ela não conseguiu discernir nada além da própria cerca. A necessidade de saber o que havia depois dos limites daquele pequeno mundo a manteve andando, embora ela dissesse a si mesma que precisava relaxar os músculos, que protestavam pelo uso repentino. Piscou rapidamente, torcendo para que fosse só alguma coisa que tivesse caído no olho dela, e que já teria saído antes de ela chegar à cerca.

Quando chegou lá, tocou na cerca. Fria, não muito lisa, distintamente o que parecia ser: ferro. Seus dedos acompanharam os arabescos e as estacas, as pontas de lança, as barras e flores estilizadas. E voltaram quase limpos. Cautelosamente, passou uma das mãos entre os enfeites de ferro, para o outro lado. As pontas dos dedos encontraram imediatamente uma superfície dura, lisa e fria. Com a mão na abertura da cerca, tateou a parede do outro lado para cima e para a frente, tanto quanto uma mulher alta conseguiria. Apoiou-se com força e não sentiu ceder. Olhando com atenção e intensidade — mas não diretamente por causa da cerca no meio —, tentou ver de que era feito tudo aquilo, e ficou surpresa ao identificar, de forma abrupta, sua própria imagem assustadoramente desbotada. Com raiva e medo, bateu nela com a palma da mão. Não adiantou. Quem chorou foi ela.

Virando as costas para a cerca depois de um momento, atravessou a grama em direção ao caminho de carros, piscando para afastar as lágrimas que agora obscureciam sua visão. Tropeçou uma ou duas vezes, mas seguiu em frente, porque não havia mais nada a fazer.

Sentou-se ao pé da escada. Tinha que haver uma explicação. Se ao menos conseguisse conter seu desespero por tempo suficiente para pensar com clareza.

"O que houve?", perguntou Dolly.

Leyna se encolheu. Ainda estava lacrimosa, piscando rápido para limpar a visão, mas sem querer ver o tal ser que tinha falado.

"Você devia ter vergonha."

O hálito quente a atingiu quando Dolly se inclinou para repreendê-la. Instintivamente, Leyna a afastou com as mãos.

"Muita gente não tem casas tão bonitas, sabe. Muita gente não tem refeições deliciosas como você tem."

As grandes Mãos estavam em movimento acima dela, como as aves de asas de couro da pré-história, com envergaduras enormes. Houve um som arrastado, um gemido que Leyna tinha passado a reconhecer, o som de uma parede sendo removida.

"Olha isso!", exclamou Dolly com repulsa. "Que sujeira! Esse quarto está uma desgraça. Parece que há porcos morando aqui."

A Mão desceu e segurou Leyna pela cintura com dois dedos.

Seu grito parou abruptamente quando ela foi largada na cama, e o ar sumiu de seus pulmões.

"Eu não sou sua empregada", prosseguiu a reclamação. "Limpe esse quarto horrível, e limpe agora. Eu trabalhei muito para deixar esse quarto bonito. Especial. Você não é especial, sabe. Agora não é. Então é bom você colaborar."

Leyna ficou de joelhos, vendo o quarto como se pela primeira vez. Estava sujo, bem mais sujo do que ela tinha deixado. A bandeja tinha sido virada, e os pratos sujos com restos de sua última refeição tinham sido derrubados no tapete. Os lençóis foram arrancados da cama. As toalhas que ela tinha pendurado nas barras do banheiro estavam agora emaranhadas na porta.

"Saia da cama, sua vadia preguiçosa." O Dedo enorme a empurrou com impaciência pela lateral da cabeça.

Ela saiu engatinhando, encolhida como um animal encurralado nas sombras mais escuras do tecido que envolvia a cama. Com o cabelo desgrenhado em volta da cara, gritou com uma voz aguda e fina: "Não é meu aniversário!".

Dolly deu uma risadinha. Soou como uma onda quebrando no mar, estrondosa sobre as pedras.

Uma hora depois, o quarto estava impecável. A colcha estava esticada em cima da cama. As toalhas estavam penduradas em uma fila perfeita no banheiro. A bandeja fora lavada, e estava seca e empilhada com os pratos limpíssimos. Leyna tinha se ajoelhado no tapete e recolhido as migalhas com os dedos, e esfregado as manchas de café e gordura e molho de salada com um pano que depois foi lavado e enxaguado no banheiro. Agora, estava sentada perto da lareira no assento mais próximo que ela tinha ali, uma elegante cadeira Brewster de pernas retas, braços altos e retorcidos e encosto rígido. Suas mãos estavam cruzadas no colo, o rosto tranquilo e vazio. A parede fora erguida e removida. Dolly estava no lugar dela, uma nova parede que fluía como uma cortina e respirava.

"Eu me esqueci", disse ela calmamente, "de te dar lençóis limpos."

A Mão entrou no quarto e depositou uma pilha de roupas de cama e de banho limpa sobre o tapete. Com um Dedo, ela tirou a colcha da cama e arrancou tudo que havia sido arrumado. As toalhas foram tiradas dos suportes e espalhadas no quarto em um pequeno tornado de panos úmidos. Leyna se abaixou, mas não rápido o suficiente; o pano molhado a acertou bem na cara quando foi centrifugado pelo Dedo. Desta vez, Dolly deu uma gargalhada profunda. Foi como um trem berrando em um túnel.

A guerra tinha começado.

No fim da tarde, ela acordou. Tinha dormido em cima da colcha, mas Dolly não tinha voltado para inspecionar o quarto. Sua bexiga estava cheia e ela sentia fome.

Tinha ficado sem água encanada recentemente e havia sido o bastante para não ter dúvida de que a felicidade era uma bexiga vazia em um banheiro que funcionava. Quase com alegria, foi até o banheiro e se sentou. Ocorreu a ela que não menstruava havia um tempo. Estava quase na época quando o acidente aconteceu. Ela achava que o trauma tinha afetado o ciclo — agora que estava melhor, talvez ele recomeçaria. Quando se levantou com essa questão feminina de grande importância na mente, puxou a calça com uma das mãos e a corrente com a outra. A descarga funcionou em uma torrente satisfatória, vinda do tanque de água acima do vaso.

O que faria quando menstruasse de novo? Não havia o que seu marido chamava debochadamente de equipamento feminino naquele banheiro. Ela teria que pedir o que precisasse, uma perspectiva que deixava seu estômago embrulhado de medo. Já era bem ruim ter aqueles Olhos espiando enquanto ela dormia, se vestia, comia e evacuava.

Ela parou para lavar as mãos, jogar água no rosto e encher um copo de água da pia. Sua boca estava seca de sono; seu pensamento, arrastado e ressentido. De repente, a água ficou mais fraca quando o copo estava pela metade e, num gotejar, parou completamente. Ela virou as duas torneiras ao máximo. Nada.

Curiosa, olhou o vaso. Havia água, mas estava muito baixa. Mordeu o lábio inferior, pensativa. Anfitriões ausentes são péssimos senhorios. Com quem reclamar quando a água para? A questão do ciclo menstrual nem era tão importante, mas também não havia ninguém com quem reclamar do fluxo de sangue ausente. Só que as torneiras diárias da casa eram mais importantes do que as torneiras mensais do corpo.

"Merda", murmurou ela.

Ela se deitou de bruços na cama. Uma laranja controlaria a sede no momento e lhe daria energia. Escolheu uma e fez um buraco. Sugou-a até ficar seca e achou graça ao ver a laranja murchando dentro da casca, da mesma forma como havia ficado quando o pai lhe ensinara esse mesmo truque, quando ela era criança.

Enquanto sugava, pensava nos problemas de encanamento. A água não era um líquido mágico que surgia dos canos pelos quais corria. Tinha uma fonte, uma fonte doméstica, como um poço ou um reservatório, ou uma ligação com os dutos da cidade. Revirando o cérebro, só se lembrou de uma informação sobre o suprimento de água da Casa Branca. Não vinha do fornecimento da cidade, mas de reservatórios, enchidos por caminhões-pipa com água de fontes da Virgínia. Era uma informação inútil. Ela não estava na verdadeira Casa Branca. Por mais excepcional que fosse aquela cópia, era obviamente uma reprodução. Sem dúvida, Matt Johnson e sua equipe não tinham abandonado de repente a Mansão Executiva para que Leyna fizesse uso exclusivo dela, nem derrubado os escritórios preciosos e horrorosos nas alas lá fora.

Estava entediada. Não tinha feito nada de útil por dias além de limpar a casa para a Grande Vaca. Largando a laranja murcha na tigela de frutas, determinou que faria sozinha um curso rápido sobre encanamento. Talvez encontrasse um entupimento, um vazamento, alguma explicação para o misterioso desaparecimento da água. Não importava que tinha parado tão repentinamente quanto tinha começado. Não adiantava pensar nisso. Agir era mais importante. Ela saiu em busca de ferramentas.

Enquanto andava pelos silenciosos corredores e escadarias até os aposentos domésticos no porão da casa, ela sentiu a pele se arrepiar com o vazio do local. Passar pelo elevador, o qual evitava usar agora que tinha forças para a escada, era uma verdadeira provação. Ela se perguntou se assobiar ajudaria, como em um cemitério.

Os armários institucionalmente feios no labirinto de aposentos dedicados às necessidades mais básicas da mansão revelaram uma chave inglesa e uma lâmina de corte do tipo que ela se lembrava das aulas de arte na faculdade. A lâmina estava deslocada de um jeito estranho, mas era potencialmente útil, no mínimo como faca para frutas. Ela encontrou uma gaveta de guardanapos de linho, pegou um e embrulhou a lâmina, deixando-a de lado para levar quando terminasse. A chave inglesa na mão evocou um sentimento repentino de competência, eficiência, comando. Ela começou uma busca inútil por acesso ao sistema de água. Havia aposentos para passar roupa, lavar roupa, polir a porcaria da prataria, mas nenhuma entrada obscura que seria adequada para um porão mofado e cheio de máquinas de aquecimento, resfriamento e encanamento. Não havia tanques sujos para explorar, enquanto um ouvido prestava atenção em sons estranhos na escuridão.

Decepcionada, voltou para a cozinha. Abriu as torneiras de uma das enormes pias de porcelana e não ficou surpresa ao ver que estavam tão secas quanto as do banheiro. Ficou de joelhos e examinou os canos embaixo da pia. Duas batidas com a chave inglesa enferrujada revelaram que estavam vazios. Seguindo-os até a parede, reparou que eles entravam em um ângulo um pouco inclinado para cima. Era intrigante. O ângulo criava uma armadilha, uma espécie de bloqueio em qualquer pia de cozinha, mesmo aos olhos de um amador.

Claro que aquela era uma cozinha singular, impecável, vazia, tão virginal quanto um ônibus cheio de freiras. De onde seu pão diário vinha ela nem podia imaginar. Encher um mausoléu como aquele de funcionários seria um problema para qualquer um que fosse menos do que o governo. Era evidente que suas refeições eram encomendadas.

Ela logo descartou o assunto. Sabia muito bem que suas refeições foram entregues em várias ocasiões pelos Gigantes. Mas eles eram fragmentos de sua imaginação desordenada, sonhos de doenças e traumas. Tinha que presumir que seres humanos perfeitamente comuns levavam os alimentos em bandejas de prata. Era seu cérebro que os colocava em máscaras de Dolly e os ampliava até alcançarem o tamanho de monstros.

Levou a chave inglesa e a lâmina embrulhada em linho de volta ao quarto. Escondeu a lâmina debaixo do colchão e esvaziou a tigela de frutas na cama. A tigela talvez fosse útil no banheiro, para pegar os resíduos dos canos.

Ficou batendo e girando por uma hora embaixo da pia do banheiro, tentando mover as juntas dos canos. Finalmente jogou a chave inglesa no chão, frustrada, e, com um chute rápido, arremessou a tigela na parede, que bateu secamente e parou com um amassado enorme na lateral. Os canos embaixo da pia estavam aparentemente vazios.

Seus dedos estavam doloridos e sujos. Olhou para eles com repulsa. Suas unhas estavam um horror, um desastre. Teria que arrumar uma tesoura ou tentar usar a lâmina para dar um jeito nelas mais tarde. Mas primeiro tentaria mexer no tanque de água acima da privada. Se houvesse alguma coisa lá, teria o que beber em uma emergência.

As conexões do tanque de porcelana se soltaram com facilidade. Era surpreendente não ter surgido um vazamento ali. Os segmentos estavam úmidos; havia água nas juntas. Ela colocou a tigela embaixo e foi recompensada com meio litro ou pouco mais de água com aparência enferrujada, principalmente dos canos acima do tanque, e não do tanque em si. Os canos se esvaziaram com um gorgolejo cheio de ar e ficaram em silêncio. Ela guardou a tigela no guarda-roupa, fora de vista.

Aquilo tinha lhe dado uma ideia de onde podia ficar o suprimento de água. Mas, antes, precisava descansar; molhou a ponta de uma toalha e limpou as mãos e unhas da melhor forma que pôde. Isso a deixou sem nada para fazer de imediato, além de uma sede evidente e de um desejo cada vez maior de alguma coisa para comer que não fosse fruta. Gostaria de outro bife. Ou de um belo sanduíche de presunto. Ou um iogurte sabor café.

O quarto estava ficando escuro. Acendeu as luzes, arrumou a cama com uma eficiência militar e afofou os travesseiros. Suas mãos coçavam. Estava consciente da camada de sujeira e fez esforço para tentar ignorá-la. Observou-se no espelho do guarda-roupa.

O cabelo embaraçado, uma mancha de sujeira no nariz. O short de corrida estava frouxo sobre os músculos. Seu único perfume era o odor azedo do próprio suor.

"Eca, eca, eca."

Ela teria cuspido em si mesma se tivesse saliva. Deitou-se na cama, exausta. Subir no alto daquela casa maluca, onde a água devia estar, teria que esperar até a volta da luz.

De manhã, ela comeu frutas de desjejum. Sentia uma ferida surgindo na boca, e seu intestino estava cheio de gases. Ela usou o banheiro; estava precisando. Em seguida, decidiu subir para procurar a água.

Sem fôlego, suja, coberta com o próprio suor, ela saiu no telhado depois de uma longa busca. Havia um tanque branco do outro lado do telhado. Ela foi até lá, percebendo aos poucos que era semitransparente. Conseguiu ver o nível da água; estava com três quartos da capacidade. Era um retângulo comprido, deitado sobre o lado mais longo, os cantos arredondados. Um lado era mais quadrado do que o outro; quando investigou, esse lado pareceu ser quase plano, exceto por um par de ondas posicionadas de forma simétrica. A outra ponta afunilava gradualmente, terminando em um dispositivo que claramente controlava o fluxo. A válvula de regulagem era enorme; Leyna teve que montar no gargalo do tanque para fazer uma alavanca e arrancou boa parte da pele das palmas das mãos fazendo isso. O cano que descia da válvula até o telhado soltou um arroto tranquilizador, e a água no tanque começou a borbulhar.

Ela pulou do outro lado e viu o nível da água no tanque descer de forma evidente, conforme os canos abaixo iam se enchendo. Esse lado não era puramente branco como o outro, e tinha alguma coisa escrita, meio apagada. Era ilegível visto tão de perto, então ela recuou um pouco para montar a mensagem, uma letra de cada vez. O-A-K-H-U-R-S-t, e havia outra linha, que dizia de baixo para cima L-A-T-I-C-Í-N-I-O-S. Letras menores na linha seguinte declaravam: L-E-I-T-e, espaço, D-E-S-N-A-T--A-d-o. Ela leu várias vezes, por um tempo. Era possível, supunha ela, que alguém tivesse usado um velho tanque de leite como caixa d'água na casa. Mas nunca tinha visto um semitransparente, claramente feito de plástico. Havia muitas coisas que ela nunca tinha visto, ela poderia dizer para si mesma, mas o que isso provava? Não muito, só que aquela porcaria ainda parecia uma garrafa de leite de plástico. Outro detalhe para a jornalista.

"Merda", disse ela, suspirando alto. Essas porcarias não acabavam nunca, não era?

Dolly decidiu fazer uma coisa boa para a pobre Leyna. Tinha lhe dado algo a fazer, e foi bem divertido ver a ferinha resolver o problema da água. Bem, Dorothy Hardesty Douglas não era um monstro insensível. Daria uma recompensa à sua bonequinha.

Começou ligando para Lucy Douglas, que foi, desde a primeira palavra, ostensivamente hostil.

"Me deixe falar com meus queridinhos", começou Dolly.

"Meu pai os levou à piscina."

"Ah. Que piscina é essa?"

"A piscina da ACM. No parque da cidade."

"Humm. Espero que eles não peguem nada lá."

Lucy ficou furiosa, mas em silêncio.

"Bem, na verdade eu gostaria de falar com você, querida."

Lucy respondeu secamente. "Eu não quero falar com você, Dolly."

"Ah, pare com isso. Não seja um bebê. Vamos ser adultas. Você está procurando alguma coisa com que se irritar desde que eu abri seus olhos sobre o Nick."

"Dolly, não tenho uma lista de agravos. Não vale meu tempo e nem meu esforço. Só não estou sociável; não quero conversar. E sua interferência entre mim e Nick não deu em nada."

Lucy mordeu o lábio. Não pretendia revelar isso.

Mas fez Dolly hesitar. Isso foi satisfatório.

"Então vocês estão juntos novamente." A voz dela soou fria, achando graça.

"Estamos."

"Bem, a vida é sua."

"É, sim."

"Não, é ótimo. De verdade. Você sabe que eu ficaria muito feliz se você se casasse novamente. Eu dançaria no seu casamento. Não carrego nenhum ressentimento e queria poder convencer você disso."

"O que você quer, Dolly?"

Outra pausa. Dolly, a dizer pelos sons, estava procurando um cigarro, e que se danasse a conta do telefone. O clique do isqueiro, uma inspiração repentina e um sopro confirmaram a suposição de Lucy.

Finalmente: "Bem, isso não é para mim. É para uma amiga. Ela viu as reproduções que você fez dos vestidos de Grace Coolidge e Angelica Van Buren. Ela queria que eu perguntasse se você faria umas roupas de boneca".

Lucy soube na mesma hora que não queria fazer mais roupas de boneca e desconfiou que a amiga de Dolly era na verdade a própria Dolly, mas não pôde deixar de perguntar: "Reproduções de época, você quer dizer?".

"Não. Roupas simples e contemporâneas de criança."

"Ah."

"Um pouco maiores do que as duas peças que você fez para mim."

"Humm. Parece interessante. Quem é?" Esperou pacientemente para ver se Dolly continuaria com a mentira.

"Ninguém que você conheça", disse Dolly casualmente.

O sorriso cruel de Lucy ficou evidente no tom de sua voz. "Ah, pare, Dolly. Eu não sou idiota. Você mente melhor do que isso. Por que você quer roupas de boneca? Encontrou alguém que faça as bonecas para você, mas não pode fazer roupas?"

A gargalhada metálica de Dolly gelou o ouvido de Lucy.

"Como você é inteligente. Bem, eu só não achei que você fosse aceitar trabalhar para mim de novo, só isso. Você guarda ressentimentos, não guarda? Sim, eu consegui umas bonecas. Não, a pessoa que as faz não pode fazer roupas."

"Bem, eu também não posso. Estou muito ocupada agora. E você está certa. Eu guardo ressentimento. Não vou mais trabalhar para você."

Lucy revirou os olhos ao ouvir o suspiro longo e sofrido de Dolly.

"Claro, se você acha isso... Nick deve estar mantendo você muito ocupada." Uma pausa venenosa. "Me conte, ele melhorou na cama?"

"Vai se foder", disse ela calmamente para o telefone, e o largou na base com um estrondo.

Dolly, ouvindo o sinal de desligado, riu de novo, mas sem achar muita graça. "Vai se foder", disse ela para a linha. E desligou.

Tragando furiosamente o cigarro, Dolly foi até o quarto das casas de bonecas e viu Leyna tirando a roupa no quarto. A água estava enchendo a banheira.

Mas, enquanto ela olhava, seus pensamentos estavam em Lucy. Para Lucy, fantasiou ela, gostaria de um caldeirão quente. E para cada vez que aquela vaca tivesse sido uma otária com ela, acrescentaria um novo e doloroso veneno. Começando com Harrison, o casamento deles e a morte dele. Os netos, sendo criados no seio arrogante da classe média, por Lucy e seu pai maluco. E as visitas permitidas com tanta graça e justiça pela querida Lucy. Tudo sobre o que elas discutiram na reforma da Casa Branca de Bonecas, porque Lucy, a artesã, tinha seus padrões. Não importava quem estava pagando. Ela assinava tudo, enquanto Dolly assinava os cheques. E a questão do amigo Nick. Ela podia ficar com ele e ele com ela, e Dolly esperava que o jovem corpo de Lucy exaurisse o filho da mãe.

Agora ela não teria roupas novas para sua bonequinha, a não ser que Roger pudesse ser persuadido a comprar e encolher algumas. Ele diria que ainda não era seguro. Ele que se danasse; devia estar segurando a mão da mamãe e sugando as tetas velhas feito melancia.

Aquilo tudo foi o suficiente para deixá-la bem irritada.

Leyna estava deitada na banheira quando a parede foi removida. Ela fez uma careta, mas lutou para controlar o pânico. A Dorothy Gigante olhou para ela.

"Este lugar está fedendo."

"A água estava desligada", gritou ela.

Sentando-se ereta na banheira, ergueu um punho cheio de sabonete com uma raiva descontrolada. A acusação era verdadeira. Tinha dado descarga, mas o fedor permanecia, um fantasma ainda podre no ar. A banheira estava cheia de espuma, em parte para limpar a própria sujeira, mas sobretudo para perfumar o ar.

Dolly não ouviu a defesa. "Cheira como uma gaiola cheia de ratos." A Mão entrou e se mexeu. Leyna ouviu a roupa de cama ser arrancada.

"Cadê minha fruteira?", perguntou Dolly.

Sem esperar resposta, procurou embaixo da cama, dentro da cômoda e no guarda-roupa.

"O quê?!", sibilou ela. "Está amassada."

Leyna tremeu no que foi uma pausa ofegante na repreensão de Dolly.

"Você será punida por isso", murmurou Dolly.

Aquilo foi como um trovão para Leyna. A água da banheira ficou fria e grudenta de repente.

A Mão passou pela porta do banheiro carregando consigo as roupas de cama, de forma que pareciam fantasmas agitados atrás dela. Voltou imediatamente; houve um baque seco no chão quando ela largou os lençóis limpos.

"Limpe esse lugar, sua vaca preguiçosa, e trago seu café da manhã."

Leyna saiu da banheira e se secou rapidamente com mãos trêmulas. O short e a blusa estavam imundos. Tinha planejado lavá-los na água do banho. Não havia tempo para amarrar uma toalha no corpo, então ela fez a cama rapidamente, ainda nua.

A Dorothy Gigante voltou, um monstro montanhoso em movimento e com uma respiração que chiava e sacudia. Havia um cheiro curioso, como o de grama, na bandeja que ela carregava.

"Assim está melhor", disse ela.

A Mão invadiu o quarto e colocou a bandeja na cômoda. Leyna chegou para a frente e ficou olhando Dolly. Não queria comer na frente dela. Mas a fome superou suas inibições; ela ergueu a tampa da bandeja. Havia uma terrina enorme de algo que parecia uma salada seca de verduras mal cortadas e repolho branco. Tinha um cheiro forte de clorofila. Não havia talheres, pratos e nem bebidas na bandeja. Nem condimentos. Leyna enfiou a mão na substância. Era seca, com textura de papel. Pegou alguns pedaços e levou à boca. Sentiu o gosto das tiras ardidas e finas e ouviu a primeira explosão violenta de gargalhada da Gigante.

Ela cuspiu a comida. Dolly estava olhando.

"Você não gosta de comida feita com serragem para gerbil? A melhor comida da cidade? Foi um presente especial só para você."

E ela riu de novo. E de novo.

Leyna foi tomada por fúria. Pegou a terrina com as duas mãos e a jogou para cima, na direção da Gigante. Viu-a brilhar brevemente em um movimento de arco e cair no jardim abaixo. A raiva desapareceu quando percebeu que agora talvez não tivesse nada para comer, caso Dorothy escolhesse se ofender com o ataque.

A risada de Dolly parou. "Cuidado com esse temperamento", repreendeu. Havia diversão na voz dela, para o alívio de Leyna. Em seguida, ela se afastou.

Leyna esperou por muito tempo até pegar uma maçã murcha e uma banana preta no esconderijo atrás do penico no gabinete. Com a lâmina, partiu a maçã no meio e guardou metade dela junto com a banana na cômoda. Disse para si mesma que as bananas podiam ficar com aparência péssima e estar ótimas dentro da casca podre.

Mas não as maçãs, as que ficam feias costumam ter gosto ruim. A metade em sua mão, com pontos marrons e tudo, não estava tão sem gosto quanto ela esperava. O tempero da fome, pensou com amargura enquanto mordiscava o centro do pedaço.

A sombra da Gigante caiu sobre ela de novo, bem depois de ela ter colocado os restos da metade da maçã no vaso. Dolly apareceu com um aroma maravilhoso de tomate, alho e azeite. A Mão entrou para colocar uma nova bandeja no chão ao lado da cama. Os aromas intensos de macarrão e molho deixaram Leyna meio tonta. Ela chegou para perto da bandeja, a boca salivando, ousada por causa da fome.

Debaixo do domo de prata, os aromas deliciosos cumpriram a promessa: até as folhas da salada, brilhantes com o azeite, tinham seu próprio e delicado perfume. Havia um pequeno bônus, uma garrafa de Chianti com um bilhete grudado na lateral. Mesmo com fome, Leyna precisou investigar. Correspondência! Sorriu. Ao ser aberto, o bilhete revelou uma caligrafia ruim em apenas cinco palavras: *Bon appétit, seu amigo, Roger*.

"Você vai se queimar se comer isso como veio ao mundo", repreendeu a Gigante com alegria.

O ódio por aquele ser enorme subiu pela garganta de Leyna como bile azeda.

"Agradeça a Roger pelo banquete. Ele acha você bonitinha."

Leyna tentou ignorá-la e se concentrou no macarrão. O Dedo se aproximou e tocou no seio esquerdo dela antes que pudesse recuar. Ela deu um pulo, mas o Dedo a acompanhou, incansável.

"Peitinhos lindos. Roger acha que são bonitinhos", murmurou a voz da Gigante em um tom seco e curioso.

O Dedo seguiu uma linha invisível pela barriga de Leyna e mexeu nos pelos que cobriam a púbis. Abruptamente, com toda a força que tinha, Leyna enfiou o garfo que ainda estava segurando no Dedo.

A Gigante deu um gritinho e puxou o dedo com pressa. Reconfortou-se com uma série de palavrões.

Perplexa com a própria ousadia, Leyna olhou para o garfo que tinha na mão. O momento de procurar abrigo passou quase antes de ela pensar sobre isso.

Logo a Mão voltou rapidamente e a empurrou para trás com força. Leyna viu gotas vermelhas surgindo no Dedo indicador, vermelhas como o esmalte nas unhas que mais pareciam escudos, enquanto cambaleava até a cama. Prendeu-a lá, segurando-a pelo peito. Quando tentou erguer o garfo para se defender, a outra Mão entrou como uma grande ave negra vinda de cima e arrancou o objeto de sua mão. A luta chegou a um impasse.

"Menina má." Leyna foi repreendida.

Ela fechou os olhos com resignação. Se contasse até dez, a Gigante talvez sumisse. Era mais difícil do que deveria. O cheiro de comida se espalhou em volta dela até que estivesse fraca e com dificuldade de lembrar-se dos números. De repente, ao chegar ao sete, a pressão sumiu.

Expirando com dificuldade, abriu os olhos.

E a Mão voltou em um borrão. Suas pernas foram abertas, os dedos as separando sem esforço. Leyna gritou e gritou, mas o Dedo explorou o quanto quis. A Dorothy Gigante cantarolou uma cantiga de Gigantes.

Depois de um tempo, Leyna foi deixada em paz. Encolheu-se na cama, o polegar na boca. O perfume de espaguete frio estava pesado no ar.

"Ora, bonequinha", disse a Voz rouca de Dorothy com surpresa debochada, "você está chateada. Não gosta de ter doze centímetros de altura? Achei que seria natural para você. É como estar na televisão, não é?"

Lágrimas escorriam dos olhos fechados de Leyna. Ela tentou contar de novo. Desta vez, a mágica funcionou perfeitamente, e a Gigante sumiu.

Ela acordou na mais absoluta escuridão, mas totalmente consciente. Não estava com medo. Conseguia ouvir o vazio da Casa Branca de Bonecas, onde agora sabia que estava aprisionada.

PEQUENAS REALIDADES
TABITHA KING

11

O sono trouxe de volta o pequeno e antigo incidente a que todo aquele terror se referia. Dorothy Hardesty Douglas, a Rainha dos Macacos, e sua Casa Branca em miniatura, no Baile do Dia do Fundador no Instituto Dalton. A pequena Dorothy ficou furiosa porque Leyna se atrevera a usar o apelido de princesinha que o papai usava com sua garotinha. Foi tudo tão sem importância na ocasião, um pouco de implicância, uma mera exibição de garras.

O que ela realmente lembrava sobre aquela noite eram as poucas horas que a uniram ao dia seguinte, o tempo que Nick Weiler passou com ela. Sabia que ele tinha atendido à convocação porque estava tendo problemas com a nova garota, em parte por causa de Leyna e em parte porque queria alguma coisa dela. Não custou nada ao canal, mas ela cuidou para que não tivesse sido exatamente de graça para ele. Tudo porque ela quis que ele apagasse por algumas horas o educado assassinato/suicídio de seu próprio casamento.

Ela não pensava muito em Jeff ultimamente. Não pensava havia meses, na verdade, antes de sair para correr perto do National Mall no último dia do que pensava agora como sua vida real. O estado do casamento era só um fato da vida que, com o tempo, se resolveria. Não havia rancor, nem amargura, nem emoções envolvidas de nenhum dos lados. Só um arranjo que não tinha dado certo, que foi afrouxando como um suéter vagabundo, prestes a se desfazer.

Também não era importante. Ela tinha o trabalho. Isso era parte do problema, claro. Eles nunca tiveram exatamente um casamento. Os dois tinham seus trabalhos. O dele e o dela. Uma cuidadosa separação de carreiras, personalidades, vidas, levando logicamente a uma separação dos corações e dos corpos.

Não havia trabalho para tirar sua mente do acidente pessoal que tinha acometido Jeff e Leyna. Ela tinha que olhar para o problema, assim como teve que se olhar no espelho do banheiro, um monte de hematomas, um saco de ossos, a pele da cor de uma lua maligna.

Uma coisa ruim tinha acontecido com Leyna. De alguma forma, Dorothy Hardesty Douglas a tinha deixado louca. Ou a encolhido. Ela afastou essa possibilidade. Estava maluca, só maluca, só isso, e sua maluquice específica a colocou dentro da maldita casa de bonecas de Dolly.

Assim, nunca mais veria o Jeff, nem em um escritório de advogado para resolver o casamento como uma venda de imóvel, nem na mansão amaldiçoada da mãe dele na Filadélfia, na frente da mesa de jantar quilométrica coberta pela toalha de linho e rodeada de parentes com cara de cavalo, e nem no apartamento vazio dela, com uma vista bastante cara para o Potomac. Seu casamento terminaria não de forma discreta, com a promessa de um encontro civilizado e nostálgico em um hotel de luxo, um último arroubo agridoce, mas ali, na louca festa de aniversário da sua própria mente. Em aposentos que debochavam do Centro de Poder a que ela servira.

Ela se levantou rapidamente da cama e correu para o banheiro. Sentou-se no vaso e ficou sem evasivas. Havia um pequeno fato que estava escondendo, como as frutas velhas escondidas no gabinete. Dolly, a Dorothy Gigante, tinha debochado dela. Será que sua própria mente faria isso? Nem Dorothy tinha o poder de reduzir adultos ao tamanho de fadas, à estatura de uma boneca, de um brinquedo, tinha? Não era possível. Seres humanos não eram redutíveis, não er*am encolhív*eis, tal qual uma calcinha barata.

Leyna voltou para a bandeja no chão. Não havia mais garfo, e ela comeu com as mãos, sem se importar com a sujeira. O vinho estava ligeiramente morno, com gosto amargo, mas ela bebeu direto do gargalo, ignorando o copo que lhe fora oferecido.

A questão era ela mesma, concluiu, enquanto engolia a comida fria. Ela era o fim do círculo. Tinha criado sua própria prisão maluca feita de peças e partes de um relacionamento antagônico com uma mulher que significava, no contexto total da vida de Leyna Shaw, quase nada para ela. A Dorothy Gigante era uma metáfora sem sentido, sua existência atual era seu poema maluco. Teve esperanças, quando começou a desconfiar de que estaria vivendo uma alucinação irracional, de que sua mente se curasse sozinha. Agora, com a boca e o estômago cheios do tempero e da gordura e da acidez da refeição, ela achou que não suportaria o terror que estava impondo a si mesma por muito mais tempo.

Quando a luz voltou, havia uma bandeja nova, cheia de delícias aromáticas. Ela não se moveu para pegá-la. O quarto estava tomado pelo cheiro de café, croissants, ovos beneditinos, morangos com creme. Encolhida na colcha, ela inspirou os perfumes e se acostumou com eles. A saliva na boca diminuiu; o estômago roncou em protesto uma ou duas vezes, e ficou em silêncio quando ela não reagiu.

No fim da tarde, ela saiu da cama para esvaziar a bexiga repentinamente cheia no trono frio de porcelana. Estava tremendo muito e voltou para o quarto, mas não bebeu água para aliviar a garganta e limpar a bile da boca. Quando a escuridão chegou, deitou-se de bruços no chão e consumiu o conteúdo frio da bandeja de café da manhã, e o da bandeja de almoço com lagosta fria e abacate, e o da bandeja morna do jantar, abandonada junto a muitas reclamações sobre a dorminhoca pela Dorothy Gigante. Comeu com os dedos, enfiando a comida aos montes na boca, engolindo tudo inteiro. Assim que a gosma do purê de batatas desceu pela garganta, depois do último pedaço fibroso de rosbife, ela foi acometida por cólicas. Arrastou-se pelo chão até o banheiro e devolveu a maior parte das refeições do dia na banheira, enquanto sofria espasmos de diarreia na privada.

Apoiando-se na pia quando teve forças para voltar para a cama, ela se viu no espelho pouco iluminado. Havia feridas em volta da boca. O cabelo tinha ficado curiosamente sem vida e sem cor. Ela o tocou com cuidado. Fios se soltaram em seus dedos. Estava perdendo o cabelo. Gemeu baixinho e começou a chorar. O esquecimento do sono entre os lençóis veio bem depois, um presente descuidado de deuses indiferentes.

A guerra terminou, ou uma trégua aconteceu. Ela não tinha certeza; estava doente. As refeições chegavam na hora, em silêncio, e as invasões da Dorothy Gigante eram breves e nada ameaçadoras. Às vezes, ela ouvia a Gigante cantarolando e sentia medo, mas nada mais aconteceu. Dorothy não falava com ela. Os dias começaram a assumir um ritmo novo e mais normal.

Leyna comia com frequência, pequenas refeições, e dormia muitas horas de sono quase sem sonhos. Quando se sentiu um pouco mais forte, andou pelos aposentos mais próximos, nunca se aventurando para além da distância até o elevador. Prestava atenção para tentar ouvi-lo, mas ele nunca funcionava. Nos outros aposentos do terceiro andar, ela encontrou alguns livros e os pegou para passar o tempo. A febre e os calafrios foram passando gradualmente. O intestino voltou ao normal. O cabelo parecia mais preso à cabeça. Ela o lavava com muito cuidado e, um dia, sentindo-se especialmente forte, usou a lâmina para cortá-lo bem curto.

Em outro dia, ganhou um presente, roupas que cabiam nela. Eram roupas feias e malfeitas, mas foi uma mudança que a deixou aquecida e coberta. Ela achou graça por serem exatamente o tipo de roupas que já tinha colocado em suas bonecas Barbie. Peças extravagantes e vulgares, feitas para exibir uma padrão plástico que estava bem longe do saco de ossos que ela era agora.

Ao se sentir melhor, conseguia chegar a um estado de tédio. Sua inquietação devia ter ficado clara na desarrumação da cama e na bagunça do quarto. Certo dia, a Dolly Gigante apareceu para pegar a bandeja de café da manhã e ficou olhando, reparando na bagunça. Leyna tremeu. Até o momento, sua doença a tinha absolvido das tarefas domésticas.

Mas a Gigante só estalou a língua de leve e, surpreendendo-a, disse: "Tenho um presente para você, se estiver se sentindo disposta".

Leyna a observou com cautela, segurando os lençóis, com os nós dos dedos brancos.

"É um presentinho de Roger."

Isso deixou Leyna visivelmente agitada. Dolly reparou, achando graça. Estava lembrando que pagou caro pelo último presentinho do Roger, sem dúvida.

"Saia da casa, ratinha. Sua carruagem está esperando. Não tem presente para mim. Eu tenho que limpar esse quarto imundo."

A parede começou a subir. Leyna desceu da cama e sumiu pela casa emparedada o mais rápido que pôde. Tinha que aceitar o presente, ela sabia. Não dava para se esconder. Mas o elevador que antes tinha lhe dado arrepios era a segurança desta vez. Dentro dele, descendo, ela percebeu que, por um momento, ficaria fora do alcance da Gigante.

Quando chegou ao térreo, não ousou permanecer do lado de dentro. Agora, as atividades de arrumação de Dorothy reverberavam pela casa. Aparentemente, ela não havia mentido sobre isso. Então Leyna percorreu os corredores usando um pijama de lamê dourado da Barbie. A costura de uma perna estava desfeita, e a gola, feita com um fino fio de plástico que dava a sensação de pontos de sutura e arranhava a nuca. Ela olhou para trás de tempos em tempos, mas os barulhos de Dorothy permaneceram a uma distância segura e regular.

Ela saiu da casa por uma porta lateral, uma que na Casa Branca de verdade era usada para visitas diplomáticas discretas e pelo presidente e sua família, quando ele tinha uma. O que significou andar em volta da casa até o caminho na entrada onde, presumivelmente, "a carruagem" estava, mas ela poderia passar pelo Jardim das Rosas, que pelo menos dava uma sensação de proteção até alcançar o Pórtico Sul.

A música metálica do carrossel chegou a ela antes que o visse. Já a tinha escutado antes, da segurança do quarto, e ela a atraía, chamando-a para ir dar outra volta. Ela sempre recusava o convite, convencida em seu coração de que se houvesse outro momento como aquele, a magia se perderia, talvez para sempre. Ao ver as cores típicas de circo, ela foi mais devagar e se encolheu o máximo que pôde atrás dos arbustos. Mas não havia sequer sombra da Dorothy Gigante esperando para cair em cima dela, só um carrinho de corrida, um projétil de cor extravagante parado em silêncio na entrada.

Leyna olhou para cima. O céu continuava o mesmo azul uniforme de todos os dias. O globo do Sol nunca estava visível, mas a luz era forte, quente e difusa. Ia e vinha em intervalos regulares. Nunca havia chuva e nem nuvens; o jardim permanecia verdejante e colorido graças a um sistema de irrigação que operava diariamente. Tudo isso era prova de que aquele mundo era artificial, mas, como se tratavam de provas recolhidas por seus sentidos suspeitos, ela não conseguia acreditar.

O carrinho a atraiu. Prometia força e velocidade. O painel não era como ela estava acostumada, mas estava sem prática na direção, de qualquer modo. Nunca tinha aprendido a usar câmbio manual, e foi com nervosismo que notou o câmbio no piso. Havia algo de intimidante, grudento e masculino no couro negro dos revestimentos e da manopla. Ela entrou e se sentou, examinou os painéis e botões que não entendia. Finalmente, começou uma exploração sistemática, experimentando tudo. Limpadores percorreram a curva leve do para-brisa; luzes se acenderam por todo o painel. Inclinada sobre a meia-lua do volante para mexer nos vários botões, ela enfiou o cotovelo na buzina. O som foi alto. Ela recuou rapidamente.

Com nervosismo, observou o telhado da casa. O protesto da buzina talvez tivesse atraído a Dolly Gigante. Depois de alguns momentos tensos, parecia que não.

Leyna se encostou, fechou os olhos e se concentrou, acalmando-se. Queria muito dominar aquele presente estranho. Abriu os olhos e olhou para o câmbio. Moveu-o pelas posições das marchas. O carrinho tremeu uma vez e ficou imóvel. De repente, teve certeza de que o pequeno carro tinha sido estacionado em ponto morto. Isso era novidade para ela. Ainda assim, nunca tinha mexido em uma máquina tão possante, então, até onde sabia, todos eram estacionados em ponto morto. Moveu o câmbio para a posição mais dianteira possível e, em seguida, retornou à posição original. Teria que supor que aquela era a posição de estacionar.

Em seguida, voltou a estudar o painel. Magicamente, sua exploração foi recompensada; o motor pegou depois de alguns gestos hesitantes e, após um engasgo educado, começou a fazer barulho. Tinha um som de diesel, fazendo-a se lembrar de um Mercedes-Benz que o marido dirigia na época da faculdade e que agora deixava guardado com esperança de atingir status de clássico.

Ela dançou nervosamente pelos pedais e, com movimentos desajeitados e alguns palavrões, fez o carrinho rodar em uma velocidade tranquila pelo caminho. Foi uma sensação muito agradável passar pelos aromas doces e frescos do jardim, seguindo a curva graciosa da via. Pegou velocidade depois de um tempo e a adrenalina a deixou quase eufórica. Tinha esquecido como um automóvel era capaz de libertá-la. Atrás do rugido do motor do carro, não era mais prisioneira, nem da Dorothy Gigante e nem da loucura, se é que não eram a mesma coisa.

Ao passar sob uma ponte formada de sombras, ela percebeu que não estava naquele lugar nos primeiros passeios que tinha feito pela via. Ao olhar para cima, viu Dorothy. Sua atenção teve que ser dedicada a recuperar o controle do carrinho. Ela foi mais devagar e parou, esperando para ouvir que o presente tinha acabado ou que ela poderia brincar mais um pouco. Enquanto aguardava, lhe ocorreu como tinha sido burrice parar. Poderia ser divertido ver se a Gigante conseguiria pegá-la. Mas o carro ficaria sem combustível em algum momento, e ela seria punida. A ilusão de liberdade sumiu quando a sombra e a substância da sombra pararam acima dela.

"Estou vendo que você entendeu como fazer isso funcionar. Você precisa se lembrar de agradecer ao Roger por ser tão bom para você."

Leyna deu uma risadinha cansada. Sua mãe falando. Ela lhe escreveria um bilhete de agradecimento.

"Essa pista não é meio chata? Você não gostaria de dirigir em outro lugar?"

Leyna ouviu sem escutar direito. O que ela queria dizer?

Dorothy lhe mostrou imediatamente. A Mão enorme desceu e, enquanto Leyna se encolhia, tentando se enfiar na dobra do assento, se fechou ao redor do carro e o ergueu. Leyna sentiu um movimento para cima e espiou por cima da porta do carro. Abaixo, a Casa Branca em que morava estava encolhendo conforme ela era levada para longe. Foi se afastando e desapareceu, não mais um ponto de referência.

O trajeto foi rápido. O carro e a passageira se firmaram no chão quase imediatamente. A Dorothy Gigante se agachou ao lado, as torrentes de hálito quente soprando em cima de Leyna, reforçando a náusea que já estava forte em seu peito. E, tão rapidamente quanto apareceu, Dorothy recuou para uma distância considerável. Seu cheiro e seus sons ainda estavam pesados no ar, mas a massa do corpo dela ficou borrada e azul, como uma montanha em um dia não tão claro.

Leyna ligou o carro de novo. Enquanto este sacudia pacientemente, esperando ser movimentado, correr como deveria, ela olhou ao redor. A superfície era lisa, refletiva e dura, de cor vermelho-tijolo. O céu acima era o mesmo que ela tinha visto por tanto tempo, só que parecia mais distante. O horizonte era completamente reto em todas as direções ao redor. Quando se virou no banco, tentando ver o máximo possível, Leyna identificou formas e cores indistintas, mas não tinha nome para as coisas que via.

Assim, saiu rodando, não tão rápido, mas devagar o suficiente para observar o que podia. Foi na direção oposta da de Dorothy, não por achar que poderia fugir dela, mas por aversão. Fugir era a última coisa que tinha em mente. Tudo aquilo era coisa da cabeça dela. Como poderia fugir de si mesma?

Ela passou por enormes pilares quadrados que sustentavam um telhado, uma estrutura que teria que ser medida em hectares. Havia certa familiaridade nas dimensões, mas nada que pudesse entender ainda. Depois de um tempo, passou por outra das estranhas colunas altíssimas. Esta era coberta de cabos grossos que a fizeram pensar, loucamente, no pé de feijão em que João subiu. Atrás de si, estava ciente de que a Dolly Gigante tinha se movido, mas ao longe.

Ela parou o carro, muito cansada de repente. A planície vermelha ao redor se prolongava por distâncias impossíveis. O vazio fazia com que parecesse bem maior e mais abandoada do que era. Era um espaço amplo e sem saída; não havia para onde ir. Era adequado somente para correr, somente em alta velocidade.

Um nó de raiva e ressentimento se formou no peito dela. Os presentes dos Gigantes eram sempre como serragem na boca. Só outra forma de tortura, pensou ela, e levou a base da mão à buzina, enfiando fundo. O ruído foi subindo em um tom raivoso enquanto ela apertava e apertava. Quando soltou, tudo ficou em silêncio.

O volume que era Dorothy ficou parado, olhando em silêncio. Por que deveria responder? Era ela quem estava no controle.

O carrinho tremeu e disparou, fez uma curva perigosa na direção de Dorothy e foi com tudo para cima dela, só que, aos seus ouvidos, o rugido que Leyna ouvia era como o zumbido furioso de uma vespa. Ela não via o rostinho franzido acima do volante do carro, mas entendeu na mesma hora o significado da corrida repentina, com ela como objetivo.

Ela riu e se levantou. Deliberadamente, colocou um pé no caminho do carrinho, perto demais para que conseguisse desviar. O carro bateu no sapato. Ela sentiu. Foi como esbarrar em um móvel, uma dor leve que nem deixaria marcas. O carro quicou no sapato e parou.

Ela o pegou e se arrependeu na mesma hora. O capô estava quente o suficiente para queimar. Segurou-o com cuidado na palma da mão. A pequena ocupante caiu como uma boneca de pano no assento. O para-brisa estava rachado em uma explosão abstrata. A lataria rosa do carro estava amassada; a ponta, achatada e rachada.

Dolly tirou o corpo inconsciente de Leyna de dentro do carrinho e a colocou no quarto, na cama arrumada. Ao afastar o cabelo, viu que a testa estava vermelha e inchando. A pele mal tinha se cortado e apresentava umas poucas gotas de sangue.

"Gelo", murmurou Dolly, e lembrou que Roger tinha esquecido, enquanto estava ocupado encolhendo dez dias de comida para Leyna, de encolher alguns cubos de gelo. Um único cubo seria como jogar um tijolo em cima dela. Além do mais, a sujeira do derretimento era impensável. Ela teria que esmagar alguns cubos ela mesma e usar os menores pedaços.

"Pestinha idiota", repreendeu a ainda inconsciente Leyna.

Enquanto Ruta olhava discretamente por cima da revista de cinema, Dolly triturou gelo no processador. Isso a fez se sentir muito eficiente. Roger a encarregara de cuidar da hóspede pequenininha da casa, e ninguém podia dizer que não era isso que ela estava fazendo, cuidando dela. O pensamento a fez rir alto. Ruta ousou largar a revista e olhar diretamente para ela.

"Eu derramei cola. Se congelar, posso arrancar", disse Dolly.

Ruta grunhiu. Se estava com alguma curiosidade real, parecia que tinha sido satisfeita.

Na casa de bonecas, Dolly tirou uma lasquinha de gelo da tigela que trouxera da cozinha e colocou em uma das toalhas em miniatura do banheiro. Quando a encostou com cuidado na testa de Leyna, a mulherzinha gemeu, um som quase fraco demais para ser ouvido. Dolly tinha dobrado a toalha como uma faixa, e parecia que ia ficar no lugar.

A burrinha ficaria com uma dor de cabeça horrível, se é que já não estivesse, mas era culpa dela mesma por ser tão descuidada. Pena que Roger não tinha encolhido uma aspirina. Talvez ela devesse esmagar um comprimido, mas poderia ser perigoso. A pobre Leyna teria que sofrer as consequências de seu rompante. Talvez servisse de lição para a pequena selvagem.

Ao menos Dolly cumprira seu dever. Merecia um cigarro. Antes de procurar um, pegou o carrinho rosa da porta da casa, onde o colocara distraidamente enquanto cuidava da motorista tola. Estava com uma aparência horrível. Talvez Roger pudesse consertar. Ele ficaria muito insatisfeito com sua mulher pequenininha quando visse o que ela tinha feito com o presente. Ela não pôde deixar de sorrir um pouco diante do pensamento.

Leyna tinha mais do que uma dor de cabeça quando voltou a si na escuridão aliviada só pela luz do banheiro, um leve borrão branco que lançava sombras fantásticas no quarto. A dor era intensa, irradiando do galo enorme e mole que havia em sua testa. Estava toda dolorida, desde a nuca até a base da coluna e em todos os membros. Ao flexionar os músculos relutantes enquanto esperava que a visão se ajustasse à quase ausência de luz, contou cem pequenas dores.

Sentou-se por fim e sentiu o intestino se contrair, adicionando aquele incômodo ao desconforto generalizado. Tateou cuidadosamente até o banheiro e ficou tonta no caminho. Apoiando a cabeça nas mãos e com o aposento girando ao redor, esvaziou o intestino em um espasmo de reação tardia.

A tontura foi tão persistente e intensa que ela teve medo de se afogar, e não ousou mergulhar os músculos doloridos em uma banheira quente. De volta na cama, manteve os olhos fechados. Parecia ajudar a aliviar a vertigem. Ela caiu de novo em um sono febril, cheio de sonhos caóticos que eram menos sonhos coerentes e estavam mais para colagens de pesadelo, sublinhadas por sensações quentes de dor. Enquanto se debatia, encontrou um pano molhado no travesseiro e sugou a umidade tépida e reconfortante. A escuridão se dispersou em um ritmo agonizantemente lento. Em algum momento antes do amanhecer, ela caiu em um sono real.

Acordou com o barulho da parede sendo erguida, mas não abriu os olhos. Quando a parede foi recolocada e o som da intrusão acabou, ela espiou enquanto fingia estar acordando. A bandeja matinal, já anunciada pelos aromas reconfortantes de torrada e café, suco de laranja e ovos, agora estava ao alcance da mão, no gabinete. Havia uma pilha de coisas brancas em um prato de sopa ao lado.

Leyna se sentou, faminta de repente. A rapidez do movimento a fez se arrepender de imediato; ficou tonta de novo. Teve que fechar os olhos e esperar que o corpo se acalmasse. Os cheiros do café da manhã eram enlouquecedores. Havia um leve toque ácido que despertou sua curiosidade. Assim que conseguiu abrir os olhos, ela esticou a mão, lenta e cuidadosamente, para pegar as coisas brancas. Cheirou e lambeu a substância, identificando-a: aspirina. A dor residual na cabeça, tão profunda a ponto de ser mera música de fundo para o resto das dores, pareceu ficar mais forte de repente, como se quisesse a poção mágica. Ela mordiscou um pedaço, odiando o gosto ácido na boca, e tomou um pouco de suco de laranja para ajudar. O café da manhã veio em seguida, uma experiência muito mais satisfatória e prazerosa. No final, com o estômago cheio e os pratos sem a menor das migalhas, ela percebeu que a aspirina e a comida jun*tas tin*ham feito magia. A dor de cabeça e todo o resto se reduziu a um mero desconforto.

Ela se sentiu forte o suficiente para acreditar que poderia tomar um banho de banheira pelo tempo que quisesse, mas moveu-se devagar, como uma pessoa idosa, para minimizar a tontura que ainda estava lá, de forma mais sutil. Limpa e vestida, arrumou a cama e se reclinou nela. A tontura impediu qualquer outra ação além do mínimo cuidado pessoal. Havia livros por perto, mas ela só conseguiu folheá-los preguiçosamente, e acabou colocando-os de lado, sob a sombra da dor de cabeça. Incapaz de fazer qualquer outra coisa para se distrair, foi obrigada a lembrar e pensar na situação. Não foi agradável; a dor de cabeça ficou mais forte.

Ela estava cansada de se sentir infeliz, com dor, com náusea e com fome. Desde o dia em que correra em volta do National Mall e se deparara com a mira da câmera do turista, ela sentia como se tivesse sido torturada, como uma mosca capturada por um garoto sádico. Um par de Gigantes (visões loucas) fazia aparições para ela, e ela não via outros seres humanos identificáveis. Não estava apenas fisicamente desconfortável, estava solitária.

Sua mente racional insistiu que o que tinha acontecido com ela naquela estranha imitação da Casa Branca era loucura, produto de seu cérebro desordenado. E não havia nada de ilógico na divisão dos pensamentos; presumivelmente, os insanos podiam desconfiar, e realmente desconfiavam, de que não eram sãos. Ainda assim, suas ilusões eram maravilhosamente consistentes. Se eram alucinações mesmo, ela conseguiu criar um mundinho no qual estava aprisionada por Gigantes. Os detalhes eram dignos de um romancista. Talvez tivesse deixado passar um talento e seu lugar não fosse falando na frente das câmeras de televisão, mas sonhando diante de uma máquina de escrever.

Seus dedos tatearam a colcha na cama. Ela sentiu as costuras, a textura do tecido. Com os olhos fechados, usou os outros sentidos para informar-se sobre o mundo. O leve aroma de café da manhã, ainda vindo da bandeja, o sabonete do banho, o sachê de rosas e especiarias que perfumava todas as gavetas e cantos do quarto. O cheiro da luz do sol em si, um pouco poeirento, reminiscente de um ferro quente, e o calor dele sobre a pele. Ela sentiu o tecido debaixo de si, a madeira lisa de um dos pilares da cama encostando nos dedos dos pés. As coisas em que tocou remetiam a si mesma: seus dedos dos pés estavam quentes e meio ásperos na parte de baixo; uma corrente de ar agitou a penugem neles. O tecido felpudo da colcha roçou na pele macia, e ela percebeu, por causa dessa carícia, o músculo denso e quente de sangue embaixo da epiderme. O short de corrida estava apertado nas nádegas e um pouco frouxo na virilha, de forma que o ar penetrava ali, entre os pelos pubianos brilhosos. Ela contraiu a barriga; antigamente, antes de morar naquela casa, ela tivera marido e amantes. Eles se vestiram com a pele dela, assim como ela agora estava vestida com o short de veludo. Ela tocou os seios, avaliando a blusa e a forma redonda e sedosa, e de repente eles latejaram, ela não sabia por quê. Pela carícia de um amante, pela boca de um bebê, por um jorro de leite, por uma faca. Lágrimas escorreram pelas bochechas e desceram pelo rosto de estrutura delicada, com textura aveludada e impecável. Sentiu o gosto das lágrimas, sal umedecendo os lábios macios, e um gosto bom nas papilas gustativas. Seus ombros doíam, a nuca doía, como se carregassem um peso insuportável, mas a dor também fez com que se lembrasse dos músculos, a boa e fiel carne de seu próprio corpo. Todo coberto por pele, que era mais maravilhosa na textura e nas propriedades do que qualquer outro tecido, respirando e suando, sentindo tudo que havia para sentir. Ela inspirou, trêmula, o ar para o interior dos pulmões, ouviu a batida do coração que bombeava sangue quente pelo corpo.

"Ah, Deus", choramingou ela e se abraçou, encolhendo-se lentamente. "Ah, Deus."

O sofrimento passou. Ela ficou deitada com os restos das emoções (como um bebê depois de chorar), na paz da exaustão. O almoço foi entregue; ela só percebeu quando os cheiros tinham penetrado além dos seus olhos fechados. Sentou-se, comeu sem pressa e saboreou tudo, a salada de espinafre, os queijos cremosos, biscoitos salgados e patê. O vinho era um California Riesling, um sedoso prazer. Bebeu devagar e sentiu a primeira taça quase imediatamente no calor em seus joelhos e coxas; a segunda também foi a última. Recolocou a rolha na garrafa e a escondeu no gabinete. Junto, escondeu o saca-rolha que, depois de análises e tentativas, descobriu ser afiado o suficiente para perfurar a ponta do próprio dedo com um movimento firme.

Encolhida debaixo da colcha, ela fingiu dormir outra vez. Uma hora depois, seus ouvidos lhe informaram da presença da Dorothy Gigante. A Gigante parecia satisfeita com alguma coisa; estava cantarolando. Uma nuvem de fumaça de cigarro entrou no quarto. Leyna virou o rosto para o travesseiro e prendeu a respiração até a fumaça se dissipar.

Ao longe, ela ouviu a Gigante rir. Quando a bandeja foi retirada e o quarto ficou em silêncio de novo, ela permaneceu tão imóvel quanto possível, por força de vontade. Queria ter certeza de que a inimiga não voltaria imediatamente.

Ela acabou saindo de debaixo da coberta, esticou-a em um gesto automático e removeu a lâmina e o saca-rolha do gabinete. Agachada ao lado da cama, tirou o abajur da tomada e começou a descascar pacientemente a capa de plástico do fio, raspando-o com a lâmina. Quando tinha exposto uns vinte centímetros do fio desencapado, ela o enrolou no abajur e escondeu tudo embaixo da cama. Se tivesse sorte, Dorothy não repararia na ausência.

Depois de arrumar tudo e de guardar as ferramentas no esconderijo, ela preparou um banho, relaxou e lavou o cabelo. A tontura não estava tão insistente, mas não tinha certeza se estava mesmo diminuindo ou se ela é que estava se acostumando à sensação crônica de vertigem. Depois do banho, passou um tempo remexendo no armário, que agora estava repleto de suas roupas de Barbie. Sem achar nada que quisesse estar usando quando fosse encontrada morta, vestiu o short e a blusa novamente.

A hora do jantar chegou, e ela estava mesmo dormindo. Acordou com o ruído alto da parede sendo removida e se sentou com cuidado exagerado.

"Ding-dong", cantarolou a Dolly Gigante.

O perfume dela estava muito forte. Leyna achou que o rosto parecia exageradamente maquiado, uma lua espalhafatosa acima da roupa cintilante. Talvez tivesse planos para a noite. Era conveniente para Leyna, talvez conveniente demais. A Gigante deixou a bandeja do jantar, recolocou a parede e se afastou imediatamente.

Foi um jantar abundante e festivo: peito de peru, pilaf de arroz selvagem, purê de abóbora, ervilhas que pareciam doces pérolas de jade, pepinos com vinagre, pãezinhos de centeio e manteiga com mel, e uma banana split de sobremesa. Leyna deixou o vinho de lado e saboreou o café intenso na frágil xícara de porcelana.

Depois, escovou os dentes e esperou pacientemente a volta de Dorothy. A luz foi embora e o quarto ficou escuro e imóvel, mas a Gigante não foi buscar a bandeja. Não era incomum; ela já tinha deixado a bandeja de jantar no quarto por toda a noite em outras ocasiões. Qualquer uma das bandejas podia ficar lá por horas até ela ir buscá-la. A possibilidade de ela ter saído à noite animou Leyna de uma forma absurda.

Com a lâmina em uma das mãos e o saca-rolha na outra, ela começou a segunda fase da guerra. Começou com os travesseiros, cortando-os até que o recheio de penas voasse pelo quarto. Em seguida, o estofamento bordado das duas cadeiras do quarto. Quando estavam cortados e furados, ela foi trabalhar nas cortinas das janelas. Foi um trabalho cansativo, mas libertador, arrancar o tecido pesado dos trilhos e cortá-lo em tiras compridas. Arrancou a roupa de cama e empilhou tudo no meio do quarto.

Suando e ofegando ao lado da pilha, percebeu que até o momento não tinha feito muito barulho.

"Um pouco de música noturna", sussurrou, e um frenesi explodiu.

Ela virou a bandeja com a louça e a prataria no tapete. Tudo aquilo estalou e tilintou ao cair, mas o tapete abafou o som de uma forma decepcionante. Chutou as peças de prata e se inclinou para pegar as louças e jogá-las na parede. Houve um som satisfatório de louça quebrando. Parou de novo para prestar atenção se havia algum som de Gigantes se aproximando.

O quarto ficou imóvel e escuro. Acendeu as luzes do teto para enxergar melhor. Era hora de fazer o trabalho real. Pegou o abajur, enfiou na tomada e evitou com cuidado o fio exposto. Pegou uma blusa irritantemente áspera no guarda-roupa e enrolou o náilon e o lurex em volta da base do abajur e dos fios expostos.

Leyna guardou a lâmina e o saca-rolha na cintura do short e pegou a garrafinha de rosé e a meia garrafa de Riesling que tinham sobrado das refeições recentes. Parou na frente do espelho, se inspecionou, pareceu satisfeita e fechou a porta do guarda-roupa. Sem olhar para trás, apagou a luz do teto e saiu do quarto, deixando como iluminação somente o abajur no chão e o respingo de luz que vinha do corredor pela porta parcialmente aberta, dispersando a escuridão.

Ela foi cometendo atos aleatórios de vandalismo pela casa, cortando papel de parede, estofamentos, cortinas, quadros e entalhando obscenidades na mesa comprida e brilhante da Sala de Jantar do Estado. Passou o saca-rolha furiosamente pela madeira da mobília, das portas, das molduras, dos batentes, e tentou inutilmente lascar as superfícies de mármore do Salão de Entrada e do Cross Hall. Cansada, ela o jogou pela janela. A garrafa de rosé, que era ingerida conforme ela andava, lubrificou a fúria e aumentou a energia. Ficou tonta e caiu nas coisas, derrubando aparadores, plantas, bustos e cadeiras. O vinho caía da garrafa aberta sobre o tapete quando ela cambaleava.

Ela riu uma ou duas vezes, mas fez a maior parte dos danos em uma fúria muda e ofegante. Quando a garrafa já estava vazia, usou-a para quebrar um espelho. Com o fim dele, a histeria acabou.

Com calma, arrastou uma elegante cadeira de balanço Boston de seu lugar no Salão Leste até a Sala Azul e a posicionou de forma a poder olhar o jardim. As luzes que o iluminavam a noite toda tinham se acendido automaticamente. Ela via o carrossel em silêncio no meio do círculo de grama preto-esverdeada e as formas fantásticas das árvores e arbustos ao redor. Desejou saber como ligá-lo. Eram os Gigantes que controlavam o carrossel. Se estivesse rodando, por sorte ou por escolha, talvez o tivesse preferido no lugar daquele aposento, e teria gostado de ouvir a música de novo. Mas aqui ela podia destruir os tapetes. Na verdade, já tinha começado com a maioria deles.

Um espasmo surgiu em suas entranhas, mas ela o suportou. Levantou-se, andou até o centro da sala, tirou o short e urinou no Aubusson. Feito isso, ignorou o odor ácido da própria urina e voltou a se sentar. A lâmina estava meio cega pelo excesso de uso recente, e suas mãos tremiam, mas ela encontrou a veia certa no pulso esquerdo com pouco esforço. Largou a lâmina, pegou a garrafa de vinho e tomou uma boa quantidade. Derramou pela boca e escorreu pelo queixo. Sua cabeça estava notavelmente instável; era um esforço manter o equilíbrio na cadeira. Fechando os olhos, inclinou-se para trás. Respirou fundo e pensou sentir cheiro de fumaça em algum lugar.

"Que festa de aniversário", sussurrou. "Parabéns para mim", cantou baixinho. "Parabéns, querida Leyna..." Fez uma pausa para respirar, trêmula. "Parabéns para mim."

Queria bater palmas para si mesma, mas o braço esquerdo estava dormente e sem reação, e o direito estava ficando fraco. Abriu os olhos para olhar o lustre, pendurado como um enorme e iluminado bolo de aniversário no teto. Achou que estava balançando, que as chamas das velas falsas do lustre estavam oscilando, mas aí percebeu que era sua própria visão. De algum lugar do cérebro, explosões pretas obstruíam sua vista. Ela ouviu alguma coisa que podia ser uma torneira pingando, mas seu nariz, curiosamente apurado, revelou que era quente, salgado, acobreado. Sentia aquilo pingando nos pés descalços. Com grande alívio, lembrou que não era seu aniversário.

No quarto do terceiro andar, o que tinha sido dela, a imitação do Quarto da Rainha, os pedaços de pano em volta do fio exposto brilharam. O cheiro de ozônio estava forte. Finalmente, uma leve explosão, quando o tecido sintético, aquecido ao ponto de combustão pelos fios elétricos, pegou fogo. Havia muito a queimar; era uma casa bem mobiliada. O fogo se alimentou de tecidos finos e de madeira, cola e tinta, vernizes e tinta de madeira. Como se fosse uma coisa viva, o fogo respirava o ar que entrava pelas muitas janelas altas e de boas proporções. Queimou por vinte minutos, até os detectores de fumaça da casa serem acionados, trinta antes do sistema de irrigação inundar o quarto.

Era um sistema excelente. O fogo foi logo apagado, e os sensores, quando não detectaram mais fumaça e nem calor, desligaram a água. Se o quarto estava uma bagunça e fedia a madeira e pano queimado, se a Casa Branca de Bonecas tinha virado um caos encharcado, e o resto da preciosa coleção de Dorothy Hardesty Douglas estava danificado, pelo menos o apartamento e o resto do prédio estavam em segurança. Ninguém morreria em consequência daquele incêndio, dentro ou fora da casa de bonecas agora não mais tão branca. Leyna morreu, como planejado, de perda de sangue.

Ninguém ouviu os alarmes de fumaça. A empregada e a patroa estavam ausentes, em atividades parecidas. O isolamento acústico entre apartamentos era mais do que adequado. A manhã chegaria para expor os problemas da noite.

Dolly voltou às dez horas do dia seguinte. O apartamento, sempre silencioso, estava imóvel demais. Tremeu involuntariamente e afastou a sombra repentina e inexplicável sobre os sentimentos bons. Não era a sombra de nada real, decidiu ela, só o fantasma da cocaína. Não era comum Ruta não estar acordada cuidando do trabalho. Ela tinha contado a Dolly sobre um namorado novo com quem se encontraria na noite anterior; sem dúvida, estava de ressaca. Sem saber que Dolly tinha tomado café na rua, Ruta se sentiria culpada de não estar presente para servir o café matinal.

Dolly, entediada com a vida sem Roger, tinha ido a um jantar e encontrado um velho namorado, um produtor de discos francês. Armand estava acompanhado por um garoto bonito, e uma coisa levou a outra. Fez com que ela se sentisse uma campeã, a antiga expressão do pai dela para a autoestima pós-coito. Como poderia imaginar que estava ficando velha? Ela estava só começando.

Ao se olhar no espelho, achou que parecia mesmo um pouco desvanecida. Roger chegaria à noite, mas não havia muita coisa a fazer durante o dia. Poderia dormir o tempo todo e recebê-lo renovada e inocente. Mas primeiro tinha que alimentar a ratinha. Roger repararia em qualquer sinal de negligência. Talvez a punisse controlando o uso do miniaturizador, se recusando a fornecer mais coisas pequenas para ela.

Não houve aviso. O quarto de bonecas hermeticamente isolado guardou seus segredos do resto do mundo, de Ruta, nunca bem-vinda no santuário, e também de Dolly até ela destrancar e abrir a porta. Ela olhou direto para a Casa Branca de Bonecas. Por um instante, nada foi registrado. Mas o odor de queimado e molhado chegou ao seu nariz e, depois disso, na boca do estômago.

Aproximando-se da casa feito uma sonâmbula, escorregou em uma poça de água e deslizou pesadamente na direção da casa de bonecas e de sua base. O carrossel tremeu; o tocador de música mecânico foi sacudido e produziu uma distorcida e rouca nota em protesto. Recuperando o equilíbrio, Dolly enxergou a Parede Leste chamuscada e o Pórtico Sul, onde uma mancha de ferrugem escorria por baixo da porta e pelo chão do Pórtico até os degraus. Em um transe de descrença, esticou a mão para a parede preta de fogo. Seus dedos ficaram sujos de fuligem; ela os limpou com repulsa no vestido.

Mergulhou o dedo na mancha do Pórtico e ficou olhando. A água dos irrigadores não a diluiu porque o teto do Pórtico a havia coberto. Mas não tinha secado; a sala estava muito molhada. Aquilo estava mais escuro do que quando escorreu das veias de Leyna, claro, e o cheiro de morte era intenso.

Dolly só precisou se inclinar um pouco e olhar. Leyna tinha escolhido o lugar óbvio, o centro do palco. Estava caída na cadeira de balanço como uma boneca abandonada por uma criança que foi chamada para jantar. A cadeira, bem embaixo do lustre e virada para a janela, estava dolorosamente deslocada. Embaixo dela, um horrendo tapete vermelho-tijolo formava uma poça, e as pernas da cadeira de balanço estavam sujas da mesma substância. Havia tanto para ter vindo de um ser tão pequenininho.

Seu primeiro instinto foi esmagar a ratinha, espremer o corpinho no chão, mas não conseguiu suportar a ideia de sequer tocá-la. "Já vai tarde", sussurrou. "Já vai tarde. Fico feliz de ter destruído você."

Os olhos estáticos de Leyna a encaravam. O corpinho, inerte e branco, pareceu oscilar, como se estivesse se tornando um fantasma naquele instante — mas eram só as lágrimas borrando a visão de Dolly. Não eram lágrimas de dor, mas de fúria.

"O que aconteceu?", perguntou ele quando viu o corpinho na caixa de cigarros em forma de caixão. A voz dele estava tão morta quanto a mulher pequenininha.

As mãos de Dolly tremeram quando ela botou a caixa em suas mãos. Procurou freneticamente o cigarro que tinha deixado de lado alguns segundos antes. "Não sei. Ela parecia bem. Estava comendo."

Ele não pareceu ouvir. Seus olhos percorram febrilmente a Casa Branca de Bonecas. Ele mexeu nas cortinas cortadas, nas marcas nos móveis, nas manchas de queimado como se fosse um patologista fazendo uma autópsia. Quando finalmente lançou um olhar para Dolly, seus olhos a acusaram.

Ela não disse nada, achando que a melhor defesa era agir com choque e inocência.

A mão de Roger estapeou o rosto dela em uma névoa de irrealidade. Ela ficou atônita por ter doído. Caiu para trás, no sofá. A voz dele a atingiu com o mesmo nível de violência. "Que porra aconteceu?"

"Não sei", disse ela, engasgada. "Ela ficou maluca, eu acho."

Ele virou as costas para ela para olhar o cadáver.

"Eu tive que botá-la na caixa sozinha", disse ela, irritada.

Ele a olhava, mas não parecia vê-la.

"Quando dei o carro para ela, ela tentou se matar. Não pude impedir. Quando alguém quer morrer, não tem jeito." Roger se sentou abruptamente na cadeira mais próxima e cobriu os olhos. "É culpa sua!", explodiu Dolly. "Você fez isso com ela. Fez algo errado!"

Os ombros murchos e o rosto escondido revelaram a convicção secreta dele. Agora, Dolly podia ser gentil. Ela se aproximou e passou as pontas dos dedos na nuca do homem.

"Vamos fazer um funeral bonito para ela", murmurou Dolly.

Ele deu um suspiro irregular.

"Escute, querido", insistiu ela, "nós aprendemos muito. A próxima vez vai ser melhor."

Não haveria próxima vez, prometeu Roger a si mesmo, olhando para a mulher pequenininha no caixão prateado.

Dolly sentiu o afastamento dele, o que a deixou um pouco enjoada. Ela precisava de novos moradores para a Casa Branca. De alguma forma, os teria, quando a casa fosse consertada. Roger tinha que dar isso a ela. Ela cuidaria para que assim fosse. Só que, por enquanto, era preciso ajeitar as coisas, aliviar a dor dele. Assim como uma criança com um ratinho de estimação, ele vai esquecer logo. Ela sabia como fazê-lo esquecer o próprio nome, e com certeza a mulher pequenininha também. Ela sabia como.

Os investigadores admitem estar particularmente perplexos pelo estranho desaparecimento da jornalista de televisão Leyna Shaw. Depois de semanas de intenso esforço cooperativo dos agentes da lei, não houve progresso visível no caso. Sem pedido de resgate para sustentar a teoria de que Shaw tivesse sido sequestrada, por dinheiro ou por terroristas políticos, o foco da investigação foi desviado para a vida particular de Shaw. Também ali havia uma escassez dolorosa de pistas. Sem filhos e separada do marido, o arquiteto Jeffrey Fairbourne, mas em bons termos com ele, a jornalista aparentemente tinha poucos amigos próximos e nenhum relacionamento sério na vida, embora saísse com uma variedade de colegas da imprensa, funcionários altos do governo e políticos, inclusive Sua Elegância, o presidente Matt Johnson. Inevitavelmente, o desaparecimento gerou boatos ferozes, que foram descartados pela pessoa mais próxima do assunto, a mãe do presidente, a viúva Harriet Caithness Johnson, como sendo "baboseira — a garota e Matthew nunca foram mais do que amigos". O quase ex-marido Fairbourne tem informações próprias sobre a questão: ele alega ter ouvido de Leyna que A Solteirice do presidente fez mais do que uma visita noturna ao elegante apartamento com vista para o Potomac. Fairbourne planeja revelar suas suspeitas em um livro que mistura ficção e realidade, em processo de envio para grandes editoras.

06/06/1980

— *viperpetrations*, VIP

PEQUENAS REALIDADES
TABITHA KING

12

A perua, cheia de pipoca e copos de papel que espalhavam poças vermelhas e grudentas de suco Kool-Aid no tapete, fedia a morango artificial adocicado e manteiga salgada. As crianças estavam deitadas na parte de trás da perua, em um mar de travesseiros e colchas velhas. Laurie estava roncando de leve; Zach estava perdido no sono profundo e inalcançável das crianças muito pequenas. O segundo filme estava pela metade.

Nick e Lucy, abraçados em silêncio no banco da frente, não estavam assistindo. Lucy, com a cabeça no peito de Nick, murmurou:

"Eles estão dormindo?"

"Humm."

"Isso é um sim ou um não?"

"Humm."

Ela enfiou o cotovelo na lateral dele. "Rá."

Nick riu baixinho. "Ei, ser casado é assim?"

"Pipoca de um lado a outro e orgias de Kool-Aid? É. Ao menos se você tem filhos e mora nos Estados Unidos. Não sei sobre o resto do mundo, os sem filhos e os não americanos. Isso", ela indicou o interior do carro em um gesto rápido, como se estivesse capturando uma borboleta, "é um universo fechado".

"Eu estava mesmo pensando sobre essa questão de ir ao drive-in com as crianças de pijama, e você e eu namorando no banco da frente enquanto eles dormem."

"A gente não vem com frequência. Uma ou duas vezes por verão é suficiente. Você esquece de um verão para o outro sobre os insetos e a sujeira no carro. Mas eu nunca trouxe ninguém junto para namorar."

Ele escondeu o nariz no cabelo dela, e eles brincaram um pouco. Ela recuou primeiro.

"Espera", pediu, rindo.

"Aargh", grunhiu ele de brincadeira.

Ao olhar para os carros parados em curva na frente da parede que era a tela dos filmes, ele ficou pensativo.

"Ainda bem que não sou o dono disto aqui."

Lucy ficou em silêncio e olhou ao redor.

"Parece velho, mas a aparência é sempre essa. É parte da ambientação, não é? O drive-in cafona?", observou ela.

Nick sorriu. "É. Mas quero dizer que está obsoleto. A não ser que alguém invente um automóvel que não use gasolina ou que use bem menos, os drive-ins vão ser só uma nota de rodapé na longa lista de instituições americanas que vão sumir para sempre."

"Eu nunca pensei nisso."

Depois de um tempo, segurou a mão dele. "Senti um arrepio agora. Eu nunca penso no Futuro com um f maiúsculo. Parece que já tem muita coisa para se fazer quando o assunto é se virar sozinha. Você acha que Laurie e Zach terão vidas muito diferentes das nossas?"

"É difícil imaginar outra coisa. Se o ritmo do desenvolvimento tecnológico continuar, a vida deles vai ser tão inimaginável para nós quanto a nossa seria para nossos bisavós. Se a tecnologia ficar estagnada, é bem provável que a vida seja bem mais triste e difícil do que a nossa. Diferente, com certeza."

Lucy tremeu. "Como podemos ser tão burros?"

Nick sorriu e a apertou de forma reconfortante. "Nós não somos burros. Somos inteligentes demais, na verdade. Meus ancestrais, e não posso falar sobre os seus, os proprietários de terras ingleses de sangue azul do lado da minha mãe, e os açougueiros de alto padrão que produziram meu pai, teriam dito que o respeito por Deus e por seu lugar na sociedade, além de uma dedicação real ao trabalho árduo, era o melhor caminho para a sobrevivência e a prosperidade, nesta vida e na próxima, para qualquer homem."

"Deposito a minha fé em Jesus, e também no First National Bank?", debochou Lucy.

"Isso mesmo. Nossa geração, e, para ser justo, a geração dos nossos pais, com a atitude que você acabou de demonstrar pela religião e certo cinismo em relação ao trabalho árduo e seus frutos, bota toda a fé na tecnologia ou na ciência. Mary Shelley nos avisou sobre isso um tempo atrás, mas não ouvimos a mensagem dela, nem todas as outras no caminho. Nossa tecnologia é ao mesmo tempo a coisa mais perigosa do mundo e nossa mais provável salvação."

"Nunca ouvi você falar assim. Eu esperaria que você falasse alguma coisa sobre arte."

Nick deu de ombros. "Minha criação me azedou um pouco sobre a grande importância da arte. E não se pode comer arte quando as colheitas fracassam."

"Isso parece amargo."

"Eu sei." Nick suspirou e a puxou para perto. "Nós deveríamos estar fazendo amor, não falando sobre o fim desse mundo que conhecemos."

Lucy se sentou mais ereta e olhou para ele. "O que houve?"

Ela estava impressionante, sentada de pernas cruzadas entre o volante e o encosto. À luz da tela de cinema, o short jeans e a camiseta vermelha xadrez estavam roxo-enegrecidos. Correr, andar de bicicleta e trabalhar no jardim a tinham bronzeado e emagrecido. O cabelo, que estava bem preso quando eles deixaram o pai dela em casa, tinha caído em mechas sobre os ombros. Ele estava preparado para ficar olhando para ela a noite toda.

Ela respondeu sua própria pergunta: "Ando pensando de tempos em tempos em Leyna Shaw".

Leyna era um assunto arriscado. Nick decidiu adotar uma postura neutra. "É mesmo?"

"O que poderia ter acontecido com ela?"

"Você conhece as possibilidades tanto quanto eu", repreendeu ele gentilmente. "Tudo está na *vip* e nos jornais, em todos os noticiários de todos os canais. Sequestro, assassinato, suicídio, fuga", enumerou ele, "ou alguma combinação disso."

"Sim", concordou Lucy. "Mas você a conhecia. O que você acha?"

"Eu não era o melhor amigo dela", protestou Nick. "Eu a conheço há muito tempo; sei coisas sobre ela. Não sei e não consigo imaginar o que pode ter acontecido."

"Bem, que coisas você sabe?", insistiu ela.

"O marido dela, Jeff Fairbourne, é de uma família antiga e rica. Os Fairbourne são caracterizados por magníficos narizes romanos, total insensibilidade para com o resto da raça humana e a habitual cobiça impressionante dos verdadeiramente ricos. Além disso, a família gera, de acordo com o padrão médio do filisteu ganancioso, pelo menos *um idiot savant* por geração. Jeff é a aberração da última geração. Ele me disse que pretende ser a última geração, ponto final."

"*Idiot savant?*"

"Houve algu*ns idiot savants* genuinamente clássicos entre os Fairbourne. Jeff é um caso à parte. Ele tem uma característica compreensão extraordinária das propriedades dos números e das datas, mas não consegue mudar. Ele funciona, tem um diploma ou dois etc. É arquiteto, e suas ideias são maravilhosas no papel, mas têm uma tendência a serem desastrosas depois de construídas. Ou alguém repara, quando a fita está sendo cortada, que a coisa parece um cocô de cachorro com cinquenta andares, ou todo o vidro cai na primeira ventania, ou ele deixa o encanamento de fora. Fez isso duas vezes. Alega atenção excessiva."

Lucy riu. "Que incrível! E as pessoas o contratam?"

"Claro. Ele é um Fairbourne. Os Fairbourne atraem dinheiro como carne podre atrai moscas."

"Então esse é o marido dela. Mas eles se separaram."

"Praticamente logo depois do casamento. Acho que foi um casamento por rancor. A família do Jeff teve que engolir quieta aquele monte de suspeitas de que ele fosse homossexual, e a Leyna pôde jogar todo o dinheiro dos Fairbourne na cara da mãe. Ela odeia a mãe."

"Por que eles não se divorciaram?"

"Acho que gostavam de como as coisas estavam. Simples assim. Não há animosidade. Você viu as fotos do Jeff depois que ela desapareceu, ele estava genuinamente aflito. Foi um casamento sem emoção, mas os dois conseguiram o que queriam dele."

Ela assentiu.

Ele continuou: "Não consigo pensar em suicídio, a não ser que houvesse alguma coisa errada, alguma espécie de doença. Ela é exatamente o tipo de pessoa que acabaria com a vida em vez de enfrentar uma doença terminal. Não por falta de coragem ou por medo da dor, mas por que odiaria as indignidades, a degeneração, a dependência".

"Foi o que pensei diante da ideia", disse Lucy. "Ela parecia... durona."

"E era mesmo. Pelo visto, não foi sequestrada, pois não houve bilhetes críveis. Essa era a possibilidade mais provável para mim. Todo aquele dinheiro dos Fairbourne, mais a fama dela de jornalista."

"Talvez ela tenha sido, mas algo deu errado e os sequestradores a mataram."

Nick assentiu. "Uma possibilidade. E que pode nunca ser provada."

"E assassinato?"

"Ela tinha alguns inimigos de porte, e muita gente comum a odiava. Mas não sei de ninguém que pagaria um assassino para matá-la, e menos ainda que o faria em pessoa."

"Mas alguém pode ter feito isso. Você não sabe, não é?"

"Talvez. Mas ela não era a jornalista mais perigosa da cidade, isso é certo", ponderou.

"E a teoria de fuga?"

"Não há motivação que eu saiba. Ela estava lidando bem com a vida, ao que parecia. Queria ser uma jornalista famosa, e era. Ela gostava. Se divertia."

"Acho que alguma coisa terrível aconteceu com ela", disse Lucy com pesar na voz. Seu rosto, iluminado pela tela, estava perturbado.

Depois de um breve silêncio, Nick concordou. "Eu também."

Lucy se virou na frente do volante. "Vamos para casa."

"Voltando à minha pergunta original", disse Nick, tentando aliviar o clima, "casamento é assim? Levar os filhos ao drive-in, namorar um pouco e ir para casa antes do fim do segundo filme, sem nem chegar aos finalmentes?"

Ela ligou a ignição. "Vamos levar as crianças para dentro e botá-las na cama..."

"E desligar a televisão e botar o seu pai na cama?", perguntou Nick.

"Sim", disse ela, rindo. "Depois, vamos botar a motorista e seu passageiro na cama. Mas você tem que ir embora antes das cinco e meia."

Nick gemeu. "As coisas que eu tenho que fazer para transar."

"Se preferir, deixo você agora no caminho de casa", ofereceu Lucy.

"Aceito a primeira proposta", disse ele rapidamente.

"Tudo bem. Só para você entender, não quero que meus filhos acordem e encontrem a mãe na cama com o velho Nick, e nem com ninguém", disse amigavelmente.

Ele balançou a cabeça. "Você é uma mulher difícil."

"O mundo é difícil."

"Mas é hipócrita, Lucy. Não é como você. Você é honesta demais para esse tipo de palhaçada."

"Não, não é hipocrisia", insistiu ela, deixando o carro seguir pelo declive até as pistas irregulares entre as fileiras. "Meus filhos são muito pequenos. Se tivessem quinze anos, eu os sentaria e diria: 'escutem, vocês sabem sobre sexo; sua mãe também gosta, ela tem um namorado e dorme com ele. Ela não é uma desvairada, não está dormindo com qualquer um que peça ou que fique por perto por um tempo. Ela gosta desse cara. O sexo é só uma parte do relacionamento com ele'. Não se pode explicar isso para uma criança de sete anos. Tudo que eles veem é uma pessoa entre eles e a mãe que é ou um pai em potencial ou um invasor."

"Não sei. Eu nunca estive na sua posição. Não tenho um filho de sete anos. E, quando tinha sete anos, achava a coisa mais normal do mundo ter um pai da idade dos avôs dos meus amigos, e outro pai jovem que aparecia de vez em quando, vindo de lugares exóticos como a costa do Maine. Não mudou o que eu sentia pela minha mãe. Ela ainda era a mulher mais linda e mais maravilhosa do mundo. Nada que ela fizesse podia ser ruim."

"Eu tinha dezessete anos quando meus pais se separaram, mas o casamento já estava ruim havia anos, desde que eu conseguia lembrar", relembrou Lucy. "Eu fiquei feliz. Mas não havia mais ninguém envolvido. Só meu pai e sua garrafa de uísque e as costas ruins e seus fracassos; minha mãe e suas preciosas casas coloniais reformadas. Os dois levaram do casamento basicamente o que tinham antes."

"O mundo de cada um é um pouco diferente, eu acho." Nick limpou a garganta. "Agora que falamos sobre divórcio, podemos falar de casamento?"

Lucy tirou os olhos da estrada por tempo suficiente para abrir um sorriso. "Fale comigo em seis semanas. Quando as aulas recomeçarem."

Ele cruzou os braços sobre o peito como se para se abraçar.

"Mulher incrível", suspirou.

Ela riu.

Não havia onde enterrá-la. Roger fez um morrinho no lado oeste do jardim, perto de um grupo de carvalhos. O caixão prateado, que antes tinha sido uma cigarreira engraçada e agora guardava os restos de Leyna, foi colocado na caverna ladeada de pedras e o montículo foi fechado, coberto de terra para cobrir as pedras, a grama depositada por cima. Na ausência de lápide, Dolly permitiu que Roger instalasse um chafariz ali perto. Com isso, perdeu o interesse na Casa Branca de Bonecas, alegando que não tinha habilidade para consertá-la.

Dolly ficou furiosa com ele, mas não havia nada que ela pudesse fazer. Se o obrigasse a consertar a casa, ele poderia danificá-la deliberadamente de um jeito que não teria mais conserto. Teve que se contentar com a limpeza do estrago que a água fez na Casa de Biscoito de Gengibre, que felizmente não estava diretamente abaixo de nenhum irrigador e só ficou um pouco molhada. A Casa de Vidro foi a mais fácil de limpar; um pouco de limpador de janelas e umas toalhas de papel, somados à paciência para fazer um bom trabalho, e lá estava ela novamente, fazendo seus velhos truques com a luz.

Roger mergulhou no programa de condicionamento físico oferecido pela academia de Dolly. Parou de consumir cerveja, pizza e bolinhos, e passou a provar os crepes e medalhões de frutos do mar de Ruta como se fossem fígado e espinafre. Seus livros e aparatos chegaram da Califórnia e, depois de reordenar o segundo e pequeno quarto do apartamento como uma oficina, ele passou muitas horas trabalhando em misteriosos ajustes no miniaturizador. Ninguém podia entrar lá, nem Dolly, depois que ele instalou uma tranca na porta e escondeu a chave no bolso.

Dolly planejava seduzi-lo para arrancá-lo da dor. O instinto teatral que tornava o sexo com Roger picante rompeu as amarras das fantasias e dos papéis de filmes b. Primeiro, ele se mostrou um brilhante improvisador, e depois, abruptamente, a levou a uma série de intimidades repentinas, silenciosas, ocasionalmente violentas, ao longo das quais Roger se estabeleceu como dominador. Cada vez mais, eles se envolviam em um ritual de invasão dos corpos e espíritos do outro.

A Casa Branca de Bonecas e suas colegas ficaram esquecidas atrás da porta trancada. A grande casa de bonecas começou a feder a mofo e fogo, e Dolly mal aguentava entrar no ambiente. Bastava pensar na ruína de seu orgulho e alegria para entrar em uma depressão inquieta. Era quando precisava de Roger. A questão que ela demandava dele era sempre respondida da mesma forma, na cama.

O verão da cidade a manteve aprisionada no apartamento, ou em carros com ar-condicionado, ou em lojas chiques. Procurando alívio, cismou de viajar, como se algum outro lugar do mundo fosse ser doce e verde. Seu lar a sufocava, uma cápsula artificialmente refrigerada flutuando acima da cidade. Ela morava tão acima e distante do mundo comum que a cidade era vista como se encolhida à escala de brinquedos. Ao descer da torre e entrar novamente nela, sentia o processo reverso, ela mesma encolhia e a cidade ficava grande demais para suportar.

Ela estava determinada a passar ao menos um tempo fora. Talvez, quando acordasse de algum sonho agradável, sua casa de bonecas estivesse restaurada feito mágica. Enquanto isso, ela instruiu Ruta a chamar faxineiros terceirizados para limparem o apartamento, menos o quarto das casas de bonecas, e a mandar o decorador refazer todo o apartamento.

"Em roxo", disse ela, sonhadora.

Foi só no caminho para o aeroporto, com o miniaturizador dentro do estojo no colo, que Roger perguntou para onde eles estavam indo.

"Inglaterra", disse ela, distraída, avaliando a bolsa para ver se estava com os cigarros. "Eu pedi para você trazer seu passaporte, não pedi?"

Ela não viu a sombra de prazer que se espalhou no rosto de Roger brevemente.

Foi um voo convencional porque os aviões supersônicos estavam lotados. Roger não conseguiu dormir, então comeu pacientemente o que os comissários ofereceram e assistiu ao filme. Era uma comédia, mas ele não conseguiu dar nem uma risadinha. A melancolia familiar tomou conta dele, densa e pesada como a nuvem visível pelas janelinhas do avião.

Ele olhou para Dolly no banco ao lado. O sono não era gentil com ela. As linhas finas ficavam mais grossas, as manchinhas embaixo dos olhos já não eram uma romântica sugestão de experiência. Não, ela parecia uma pestinha mimada de quarenta e cinco anos, toda errada. A promessa dos próximos dez ou quinze anos ladeira abaixo aparecia evidente no rosto dela. A velha que ela estava se tornando se parecia muito com um macaco ancião e mal-humorado. Na verdade, estava começando a ficar parecida com o pai dela.

Ele olhava para a tela do filme sem prestar atenção. Se eles caíssem naquele momento, se o avião se partisse no ar, ele teria passado seus últimos e preciosos segundos de vida pensando em Mike Hardesty, conjurando o rosto do velho filho da mãe. Era uma consideração surpreendente. Quanto mais tentava afastar aquela imagem, mais persistente ela se tornava.

Fechou os olhos e reclinou o assento. Tinha que chegar à Inglaterra, aonde nunca tinha ido. Nunca tinha saído do país, exceto por duas fugas adolescentes para o México. Odiou, ficou com diarreia nas duas vezes. Sua mãe assentiu com sabedoria e disse para ele aprender com a experiência. Ele aprendeu.

Mas a Inglaterra era diferente. Sua mãe aprovaria que ele absorvesse um pouco da cultura do país materno. Os pensamentos da mãe afastaram os de Mike Hardesty. Roger fez uma promessa silenciosa de ligar para ela de Londres. Ela ficaria animada. Faria um esforço para ser atencioso. Com o tempo, ela se acostumaria com sua nova vida.

O fuso horário afetou os dois intensamente. Os primeiros três dias foram um sofrimento pela falta de sono, palavras irritadas e sexo desajeitado que não terminava bem. Londres estava tipicamente cinzenta e fria, uma mudança bem drástica da apatia úmida de Nova York, a ponto de deixar Roger com um resfriado de verão tardio. Dolly fumava sem parar, e os olhos de Roger lacrimejavam junto com o nariz, até que ele foi para o segundo quarto da suíte, com o pretexto de protegê-la dos germes. Ele tinha desenvolvido uma tosse irritante também. Dolly não ficou chateada de ficar com a cama só para si.

Ela se sentiu bem depois de um tempo e saiu, entediada com aquele Roger assexual e resfriado. Se o dia foi longo, frio e solitário para Roger, não foi para ela. Quando voltou, estava acompanhada por um carregador abarrotado com suas compras. Como todos os outros que Roger tinha visto, ele era indiano; toda a equipe do hotel parecia ser de um ou outro grupo de asiáticos. Em quatro dias na Inglaterra, Roger quase não tinha visto nenhum anglo-saxão. Foi surpreendente.

A saída às compras deixou Dolly animada. Ela pediu uma refeição pelo serviço de quarto. Sentou-se na cama de Roger, e eles comeram linguado de Dover e arroz pilaf juntos, acompanhados de bules de chá com mel e limão. Roger admirou as roupas que ela tinha comprado e, em seu íntimo, pensou que aquelas coisas pareciam algo que sua mãe usaria, embora ela fosse precisar de um tamanho bem maior.

"Vamos sair de Londres", propôs Dolly. "Você devia ver mais da verdadeira Inglaterra."

"Humm", respondeu Roger, evasivo, embora não tivesse visto nada de Londres além da vista de dentro do táxi no trajeto do aeroporto até o hotel pelo Victoria Embankment, e da vista da janela do hotel para o Tâmisa. Parecia bem verdadeiro, e se ela dissesse que aquilo era a Inglaterra, ele estava preparado para acreditar na palavra dela.

No dia seguinte, tomaram um trem na estação de Waterloo para Salisbury. Não foi a maravilha que Dolly deu a entender que seria, mas foi confortável. Naturalmente, a parte do conforto não duraria muito. A sorte de Roger era assim. Ela os enfiou em um ônibus para Stonehenge, anunciando que queria ver as ruínas pré-históricas. O ônibus os protegeu da chuva, mas estava cheio de turistas preenchendo um dia chuvoso com um olhar educativo, e a atmosfera lá dentro logo virou uma mistura irrespirável de fumaça úmida de cigarro e ar fedorento. Roger sentia como se estivesse em um submarino furado depois que a tripulação tivesse comido feijão por semanas.

Roger mudou sua opinião sobre o lugar anterior depois de ficar pegando chuva em Stonehenge, tremendo e com o nariz pingando, e tentando ver o que quer que houvesse a ser visto em um jardim japonês de pedra gigante. Estava pronto para desistir e voltar para a chata e não inglesa Londres ou para qualquer lugar que oferecesse abrigo da chuva e alguma coisa que o aquecesse por dentro. Dolly, que vibrava como uma imensidão de fungos na umidade, o levou de volta ao ônibus que iria para um lugar chamado Longleat. Pelo menos o ar no ônibus tinha se renovado enquanto os turistas andavam na lama e tiravam fotos que não ficariam boas por falta de luz adequada.

Longleat acabou sendo um palácio velho cheio de correntes de ar que o guia chamou de "casa imponente". Roger teve que dar uma risadinha quando ouviu isso; parecia uma majestosa Mansão Wayne para ele. Isso fez Dolly lhe lançar um daqueles olhares que dizem "não posso levar você a lugar nenhum", e ele fechou a cara. Permitiu-se ser guiado pelo lugar com o amontoado de turistas do ônibus, mais uma vez tirando fotos que sairiam manchadas, borradas e desfocadas. Roger fez o que achou que fosse sensato: comprou alguns cartões-postais e um livro sobre o lugar para enviar para sua mãe. Ela provavelmente ficaria impressionada com os selos, assim como ficaria com as coisas sobre Longleat, que qualquer um, até mesmo sua mãe, conseguiria ver que era inabitável. Mas pelo menos ela saberia que ele tinha pensado nela enquanto se divertia tanto assoando montes de meleca em toneladas de lenços Kleenex na velha Inglaterra.

Quando chegou a hora de subir no ônibus de volta para a estação de Salisbury, Dolly o puxou de lado. Roger só queria pousar o traseiro em um assento acolchoado e, quem sabe, cochilar um pouco. Ficar na chuva fraca sussurrando com Dolly foi quase doloroso. A começar pelos dentes, que ficavam doloridos no frio, mas essa dor cessou quando enfiou as unhas no pulso dele com força suficiente para tirar sangue.

"Vamos encolher", sibilou ela, indicando a pilha enorme de pedras de Longleat. As mãos de Roger foram instintivamente para o miniaturizador pendurado no peito, dentro do sobretudo mal abotoado. Ele deu uma risadinha febril.

Ela enfiou as unhas mais fundo. Roger se perguntou se ela estava procurando uma veia. A brincadeira já tinha ido muito longe.

"Você perdeu a porra da cabeça?", sussurrou para ela. Libertou o pulso puxando os dedos dela como grampos de uma caixa de papelão, a empurrou e subiu no ônibus. Ele se sentou junto à janela, que se danasse aquela porcaria de "primeiro as damas". Depois de deixar duas senhoras de roupas esportivas verdes idênticas subirem antes dela, Dolly se sentou rigidamente ao seu lado. Com infelicidade, Roger percebeu que a janela estava fria e úmida de condensação. Ele receberia pingos em todo o caminho até a estação de Salisbury. E ela não falaria com ele. Talvez isso fosse uma bênção.

"Você precisa ver umas pessoas", diagnosticou Dolly. Roger grunhiu, lembrando-se da última recomendação que ela havia feito para a saúde dele, e enrolou os cobertores em volta do corpo. Durante dois dias, só tinha saído da cama para fazer xixi. A perspectiva repentina de vida social não o animava em nada.

Durante essa recaída, Dolly decidiu cuidar dele até que recuperasse a saúde. Fumando e falando, ela ficou no hotel e pulava de um canto da suíte até o outro. Assim que Roger se acomodava em um sono confortável, ela aparecia para afofar o travesseiro, trocar o copo de água, oferecer chá quente ou suco de laranja gelado, botar revistas na mesa de cabeceira com alegria ou fechar a cortina e mandar que ele cochilasse. Ele se pegou questionando se ela pretendia irritá-lo até que ele ficasse saudável.

Finalmente, ele fugiu para o banheiro para ter um momento de paz. Não havia nada para ler lá. Tudo havia migrado para o lado da cama. Ele não tinha cigarros e nem desejo de fumar, não com o paladar e o olfato amortecidos pelo resfriado. Mesmo com todos os líquidos correndo dentro dele, não conseguiu produzir mais do que um filete de urina. Não havia mais nada a fazer do que se olhar no espelho. Sua barba estava no limite do tolerável. Ou ele faria a barba hoje ou teria que deixá-la crescer. Mexeu nos pelos, pensativo, achando-se parecido com um pirata ameaçador. Sorriu para o espelho, tentando fazer uma expressão charmosa e mortal. Pena que seus dentes eram tão bons — um vão ou um brilho dourado seriam um belo toque.

Depois que se levantou, não conseguiu mais relaxar. A cama estava com aparência maltratada e o cheiro não estava mais tão bom. Decidiu tomar banho e se vestir. Dolly ficou agitada e se alegrou. Também devia estar entediada. Ela foi para o telefone.

Ainda estava ao telefone, tendo uma conversa animada com alguém e falando com um sotaque muito afetado, quando ele sussurrou que ia ao barbeiro.

Quando voltou para a suíte com a barba curta ajeitada e aparada, ela o esperava. Um casaco de pele nas costas da cadeira onde ela estava sentada fazia a cadeira parecer um trono.

"Vamos sair para tomar chá", anunciou ela, e fez cócegas no queixo dele, embaixo da barba. "Fofo." E, ao pegar a bolsa: "Você vai gostar dela. É uma velha amiga e uma querida quando não está sendo uma filha da puta".

A velha amiga acabou sendo realmente muito velha. Roger sentiu como se tivesse caído em uma dobra do tempo. O chá foi servido em um salão de teto alto onde um fogo ardia alegremente na lareira, apesar de a temperatura lá fora estar agradável, vinte e dois graus, ainda que o dia estivesse nublado. As paredes de pedra daquele velho lugar que eles estavam visitando deviam ter dezenas de centímetros de grossura. Isso explicaria o frio úmido do salão.

Por outro lado, talvez o frio impedisse que a coroa apodrecesse. Ela tinha oitenta e cinco anos pelo menos, e uma enfermeira com cara de cavalo de chapeuzinho branco estava sempre ao seu lado. A enfermeira serviu o chá, pois a velha senhora aparentemente estava fraca demais para erguer o enorme bule de prata sozinha, e Dolly estava ocupada demais falando.

"Lady Maggie", apresentou Dolly. "Weiler." Uma pausa significativa. "Mãe de Nick."

Foi um susto para Roger. Ela devia ter tido o bebê Nick quando o relógio biológico estava nas últimas. Estava toda murcha agora, como as velhas senhoras de verdade costumam ficar, e não era maior do que Dolly, só uma coisinha diminuta. Mas seus olhos eram brilhantes e enérgicos, e ela não usava óculos. Estava usando um vestido preto e comprido da mesma época da decoração do salão. Roger não tinha certeza sobre essas coisas, mas achava que o salão tinha sido redecorado nos anos 1920. Ela usava o cabelo como se fosse jovem, curto e rente ao crânio velho, com cachos grudados nas laterais do rosto que acentuavam as bochechas pintadas. O blush estava muito forte. Sua mãe fazia o mesmo, era comum; Roger pensou que talvez o tom de pele das senhoras mudasse com o envelhecimento e elas não reparassem. Ou talvez elas não enxergassem direito para fazer a maquiagem da melhor forma.

O vestido era muito decotado — não que a velha senhora tivesse alguma coisa para exibir, nem que tivesse tido um dia, a julgar pelo corpo miúdo de passarinho —, mas não era grotesco. Sua pele formava um fundo de pergaminho para o colar que usava, um arranjo enorme de pérolas, pedras que deviam valer uma pequena fortuna em diamantes, contas de vidro de uma curiosa cor azul-prateada e ouro. Uma versão abreviada do design de arabescos pendia de suas orelhas. Roger achou que deviam ser muito pesados, mas lady Maggie se sentava com o corpo perfeitamente ereto. Sua cabeça estava firme. Só as mãos tremiam um pouco e, quando isso acontecia, os pesados anéis de pedras que envolviam todos os dedos cintilavam e brilhavam. Seus pulsos eram surpreendentemente finos e com aparência jovem, e não carregavam adorno algum.

Lady Maggie e Dolly conversaram sobre pessoas, lugares e coisas que Roger não conhecia. A velha senhora tentou atrai-lo para a conversa, e Dolly de vez em quando lhe jogava um osso em forma de gracejo, mas sua atenção se voltava inevitavelmente para os doces na mesa de chá. Não havia nada que ele pudesse acrescentar à conversa além de ruídos educados, os quais ele conseguia fazer adequadamente mesmo de boca cheia.

A enfermeira ia e vinha com frequência cada vez maior. Ficava praticamente pulando de um pé no outro. Roger não conseguia entender. Mas, quando puxou o lenço para assoar o nariz, o que na verdade foi um gesto muito bem-comportado, ela lhe fez cara feia, e ele percebeu o olhar de preocupação que ela lançou para sua empregadora. As senhoras estavam absortas demais para reparar no lenço dele. Isso respondeu à pergunta mental de Roger; evidentemente, a velha senhora era tão frágil quanto aparentava ser. Um resfriado seria desastroso. Dolly o informou que lady Maggie raramente recebia convidados. A mera empolgação de tomar chá com eles poderia representar um sério esforço físico.

Lady Maggie reparou na enfermeira agitada e a mandou embora, lembrando-a de que era hora de ir à igreja. Alguns minutos depois, a enfermeira, que aparentemente se desdobrava a qualquer pedido de lady Maggie, pôde ser vista descendo pela rua de chapéu preto e casaco. A impressão de Roger em relação à nobre senhora se apurou: ela podia ser fisicamente frágil, mas tinha um punho de ferro.

Um pouco depois, Dolly beliscou a coxa dele de um jeito brincalhão. Doeu. Roger deu um pulo e quase caiu da cadeira quando ela disse: "Roger, querido, você não quer tirar uma foto de lady Maggie?".

A velha senhora riu. "Pode ser a última, não é, Dorothy? Bem, eu não sou vaidosa. Não me importo que o mundo veja a ruína que me tornei. Sente-se ao meu lado, vamos sair juntas na fotografia."

Roger apertou o miniaturizador dentro do estojo. De súbito, estava suando copiosamente. Os doces que tinha ingerido se reviravam no estômago de forma ameaçadora. Ele queria enrolar a alça do estojo no pescoço frágil de Dolly. O que ela estava pensando? Enquanto remexia no estojo, riu com vergonha.

"Adivinhem o que aconteceu?", disse ele com voz aguda. "Não tenho filme." Ele corou.

Os olhos de Dolly faiscaram para ele. O rosto da velha senhora despencou, isso se era possível cair mais do que já tinha caído sob influência da gravidade. Apesar do que disse, *ela* era vaidosa.

Roger ficou triste. Ele a achou uma bela senhora, e ela foi gentil com ele. Mas Dolly descontaria na pele dele.

Em pouco tempo, foram embora. Dolly prometeu visitar lady Maggie novamente antes de irem embora de Londres. A solidão evidente da velha senhora foi um tanto tocante.

No hotel, Dolly bateu a porta do quarto na cara dele de forma decisiva, depois de ter se recusado a falar com ele no trajeto de volta. Foi exasperante, e ele ficou, de forma nada característica, muito irritado. Pediu uma farta refeição pelo serviço de quarto e comeu até o fim, embora tudo estivesse cozido demais e sem gosto. Em seguida, ele pediu cerveja, que também não estava muito boa.

Roger atendeu à ligação da velha senhora no dia seguinte, porque Dolly tinha saído cedo para passar o dia em um elegante clube de mulheres chamado Sanctuary. Ainda não estava falando com ele. Lady Maggie não tinha os mesmos melindres. Ele foi convidado para visitá-la mesmo sem Dolly.

"Traga filme desta vez", disse ela com a doce voz inglesa, e riu. Foi uma risada maravilhosa. Roger agora achava que ela devia ter sido uma beleza de arrasar corações no passado.

Para sua própria surpresa, ele se ouviu dizendo: "Sim. Sim, eu vou levar".

"Mas vamos sair", propôs ela.

Ele ficou aliviado. Compraria uma câmera real e tiraria fotos dela de verdade. Nada poderia acontecer em um lugar público. Afinal, ela era só mais uma mulher idosa e solitária, manipulando as mesmas cordinhas que sua mãe usava com ele. Queria sair e visitar o mundo de novo. Ela era como sua mãe e não viu mal nenhum naquilo. Ficou feliz em fazer a vontade dela.

Ela chegou de táxi no hotel, e eles encontraram um lugar próximo, agradável e um pouco caro para almoçar, onde o maître fez uma cena para ela. Conforme recebia atenção, foi ficando mais e mais graciosa. O maître chamou Roger de lado para perguntar quem era a grande dama, e Roger lhe contou, mas obviamente o homem nunca tinha ouvido falar dela. Ele só estava fazendo o seu trabalho quando os recebeu na porta, guiado pela riqueza aparente dela, pelo colar extraordinário ainda pendurado no peito ossudo, embora ela tivesse trocado o vestido para um de cor azul-escura.

Depois de anunciar que podia tomar uma taça de vinho do porto por dia, ela se acomodou para saboreá-la enquanto Roger tomava um gim com tônica — algo raro, mas ele desenvolvera uma aversão ao gosto da cerveja inglesa. Dolly tinha recomendado o coquetel muito tempo antes, em sua incessante reeducação dos gostos dele. Acabou sendo inofensivo, ainda que não muito emocionante, e ele pediu outro.

Ele ficou feliz em ouvir as reminiscências de lady Maggie, que eram divertidas e não obscuras demais. Ele não tinha muito a lhe contar; ela não parecia esperar que ele o fizesse. A comida era muito superior à que era servida no hotel, e ele ignorou a leve culpa que pesava em cada colherada e garfada. Três quilos mais pesado do que quando saiu de Nova York, estava começando a se sentir ele mesmo.

Roger tirou a foto dela no Embankment. Seria uma foto incrível, realmente memorável, quando fosse revelada. Ela estava perfeita. As pessoas paravam para olhar enquanto ela fazia pose no banco com flores lindíssimas nos vasos ao lado. Os passantes sorriam. A velha senhora sorria de volta, majestosa, feliz como um porco na lama.

Depois de colocá-la em um táxi, saiu para andar e finalmente visitar Londres. O dia acabou sendo lindo, e ele saboreou o sol raro da mesma forma com que lady Maggie tinha saboreado o vinho do porto. Aquilo aqueceu seus ossos.

Dolly estava sorrindo como um gato que pegara um rato quando ele voltou. Empolgada demais para provocá-lo ou mostrar as garras, ela deu a notícia.

"Querido! Lady Maggie vai oferecer um jantar para nós amanhã à noite. Por sua causa. Ela disse que você foi um amor."

Roger deu um sorriso fraco e viu Dolly fazer uma dancinha no meio da sala. A esperança de um fim rápido e indolor para o relacionamento com a velha senhora sumiu. Seu dia ficou nublado. Aquela maldita bruxa velha. E sua bruxa, Dorothy, também. Duas mulheres mimadas, que nunca conseguiam ficar satisfeitas com parte dele. Queriam ter mais.

"Aquele colar", refletiu Dolly. "Aquele colar lindo. É Lalique, Roger. Inestimável. Eu adoraria que fosse meu, querido."

Roger tinha ouvido sobre isso no almoço, da boca de lady Maggie. Nunca tinha ouvido falar desse Lalique antes, e agora ele tinha se transformado em uma pedra pendurada em seu pescoço. Merda.

"Quantas outras pessoas vão estar nesse evento? Você sabe que não é seguro usar o dispositivo quando pode haver uma ligação entre nós e o objeto que encolhemos", protestou ele.

"Vinte pessoas. Algumas eu conheço, mas são na verdade velhos amigos dela."

Roger franziu a testa. "É muita gente. Esquece. Não vai dar certo."

Ele se sentou e desamarrou os sapatos. Seus pés estavam doendo de tanto andar. Mas estava decidido. Ele não faria.

Dolly olhou para ele de cara feia. "Eu quero!"

Ele deu de ombros e falou na direção do sapato direito. "Lady Maggie nunca o tira entre a hora do café da manhã e a hora de nanar, ela me disse. Se tentarmos encolhê-lo, vamos ter que encolher a coroa também. Você o quer tanto assim?"

Talvez ele pudesse chocá-la para fazê-la desistir. Aquela velha senhora. Ela o fez pensar na mãe. Mas ele conseguia ver Nick Weiler nas feições dela, no porte. Era estranho admirar na mãe as coisas que havia imediatamente odiado no filho.

Dolly tinha dado as costas para ele para olhar para o Victoria Embankment pela janela.

"Sim", disse ela. "Eu quero. Se ela viver, vai haver alguém para morar na minha casa de bonecas. Se não sobreviver... não ligo. Pense bem. Dê um jeito, Roger."

Roger largou o sapato que estava segurando. O tapete abafou o baque do impacto. Ele coçou a barba ainda curta, pensativo.

"Merda", murmurou ele.

A festa foi, no mínimo, bizarra pelos padrões de Roger. Ele era a pessoa mais jovem presente. Achou que Dolly era a segunda mais jovem, depois a enfermeira, cujos cabelos grisalhos e pernas cheias de varizes a colocavam no patamar dos cinquenta e poucos anos. Todas as outras pessoas presentes já estariam aposentadas se fossem americanas em vez de estrangeiras. Um bom número não estava muito bem de saúde; duas estavam em cadeiras de rodas. Ele ficou aliviado ao ver que ninguém chegou de maca. Mas, com inquietação, teve medo de alguém precisar de uma antes de a festa acabar.

Muitos dos nomes eram vagamente familiares. Dolly parecia conhecer muita gente. Mas, ao olhar em volta, para as duas dezenas de rostos velhos que, pelo que Dolly sussurrou para ele, tinham sido gente importante nas artes meio século atrás, Roger não teve dificuldade de imaginar que estava cercado de algum bando de feiticeiros. Isso explicaria a incrível soma do número de anos, perto de um milênio, contando todo mundo. Ele teve uma visão daquelas pessoas com seus olhos febris, dançando nuas em coreografias obscenas, puxando o saco uns dos outros, e o do próprio Diabo.

Por não ter nada a dizer para ninguém, Roger tirava fotografias quando não estava devorando tudo que lhe ofereciam para comer. Ao reparar em Dolly lançando olhares de cobiça para o colar da velha senhora, ele a beliscou, satisfeito por se vingar. A velha senhora também viu ou pressentiu; suas mãos magrelas e manchadas procuraram o colar instintivamente, como se ela fosse uma modesta Vênus cobrindo as partes íntimas. Os velhos olhos de obsidiana cintilaram com raiva. Quando Roger sorriu com alegria para ela, ela virou o olhar, os lábios apertados e astutos. As costas dela estavam tão eretas quanto as de Dolly. Ela era impressionante, Roger pensou; os anos não a envergaram.

Dolly e Roger estavam entre os primeiros a ir embora, deixando os mais velhos e mais importantes na festa. A despedida de lady Maggie foi fria, mas Dolly conseguiu beijar uma bochecha murcha e apertar a mão da mulher. Roger fez uma reverência rígida e arrastou Dolly para irem embora. Quando estavam longe dos ouvidos da anfitriã, Dolly chiou. Roger a fez se calar. Às vezes, ele se perguntava se ela sabia o significado de discrição.

Ao entrar no hotel, Dolly deixou cair tudo que tinha na bolsa no meio do saguão. Parecia estar bêbada. Os funcionários e hóspedes entrando e saindo acharam graça e sussurraram entre si. Perto dos elevadores, ela deixou a bolsa cair de novo e desta vez conseguiu segurar metade do que tinha dentro. Mas, ao entrar no quarto, ficou sóbria no mesmo instante e se jogou na cama.

"Não consigo esperar", anunciou ela.

"Pelo quê?"

Em resposta, ela jogou travesseiros nele. Ele se abaixou para desviar e finalmente se fechou no banheiro com o miniaturizador para dar uma olhada nele.

Algum tempo depois, ele saiu, usando um casaco sem cor definida e um chapéu que escondia o rosto. Saiu por uma porta lateral e andou alguns quarteirões para chamar um táxi. O motorista o deixou em um bar a menos de um quilômetro da casa da velha senhora.

Enquanto andava pelas ruas estreitas e desertas, ele pensou seriamente em não fazer aquilo. Não achava que a velha senhora poderia superar; se ele fizesse, pelo menos sua promessa de não dar mais moradores para a casinha de bonecas de Dolly seria cumprida. Mas ele sabia que, quando estivesse com o colar, ela ia querer alguém para usá-lo. Estava nas mãos dele sair da vida dela. Havia dinheiro suficiente em seu bolso para levá-lo para casa. De volta à casa da mãe. Só que ele não queria voltar para lá.

Na esquina em frente à casa de lady Maggie, ele parou, aparentemente perdido, procurando por placas de rua. Na escuridão, as placas pequenas e discretas nas paredes dos prédios com as quais os britânicos identificavam as ruas ficavam ilegíveis. Um lugar e momento calculados para fazer com que ele se sentisse um sem-teto. A alça do estojo do miniaturizador pesava no peito, debaixo do sobretudo. Depois de olhar para uma rua desconhecida, e então para a rua de onde tinha vindo, finalmente aceitou o destino e se virou para a casa de lady Maggie.

Estava escura e imóvel. A festa tinha acabado muito tempo antes. Ele tocou a campainha e esperou.

A enfermeira atendeu, como ele esperava, e quando ele explicou que achava que tinha deixado o relógio no banheiro, ela abriu o portão e disse que o encontraria na porta. Enquanto ele andava pelo caminho, as luzes na casa se acenderam, e ele a viu, uma silhueta monstruosa de roupão e rede no cabelo, passando pelas janelas. Ela estava mais sonolenta do que irritada, e fechou a porta atrás dele com um suspiro pesado.

Ele seguiu pelo corredor onde sabia que ficava o banheiro de visitas. Ela foi atrás com passos pesados e desajeitados, se abraçando como se estivesse com frio ou com medo de que a faixa do roupão desamarrasse.

"Ela está exausta", disse. "Ficou satisfeita com tanta atenção, mas espero que vocês se lembrem, a srta. Dorothy e você, da idade dela. Ela se cansa rápido."

Ele deu um sorriso conspiratório para ela. "Ah, mas ela é mais forte do que parece. Durou esse tempo todo, não foi?" A enfermeira reconhecia admiração genuína quando a ouvia. Ela deu um sorriso hesitante e revelou covinhas trêmulas.

"Eu gostaria de tirar uma foto sua", disse ele de repente, e abriu o estojo de câmera pendurado no pescoço, no meio das dobras do casaco aberto.

As mãos dela voaram até o cabelo coberto pela rede, as bochechas expostas e flácidas, e voltaram ao roupão.

"Ah, não", sussurrou ela. "Estou horrível."

"Alguns homens", sussurrou Roger, "gostam de damas que acabaram de acordar."

"Aaah", sussurrou ela, a respiração lhe escapando. Ela não tinha certeza, mas achava que esse elegante sujeito fotógrafo da srta. Dorothy estava lhe falando coisas sensuais. Ela ficou vermelha, do couro cabeludo até a gola alta da camisola. "Mãe do céu", disse, por fim. Suas mãos se fecharam sobre os seios enormes, ela recuou até a parede mais próxima e esperou, como Santa Maria Goretti, a quem fez uma oração rápida, ainda que aquela jovem mártir fosse carcamana.

Seu destino veio rápido e não sem dor. Ela soube e abriu bem os olhos para ver Santa Maria Goretti e a Virgem Maria enquanto caía no vale das sombras.

Ela era mais feia que um demônio, Roger ponderou. Ele a cutucou com o pé. Sentia-se curiosamente tonto, aliviado. A decisão tinha sido tomada. Ele a colocou em uma caixa de fósforos de cozinha que carregava no bolso e foi em busca do quarto da velha senhora.

Foi obrigado a abrir muitas portas na grande mansão e a acender muitos interruptores. Esperava que os vizinhos não reparassem. Mas era um bairro tedioso, ele soube pela própria velha senhora, cheio de ricos e idosos que iam dormir assim que escurecia. Ela devia tê-lo ouvido por ali e percebido intuitivamente, ou por causa dos barulhos mais sutis, que não era Connie, a enfermeira de tantos anos.

Ela estava sentada ereta na cama, olhando intensamente em sua direção quando ele finalmente abriu a porta certa. Tinha acendido um abajur pequeno e fraco ao lado da cama e estava com o telefone na mão. Quando o viu, ela o largou. Ele ouviu o ruído furioso da linha com alívio. Ela desceu da cama e pegou uma caixa grande coberta de couro na mesa de cabeceira. Foi ele quem ficou surpreso pela rapidez dela depois de um momento de inação.

"Você não vai levar!", gritou ela com voz aguda e trêmula, segurando a caixa — não tão grande quanto um pacote de pão, mas quase — perto dos seios praticamente inexistentes. "Eu vi aquela malvada da Dorothy olhando. Ela mandou você, não foi? Mandou você aqui para me assassinar e levar meu colar."

"Por favor", disse Roger com delicadeza, "por favor."

Ela recuou. As mãos pequenas e ossudas mexeram no fecho da caixa. A caixa se abriu e as joias caíram pelas dobras da camisola de seda rosa até o tapete. Lady Maggie as pegou e largou a caixa. Roger viu que ela estava com o colar. Ela inclinou a cabeça para trás e o levou até o pescoço.

"Por favor", disse ele, levando o miniaturizador até os olhos. Ele a viu pelo orifício, o sorriso lento e triunfante surgindo nos lábios finos da mulher. As mãos se afastaram do pescoço, e o colar ficou no lugar.

"Você vai ter que me matar para pegar ele!", gritou ela. "Vai ter que me matar! É meu! É tudo que tenho! É meu!"

Ele apertou o botão.

Não havia muito na mulher idosa. Ela pesava menos de quarenta quilos, quando seu peso antes da velhice era de apenas quarenta e cinco. Era praticamente só crânio e o cérebro. Todo o resto estava desidratado, seco como se por alguma mumificação pré-morte. O choque a empurrara para a morte como uma semente de dente-de-leão ao vento. O colar, com o peso total de um quilo e meio, estava enfiado na pele fina como um fóssil de samambaia em uma pedra nova.

Ela estava imóvel. Roger soube antes de pegá-la que estava morta. Ficou de estômago embrulhado e queria muito sair daquele lugar, daquele quarto antigo em um palácio obsoleto. Queria estar em casa, em Los Angeles, respirando a boa e cinzenta poluição e sentindo calor de novo. Mas, conscientemente, encolheu as joias que estavam espalhadas no chão e as pegou. Colocou-as com um baque leve no mesmo bolso das caixas contendo os restos da velha senhora e da enfermeira, onde elas pareciam pedaços de grama com caroços de terra.

Ele saiu da casa tomando o cuidado de não tocar em nada e deixando a porta escancarada. Pelo menos estava seco do lado de fora, ainda que meio frio para uma noite de verão, e o ar estava mais fresco do que o ar poeirento de museu na casa. Ele se sentiu melhor quando chegou a outro pub, apesar de estar fechado e não servir de refúgio. Havia um telefone do lado de fora, e ele chamou um táxi. O veículo o levou até Piccadilly Circus, onde ele desceu e encontrou outro. Trocou de táxi quatro vezes antes de descer do último, a um quarteirão do hotel.

A parte mais perturbadora não tinha acabado. Era necessário passar uma silenciosa meia hora no banheiro da suíte, tirando o colar do leito de pele da velha senhora. Dolly, que emprestou uma pinça a ele, assistiu à operação toda, de tempos em tempos lhe dizendo como agir. Ele teve dificuldade para se concentrar.

Antes do amanhecer, saiu do hotel mais uma vez e desceu alguns quarteirões pelo Embankment. O Tâmisa era o lugar certo, ele tinha certeza, para descartar os dois corpinhos. Como naquele filme de Alfred Hitchcoc*k, Fren*esi. E todas as outras histórias de assassinato, todos os outros suspenses. Seu resfriado parecia estar voltando, deixando seu peito carregado e pesado. Seu nariz escorria e ele se sentia febril. Era falta de comida, pensou. Dieta demais. E como se para delinear o pensamento, inclinou-se pela lateral da ponte e despejou o jantar no Tâmisa, logo atrás das pequenas criaturas mortas.

Elas não foram os primeiros cadáveres jogados no rio, só os menores. Uma mulher pequenininha, despida da camisola pela correnteza, mas com a rede prendendo o cabelo no lugar, carregada ao longo da margem rasa do rio. Uma mais magra, cujas mãos finas foram movidas pela água como se estivessem acenando ou procurando alguma coisa. Uma família de ratos as levou embora.

PEQUENAS REALIDADES
TABITHA KING

13

A DAMA DESAPARECE

Em um mistério digno de Agatha Christie ou sir Alfred Hitchcock, a octogenária lady Maggie Weiler, viúva de lorde Blaise Weiler e que já foi amante do pintor Leighton Sartoris, foi dada como desaparecida junto com a mulher que era sua enfermeira havia doze anos, Constance "Connie" Mullins. Elas desapareceram da casa de lady Weiler, em Hampstead, depois de uma festa que a socialite havia dado em homenagem a Dorothy Hardesty Douglas, filha do ex-presidente e uma velha amiga.

O enigma começou quando um vizinho reparou que a porta da frente da mansão Weiler estava aberta e chamou a polícia, que encontrou uma caixa de joias vazia no chão do quarto da dama e o telefone da mesa de cabeceira fora do gancho, os únicos sinais de luta. A polícia só pôde teorizar que as duas mulheres, acordadas depois de terem se recolhido, foram abduzidas ou mortas durante um roubo ou tentativa de sequestro. A investigação, atrapalhada pela escassez de provas, parou quando não houve nenhum pedido de resgate oficial ao longo da semana.

Os convidados do jantar, o primeiro que lady Maggie oferecia em muitos meses, não foram capazes de relatar nada de incomum na reunião e na anfitriã. Ela estava usando, como sempre, o fabuloso colar e os brincos Lalique, que foram presente de casamento do falecido marido e que desapareceram depois do aparente roubo.

Leighton Sartoris, já em idade avançada e um tanto eremita, foi convencido a não sair da sua ilha-santuário no Maine por conselho do filho biológico, Nicholas Weiler, diretor do Instituto Dalton, em

Washington, d.c., quem, por telefone, garantiu ao pai que não havia nada a ser feito. Weiler, agora herdeiro da outra metade das propriedades do padrasto (ele recebeu metade depois da morte de lorde Weiler), sustentava sua mãe e viajou para Londres imediatamente, mas encontrou a polícia em um entrave. Ele declarou que quando visitou a mãe, apenas algumas semanas antes do desaparecimento, ela pareceu estar com boa saúde, considerando-se sua idade, e não parecia preocupada com nada.

A filha do ex-presidente e seu companheiro, que falaram voluntariamente com os investigadores, mas também aparentavam ter pouco a relatar, se isolaram na suíte do Handsome Hotel antes de voltarem abruptamente para os Estados Unidos três dias depois que o crime foi cometido. "Dolly" Douglas falou brevemente com repórteres no Aeroporto Internacional Kennedy, em Nova York, e declarou que a experiência toda foi "um choque horrível".

11/07/1980

— *viperpetrations*, vip

"Pena que não tem ninguém para usar", disse Dolly, apreciando a pilha de pedras cintilantes na mão. "Ainda."

Roger apertou a boca. Dolly não viu. Ela estava admirando o novo colar, enrolado como um pesado anel no dedo. Roger continuou desfazendo a mala. Ele ao menos tinha vencido o resfriado, embora tivesse durado por tempo suficiente para a polícia britânica se impressionar com seu estado de invalidez. Se ele ficou triste e chato, Dolly não reparou. Estava ocupada, e, quando não estava em público, fazia cara de consternada, arrogantemente feliz por conta dos novos bens.

Antes de voltar para Manhattan, Roger comprou para sua mãe um conjunto de saleiro e pimenteiro com uma figura parecida com a rainha em cada lado. Ele os declarou, assim como a câmera alemã que tinha comprado. Dolly tinha um monte de coisas para declarar: suéteres, roupas, porcelana, comida esnobe em potinhos da Fortnum and Mason's. Ela pagou imposto alto por tudo. O que não declarou foi a aquisição das joias em miniatura. Como previu, suas malas receberam um exame casual, e ela mesma não foi revistada.

Ela ignorou a redecoração do apartamento e foi direto para o quarto das casas de bonecas. A primeira visão da Casa Branca de Bonecas a fez prender o ar e gemer. Virou-se com desespero para Roger, que ficou olhando para ela com expressão vazia. Não havia solidariedade ali. Passou por ele de cara feia na direção de seu quarto, se jogou na cama e tirou os sapatos.

Roger foi atrás como um cachorrinho. Achou que, se ela chorasse, fugiria para o próprio quarto. Mas não chorou, então ele tentou ser sociável. "É bom estar em casa, não é?"

Ela jogou o chapéu nele. "Merda! Olha minha casa de bonecas!"

Ele olhou pela porta. "E daí? Está igual a quando viajamos."

"Está uma bagunça, Roger!", gritou.

"Eu sei."

O que ele devia fazer? Ela achava que a porcaria se consertaria magicamente na ausência deles?

"Pare de me olhar. Faça alguma coisa", disse ela, emburrada.

O padrão do que seriam os dias seguintes foi estabelecido. Ela era alternadamente grosseira ou, na melhor das hipóteses, indiferente, ou sexualmente exigente a ponto de ele se sentir como uma caixa de bombons nas mãos de um comedor compulsivo. Enquanto assombrava o quarto das casas de bonecas, limpando esporadicamente os danos causados pela água e pelo fogo, ou, o que ocorria com mais frequência, só vagando por lá, irritada, Roger a evitava, e evitava também o local. A academia virou seu refúgio. Lá, ele estava fora do seu alcance. Os espaços vazios e suados ficavam a portas de distância do quarto das casas de bonecas com aquela peça central horrenda. Na academia, ele conseguia pensar e punir a si mesmo.

Não foi uma grande surpresa quando Dolly anunciou que Lucy Douglas era a única capaz de consertar a casa de bonecas. Quando Roger expressou dúvidas de que Lucy seria gentil a ponto de fazer isso e ressaltou que, além de tudo, Dolly não tinha desculpa alguma que explicasse os danos, Dolly só debochou da cautela dele e o avisou solenemente que quem não arriscava não petiscava.

Lucy ficou surpresa ao erguer o rosto da bancada de trabalho e ver não o pai e nem um dos filhos fazendo sombra sobre o trabalho, mas sua ex-sogra. Dolly simplesmente entrou e a abraçou.

Lucy se submeteu àquilo com o corpo rígido e em silêncio, apesar de não conseguir pensar em como poderia ter protestado em meio à falação incansável de Dolly. Só pôde olhar por cima do ombro dela e encontrar o olhar inquieto de Roger Tinker, que estava parado na porta com as mãos nos bolsos, como um garotinho arrastado para uma reunião de adultos. De repente, Lucy teve certeza de que foi ele quem pegou a lâmina que tinha sumido da oficina, aquela pela qual ela tinha revirado o local procurando, preocupada caso um dos filhos a tivesse pegado. Era irracional; ela balançou a cabeça.

As crianças, alertadas pela visão do Mercedes de Dolly na entrada, chegaram logo em seguida, e o caos aumentou exponencialmente. Ao que parecia, a avó tinha algumas coisas no carro para os queridos. Os presentes promíscuos tinham sido proibidos por Lucy quando as crianças eram pequenas e foram motivo de várias guerras diminutas entre as duas mulheres. E ali estava Dolly, fazendo tudo de novo, sabendo que Lucy não explodiria na frente das crianças, e, assim, acabou presa entre dois de seus princípios.

Lucy transferiu a barulheira e a confusão para a varanda dos fundos e serviu chá gelado enquanto admirava o novo avião de Zach e a nova boneca de Laurie, as camisetas iguais que anunciavam que cada criança era o "anjinho da vovó" e um novo toca-discos acompanhado de uma variedade de discos infantis. Dolly, ao ver o maxilar de Lucy contraído quando mandou que as crianças agradecessem à avó, teve a coragem de dar uma piscadela. As mãos de Lucy tremeram brevemente sobre o copo de chá gelado enquanto ela pensava em virar seu conteúdo no penteado perfeito do cabelo platinado de Dolly, mas a força de vontade venceu no final.

Foi Roger, quando Dolly se permitiu ser levada para admirar o canteiro de zínias de Zach e os girassóis de Laurie, quem fez a aproximação real. Depois de aceitar um segundo copo de chá gelado, ele mastigou um pedaço de biscoito Ritz com uma fatia de banana em cima, um petisco improvisado pelo pai de Lucy para a ocasião, e sorriu com simpatia.

Limpou a boca com um gole de chá e disse: "Ela está morrendo de constrangimento e não sabe como pedir desculpas".

Lucy bebericou o chá gelado e lançou um olhar para o pai, que piscou para ela de sua velha cadeira de balanço de vime. Não disse nada.

"Essa viagem à Inglaterra era para ser de descanso, para se recuperar. Ela anda bebendo muito. Está passando por momentos de dificuldade. Fez besteira em relação a muitas coisas. Está ficando mais velha e com medo. Acho que foi por isso que se aproximou de mim." Roger deu um sorriso modesto. "E por causa da fascinação por casas de bonecas. Uma espécie de necessidade de preencher a vida. Acho que ela não tem a intenção de magoar as pessoas. Ela não lida bem com os próprios sentimentos e se mete em confusão."

"Baboseira", disse Lucy. "Dolly sabe muito bem o que quer. Tenho certeza de que está passando por momentos difíceis. Mas se ela não aprendeu a pedir desculpas a essa altura, está mais do que na hora de aprender."

Roger de repente achou o chá muito interessante. Suas axilas começaram a molhar a camisa. Dolly o instruíra a manipular os sentimentos de Lucy em torno da ideia do perdedor, da necessidade de ser justa. Ela estava sendo justa, e ele não estava gostando nem um pouco de mentir.

"Pode ser", murmurou ele. "A questão é que ela quer que você trabalhe na Casa Branca de Bonecas de novo. Houve um acidente, um incêndio, e o dano é tão grande que só você pode consertar."

Isso fez Lucy se sentar ereta. Depois de uma breve luta interna, a curiosidade falou mais alto. Seu pai ia perguntar, de qualquer modo.

"O que houve?"

"Ela estava bêbada e fumando, uma coisa que a vejo fazer muito no quarto das casas de bonecas. Eu estava fora, visitando minha mãe." Roger procurou com esperança sinais de que Lucy estivesse valorizando ao menos o amor maternal dele. Não havia nenhum. Ela estava só ouvindo, impassível. Ele foi em frente. "Ela jogou uma guimba acesa na casa de bonecas sem perceber. Eu encontrei o filtro depois. Os alarmes de fumaça dispararam, mas ela tinha desmaiado, então os irrigadores foram acionados e apagaram o fogo. Mas o dano das chamas já era extenso, e a água piorou tudo." Roger respirou fundo. Foi uma longa mentira.

"Não é a cara dela", observou Lucy com cautela, "ser descuidada com uma coisa tão importante para ela."

"É isso que quero dizer quando digo que ela anda autodestrutiva."

Lucy ouviu as vozes das crianças e a voz rouca de Dolly. Ela estava fingindo interesse nas flores, conversando com os dois.

"Laurie, Laurie, é o contrário", a voz dela soou distorcida, "como seu jardim cresce?" Laurie riu, mas ela riria de qualquer coisa.

Lucy pensou que sua sogra poderia muito bem querer magoar as pessoas, podia até gostar disso. Aquele homem estranho, mais como um garoto crescido por conta do jeito estabanado de filhote de cachorro, queria que ela sentisse pena de Dolly, que se esforçasse por uma mulher que tinha o hábito de tratá-la como uma criada. Ela gostaria de perguntar a Nick; talvez ele entendesse. Mas ele só voltaria de Londres à noite.

Ela tomou sua decisão. "Acho que não." Sua voz soou baixa e distante. Encarou os olhos de cachorro escorraçado de Roger.

"Eu lamento muito", disse ele. "É uma pena." Sorriu de novo, e ela se perguntou se ele lamentava mesmo.

Dolly veio pelo caminho do jardim com as crianças. Lucy a encarou diretamente. A ansiedade nos olhos de Dolly virou raiva, como uma reunião repentina de nuvens de tempestade.

Roger tinha voltado a comer os biscoitos ruidosamente. Ele pareceu alheio ao silêncio constrangedor entre as duas mulheres.

O pai de Lucy o rompeu ao limpar a garganta e dizer para Dolly: "Essa história da mãe de Nick Weiler foi um choque, não foi?".

A menção desse assunto dissipou um pouco da raiva de Dolly. Ela sorriu para o sr. Novick e disse: "Sim, foi muito doloroso. Pobrezinha".

O prato de biscoitos com fatias de banana estava vazio, a jarra de chá gelado só tinha pedaços de gelo, fatias de limão e um restinho de folhas de chá. Roger olhou para os restos do lanche com a mesma tristeza solene que Dolly dedicou à tragédia recente de lady Maggie Weiler.

Ele se levantou abruptamente. "É melhor nós irmos."

Dolly, aliviada, exagerou ao beijar as crianças e se permitiu ser levada com buquês deles nas mãos. Mandou Roger dirigir e decidiu ser majestosa, segurando os ramos de flores fedorentos e cheios de bichos e acenando para as crianças.

Lucy se sentiu um pouco enjoada. Seu pai deu tapinhas em seu ombro.

"Você fez a coisa certa", garantiu ele.

"Espero que sim."

Esperando ter notícias de Nick, Lucy se sobressaltou quando atendeu ao telefone naquela noite e ouviu a voz de Dolly.

"Lucy?"

Lucy ficou tensa. "Sim?"

"Escute, eu fui uma escrota, não fui?"

Lucy segurou a língua.

"Estou pedindo desculpas, Lucy."

"Aceitas." Foi uma aceitação genuína da parte de Lucy, embora não integral. Foi um alívio amarrar as pontas soltas da raiva e do ressentimento, e se preparar para tirá-las de sua nova vida.

Houve uma hesitação decente de Dolly. "Você pode trabalhar para mim de novo? Você é a única pessoa capaz."

Lucy riu, apesar de tudo. "Duvido, Dorothy." Ela fez uma pausa. Como dizer não com graciosidade e sem se antagonizar com Dolly, sem romper a nova trégua? "Eu já estou comprometida com muito trabalho", disse ela com dúvida.

Dolly insistiu. "Você pode pelo menos pensar?"

Serviria como saída, decidiu Lucy. Poderia dizer não depois. "Sim, vou pensar. Talvez eu consiga encontrar outra pessoa que ajude você."

"Que bom." Dolly pareceu agradecida, como se a possibilidade fosse tudo que ela achasse que poderia ganhar no momento. "Você está muito ocupada agora?"

"Bem, estou." *Não, eu não posso começar imediatamente.*

"Então vou enviar algumas fotografias para você ter uma ideia."

"Tudo bem." Olhar fotografias não constituía contrato. E ela estava curiosa para ver o que Dolly tinha feito.

"Quando você vai me responder com certeza?"

"Em breve. Em duas semanas, três, no máximo."

"Ah, obrigada, querida." Dolly hesitou de novo. "Teve notícias de Nick?"

"Na verdade, quando o telefone tocou, achei que fosse ele."

Dolly deu risadinhas. "Desculpe, querida. Devo ter sido uma decepção." Ela ficou séria. "Mas diga-lhe como estou chateada pela mãe dele. Ele deve estar arrasado."

"Pode deixar", garantiu Lucy, reprimindo a vontade repentina de cantarolar no ouvido dela: *Mentirosa, mentirosa...*

"Bem, não vou mais ocupar sua linha. Obrigada novamente, querida. Mantenha contato." E Dolly desligou.

Lucy botou o fone no gancho, pensativa. Sempre havia uma sensação de alívio quando a ex-sogra a deixava ou encerrava uma conversa telefônica. Dolly era como areia movediça ou um poço de piche, sempre tentando aprisioná-la em seu interior.

"Ela disse *obriga*da? *E estou pedindo descul*pas?" Nick estava incrédulo.

"Disse."

"E você mandou ela enfiar no rabo?"

"Não exatamente."

Nick gemeu. "Não aceite. Quebre uma perna, engravide. Mas não aceite. Por favor."

Lucy rolou de lado e saiu da cama de Nick. Sua camisola azul-marinho, puxada acima dos seios, desceu quando ela se moveu delicadamente. Nick esticou a mão para ela; ela dançou para longe.

"Eu não vou fazer", disse, distraidamente.

Ajeitando travesseiros atrás do corpo, ele se sentou e falou: "O que *você* vai fazer?".

"Pegar água gelada. Quer?"

"O que aconteceu com o romantismo do champanhe?", brincou ele. "Água gelada parece maravilhoso."

Lucy se afastou. Ele a ouviu cantarolando, assim como o estalo do dispenser de gelo da geladeira. Os dois gatos também deviam ter ouvido; eles entraram, pularam na cama e se encolheram ao lado dele, tomando-o de volta daquela mulher. Era agradável ficar deitado ali, acariciando os velhos animais e pensando naquela tira de tecido azul-marinho acima das curvas dos seios de Lucy. Pensar era só o que ele faria naquele momento; ela ia querer ir embora logo, para estar em casa quando os filhos despertassem.

Ela voltou e se sentou ao lado dele. Nick pegou o copo de água com uma das mãos e passou a outra em volta da cintura dela.

"Viaje comigo", sussurrou. "Vamos abandonar todas as nossas obrigações e agir feito bobos."

Ela riu. "Eu deveria chocar você a ponto de deixá-lo impotente. Devia dizer sim. Aí você teria que abandonar seu verdadeiro amor, o Dalton."

"Que provocação cruel", protestou ele, e a puxou para perto. "Eu amo mais você. Só um pouco."

Naquele instante, com o nariz enfiado no cabelo dela, sua coluna foi encharcada de água gelada, quando ela virou o copo delicadamente nas costas dele.

"Aargh!", gritou e se afastou dela, derramando seu próprio copo no lençol e batendo na mão dela de forma que o restante do copo que Lucy segurava virou nos ombros e colo dele. Ela deu um pulo para trás e rolou por cima do pé da cama, rindo.

"Jesus, Lucy", disse ele, ofegante, "minha cama está encharcada, e acho *que* vou ficar impotente pelo resto da vida."

Ela cobriu a boca e baixou as pálpebras, mas seus ombros tremeram com as risadas.

"Filha da mãe", reclamou ele.

Ele tirou um cobertor da cama e enrolou nos ombros como uma capa. "Se eu morrer de pneumonia, a culpa é sua. *Você* vai se afastar da maldita oficina e viajar comigo?"

"O quê?"

"Preste atenção. Pare com essas risadinhas lascivas. Eu tenho que ver meu pai. É só até o Maine, não é o fim do mundo."

"Seu pai?" Lucy, séria de repente, se sentou.

"É."

Lucy soluçou.

"Pensando bem, vou sozinho. Não sei se você é digna de companhia civilizada."

"Ah, não, não vai. Não vou perder a oportunidade de conhecer o maior pintor vivo do mundo. Mesmo ele sendo seu pai."

"É isso que você vê em mim?"

"Meu Deus, não. Eu nem sabia que vocês eram parentes até Dolly me contar e, naquele ponto, nós, hã, já estávamos íntimos."

Nick, mais tranquilo, parou ao lado dela, uma sobrancelha inclinada. "O que você vai fazer para ter a honra?"

"Seu porco", respondeu Lucy. "Quando nós vamos?"

"Tem certeza de que não estamos indo para o fim do mundo?", perguntou Lucy, parada ao lado da bagagem. Laurie puxou a mão dela com urgência. "Sim, só um minuto, querida", prometeu ela.

Nick, carregando Zach no colo, piscou para ela. "Tenha coragem. Encare como uma aventura."

Zach bateu palmas diante da ideia.

"Preciso fazer xixi", disse Laurie, ignorando o chamado da aventura.

Lucy olhou freneticamente ao redor do terminal do Washington National. Os viajantes ocupavam os espaços em todas as direções. Ela nunca tinha usado aquele aeroporto.

"Você sabe onde fica?", perguntou ela a Nick.

Ele deu de ombros comicamente. "Eu sei onde fica o masculino. Talvez o feminino seja perto."

Com as bagagens despachadas, eles foram procurar os banheiros e encontraram o das mulheres rapidamente por causa da fila saindo pela porta.

"Ah, não", reclamou Lucy enquanto Laurie dançava de um pé para o outro.

"Vou levar Zach ao masculino. Nos encontramos no portão de embarque", disse para Lucy, e se inclinou para mais perto para sussurrar: "Isso é uma viagem romântica?".

Lucy não pôde deixar de rir. Pelo menos enquanto ele estava se afastando dela, com Zach andando ao seu lado, ela podia contemplar as costas largas. Depois disso, só sobrou sua inteligência para distrair Laurie e evitar que molhasse a calcinha e ficasse histérica enquanto a fila seguia lentamente para o aposento fedido.

O voo da Delta parou em Portland, uma cidade onde o pai de Lucy já tinha morado, mas que ela nunca tinha visto. Parecia pequena depois de Washington, embora Lucy soubesse que Washington era só ligeiramente uma metrópole e que, vista do ar, era bem antiquada com seus muitos tijolos vermelhos e amontoados de árvores verdes. O cheiro do mar chegou ao avião enquanto os passageiros desembarcavam e outros embarcavam; Nick disse para ela que era a Casco Bay, a água acima da qual o avião voou para pousar no pequeno aeroporto de pistas muito curtas.

O cheiro bom ficou para trás, em Portland, e eles voaram para o Norte, para um aeroporto maior e continental em Bangor. As pistas eram compridas e lisas e pareciam bem novas. Havia um prédio, assim como no aeroporto de Portland, mas aquele parecia caro e próspero. Em contraste, a cidade de Bangor era bem menor vista do céu, construída às margens de um rio e não em uma península no mar, como Portland. Enquanto Portland era cheia de tijolos vermelhos e árvores, Bangor, embora verde por causa do verão, estendia-se em amontoados cinza-esbranquiçados de concreto, e o centro da cidade era curiosamente vazio, uma escultura interessante, mas um tanto desumana, composta de prédios de vários andares brilhando ao sol e estacionamentos como colagens feitas de forma irregular.

Mas aquele não era um dia de passeio; Bangor era só uma passagem. No aeroporto, trocaram para um pequeno avião fretado, pilotado por uma jovem com um alegre sotaque do Maine e uma impressionante sombra azul-turquesa complementando o uniforme de jovem trabalhadora composto por um blazer roxo, uma saia branca e uma blusa listrada de turquesa e roxo. O avião passou baixo sobre o campo cada vez menos habitado; as florestas não acabavam, mas pareciam mais esparsas, mirradas. A terra ficou plana e foi sendo tomada por mangues, pântanos e água azul, conforme os dedos compridos do mar iam entrando pelo continente. O perfume de sal voltou ao ar.

Mais uma vez eles pousaram, agora em um aeroporto pequeno no meio da vegetação. As crianças estavam cansadas e mal-humoradas; só a promessa de um voo de helicóptero afastou as lágrimas. O helicóptero apareceu atrás deles apenas alguns minutos depois que o pequeno avião pousou. Ver a descida dele ocupou as crianças até elas poderem ser levadas a bordo.

Era impossível conversar em meio ao trovão das hélices, então ficaram olhando a terra desaparecer. Em questão de minutos, voaram pelo mar azul infinito pontilhado de barcos ocasionais, desde embarcações de vela a barcos de pesca e de lagosta, petroleiros e navios de carga. Aqui e ali, uma ilha exibia algumas rochas e fauna em meio à água azul e fria. Lucy pensou que sempre iria se lembrar das novas perspectivas do planeta oferecidas por aquele dia perfeito para voar. Primeiro, os trabalhos do homem na superfície do mundo foram algo a se admirar, depois, encolheram a cada hora, a cada mudança de plano, até parecer que a raça humana não fazia nada além de infestar, por resignação ou indiferença, os pedaços de terra que ocupava. Em seguida veio o mar, onde a marca do homem não existia, e ela tremeu, sentindo-se pequena e vulnerável naquela bolha barulhenta e mecânica abrindo caminho no céu limpo. Nick, ao lado dela, sentiu-a tremer, esticou os braços para puxá-la para mais perto e a aquecer com o próprio corpo. Atrás deles, as crianças tinham cochilado, alheias a tudo que se passava acima e abaixo.

A ilha fazia parte de um arquipélago, sendo que a maioria, gritou o piloto, era pequena demais para abrigar vida mais exigente do que tartarugas e uma variedade de aves marinhas. Era um pedaço de montanha em forma de anzol que aparecia no mar, talvez com uns duzentos e oitenta quilômetros quadrados de árvores, areia e pedras. Nas dobras do cume pedregoso, algumas dobras de solo laboriosamente criado sustentavam uma área de floresta, os jardins de Sartoris e as campinas onde suas cabras e vacas pastavam. A casa e o ateliê de

Sartoris, as únicas construções além dos abrigos rudimentares para os animais, ficavam em uma dessas dobras, no gancho da ilha, onde o mar chegava mais perto do centro.

O helicóptero os levou em um voo baixo por cima da casa, e seu formato, um quadrado com o meio vazado, ficou claramente visível. O ateliê era uma construção curiosa que parecia uma fatia de torta, com dois andares de altura e repleto de vidro em sua parte norte, com painéis solares no teto que captavam o sol do sul. Lucy, de repente, se viu agitada de curiosidade. Nick, interpretando o rosto tomado de surpresa, ficou satisfeito e riu.

O helicóptero pousou em uma área plana a oitocentos metros da casa, que brilhava em branco como velhos ossos sob o sol forte. Uma mulher musculosa de idade indeterminada os encontrou com um pônei e uma pequena carroça atrás. Ela ofereceu sorrisos para Lucy e para as crianças, mas seus pálidos olhos azuis eram impassíveis no rosto longo e ossudo, tomado de curiosidade. Esperou pacientemente que Nick terminasse de ajudar o piloto com as malas e o envolveu nos braços compridos como um filho que não via fazia tempo.

"Nicholas", cumprimentou ela, batendo nas costas dele com os punhos grandes e vermelhos.

Ele a abraçou de volta e a levantou do chão. "Ma", cantarolou ele com alegria. Ele a colocou no chão com cuidado. "Pronto. Ma, esta é Lucy Douglas. Laurie. Zach. Conheçam Ma Blood."

A pele morena da mulher corou de prazer e empolgação. Ela apertou a mão de Lucy e depois as das crianças, uma a uma, com grande seriedade. "É um prazer, com certeza", disse ela, e riu.

Ela se virou e pegou uma mala em cada mão, e as colocou na carroça enquanto Nick, protestando, tentava pegá-las.

"Ele foi tirar leite das cabras", disse por cima do ombro. "Vai voltar para o chá. É rápido. Ele me disse onde acomodar vocês."

Ela colocou as crianças na carroça, e elas riram no meio da bagagem empilhada.

"Venham", disse Ma Blood para eles.

Havia tempo, garantiu Nick, para um rápido mergulho no mar depois de se acomodarem nos quartos. Era uma corrida curta das portas de vidro dos quartos deles até a praia, passando por cima de dunas de areia grossa, até o mar. O oceano estava frio, mas as crianças pareciam não sentir. Lucy mergulhou, animada pela leveza inesperada da água salgada e pela força das ondas que a erguiam e a empurravam para a areia.

Depois de brincar um pouco com as crianças, Lucy se encolheu embaixo de uma toalha grossa na praia, enfiando as mãos na areia só para senti-la, e ficou olhando-as brincar. Nick ficou com elas, brincando de tubarão e de monstros marinhos, ensinando-as a abrirem os olhos embaixo da água. O velho falou atrás dela.

"Sra. Douglas", disse ele, identificando-a.

Ela deu um pulo e se virou para olhá-lo. O sol estava atrás dele, o rosto obscurecido por um chapéu Panamá de abas largas. Mas o corpo grande e vestido em uma túnica irradiava uma força inesperada, a voz era forte e ressonante, e ainda mais surpreendente por causa da semelhança com a de Nick.

Ela começou a se levantar enquanto ele se inclinava para ajudá-la a ficar de pé. A mão que ela segurou era extraordinária, uma mão enorme, grande até para o homem corpulento que a esticava. Os dedos eram grossos como charutos, achatados nas pontas, com beiradas calejadas e unhas quebradas. Manchas senis formavam arquipélagos nas costas de ossos altos, mas os pulsos e os antebraços, onde as mangas da túnica estavam dobradas, eram marcados por músculos sob a pele envelhecida.

"É um grande prazer conhecê-lo", gaguejou Lucy.

Ele não deu um aperto de mão convencional, só segurou a mão dela de leve. A pele tinha textura de papel, seca, mas não fria, e áspera onde os calos ocupavam os dedos.

O rosto, obscurecido pelas sombras, parecia o das fotos de duas décadas antes que os jornais reimprimiam, o mais recente de seus rostos divulgados. Máscaras em preto e branco revelando menos do que disfarçavam, pensou ela. A luz por trás dele delineava o pescoço de touro, a musculatura pesada que exibia um peito largo, e a ligeira inclinação para a frente, um pequeno sinal da idade. Lucy procurou fotografias meio esquecidas na memória, o trio de autorretratos dos livros da faculdade de artes. O jovem Sartoris, porque muito tempo antes ele tinha sido jovem, foi atleta, lutador e cavaleiro, mas os boatos diziam que tinha um rosto muito feio. Ela não tinha uma ideia muito clara de como ele deveria ser, e pela primeira vez se questionou se as fotografias eram deliberadamente obscuras, os retratos conscientemente distorcidos. Enquanto olhava para ele, ela procurou Nick em suas feições, e só viu sombras.

Ele olhou para Nick e as crianças, brincando nas ondas.

"Nenhuma criança vem aqui há décadas", disse Sartoris lentamente. "Eu tinha me esquecido de como elas são estranhas e maravilhosas. Eu não achava que ainda havia gente neste mundo com coragem de fazer gente nova."

Lucy riu. "Não coragem, mas agradeço mesmo assim. Eu era mais jovem. Acho que a palavra certa é imprudência."

Ela não conseguiu vê-lo sorrir, mas uma risada rouca surgiu das sombras do chapéu. Ele fez sinal para Nick, que tinha acabado de reparar que Lucy não estava mais sozinha na praia.

"E meu filho? Foi imprudência que o levou a ele?"

Surpresa pelo leve desprezo na voz de Sartoris, ela respondeu, tensa: "Me desculpe, mas isso não é da sua conta".

Sartoris riu alto, e havia um tom agradável na gargalhada. "Desejo sorte a você, sra. Douglas."

Nick estava indo na direção deles, com Zach nos ombros. Dançando em volta, Laurie tentou molhar Zach com as mãos cheias de água, mas só molhou Nick. Zach, de sua posição invulnerável, balançou as pernas e riu, triunfante.

Depois que as apresentações foram feitas, o coroa apontou o sol, agora baixo no céu. Na mesma hora, os banhistas se sentiram gelados e meio bobos pelas apresentações formais feitas em roupas de banho. Lucy levou as crianças pelo caminho até a casa. Atrás dela, a conversa entre pai e filho chegou em ruídos distantes. Quando se virou para olhar para eles, antes de entrar na casa, ela viu que ainda estavam nas dunas, cara a cara, longe demais para serem ouvidos. Nick estava encolhido contra a brisa noturna que aumentava, as mãos enfiadas nos bolsos do roupão de praia, jogado em cima da pele molhada do mar. Havia a solenidade de carregadores de caixão em um enterro na postura dos dois. Lucy podia apenas imaginar o que se passava entre eles, talvez alguma coisa relacionada a lady Maggie.

Quando levou as crianças para o terraço para tomar chá alguns minutos depois, Lucy encontrou Sartoris sentado em uma cadeira de vime de encosto largo, de costas para o sol. Nick ainda estava tomando banho, lavando a areia e o sal de si mesmo.

"Venham se sentar comigo", pediu Sartoris às crianças, batendo em cadeiras de vime acolchoadas dos seus dois lados.

Elas obedeceram tão rapidamente que ele lançou um olhar rápido e sardônico para Lucy, e disse: "Pessoas bem-criadas, pelo que vejo".

Sem responder, Lucy se sentou em uma cadeira em frente a ele. Como tinha criado os filhos até ali praticamente sozinha, não pediria desculpas a ninguém pelos seus métodos.

"Sua mãe é muito rigorosa?", perguntou Sartoris aos filhos dela.

Zach assentiu, claro. Sua atenção estava na mesa, já posta com pratos de biscoitos e outras coisinhas deliciosas, assim como um bule de pedra incrível.

"Sim, senhor", concordou Laurie. "Todas as outras crianças dizem que é."

Lucy riu com um certo desconforto diante dessa evidência de sua reputação entre os vizinhos.

"Você pode servir, sra. Douglas?", pediu Sartoris, e quando Lucy assentiu e foi na direção do pesado bule, ele se encostou na cadeira. "A minha mãe era muito rigorosa", informou ele a Laurie e Zach. "Ah, era."

Fez uma pausa para passar as xícaras para as crianças, e então ele prosseguiu. "Ora, ela nunca me deixava comer todos os doces que eu queria no chá. 'Só dois, Leighton', ela sempre dizia, 'para não insultar quem cozinhou', e se eu pegasse mais, ela me botava na cama sem jantar."

Os olhos de Laurie se arregalaram de solidariedade. Zach olhou para os doces com nervosismo. Talvez ele fosse ser proibido de comer mais de dois também.

"E agora que não tenho mais mãe para me proibir essas coisas, eu tenho um médico que diz a mesma coisa. Ele me leva a acreditar que uma fatia decente de bolo, aquele delicioso de chocolate com nozes e cerejas em cima, me levaria direto para o túmulo."

Zach ofegou, horrorizado.

"Mas talvez uma fatia pequenininha só me deixe mortalmente doente. Talvez até me imunize, como pequenas doses de veneno em teoria imunizam uma pessoa contra administrações supostamente fatais. Você pode cortar um pedacinho bem fino para mim, sra. Douglas? E bem maiores para a srta. Laurie e para o mestre Zach."

"Eu adoraria", disse Lucy com alegria. A mãe de Leighton Sartoris, sem dúvida Servindo na Grande Mesa de Chá no Céu, devia estar se sentindo derrotada.

"E me permita selecionar uma coisa para vocês. As *madelei*nes só faltam falar francês. A sra. Blood é um desperdício comigo. Acho que ela deve estar feliz da vida por ter convidados para apreciarem os talentos dela."

As crianças, os rostos brilhando de expectativa e um toque de alívio porque, de alguma maneira, a limitação vagamente ameaçadora tinha se dissipado magicamente, agradeceram em coro e comeram.

"E você", o pintor preguntou a Lucy, "o que vai querer?"

"Ah, só u*ma madele*ine."

Ele inclinou a cabeça com deboche. "Não me diga que sua mãe só permit*ia* um? Não? Você está de dieta? O país mais rico do mundo", disse ele em tom reprovador, "e todas as mulheres estão treinando para passar fome. Tantos ossos. Imagino que fazer amor deva ser doloroso. Possivelmente barulhento, cheio de estalos e cliques, como um monte de castanholas."

Lucy observou a xícara e mentiu com alegria: "Na verdade, não estou de dieta; só estou tentando dar um bom exemplo".

O homem deu uma gargalhada incrédula.

"Eu ouvi isso", disse Nick, chegando ao terraço. "Espero que você não esteja tentando dar um exemplo bom demais. Se for comida, vou me sentir como um porco, e se for amor, bem, vou ficar muito solitário." Ele se inclinou para beijar o topo da cabeça dela de leve. "Vou querer três de cada."

As bochechas de Lucy ficaram quentes; ela mordeu a *madele*ine rapidamente. Agora, seu prato estava mesquinhamente vazio. Em desafio, pegou um croissant coberto de chocolate do meio do prato de croissants.

"A*h, mon p*ère", disse Nick para o pai, "ela já percebeu seu jeito ladino." Para Lucy: "Ele gosta de encurralar os hóspedes para que sintam que não podem comer, caso contrário estarão cedendo à intimidação dele. Assim ele fica com todos os doces. E não dê atenção a essa história das mulheres magrelas. Minha mãe nunca pesou mais de cinquenta quilos, só quando estava grávida de mim, quando chegou a, quanto foi mesmo?, cinquenta e um. Eu nunca ouvi reclamação nenhuma de ossos barulhentos."

Sartoris riu. "Não dá para explicar o amor, dá?"

Nick desviou a conversa de forma habilidosa para outras questões. Primeiro, provocou Sartoris para que contasse às crianças sobre a ilha, como tinha ido morar lá, e que morava com a sra. Blood de forma quase autossuficiente. A sra. Blood apareceu magicamente para repor o bule e os pratos enquanto isso. Quando o velho pintor se cansou, Nick contribuiu com histórias engraçadas sobre os acontecimentos no Dalton. As crianças, saciadas com a comida, começaram a rir e a brincar de chá de bonecas. O velho senhor, observando-as em silêncio enquanto Nick falava, foi o primeiro que reparou no tédio deles.

"Estou meio cansado", anunciou Sartoris.

Naquele momento, Lucy reparou nas manchas azuladas embaixo dos olhos de Zach e na risada cansada de Laurie. De repente, também estava exausta.

"A sra. Blood e eu estamos acostumados a jantar tarde. Talvez vocês me perdoem se eu descansar por um tempo antes de me juntar a vocês. Ethelyn ficaria feliz, sra. Douglas, em preparar uma refeição leve para os seus pequenos e ficar com eles enquanto você e Nicholas jantam mais tarde comigo."

"Obrigada", disse Lucy, e, apesar do cansaço e da tensão, sorriu.

O velho senhor se levantou com dificuldade e tocou na mão dela de leve antes de sair.

"Bela apresentação", sussurrou Nick para as crianças, e os dois adultos carregaram os pequenos para um descanso. Atrás deles, as últimas cores do pôr do sol escureceram e desapareceram junto com a luz.

Lucy estava consciente do olhar aprovador de Nick quando se sentou para jantar. Estava com o cabelo preso, e os ombros estavam expostos em um vestido simples. Roubando olhares frequentes de Nick, ela não pôde deixar de se sentir bem. Ele parecia excessiva e irracionalmente feliz. A tensão que ela sentira nele por causa da mãe tinha sumido, exorcizada pela presença do pai, por algum ritual particular de dor que tinha acontecido na praia entre os dois homens, pela presença dela e dos filhos, ela supunha.

Ela sentiu orgulho dele. Nunca o tinha ouvido ser tão inteligente e espirituoso, deflagrado pelo pavão macho que havia em si, pavoneando-se para ela, e irritado pelas críticas mudas do pai. Ele deu vida ao Dalton e expôs seu amor pelo museu. Depois dos silêncios prolongados de Sartoris, ocorreu-lhe que Nick estava tentando convencer o pai do valor do trabalho de uma vida, do seu próprio valor.

Sartoris tinha se sentado na cabeceira da mesa, onde mal chegava a luz difusa dos dois candelabros que iluminavam a sala. Usando uma túnica com capuz feita de linho grosseiro, ele ficou com a aparência de um monge, e seu perfil se manteve escondido de Nick e Lucy.

"Me desculpem", disse ele por fim, "por ser um companheiro de jantar tão ruim. Como Scrooge, sou atormentado por fantasmas. Quando se chega na minha idade, nós descobrimos que a emoção mais duradoura é o arrependimento. Ou, no caso dos gravemente pecadores, como eu, a culpa."

Nick ficou em silêncio, contemplando a toalha de mesa, ou suas próprias culpas. Lucy esticou a mão impulsivamente e pegou a mão esquerda dele.

"Achei que poderia enterrá-la com todos os anos que vivi longe dela. Achei que poderia morar aqui e pintar meus borrões como um dente-de-leão mergulhado em um pouco de tinta acrílica. Quando eu soube que ela tinha morrido, eu... soube que eu era um fracassado, um eremita velho com o coração feito uma passa."

Nick também chegou mais perto do pai, mas não conseguiu encontrar nada para dizer que pudesse servir de consolo. Então, só ouviu.

"Ela estava sozinha naquela casa velha, ficou sozinha durante anos. Talvez seja porque algum bandido a levou embora e a matou..." Ele brincou com a xícara. "Tenho certeza de que ela está morta, consigo sentir, mas acho que teria sentido o mesmo se ela tivesse morrido sozinha na cama. Ela era linda quando tinha trinta anos." Ele riu. "Nós pregávamos peças terríveis, nós dois. E quando ela me procurou e disse que se casaria com um homem rico que seria gentil e generoso e fiel, eu achei que era o fim. Mas não foi. Eu vim para cá e fiquei meses e meses, e me vi atraído na direção dela de novo, como se por um fio invisível que ligava nossos corações. Ela terminou tudo, sabe", ele pareceu estar falando só com o Nick, "depois que você nasceu. Foi o fim dos ossos barulhentos. Mesmo assim, continuamos amigos. Nunca brigamos nem nos odiamos. Só ficamos mais velhos. E tudo, até o amor, virou um esforço maior do que valia a pena. Fomos meros boatos nos diários um do outro por anos. Eu devo estar ficando senil por estar com os olhos úmidos e nariz escorrendo por causa de uma mulher que não vejo desde, meu Deus, desde o funeral do seu padrasto." Ele assoou o nariz com um ruído alto no guardanapo e murmurou: "Ethelyn não vai gostar disso".

"Não tem nada de senil em descobrir que você ainda tem sentimentos por um antigo amor", disse Lucy baixinho, olhando para Nick.

Ele ficou brincando com a colher do café, a boca se movimentando entre um sorriso trêmulo e uma linha apertada.

"É de se esperar que sim", disse Sartoris, um pouco alto e claro demais. "Chega dessa choradeira piegas." Ele levantou o copo de conhaque intocado. "A Maggie."

Solenemente, Nick e Lucy se juntaram a ele.

"E, sabem", continuou o homem, botando o copo na mesa com força, "aquela maldita Dolly Hardesty estava lá. Eu nunca soube de nada que aquela vaca tivesse levado consigo que não fosse problema."

"Atualmente", comentou Nick, "ela anda junto de um pequeno elfo."

Lucy sorriu; Sartoris, sem entender, franziu a testa.

"Pobre garota, ela é sua sogra, não é? Você deve ter ganhado uma auréola de anjo agora só por isso. E você trabalhou para ela. Aquela casa de bonecas boba. Não que seja realmente boba, eu acho. Ouso dizer que seu trabalho é tão valioso quanto o meu."

Lucy riu.

"Não vou entrar nesse assunto", disse Nick, pegando o conhaque.

"Não dá, não é? Esse é o problema de ser...", o homem franziu o nariz com desprezo, "...curador. Você não pode se dar ao luxo de ofender ninguém. Tem que puxar o saco do doador em potencial, babar no público idiota e nos malditos críticos e seus modismos afetados. Não é um emprego para um homem honesto. Nem para uma mulher."

Nick deu de ombros. Aparentemente, era uma antiga discussão entre os dois homens.

"Miniaturas eram pequenos retratos e tal, quando a Terra e eu éramos verdes", observou Sartoris. "Agora, é outro mundo. Toda e qualquer coisa existe em uma escala de um por dez, ou menos. Daqui a pouco vão ser pessoas de verdade."

"Acredito que a tecnologia ainda não tenha chegado nisso." Lucy riu, pensando que o conhaque devia estar afetando Sartoris. "Mas é um modo de vida, e, como você diz, um modo de vida honesto."

"Ah, sim", concordou o homem. "Tenho que dizer, minha querida, eu quase preferiria que meus quadros e vasos fossem classificados como brinquedos, coisas para brincar, em vez de ilustrações de livros ou decoração de interiores. Aprender a dissecar pinceladas, e impasto, e nervos ópticos, pelo amor de Deus. Me dá dor de cabeça." Ele suspirou. Suas mãos grandes se apoiaram no tampo da mesa e, em sua total imobilidade, Lucy discerniu o cansaço do homem.

Nick pareceu perceber também. "Não sei você, *mon père*, mas minha dama e eu tivemos um longo dia e enfrentaremos nossos infatigáveis companheiros amanhã, provavelmente ao amanhecer."

"O melhor horário." Sartoris fez um gesto de dispensa. "Tenho que falar com Ethelyn antes de ir me deitar. Tenham um bom descanso."

Ele ficou sentado como uma estátua em um jardim, um volume sombreado em uma cadeira de encosto alto olhando para a planície branca da mesa de jantar. Foi só algumas horas depois, quando Lucy beirou a consciência na conclusão de um ciclo de sonhos, que ela achou ter ouvido os passos comedidos do homem no corredor, como um participante de luto em uma procissão funerária.

PEQUENAS REALIDADES

TABITHA KING

14

Quando acordou de novo, ela achou que ele ainda estava lá, só que agora era um gigante e estava correndo. Ao abrir os olhos, viu que o quarto estava cheio da luz do dia, e os passos do gigante na verdade eram hélices de helicóptero girando. Ela se virou para Nick e encontrou o lado dele da cama vazio. Ele saiu do banheiro de calça, mas ainda sem camisa e sem meias.

"Ah, merda", disse ela, sentando-se e pegando o despertador de viagem na mesa de cabeceira.

"É assim que se cumprimenta o verdadeiro amor?", reclamou ele.

Lucy jogou as cobertas para trás e saiu da cama, descalça e vestindo só uma camisola fina de verão, e correu para o quarto vizinho, que ela dividia oficialmente com os filhos. As camas deles estavam vazias e desfeitas, os pijamas finos embolados nos travesseiros.

Nick, abotoando a camisa com dedos lentos pelo sono, tinha ido atrás dela. Motivada pela convicção apavorada de que seus filhos estavam em perigo com os gigantes, ela passou por ele e correu para a cozinha, ignorando a exclamação intrigada.

Zach e Laurie olharam quando ela abriu a porta de vaivém da cozinha. Estavam sentados a uma antiquada mesa de cozinha, com as bocas cheias de beignets recém-preparados. Ethelyn Blood ergueu o olhar da massa de croissant que estava moldando no formato de meias-luas em uma assadeira e sorriu. Lucy sentiu-se meio boba ao perceber que Laurie e Zach, completamente vestidos e com o cabelo ainda brilhando por conta de um pente molhado, não só estavam perfeitamente seguros, mas aparentemente inabalados pela ausência dela na cama, e que ela ainda estava de camisola. Ela abriu um sorriso inseguro e gritou um "Bom dia!" acima do trovejar das hélices do helicóptero.

Ethelyn sorriu e, com as mãos em concha a dois centímetros das orelhas, revirou os olhos em exasperação por causa da barulheira. Atrás de Lucy, Nick gritou: "Quem é?".

A empregada deu de ombros e ergueu as sobrancelhas.

"Onde está Sartoris?", berrou Nick.

Lucy se encolheu para longe dele porque o grito machucou seus ouvidos, e Laurie e Zach sorriram por causa da conversa brincalhona e metade mímica dos adultos.

"Está lá em cima", gritou Ethelyn Blood com alegria.

Nick olhou rapidamente para Lucy. O mesmo pensamento se formou com tudo na mente deles quase no mesmo instante. Se lady Maggie foi vítima de um sequestro que deu errado, Sartoris era um alvo ainda mais provável, por viver no isolamento total apenas com uma mulher de meia-idade, ainda que durona, como companheira e protetora.

Nick correu pela cozinha e saiu pela porta do jardim. Lucy foi atrás. O som do helicóptero encobriu o grito de surpresa de Ethelyn.

Ela largou a massa curva que tinha na mão. Apoiando as mãos nos quadris, perguntou, intrigada: "O que estão fazendo? Ele está na praia, pintando como sempre". Ela se virou para as crianças. "Bem, comam o prato todo de beignets, alguém tem que comer. E eu estava achando bom ter alguém aqui para tomar café. Ele não come nada! A única vez que aparece alguém é quando o homem do museu da sua mãe vem de visita. Ele é parecido com o pai de várias maneiras, mas gosta de comer. Quase sempre. Desta vez", ela olhou com tristeza para a massa amanteigada, "ele está com a mente em outra coisa além da boa comida de Ma Blood."

Zach e Laurie trocaram um rápido olhar e riram. Além da comida naquele lugar ser divina, havia mais coisa acontecendo ali do que em um circo.

O helicóptero pousou mais perto da casa do que tinha pousado na chegada deles. Nick e Lucy só precisaram percorrer o jardim e passar pela crista para chegar ao pomar, onde as macieiras se inclinavam e lutavam como se contra um furacão. A uma distância segura do pomar, o helicóptero estava começando a subir. Paradas fora do alcance do redemoinho das hélices, duas pessoas estavam inclinadas sobre suas bolsas de viagem.

O helicóptero decolou e foi embora, como um nadador poderoso em águas calmas. Quando a turbulência da partida diminuiu, os passageiros conseguiram mostrar o rosto. Lucy, com frio e raiva de repente por ver a antiga sogra até mesmo naquele paraíso isolado, se virou para Nick, que passou os braços em volta dela de forma protetora, talvez até possessiva.

Dolly gritou para eles, balançando as mãos: "Queridos, isso não é maravilhoso?".

Ao lado dela, Roger Tinker, cujo peito carregava uma variedade de câmeras em estojos de um jeito que um turista japonês aprovaria, olhou boquiaberto para Lucy e a camisola fina.

Lucy devolveu um olhar de desafio e pediu licença para Nick. Deu as costas para os visitantes inesperados e voltou calmamente pelo pomar. Nick sorriu para ela, pensando, *haha, crian*ça.

Dolly tocou no braço dele e falou em seu ouvido. "Nick, você vai correr atrás de Lucy perto do chafariz em seguida. *Você* é como seu pai."

Nick ignorou a risadinha. "O que você está fazendo aqui?"

Ela balançou a mão na direção da casa. "Vim visitar meu querido amigo, seu ama*do p*ère." Com um tapinha no braço dele, sussurrou: "Estou arrasada por causa da sua mãe. Londres ficou azeda e feia. Eu tive que ir embora. Lamento não ter me encontrado com você".

Nick enfiou as mãos nos bolsos e mexeu os pés descalços na grama. "Esse não é um momento oportuno para você estar aqui. Sartoris foi fortemente golpeado pelo desaparecimento da minha mãe."

"Mas você trouxe Lucy e os meus bombons para cá", respondeu Dolly, fazendo beicinho.

"Eles são da família", disse ele secamente.

Dolly fez uma pausa e disse: "Ah, entendi". Ela afastou o braço do dele com delicadeza, como se tivesse acabado de reparar em um aviso de tinta fresca pendurado no cotovelo. "Bem, querido, a cama é sua. E eu não gostaria de me intrometer na sua... dor. Mas eu tenho que ver Lucy. É uma questão profissional."

"Ela não vai fazer", disse Nick brevemente. Ele assentiu de forma enigmática e saiu andando na direção da casa sem dizer mais nada.

Dolly ergueu as sobrancelhas para Roger. "Ele poderia ter oferecido ajuda com as bolsas, mas, bem, você consegue. São só duas... se conseguir andar com esse caroço no bolso."

Roger sorriu. Com o tempo quente e bom, ele estava ansioso pelas múltiplas oportunidades de espiar Lucy Douglas. Pelo menos haveria algum lucro naquela excursão. Sua opinião particular era a de que Dolly estava pressionando Lucy, e Lucy não era uma mulher a ser pressionada. Talvez pudesse evitar um confronto direto, agir como amortecedor. Amortecer a Deliciosa Lucy seria bom.

Nick foi primeiro ao terraço e depois até a praia, procurando o pai. Encontrou-o um pouco distante das portas do quarto dele, que davam para uma área particular da praia. Ele estava sentado em um banquinho de camping, uma das mãos segurando o pincel, a outra a apoiando. Nick não olhou para a tela no cavalete; por experiência, sabia que Sartoris odiava que as pessoas espiassem seu trabalho em desenvolvimento. Viu o pai pintar a tela em silêncio. Depois de quinze minutos, o pintor parou, levantou a cabeça embaixo do chapéu e olhou para Nick.

"É Dorothy Hardesty com o amigo."

O velho rosnou: "O que aquela vaca quer aqui?".

Nick deu de ombros. "Ela diz que veio falar com Lucy. Quer que ela conserte a casa de bonecas de novo. Evidentemente, houve um incêndio quando Dolly, embriagada, largou um cigarro lá dentro. Você quer que eu a mantenha longe enquanto você trabalha?"

Sartoris ficou em silêncio. De repente, tirou um trapo da cintura da calça larga e limpou o pincel. "Urgh! Não consigo me concentrar agora com aquele ruído alto nos meus ouvidos, e a ideia de Dolly e aquele vilão que você diz que anda com ela perambulando pela minha casa e pela minha ilha."

Nick assentiu. Estava com medo dessa reação. Seu pai parecia perigosamente cansado.

"Me deixe ajudar a arrumar suas coisas", ofereceu ele. Foi perturbador que Sartoris, normalmente tão incomodado de ter pessoas mexendo em seu equipamento, tenha assentido com um movimento cansado de ombros.

Quando eles atravessaram a areia para o terraço, Dolly estava acomodada ali com um bule de café e um prato de beignets frescos. A sra. Blood montava guarda, observando ansiosamente quando Sartoris se aproximou. Roger estava sentado em outro canto, com os estojos aos pés.

A empregada assentiu para Nick com uma expressão *de tem uma invasão em andame*nto, enquanto ele subia os degraus do terraço.

"Onde está Lucy?", perguntou Nick.

"Se vestindo. Os pequenos querem ir à praia", disse Ethelyn Blood. Com os braços cruzados sobre o peito, ela parecia pronta e ansiosa por uma expulsão.

Dolly se levantou para cumprimentar Sartoris, esticando as mãos e exclamando: "Sartoris, o que posso dizer?". A voz dela estava triste, os cílios tremendo como se estivessem segurando as lágrimas.

Roger de repente achou a praia muito interessante. Não havia ninguém ali para ver o tom de desprezo que passou por seu rosto contra a sua vontade.

"Dorothy." Sartoris soltou as mãos dela imediatamente e se encolheu conforme ela se aproximava, como se fosse abraçá-lo. "O que a traz aqui?", perguntou, e passou devagar por ela para olhar a mesa preparada para o café ao ar livre.

Dorothy ficou em silêncio e foi para cima dele de novo. "Maggie", sussurrou ela, e uma lágrima escorreu pela bochecha. Ela se empertigou rapidamente, como se recuperando o controle. "Desde que a vi, não consigo parar de pensar em você, e em como você deve estar se sentindo desde o que aconteceu."

Sartoris se sentou pesadamente e pegou um beignet. "Impressionante. Você pensou *em* mim?"

"Claro. Maggie falou de você na mesma noite..." A voz dela parou suavemente.

O velho riu com deboche. "Tocante." Ele partiu o beignet com delicadeza e mordiscou um pedaço.

O rosto de Dolly se contraiu, como se ela sentisse um cheiro ruim, mas fosse educada demais para dizer. Sentou-se, olhou para Nick e piscou. Ele ficou chocado. Ela achava que Sartoris era tão senil que podia debochar do homem praticamente na cara dele?

"Se você não quiser falar no assunto, não falaremos", disse ela, tranquilizadora. Esticou a mão para dar um tapinha na de Sartoris, apoiada na mesa.

Ele puxou a mão para longe dela e indicou Roger. "Quem é?"

Roger deu um pulo e esticou a mão.

"Esse é meu amigo, Roger Tinker", apresentou Dolly.

O velho olhou Roger de cima a baixo e usou a mão livre para pegar uma xícara. Ethelyn Blood deu um pulo para enchê-la.

Dolly lançou um olhar gelado para Roger; ele enfiou as mãos nos bolsos e se encolheu em um canto, as bochechas vermelhas.

"Você não pode ficar aqui", disse Sartoris abruptamente. Ele afastou o que restava do beignet. "Muito bom", disse ele para a empregada. Ela abriu um sorriso.

"O helicóptero só volta amanhã", protestou Dolly. "Por que não? Esta casa tem dezoito quartos, pelo menos."

"Não tem espaço para você. Eu não a convidei. E não quero suas lágrimas de crocodilo. Chame o helicóptero e mande voltar agora mesmo. Não deve estar além de Bar Harbor agora."

"Isso é muita grosseria sua, Sartoris", repreendeu Dolly. Lançou um olhar de apelo para Nick. "Você não pode falar com ele, Nick? Você lida melhor com ele quando ele está assim."

O velho chiou. Tentou se levantar. A sra. Blood se aproximou rapidamente, o rosto em uma careta de raiva.

"Meu pai sabe o que quer", disse Nick com tranquilidade.

Dolly cedeu na mesma hora. "Muito bem. Você me permite a cortesia de dar uma palavrinha com a minha nora e ver meus netos?"

"As questões da sra. Douglas, claro, são decisão dela", rosnou Sartoris.

"Bem?", disse Dolly, desafiando Nick.

Nick cruzou os braços sobre o peito e deu um assobio baixo. Ele não interferiria em nada nas questões de Lucy, e ela sabia.

"Melhor perguntar a Lucy", disse ele. "Mas aviso logo. Ela também sabe o que quer."

Dolly se sentou, vitoriosa em pelo menos uma das frentes. "Vou ficar aqui esperando por ela."

"Vou pegar o telefone", ofereceu Nick, "enquanto você espera. Você ainda pode pegar aquele helicóptero."

Ele desviou para o quarto de Lucy. As camas estavam arrumadas; ela estava colocando os pijamas dobrados embaixo dos travesseiros. Lucy olhou quando ele entrou; Nick fingiu estar olhando com lascívia. Ela riu.

"Ligação urgente?", indicou o telefone na mão dele.

"Se for para tirar Dolly daqui, acho que sim. Sartoris mostrou a porta da rua para ela. Mas ela tem que chamar o táxi aéreo. Um aviso: ela quer falar com você."

Lucy, pegando o protetor solar e os óculos de sol em uma penteadeira e colocando nos bolsos espaçosos do maiô, fez uma careta.

"Eca", disse ela, colocando um chapéu de palha amplo.

"Tem outra coisa."

Ela inclinou a cabeça e prestou atenção.

"Sartoris. Ele parece cansado. Estou meio preocupado."

Ela assentiu. "Se você achar que devemos ir embora, tudo bem. Na verdade, posso voltar para casa com as crianças sozinha, se você quiser ficar."

"Não, não. Vamos ficar mais um pouco. Acho que ele vai ficar bem se Dolly for embora. Ele parece feliz de ver você e as crianças."

Eles desceram o corredor de mãos dadas.

"Onde estão meus amiguinhos?", perguntou Nick.

"Na despensa da sra. Blood. Ela os mandou procurar baldes e colheres para a praia."

Quando chegaram no terraço, descobriram que Sartoris e a empregada tinham se retirado. Nick achava que a sra. Blood andava paparicando demais o velho senhor, mas talvez fosse mesmo necessário.

Uma longa conversa com o aeroporto de Bar Harbor aconteceu em seguida, invadida pela estática em um arquipélago de gritos discretos. O helicóptero estava a caminho de outro serviço. Voltaria, caso não houvesse mudança no tempo, às oito e meia ou nove da noite.

Dolly desligou, satisfeita. O atraso significava que Sartoris teria que lhes servir almoço, e ela teria boa parte do dia como queria. Roger estava quase dormindo na cadeira no canto e se mexeu só para arrotar e pegar outro antiácido no bolso. Tinha comido todos os beignets assim que foram deixados para ele, e bebeu boa parte do café em seguida, enquanto ela olhava de cara feia.

Lucy ficou lá durante metade da conversa telefônica, e depois foi para a praia com os filhos. Deu de ombros, desculpando-se com Dolly; as crianças estavam inquietas, e, com latas de toucinho e velhas colheres de sopa, fariam muito barulho.

Com os arranjos feitos, Nick pediu licença e desapareceu dentro da casa. Dolly suspeitou que ele tinha ido relatar tudo para o pai.

Ela tirou os sapatos e começou a tirar a meia-calça.

Roger aplaudiu. "Tira!", gritou ele.

Ela o ignorou. Ele estava sendo constrangedor, como uma criança mimada, porque ela tinha insistido para que eles seguissem Lucy até lá, e não era o que ele queria. A última coisa que ela faria era permitir que ele estragasse sua diversão.

"Vou atrás de Lucy. Na praia. Se você vier, é melhor tirar os sapatos, as meias e enrolar a calça. E fique longe. Isso é particular. Entre Lucy e eu."

"Ah." Não havia muito que Roger podia dizer sobre isso.

Ele se inclinou para desamarrar os sapatos, pensando se haveria coisas na areia que poderiam picar seus pés. Era um lugar lindo; sem dúvida tinha lá seus segredos ruins. Ele lamentou ter gritado com Dolly. Se tivesse ficado com a sua boca estúpida fechada, ela talvez tivesse brincado um pouco com ele. Mais do que isso, se queria tirá-la da ilha sem que ela fizesse besteira, era necessário cair nas graças dela. Enfiou as meias nos sapatos e os juntou perto da parede do terraço. Dolly já estava seguindo pelas dunas. Ele deu um pulo e correu atrás dela.

"Lucy!", chamou ela. A areia puxava seus pés. Ainda estava molhada da maré alta. "Zachary! Laurie!"

Lucy, andando alguns metros à frente na praia, se virou e acenou. Laurie e Zach, alguns metros além dela, soltaram as latas e colheres e correram até a avó, gritando.

Roger e Lucy, de pontos diferentes na praia, viram Dolly pegar no colo uma criança de cada vez, abraçá-las e falar com elas. Seus olhos se encontraram brevemente, por tempo suficiente para ambos ficarem atônitos com o instante de descrença declarada que viram no rosto um do outro perante a exibição de Dolly no papel de avó amorosa. Roger ficou vermelho na mesma hora e olhou para o mar. Lucy, perplexa, só conseguia olhar para ele.

Dolly levou as crianças de volta até Lucy e as soltou; elas correram até as latas e colheres e foram até a praia, parando para pegar pequenos objetos indistinguíveis na areia, anunciando cada descoberta com euforia.

Lucy e Dolly ficaram para trás e andaram bem mais devagar.

Ofegante, Dolly riu do seu próprio cansaço e disse: "Não sei como você aguenta".

O ar salgado era revigorante, mas ela não estava vestida para um passeio na praia. Não podia se sentar na areia com a túnica branca de linho, amarrada por cima de uma saia azul-marinho de pregas. Era o tipo de engano raro ela chegar em algum lugar com as roupas erradas. Culpa do Roger, na verdade, por ser tão chato e distraí-la. Debochando de si mesma, mexeu nas pregas da saia.

"Dá para imaginar? Usar isto na praia?" Ela admirou o maiô amarelo de Lucy. "Você fez a escolha certa. Isso é perfeito."

"Obrigada", disse Lucy. "Espero que não se importe de andar comigo. Quero ficar de olho neles enquanto procuram conchas."

"Não, de jeito nenhum. Eu não posso me sentar, isso é certo."

Elas olharam para Roger, demorando-se na praia. Ele também estava cutucando a areia em busca de algum tesouro, com uma vareta comprida e torta que tinha encontrado nas dunas.

"Devemos esperar?", perguntou Lucy educadamente.

Dolly descartou Roger com uma gargalhada. "Céus, não. Roger pode se divertir sozinho."

As duas mulheres continuaram andando. Laurie voltou para mostrar suas descobertas. Zach avançava, impassível, com a lata batendo nas pernas curtas, e dedicava sua atenção à questão do momento, como sempre.

Quando Laurie estava longe de novo, Lucy disse: "Tenho que admitir que fiquei surpresa ao ver você hoje de manhã".

"Sim, eu reparei." Dolly fez uma pausa. "Seu pai me disse onde vocês estavam. Bem, eu tinha que fazer uma visita de condolências a Sartoris, de qualquer modo."

"Você viu a mãe de Nick naquela noite, não viu?" Lucy estava levemente curiosa, mas tinha acreditado nos relatos da polícia. Se diziam que Dolly não sabia nada sobre o desaparecimento de lady Maggie e da enfermeira era porque eles tinham motivos sólidos para descartar qualquer envolvimento.

Dolly fez cara de enterro de novo. "Foi traumático. Ela era uma velha amiga, sabe. No verão após a presidência ser roubada de meu pai, ela acolheu minha mãe e eu. Uma velha meio boba, mas muito gentil. Tenho um conhecimento muito antigo da família toda, querida. É por isso que estou tão satisfeita de você e Nick estarem se dando tão bem. E agora ele tem todo o dinheiro da mãe, não que ele precise. Uma pena aquele colar. Era mesmo tudo aquilo que diziam dele.

"E então Sartoris pintou meu retrato. Eu tinha acabado de fazer quinze anos, era uma criança." Havia um traço de orgulho na voz de Dolly. "Fiquei tão lisonjeada." Ela sorriu para Lucy, como se estivesse confessando uma pequena e divertida fraqueza. "Mas foi uma coisa horrível, crua e lasciva. Uma piada. Típica do velho filho da mãe. Você não vai gostar de ouvir isso, mas Nick carrega consigo um pouco do velho também."

Lucy, furiosa, mas controlada pela presença dos filhos, chutou a areia. "Sartoris sempre foi um tanto horrível. Prova viva de que a idade não alivia, não se você é um filho da mãe desde o começo. Mas ele fracassou de forma chocante desde que o vi pela última vez. Ficou senil."

"Ele me parece ótimo. Um pouco irritado", protestou Lucy.

"*Touché*. Você devia tê-lo visto no terraço quando você estava se vestindo. Deu um ataque de birra. Não é incomum, sabe, pessoas velhas e infantilizadas terem altos e baixos. Ele devia estar bem quando você chegou."

"Bem, você o conhece há mais tempo do que eu. Eu vou me casar com o Nick, não com o pai dele."

Dolly sorriu. "Que bom para você, querida. Tenho que dizer que fiquei surpresa quando liguei para a sua casa, esperando ter de brigar para arrancar você da sua oficina, e ouvi seu pai dizer que você viajou com Nick. Mas o amor vence tudo, não é? Fiquei espantada de você ter trazido as crianças. Deve atrapalhar um pouco."

Lucy ficou vermelha. Pegou os óculos de sol no bolso e os colocou. "Com licença", disse ela baixinho, "mas a minha vida particular tem prioridade. Eu falei que olharia os danos, e vou olhar. Vou encontrar alguém que faça os consertos se não puder fazê-los. Eu achava que você me conhecia bem o suficiente para saber que cumpro a minha palavra. E que não gosto de ser pressionada."

A ameaça foi explícita o suficiente para Dolly. Ela já tinha dado de cara com um muro de pedra antes em suas negociações com Lucy.

"Ah, querida", gemeu ela, falando na direção do céu, "eu disse a coisa errada? De novo?"

Lucy parou de repente e se inclinou para pegar um pedaço de vidro, polido pelo mar e pela areia. Ela o ergueu para que captasse a luz, parecendo alheia a Dolly e à conversa delas.

"Sei que você acha que estou com ciúmes de você com o Nick. Mas não estou, Lucy. Um pouco preocupada, talvez. Odeio vê-la sofrer. Nick é encantador, eu admito, mas, sinceramente, areia demais para o seu caminhãozinho. Mas o que tem que ser feito tem que ser feito, eu sei. Para provar que não vim interferir, por que você não me deixa levar as crianças para Nova York comigo, para você e Nick poderem ter férias de verdade? Quando estiver pronta para buscá-las, você pode dar uma olhada na casa de bonecas."

Lucy olhou para Dolly como se ela também fosse um objeto jogado na praia. "Eles não estão incomodando aqui. Sartoris gosta de tê-los por perto. Ele me disse. Mas obrigada pela proposta."

Dolly protegeu os olhos com a mão e olhou pela praia na direção de Roger. "A proposta continua valendo quando você quiser, querida." Ela fez uma pausa e choramingou de leve. "Ah, se você pudesse ver, Lucy. Você ficaria enjoada. Eu fico só de pensar."

Lucy mudou de posição. Se todas as outras palavras que Dolly falou eram mentira, ou funcionavam a favor dela mesma, aquilo, pelo menos, era verdade. Sua sogra estava mesmo sofrendo pelo estado da Casa Branca de Bonecas. Lucy estava mais do que curiosa; foi seu trabalho, em boa parte, que foi destruído. Era perturbador pensar nas horas e no esforço dedicados ao trabalho, na beleza agora perdida. Estava com medo de ficar realmente enjoada se tivesse que olhar.

Disse a si mesma que gostar tanto de alguma coisa fazia bem para Dolly. Até as crianças pareciam só um interesse esporádico para ela. A voz que espreitava dentro de si lhe mostrou que Dolly se importava porque era algo da própria Dolly, e isso a fazia se sentir pequena. Ela tinha avaliado Nick mal, tentando fazê-lo se encaixar em seus próprios altos padrões, mesmo em retrospectiva. A separação dos dois não a ensinou que ela podia viver sem ele; ela já sabia que podia. O que Lucy aprendeu foi o que ele acrescentava à sua vida: a cama feita de amizade e alegrias mútuas, na qual a paixão podia brincar com leveza. Claro, ela respondeu à voz, Lucy Novick Douglas finalmente tinha idade e experiência suficientes para entender que cada pessoa podia ser seu próprio universo, com suas leis naturais e peculiares. O fim de seu debate interno foi que ela concordou novamente em fazer uma coisa que estava com medo de fazer, algo que não queria fazer.

"Sim", disse ela para Dolly, "eu vou lá olhar a casa de bonecas. Em breve."

"Que bom." Dolly segurou as duas mãos dela e as apertou. "Você não sabe como isso é importante para mim. Pense bem sobre me deixar levar Zach e Laurie para casa comigo."

Lucy puxou as mãos de volta e as enfiou nos bolsos. Conseguia sentir o pedacinho de vidro no canto, onde o tinha colocado. Era liso, frio, duro, uma coisa abandonada e irremediável, gasta pelo mar.

As duas mulheres tinham ficado para trás das crianças. Ela andou um pouco mais rápido para alcançá-las.

"Não demoraria muito para avaliar os danos", disse Dolly, correndo para acompanhá-la.

Lucy assentiu.

"Escute, querida, vou sair do sol. Vamos conversar de novo mais tarde", disse Dolly.

Lucy viu a ex-sogra dar as costas e seguir na direção da casa, agora invisível atrás de um trecho da praia. Dolly arrancou Roger de sua exploração praiana ao passar; ele parou por tempo suficiente para acenar com a vareta para Lucy em um gesto simpático.

Estava quente ali agora. O lábio superior, o couro cabeludo e as axilas de Lucy estavam úmidas. As crianças estavam de short e camiseta para se proteger do sol, mas tinha chegado a hora de colocarem as roupas de banho e irem se refrescar na água.

"Abelhinhas!", gritou ela, chamando-os. Quando eles vieram correndo na direção dela, ela refletiu ironicamente que eles foram bem-criados.

Um ácido nó de preocupação queimava no peito de Nick. Ele não gostava de ter Dorothy por perto, principalmente perto de Lucy. E isso aborrecia seu pai. Sem poder fazer mais nada para livrar a ilha da presença de Dolly, ou para impedir que as duas mulheres se encontrassem, ele decidiu ir dar uma olhada em Sartoris. Foi para o ateliê. Assim como o restante da casa, estava abarrotado de trabalhos de Sartoris. Um pesadelo para a segurança de um museu, as obras todas espalhadas por aí como um monte de almofadinhas bordadas. Teve que sorrir.

O velho senhor estava sentado a uma mesinha simples, coberta de seus amarelos e vermelhos favoritos. Estava sentado em uma cadeira de encosto alto, a cabeça apoiada no peito largo, o rosto coberto pelo velho chapéu. O chiado na respiração revelou para Nick que ele estava dormindo o sono da velhice, repentino, leve e frágil. Nick se sentou em um sofá de molas coberto por uma manta e esperou.

Meia hora se passou em um quase silêncio, o ritmo agradável e abafado do mar lá fora pontuado por um ocasional ronco ou chiado. Nick fechou os olhos para inspirar melhor os cheiros do ateliê, o perfume de tinta e terebintina, fixador, carvão, uma dezena de substâncias mundanas que eram os elementos da magia feita por seu pai sobre tela, papel, madeira ou gesso. O aroma salgado do mar era outro sacramento, de libertação, de perdão, os ritos finais, ele pensou. Aquilo lhe trouxe à mente outro dia, não muito tempo antes, carregado de outro perfume, o de rosas.

"Humm." O homem mais velho começou a acordar. Sua cabeça se ergueu; havia um brilho metálico no olhar por baixo do chapéu. "O que você quer?"

"Nada de você", respondeu Nick com tranquilidade.

"Não quer nem meus quadros, é?"

"Bem, eu não os recusaria. Mas posso esperar."

Sartoris riu. "Você vai ficar com eles de qualquer jeito? Merda. É verdade. Não tenho mais ninguém para quem deixá-los."

"Você pode encontrar um museu que os mereça. Sempre tem sua amada terra natal."

"Hunf." O pintor indicou uma velha escrivaninha de escola que fazia as vezes de depósito de panos, latas de gordura e outras coisas. "Na gaveta de baixo, Nicholas."

Dentre pilhas poeirentas de cartas que fizeram com que o coração de antiquário de Nick ficasse acelerado, havia uma garrafa nova de Wild Turkey. Um baú do tesouro para qualquer biógrafo transformado em ninho de ratos. E também, claro, poderia haver alguma coisa da mãe ali. Puxou a garrafa e fechou lentamente a gaveta.

"Considerando que pareço destinado a não trabalhar hoje, acho que vou tomar uma dose de consolo." Sartoris abriu a garrafa. "Não tem nada aqui para servir a bebida. Vamos ter que trocar germes." Ele hesitou com a garrafa nos lábios. "Eu espero, considerando suas companhias, que você não tenha gonorreia."

Nick levantou as mãos para mostrar que estavam ilesas.

Sartoris riu. "Esta garrafa é virgem. Precisa ser dedicada a alguém. Dedico à sra. Lucy Douglas, eu primeiro."

Depois de um longo gole, ele passou a garrafa para Nick, que a ergueu solenemente e disse: "À sra. Lucy Douglas, eu segundo".

"De fato", disse o pintor, rindo. "Difícil acreditar que uma mulher sensata como aquela tenha sido boba para se casar com o filho de Dolly Hardesty. Que bom para vocês dois que o idiota saiu de cena."

"Bem, ela é boba o suficiente para se casar com o seu filho." Nick devolveu a garrafa para o pai.

"É mesmo?", riu. "Bem, à vocês dois, então. Os mais velhos primeiro." E bebeu da garrafa novamente.

Nick tomou outro gole.

Seu pai ofereceu um conselho pré-nupcial. "Não deixe que ela volte a se envolver com Dolly. Não é bom."

"Tem a pequena questão dos filhos dela serem netos de Dolly", observou Nick.

"Que se dane. Talvez você deva reconsiderar essa história."

"Se ela pode lidar com isso, eu posso."

Sartoris riu com um traço de dúvida. "Me dá essa garrafa se você só vai ficar sujando o vidro com as suas digitais. Só a afaste daquela bruxa. Ela é uma boa garota, vai torná-lo um homem honesto, se não puder lhe trazer de volta sua chance de entrar para a história."

Nick viu o pai virar a garrafa. "Você nunca precisou de uma mulher para torná-lo honesto."

"Ah, não. Eu nunca fui honesto, não com as mulheres."

"Nem com a minha mãe?" Nick ficou sério. "Desculpe. Isso foi cruel."

O pintor deu de ombros e lhe passou a garrafa. "Se tem alguém que lamenta isso, esse alguém sou eu. Só que lamentar é um desperdício de energia."

Nick admitiu: "Eu estava preparado para a ideia de ela morrer. Odeio pensar no que quer que tenha acontecido com ela: dor, pavor".

"Sim, eu sei. Nos meus ossos, do jeito como as coisas são com os velhos, eu posso sentir a morte dela. Mundo de merda, não é, garoto? Fósseis velhos, como Maggie, são fáceis vítimas de predadores."

Nick balançou a cabeça. "Isso me faz pensar em Leyna Shaw. Ela também desapareceu de repente."

"Leyna Shaw?"

"A jornalista."

"Ah. Perdi o contato, fiquei desatualizado. Não conheço mais ninguém além de você." A garrafa de Wild Turkey, novamente nas mãos de Sartoris, tremeu de leve. "A sua mulher. Os pequenos. Isso é importante."

"É algo fácil de acontecer. Estou falando de perder contato com alguém."

"Quando eu leio os jornais, fico questionando se realmente vivo no mesmo planeta de toda essa gente, os tolos e os loucos. Mas tenho que lhe contar, Nick, qual é o único benefício de uma vida longa."

Nick teve que terminar o gole da garrafa para perguntar: "Qual é?".
O dia estava ficando muito quente, e teria que parar de beber antes
que aquilo fosse longe demais.

"Tudo vai ficando igual depois de um tempo", disse Sartoris.

Era bem possível. Os olhos do homem estavam começando a
parecer meio vidrados. Nick olhou ao redor e admirou o ateliê
amplo, cheio de luz.

"Lucy gostaria daqui", comentou ele, recusando a garrafa.

"Traga-a aqui." Sartoris remexeu nos bolsos e deu uma chavezinha
dourada para Nick. "A chave da vida", riu.

Nick a guardou. "Você não esqueceu o poder afrodisíaco que tem
o ateliê de um pintor, não foi?"

"Bem", disse Sartoris, debochando de si mesmo, "um pouco."

Eles riram juntos.

"Quero que você organize meus quadros. Passou pela minha cabeça
que vou morrer em um desses lindos dias de verão."

Nick assentiu. "Tudo bem. Vou planejar um tempo longe do Dalton.
Posso trazer alguém para ajudar?"

O pintor sorriu. "E ficar com essa chave? Desde que o trabalho
seja feito, né? Eu gostaria de ver o que Lucy faz, esses microcosmos,
qualquer dia desses. A ideia de arte em forma de brinquedo me en-
canta. Se a arte precisar de uma ideia por trás, talvez essa seja a
melhor que já tiveram."

"Esse foi o homem que deixou minha bunda vermelha porque eu
não achei que a arte fosse terminar se eu parasse?"

"Você disfarçou covardia de modéstia. Eu nunca vou perdoar o
desperdício do seu talento. E mudei de ideia. Vou deixar meus quadros
para Lucy e os filhos dela com a condição de que seu maldito museu
nunca fique com eles." A garrafa de Wild Turkey dançava sob a luz
conforme aumentava a voz do pintor. Ele apontou um dedo torto e
colorido para o filho. "E você não pode foder comigo."

"Isso mesmo", disse Nick com tranquilidade. "Quem fode é sempre
você, né?"

"Olha essa boca. Posso pegar essa chave de volta. Nada de mulher
viúva boazinha no meio de toda essa...", ele fez um gesto amplo indicando o ateliê, "...arte."

"Besteira. Você só quer alguém que borrife um pouco de esperma
sagrado, um toque de perfume sexual, na sua porra de templo. Coisa
que você não pode mais fazer sozinho, certo?"

"Eu acho", disse o homem com cuidado, olhando para as profundezas da garrafa, "que vou proibir, no meu testamento, que você escreva minha biografia."

Isso os fez rir de novo.

Quando Nick deixou Sartoris, a garrafa estava na marca de um terço. O pintor estava saindo para almoçar e provavelmente para não voltar mais pelo resto do dia, mas conseguiu erguer a cabeça no antigo sofá por tempo suficiente para lembrar a Nick de catalogar seus quadros. Não havia chance nenhuma de ele não fazer isso. Ele almoçaria para aliviar a mente e tentaria dar uma olhada, ainda que rapidamente, à tarde.

A casa estava repleta de trabalhos de Sartoris. Mesmo produzindo um pouco menos por causa da idade, ele ainda havia tido muitos anos de trabalho, e por tempo demais não vendia algo realmente importante. Assim, tudo estava espalhado, os pedaços da vida dele, por toda a casa e pelo ateliê. As paredes do longo corredor estavam cheias, todos os quartos, salas e onde mais as paredes pudessem acomodar um pedaço de tela. Em alguns aposentos, havia quadros guardados em caixas de armazenamento que Nick tinha conseguido por meio do Dalton.

Como Sartoris não apareceu para o almoço servido no terraço, Dolly assumiu como se fosse a anfitriã. Ela queria saber o que todos fariam à tarde, como se fosse a orientadora de um acampamento de verão. Por falta de assuntos mais seguros sobre os quais conversar, as respostas foram dadas.

As crianças Douglas iriam para o quarto tirar um cochilo. Era evidente que precisavam; estavam barulhentas e mal-humoradas durante a refeição, o que não era comum. Lucy disse que planejava fazer uma caminhada para explorar a ilha. Ela olhou esperançosa para Nick, que só beliscou o almoço, mas ele balançou a cabeça.

"Tenho trabalho à tarde", disse ele.

Dolly ficou intrigada. Só conseguia pensar em uma coisa em que ele pudesse trabalhar, e era cuidar da herança que receberia do velho. Depois que Lucy levou as crianças para o quarto, Dolly chegou perto de Nick.

"Quanto ele vai deixar para você?", perguntou ela, toda simpática.

Nick revirou os olhos.

"Não faço a menor ideia", mentiu ele com alegria.

"Merda. Quem mais ele tem? E agora você vai ser um homem de família. Seu pai é só um ser humano. Por que ele deveria ser imune ao desejo normal de ver o filho casado e ter alguns netos carregando seu nome?"

"Sinceramente, Dorothy, não sei. Meu pai, como tentei dizer antes, sabe o que quer."

"Tudo bem. Seja misterioso." Ela fez beicinho.

Roger, concentrado nos sanduíches de pepino, escolheu aquele momento para arrotar. Ele murmurou um pedido de desculpas e partiu para cima dos brownies. Não tinha nada a dizer para Nick Weiler, e o nada era recíproco.

"Bem, o que você vai fazer?", Dolly perguntou a Roger ao reparar que ele ainda estava ali.

"Dar uma caminhada", disse ele, mastigando um brownie.

"Você vai precisar", repreendeu ela, os olhos em seu prato. "Eu vou tirar um cochilo."

"Você vai precisar", devolveu Roger secamente, e se levantou, deixando uma Dolly atônita olhando para ele.

A vitória foi um momento muito pequeno e transitório para Roger. Partir em um passeio debaixo do sol quente e com a barriga cheia de pepino, limonada e brownie logo se mostrou não ter sido uma decisão sábia. Enjoado e com uma leve câimbra na lateral do corpo, Roger parou no frescor do pomar atrás da casa. De lá, podia ver todas as entradas e saídas possíveis.

Esperando pacientemente, ficou ciente do peso adicional da câmera e do miniaturizador que estava carregando sobre o peito. Os estojos de couro sobre a camisa de algodão pareciam condensar suor como raspas de ferro em volta de um ímã. Suas meias de náilon também estavam desconfortavelmente úmidas e quentes; aproveitou a oportunidade para tirá-las, enfiá-las nos bolsos e apreciar uns poucos minutos de frescor nos dedos dos pés. Estava amarrando novamente os tênis nos pés descalços quando viu Lucy; ela tinha decidido sair pela porta do quarto e ia na direção das colinas atrás da casa, em um ângulo oblíquo em relação a ele.

Ele deu um pulo e correu escondido no meio das árvores, à frente dela e em um caminho paralelo. Ao ficar em um nível mais elevado do que ela, esperava mantê-la em vista. Ela andava em um ritmo rápido e regular; ele logo ficou encharcado de suor, e seus pés ameaçavam ficar com bolhas a cada passo. Quando não demonstrou sinal de diminuir o ritmo, ele ficou desesperado e decidiu interceptá-la o mais rapidamente possível.

Seus caminhos se cruzaram a uma hora da casa, em uma colina que tinha uma boa vista da ilha. Roger, se debatendo em meio a arbustos cheios de espinhos e vegetação rasteira, não teve tempo de apreciar a vista. Mas quando alcançou Lucy, ela estava absorta com o lugar e levou um susto diante de sua aparição repentina na vegetação.

Paralisada por um momento pela surpresa, ela só ficou olhando para ele, os olhos arregalados, e prendeu a respiração.

Roger, com os pés doendo, o estômago embrulhado, dor de cabeça por causa do sol, suor escorrendo pela barba curta, ficou chateado por tê-la assustado. Ele deu um passo à frente e esticou a mão, como que por instinto, para reconfortá-la, e ficou horrorizado quando ela se afastou.

"Ei", protestou ele.

Ela devia ter visualizado repentinamente a própria aparência, encolhendo-se para longe dele, uma garota forte e quase uma cabeça mais alta do que ele, mais pesada do que ele, que estava com dez quilos a menos por causa do regime de Dolly. Ela franziu o nariz como se precisasse espirrar, e então riu. "Desculpe", disse ela. "Você me assustou."

Roger sorriu. "Você devia estar prestando muita atenção na paisagem. Fiz o barulho de uma tropa de elefantes andando pelo bosque."

"É lin*da me*smo", admitiu ela, e se virou para olhar mais uma vez.

Roger, que não espiou a paisagem ao redor nenhuma vez porque estava ocupado demais seguindo Lucy, olhou para a ilha abaixo deles. Viu a curva do anzol e as construções que eram a casa e o ateliê de Sartoris, agora apenas formas esculturais no verde da terra. O mar azul batia na areia e na pedra aparentemente a centímetros de distância. Roger começou a se sentir enjoado de novo, e não era mais só o almoço. Ele se incomodou ao ver como a ilha era pequena e como era grande o mar em volta dela. Roger pensou em como queria ver a curva da terra a partir de um avião, uma vez mais, além das torres altas de Manhattan. Mas aí lembrou que Manhattan também era uma ilha, na beirada daquele mesmo mar enorme. Era uma coisa em que ele queria pensar, mas, naquele momento, Lucy se afastou um pouco de seu campo de visão, se sentou em uma formação rochosa e sorriu para ele.

"Por que você roubou minha lâmina x-acto?", perguntou ela em tom de conversa.

"Como é?"

"Minha lâmina x-acto. Você pegou uma na minha oficina. Por quê?" Ela foi doce e paciente, como se estivesse perguntando a Zach por que ele tinha deixado o olho do pequeno Billy Cassidy roxo.

Roger enfiou as mãos nos bolsos. Olhou para os tênis com um rubor de culpa aquecendo as bochechas, e soube que tinha que contar para ela. Só era necessário encontrar as palavras certas.

"Ah", disse ele, *aqu*ela lâmina x-acto."

Lucy assentiu, encorajadora.

Roger deu um doloroso passo à frente, se sentou na pedra ao lado dela e começou a desamarrar os tênis.

"É uma história muito longa", disse ele, tentando ser tão casual quanto possível para não assustá-la rápido demais, "e acho que você não vai acreditar em mim."

Lucy, fazendo uma careta quando ele tirou os tênis e expôs as bolhas, se afastou um pouco, piscou e disse: "Experimenta".

Roger respirou fundo, abriu os dedos dos pés no ar, e foi com tudo. "É engraçado. Foi por isso que eu segui você."

Lucy franziu o nariz de novo. Roger gostava disso. Era fofo. Ele esperava que ela fizesse de novo.

"Você me seguiu?" Os olhos dela estavam arregalados de novo, meio atônita.

Ele assentiu. "Eu preciso avisá-la."

Lucy se afastou um pouco mais sobre a pedra. "O quê?" A voz dela tremeu de leve como uma das folhas de choupo acima deles, respirando o vento do mar.

Roger bateu em um dos estojos de câmera sobre o peito. "Isto aqui é uma câmera. Uma câmera comum de fotos instantâneas, útil para tirar fotos de festas de aniversário de crianças e do Monumento a Washington."

Lucy assentiu, concordando.

"Mas isto", disse ele, batendo de leve no outro estojo, "não é."

"Ah", disse ela.

"Isto é uma invenção minha. Eu chamo de miniaturizador."

Ela ficou olhando para o objeto. Parecia um estojo de câmera igual ao outro.

"Ele encolhe coisas."

"Ah", disse ela de novo. A testa se franziu delicadamente. "Tenho quase certeza de que esse é o nome de uma cinta."

"O quê?" Roger ficou perplexo.

"Miniaturizador? Você disse miniaturizador?"

Ele assentiu com ansiedade.

"Hum. Eu já vi. É uma cinta."

"Bem..." Roger ficou muito desanimado.

Lucy sentiu pena dele, com aquela cara suada e meio peluda de beagle e os pés machucados.

"Mas isso aí não é?", perguntou ela, tentando levá-lo de volta ao assunto, seja lá qual fosse. Ela se acomodou e se preparou para ser paciente. Era agradável ficar sentada no alto da colina depois de um pouco de exercício, sentindo e cheirando a brisa do mar, e se a companhia era estranha, bem, ela teria uma história para contar ao Nick naquela noite, no meio do doce emaranhado dos lençóis.

"Não", disse ele, afastando a decepção que sentiu pela humilhação do nome que ele tinha escolhido. Era mais importante contar a Lucy o que ele tinha para contar.

"Durante boa parte da vida, eu trabalhei para o governo. Nesse tal projeto. Fui despedido mais de um ano atrás. O projeto foi encerrado, corte de gastos, sabe? Mas por acaso eu estava no auge da questão específica que o projeto vinha buscando solucionar. Então peguei o que tinha descoberto e apliquei na prática, e inventei este dispositivo. O miniaturizador."

Seu toque, cheio de orgulho, ficou hesitante sobre o estojo de câmera. O glamour do nome foi destruído. Ele teria que encontrar outro.

"E então?", perguntou Lucy, esperançosa.

"Bem, sabe", ele olhou para ela timidamente, "essa é a parte difícil de acreditar." Ele respirou fundo de novo. "Ele torna as coisas pequenas."

Lucy assentiu educadamente, sem compreender. "Ok."

"É verdade", insistiu ele. "Lembra a Leyna Shaw? E lady Maggie Weiler e a enfermeira dela? Você não achou estranho que Dolly e eu estivéssemos por perto quando elas desapareceram?"

Lucy ficou paralisada sobre a pedra, olhando para além de Roger, para a ilha encolhida ao longe abaixo deles.

"E o carrossel do Central Park? E as coisas do Borough Museum? Eu fiz aquilo." Listou os trabalhos. E consertou: "Quer dizer, nós fizemos".

Lucy olhou para ele, sem realmente enxergá-lo.

"As pessoas morreram. Leyna se matou. Acho que não gostou de ser pequena. Ela provocou todos os danos à Casa Branca de Bonecas. E eu não queria que Dolly machucasse a velha senhora, então a matei, junto com a enfermeira. Botei o dispositivo em intensidade alta demais."

Roger seguiu falando. Era como ouvir Zach confessar ter torturado o gato ou a irmã.

"Pare", disse ela com a voz fraca, levantando a mão.

Ele parou, e ficou olhando para ela com olhos brilhantes, esperando que ela o entendesse.

"Você é maluco", disse ela secamente.

Ele suspirou e observou os estojos pendurados no peito. Houve um silêncio doloroso.

"Como você pode fazer as pessoas ficarem pequenas?", disse ela repentinamente, com raiva. "Como?"

Dolly tinha perguntado isso, não com raiva, mas com curiosidade, e ele disse que ela não tinha como entender. De alguma forma, ele teria que tentar fazer aquela mulher, já hostil, entender. *Enten*der.

Ele fechou os olhos. "Com espelhos", disse ele, "para outras dimensões e depois de volta. Não consigo explicar de um jeito melhor do que esse." Ele bateu com o punho na coxa, frustrado. Havia muito mais do que aquilo, todas as modificações que faziam uma coisa viva permanecer viva, que a reduziam para o tamanho exato que ele queria.

Ela afastou o olhar e passou as mãos sobre os olhos, como se estivesse cansada ou com dor de cabeça.

"Merda", disse ela.

"Eu sabia que você não acreditaria em mim", disse Roger, aborrecido.

"É loucura", murmurou ela.

"É melhor você acreditar em mim", disse ele baixinho.

Ela levantou a cabeça de repente. "O quê?"

"Só deixe seus filhos longe de Dolly. Ela quer alguém para morar na casa de bonecas. *E ela* é maluca."

Abruptamente, a mulher se levantou e saiu andando pela vegetação na direção da casa. Pelo menos, Roger pensou com certa satisfação, ele tinha conseguido acionar o botão do pânico. Talvez ela acreditasse o suficiente para salvar os filhos.

Ele deslizou pelo assento de pedra e pegou os tênis. Lenta e dolorosamente, saiu atrás dela de novo. Tinha muito sobre o que pensar no caminho de descida. Será que ela contaria a Weiler ou a qualquer outra pessoa? Ele esboçou uma careta ao pensar no que Dolly poderia fazer ou dizer se soubesse que ele tinha contado tudo para Lucy Douglas, assim, do nada. Ele tinha que encontrar um novo nome para o dispositivo. Encolhedor? Comercial demais. Redutor? Era uma possibilidade. A primeira coisa que faria de volta à casa seria se deitar e tirar um cochilo. Talvez o sono lhe fornecesse um novo nome, uma resposta.

Mais tarde, Dolly o acordou com um tapa ressonante nas nádegas expostas. Ele abriu um olho e grunhiu. O som do zíper dela sendo aberto, as roupas caindo no chão, o ruído dela empurrando tudo para longe; sons promissores que o despertaram do sono.

"Seus pés parecem ter sido comidos por ratos", observou ela.

"Oi?" Roger rolou de lado. "Ah. Opa. Fui andar com as meias erradas."

"Pobrezinho." Ela não pareceu muito solidária.

Ele se levantou. "O que você fez?"

Dolly estava de sutiã e calcinha. Tinha duas peças de roupa de banho nas mãos dela. Ela as jogou na cama aos pés dele e levou as mãos às costas para abrir o sutiã.

"Segui Nick Weiler por aí. Fui irritante." Ela riu. "Ele queria contabilizar a herança."

Roger viu os seios dela caírem das taças do sutiã como dinheiro caindo de um caça-níqueis. Algumas semanas antes, ele estaria babando. Agora, o melhor que conseguia era uma vaga intumescência, a mesma coisa que as páginas centrais de u*ma Play*boy poderiam provocar.

Ela pegou o sutiã do biquíni. "Vamos nadar. Antes que nos expulsem deste pequeno paraíso."

Roger se reclinou e fechou os olhos. Sentia-se sem ânimo. Sua mãe sempre alegou que cochilos vespertinos eram a pior coisa para uma pessoa. Não descansavam de verdade e sempre davam a sensação de que a pessoa estava em câmera lenta quando acordava. Seus pés estavam coçando.

"Não", disse ele. "Acho que não vou."

Dolly parou de procurar o protetor solar e olhou para ele. "Não seja um estraga-prazeres."

"Meus pés estão cheios de bolhas. Tem sal naquela água. Vai arder como fogo."

"Não seja criança. Água salgada é a melhor coisa agora para colocar seus pés."

Ela terminou de guardar alguns itens dentro de uma bolsa de praia, colocou um chapéu branco de linho de abas largas e pegou a saída de praia.

"Você vem?", perguntou ela.

Roger, acomodado na cama de lençóis brancos, abriu os olhos por tempo suficiente para olhar para ela. "Não", disse ele calmamente, "não conte comigo."

Os olhos cinzentos dela ficaram gelados. Bateu a porta quando saiu.

Roger sorriu sozinho. Já estava na hora de ela admitir quem era o dono do dedo que controlava o botão do miniaturizador.

A longa tarde de verão passou. As crianças brincaram na areia e na água, observadas por uma Lucy quieta e recolhida. Dolly se juntou a elas, brilhando de tanto protetor solar. Depois de tentar iniciar uma conversa com Lucy e ser ignorada, decidiu observar avidamente a brincadeira dos netos. Finalmente, o vento começou a aumentar, prometendo o friozinho da noite, e os banhistas e construtores de castelos de areia e nadadores marinhos se recolheram para a casa, com banhos quentes e cheirosos e comida em mente.

Nick Weiler saiu sozinho do ateliê do pai. O homem idoso tinha ido para o quarto à tarde, depois de ser despertado pela curiosidade e a invasão de Dolly enquanto Nick tentava trabalhar. Ela pareceu satisfeita por ter incomodado Sartoris e foi embora, e pelo menos Nick pôde fazer o que precisava ser feito antes do fim da tarde.

Com a cabeça cansada e dor nas costas e nos ombros, ele foi até a praia. O dia estava acabando, a praia estava abandonada. Ou deixada novamente sozinha. A maré não tinha subido tanto a ponto de destruir os castelos de areia das crianças, mas eles estavam derretendo, perdendo sua identidade. As pegadas ficaram, as marcas das sandálias de Lucy, ainda legíveis para o olho instruído. Ele encontrou um lugar onde ela tinha ficado sentada por um tempo; o traseiro dela fizera uma pequena marca abstrata, parecendo as asas de um anjo de neve. Não, uma mariposa de neve. Isso existia? A cabeça dele estava confusa demais para decidir. Ele só sabia que tinha sido abalado por aquela evidência da presença dela.

Sentou-se e apoiou a cabeça nos joelhos. Houve uma época em que ficava ansioso para ir para a cama com Lucy, convencido de que, se dormisse com ela, então ela passaria a ser como todas as mulheres da vida dele, e aquela terrível necessidade esvaneceria.

"Como você é idiota", murmurou ele sozinho.

Nick conseguia olhar para ela e ver as imperfeições em seu rosto e seu corpo. Conhecia as deficiências pessoais dela, seu temperamento, seu perfeccionismo. E ela o conhecia; esse era o verdadeiro teste. Ele ainda a amava, sabendo que ela conhecia todas as suas fraquezas. Não só a amava, mas era louco por ela.

Eles deixariam a ilha e voltariam para Washington. Os dias seriam como vinham sendo, ao que parecia, desde sempre; ele trabalharia no Dalton, o verão terminaria, outro ano se encerraria. Se Lucy se casasse com ele, nada disso mudaria. Ainda haveria a política, como sempre, as pequenas brigas entre os funcionários, a busca contínua por fundos, por aquisições, por publicidade, a preocupação com a segurança. Ele ficaria mais velho. Com um pouco de sorte e perseverança, talvez se tornasse uma pessoa muito poderosa. Seu pai, um dia, ainda iria morrer.

Mas ele voltaria para casa, para Lucy; eles criariam os filhos dela juntos, e um dia ficariam reduzidos novamente a um apartamento na cidade e dois gatos, e um ao outro. Era uma visão reconfortante e assustadora ao mesmo tempo; ele tinha medo de querer demais, medo de perder. Pela primeira vez na vida, pensou no próprio fim. Tinha medo de morrer. Foi isso que Lucy lhe deu. Algo a perder.

Os outros, exceto o pai, já estavam à mesa quando ele chegou para jantar. Ethelyn Blood lhe deu um tapinha no ombro quando o serviu, perdoando o atraso dele com a mesma facilidade com que perdoou seu pai pelo lapso da bebedeira.

"Ele só faz isso uma ou duas vezes por ano agora. É bom para ele ter uma válvula de escape. É difícil ser forte o tempo todo, sozinho, envelhecendo. E, desta vez", ela olhou para Dolly de cara feia, "ele foi provocado, Deus sabe."

As crianças, os apetites aguçados pela longa tarde de brincadeiras, atacaram o ensopado de lagosta da sra. Blood, junto com os bolinhos de camarão e uma salada caesar. Dolly também apreciou a refeição, e sua própria conversa, que ela devia achar fascinante, pois não pareceu perceber que mais ninguém na mesa tinha algo a dizer.

Roger, parecendo meio enjoado, só beliscou a refeição e lançou olhares ansiosos para Lucy. Ela, ocupada evitando a todos, ficou observando a toalha de mesa e a comida, mas comeu mecanicamente e brincou com um pequeno pedaço de vidro do mar. Irritado com Dolly — que certamente estava satisfeita por ter incomodado a dor particular de seu pai —, e perturbado com sua própria emotividade desconcertante, Nick Weiler ouvia a falação animada por sob uma gélida carapaça de irritação.

Dolly teve mais um triunfo. Quando a sra. Blood serviu a sobremesa, o telefone tocou, informando-os de que o prometido helicóptero não chegaria por causa de problemas mecânicos e só poderia comparecer de manhã cedo. Quer ele quisesse ou não, Sartoris seria obrigado a abrigar Dolly e Roger aquela noite.

Quando as crianças tinham acabado de comer musse de chocolate, Lucy se levantou e pediu licença para botá-los na cama.

"Vejo você mais tarde", disse ela para Nick, baixinho.

Ela desviou da cadeira de Roger fazendo uma margem enorme e desnecessária, como se ele tivesse uma doença contagiosa. Lançou um olhar assustado para ele e saiu rapidamente, deixando Nick intrigado, Roger absorto na sobremesa, e Dolly o observando com o interesse de um gato diante de uma toca de ratos.

"Não acredito", disse Nick. Ele não estava vendo o rosto dela direito. O terraço estava iluminado apenas por algumas luminárias em forma de tochas; era romântico, mas, em um sentido literal, nada iluminador.

Ela não disse nada por um tempo. O único som era o tilintar do gelo no copo enquanto mexia a bebida.

"Eu também não acredito. Ele está completamente louco. Mas não vou fazer o serviço. Já falei para você um tempo atrás. Já falei *para* ela. Vou olhar e dizer quem ela deve contratar. O que precisa ser feito. Não vou deixar que ela leve as crianças para nenhum tipo de visita. Não com um maluco daqueles por perto. Ele estava certo ao me alertar, só não sabia contra quem ou o que estava me alertando."

"Por que ir até mesmo olhar o serviço? Mande ela se ferrar. O que ela fez por você a ponto de você ficar lhe devendo qualquer favor? Fique longe dela e daquele namorado sinistro."

"Eu dei a minha palavra." O tom dela foi seco e teimoso. Ela o estava avisando para não forçar a barra.

Ele suspirou. "Eu queria que você nem chegasse perto dela. Só isso."

E era só isso mesmo. Ela tinha tomado uma decisão. A resistência que queria exibir para Dolly se voltou contra Nick. Sentia-se idiota e desajeitada, e inexplicavelmente assustada, sentada na semiescuridão. Lágrimas surgiram em seus olhos. Ele devia ter sentido a infelicidade dela. Chegou mais perto e beijou seu cabelo.

"Eu te amo", disse ele.

Ela o abraçou.

Eles se beijaram tranquilamente por alguns minutos, até ficar óbvio que as cadeiras seriam incômodas demais para eles seguirem adiante, e o momento de continuar ou parar tinha chegado. Ao ouvir as risadas baixas enquanto passava pela sala de jantar já escura que dava para o terraço, Ethelyn Blood sorriu. Ela virou em direção aos quartos para dar uma olhada nos pequenos. Depois disso, pensou ela, poderia dispensar a si mesma e se recolher.

"Vamos para o ateliê", sussurrou Nick, tornando desnecessária a discrição da empregada.

PEQUENAS REALIDADES

TABITHA KING

15

"Lucy evitou chegar perto de você", disse Dolly.

"Não reparei."

"Não banque o inocente. O que você fez, beliscou a bunda dela, apertou um peitinho?"

Roger ficou vermelho.

"Você é impossível", repreendeu ela. "Vou ter que puni-lo."

Roger não queria ser punido. Sua cabeça estava doendo, o estômago lamentava ter pulado o jantar, e seus pés ardiam e coçavam sem parar. Já era punição suficiente, e autoinfligida, pensou ele.

"Só me deixe amarrar você", suplicou ela.

"Ahh", gemeu ele. "Não sei."

Ela fez beicinho e bateu com os punhos nas costas dele. "Droga, você não foi nada divertido hoje."

"Ai", protestou ele.

"Você não me quer mais", gemeu, e lágrimas escorreram por baixo dos cílios prateados. "Você quer Lucy."

Roger se sentiu péssimo. Ele nunca a tinha visto chorar. "Não, não", disse ele, ainda que fosse uma pequena mentira. Às vezes, as pequenas mentiras são bons lenços de papel. Claro que ele queria Lucy, teria que ser louco para não querer, mas ela não o queria.

"Igualzinho ao Nick", disse Dolly, fungando, "correndo atrás de garotinhas."

Não era o momento de lembrar a ela que ele não era como Nick Weiler, que só tinha trinta e seis anos, e que Lucy não era mais uma garotinha. Seria um alívio para o orgulho ferido se ela se achasse em uma guerra perdida com uma mulher que tinha acabado de fazer trinta anos?

Ele a abraçou porque não havia mais nada a fazer, e ela se moveu sutilmente contra ele, excitando-o quase antes de ele perceber o que ela estava fazendo. Deitar e relaxar pareceu aplicável.

Eles não deviam fazer barulho, e ela o amordaçou com uma calcinha depois de tê-lo amarrado à cama de metal convenientemente antiquada com uma variedade de lenços e meias-calças.

Foi bem demorado. As amarras pareceram desnecessariamente apertadas, e lutar contra elas no clímax só as apertou ainda mais. No final, desmaiou.

Ele flutuou por um ar denso e quente até a consciência, em uma escura teia de pânico. Ao lutar, apertou as amarras nos pulsos e tornozelos até a dor destruir sua raiva. Não havia nada a fazer além de ficar deitado o mais imóvel possível. Molhado de suor e nu, sentiu frio, e o tremor involuntário trouxe de volta a dor das amarras.

Depois de um tempo, sua visão se ajustou à escuridão; ele identificou Dolly, enrolada nos cobertores tirados da cama, dormindo tranquilamente em um sofá perto da janela. A mordaça na boca, que absorvia a saliva e ameaçava constantemente engasgá-lo, o manteve em silêncio.

Por toda a noite ele cochilou e despertou, sempre trazido de volta à semiconsciência pelo aperto repentino das amarras quando seu corpo relaxava. A luz do dia estava demorando a chegar.

Ele voltou a si com os sons do banho dela no banheiro adjacente ao quarto. Era mais fácil enumerar as partes do corpo que não estavam doendo, latejando, ardendo e coçando, do que listar os danos. Seu pênis, tão maltratado na noite anterior que ele achou que jamais voltaria a funcionar, atestou seus poderes de recuperação ao se erguer, orgulhoso. E esse foi o maior desconforto de todos, porque não queria prazer, mas sim urinar por dez minutos.

Dolly saiu do chuveiro cantarolando, riu quando viu o órgão intumescente espiando-a com o olho cego, e deu uma batidinha nele ao passar com a toalha molhada. Ignorando a dor de Roger, ela passou creme no corpo de maneira detalhada. Colocou sutiã e calcinha, depois uma blusa branca de seda, uma calça cinza de linho e uma echarpe malva.

Sentou-se à penteadeira e pintou os olhos em tons de malva e vinho, e os lábios com um batom vinho. Os cachos platinados foram rapidamente penteados, o perfume *Cristal*le foi borrifado generosamente, e o paletó combinando com a calça foi vestido.

Ela jogou suas coisas na bolsa de viagem e sorriu docemente para Roger.

"Sentindo-se meio mal, querido?", perguntou ela. "Doença de pé e boca, eu acho. Escute, me conte a verdade e eu o desamarro. Você contou para Lucy?"

A cabeça de Roger balançou freneticamente. *Sim.*

Dolly franziu a testa. "Mau menino. Você mereceu a punição. Isso foi uma burrice muito grande. Infelizmente, vou ter que tirar seu brinquedo. Você não é muito responsável, é?"

O corpo todo de Roger se ergueu de uma só vez contra as amarras, fazendo com que a cama de metal se erguesse um centímetro do chão. Acomodou-se na mesma hora com um baque pesado.

Dolly, balançando o miniaturizador dentro do estojo na frente da cara dele, riu de novo. "Tsc, tsc. Que mau humor."

Ela calçou os sapatos. "Como você não está se sentindo bem, acho melhor você ficar aqui mais um pouco, até se recuperar. Não se preocupe, o velho filho da mãe não é tão desalmado a ponto de jogar uma pobre alma acamada como você na praia."

O ruído distante das hélices do helicóptero pontuou a despedida dela. Depois de jogar um beijo para Roger, saiu pela porta, carregando a bolsa de viagem e o estojo que guardava o miniaturizador. Roger lutou novamente contra as amarras, erguendo a cama do chão mais uma vez. Mas os sons das batidas foram disfarçados pela aproximação do helicóptero.

Dolly bateu na porta do quarto onde Lucy e as crianças estavam dormindo. Ao abri-la, encontrou as crianças despertando, tendo sido acordadas pelo barulho do helicóptero, e a cama de Lucy intocada.

"Garota levada, essa Lucy", sussurrou e se inclinou para abraçar as crianças. "Vovó tem que ir agora. É o helicóptero que está chegando."

Meio adormecidos, eles esfregaram os olhos, bocejaram e se encostaram nela.

"Quero tirar fotos de vocês, tá?"

Isso foi fácil. Encolhidos juntos na cama de Laurie como crianças perdidas dormindo na floresta, os irmãos esperaram pacientemente que a avó tirasse suas fotos, assim como o tinham feito em dezenas de outras ocasiões. Ela estava tendo um pouco de dificuldade com a câmera engraçada, mas talvez fosse por ser nova.

"Droga", disse ela uma vez, e isso fez Laurie e Zach darem risadinhas, por ouvirem a avó falando desse jeito. "Pronto", disse ela finalmente, e o flash disparou em um brilho forte e ofuscante.

Os passos barulhentos do gigante invadiram o sono sem sonhos de Lucy. Ela soube o que era desta vez e se sentou. Ao descer da cama, onde Nick estava começando a acordar, ainda tentando se agarrar ao sono apesar do barulho, ela pegou um roupão e saiu.

Dolly estava no corredor, pegando a mala do lado de fora da porta do quarto onde seus filhos haviam dormido.

Um sorriso se abriu, sobrepondo a concentração intensa na expressão dela.

"Lucy, querida", disse ela, segurando a mão de Lucy e a apertando. "Acabei de beijar os pequenos. Eles ainda estão dormindo. Espero que o barulho do helicóptero não os acorde."

Lucy passou o olhar ao redor do corredor à procura de Roger.

Dolly respondeu à pergunta que ela não fez. "Ele já foi para o helicóptero. Escute, é melhor eu ir. Se cuide, minha querida. Mande lembranças a Nick."

Lucy ficou parada por um minuto, olhando a ex-sogra desaparecer pela porta da cozinha. Estava meio frio, mesmo com o roupão que ela estava usando, e se viu tremendo. Abraçando o próprio corpo, voltou para o quarto de Nick, tentando entender a criatura volúvel que era a mãe do seu falecido marido. Ela descobriu, assim que se casou com ele, que tinha se casado com mais do que um piloto desengonçado e jovem; por alguma magia maligna, ela também tinha recebido a mãe dele como parte da barganha. Ali estava ela, na casa do pai de Nick, se preparando para tudo aquilo de novo. Pelo menos o sujeito era visto como sendo o tipo de pai distante; ela podia ter esperanças de que aquele casamento não seria um triângulo desde o começo. Exceto por Nick, que estava levando os filhos dela no pacote.

Nick estava desperto o suficiente para tê-la encolhida junto dele e sussurrando vários pensamentos interessantes em seu ouvido. Ela quase podia ouvir as próprias risadas enquanto o helicóptero girava as hélices no ar ao partir da ilha. Mas demorou alguns minutos para que a última batida fantasmagórica sumisse e outras batidas curiosas fossem ouvidas.

Na terceira batida, Nick parou de beijá-la e se levantou.

"Pelo amor de Deus, o que é isso?"

Outra batida cansada. No corredor. Vinda do quarto de Dolly.

Nick abriu a porta e viu Roger Tinker amarrado à cama como um frango pronto para ser desossado. Parado e boquiaberto, ficou perplexo demais para falar. Lucy veio correndo atrás dele, espiou pela porta e recuou rapidamente, o rosto ficando vermelho.

As batidas misteriosas atraíram Ethelyn Blood, vestida, mas ainda de chinelos e rolinhos no cabelo.

"É o sr. Tinker", disse Lucy, "todo amarrado."

Ela deu um tapinha no braço de Lucy e enfiou a cabeça no quarto onde Nick brigava com os nós das amarras de Roger. Ofegou, deu meia-volta e passou correndo por Lucy na direção da cozinha, murmurando "Meu Jesus do céu". Entrou pela porta da cozinha e voltou em segundos, passando com uma faca de aparência sinistra na mesma hora em que Sartoris, de roupa de dormir, abriu a porta do quarto e olhou, piscando os olhos vermelhos, para a empregada aparentemente maluca.

A faca cortou os lenços de seda e as meias de náilon com um som seco feito o de asas enormes, e Lucy ouviu Roger gritar de dor. Ela fez uma careta contra a parede e escondeu os olhos para que não visse Sartoris andando em sua direção. As mãos enormes do pintor pousaram com força em seus ombros, e ela se virou para ele, percebendo pela primeira vez que ele a olhava de frente e com o rosto descoberto. Não era feio, era bonito de um jeito angelical, inegavelmente pai de Nick — e com o rosto que Nick teria um dia.

Atordoada, ela esticou a mão para tocar nele, para sentir a realidade da pele aveludada e envelhecida. O som de choro a trouxe de volta para a desgraça no quarto. Ethelyn Blood, a faca infalível na mão, saiu e fechou a porta.

"Não deixe as crianças se aproximarem", disse para Lucy. E então, falando com o Sartoris: "Joguinhos pervertidos, esses, mas pelo menos a bruxa já foi embora da ilha. Eu a vi subindo no helicóptero pela janela do meu quarto".

Lucy, lembrando-se das crianças, enfiou a cabeça no quarto delas, pensando que se elas estivessem dormindo durante o pouso e a decolagem do helicóptero, com sorte talvez não tivessem percebido os acontecimentos sórdidos no corredor. A cortina estava fechada e o quarto era uma confusão de sombras, mas estava silencioso demais, ela percebeu assim que entrou. As caminhas estavam vazias, ainda bagunçadas do sono, mas já não estavam quentes quando ela botou as mãos nos lençóis. Não havia pijamas tirados às pressas; as roupas do novo dia, separadas na noite anterior, ainda estavam dobradas na cômoda. Junto à porta, as sandálias ainda estavam intocadas.

Onde eles estavam? Mecanicamente, ela voltou para o corredor. A empregada, segurando o braço de Sartoris e guiando-o de volta para o quarto, olhou para ela, a pergunta no rosto: *Ainda estão dormindo?* E seu rosto se fechou na mesma hora com uma nova preocupação assim que ela leu a impotência nos olhos de Lucy.

"Elas não estão aqui", disse, mas sua voz soou tão baixa e engasgada que Ethelyn Blood soltou o pintor e voltou correndo para ela.

Ele se virou para as duas.

"O quê?", perguntou Ethelyn, mas não esperou resposta. Passou por Lucy e foi olhar o quarto das crianças.

"Devem estar na cozinha, ou brincando", disse ela, claramente intrigada, parada diante da porta. "Você não as ouviu?"

Lucy fez que não.

As duas mulheres entraram em ação juntas, tão rápido que Sartoris se encolheu contra a parede para sair do caminho. Suspirando, ele voltou para o quarto e começou a se vestir.

Dividindo a casa entre as duas, Lucy e a empregada reviraram cada aposento, armário e esconderijo em dez minutos. Depois, juntas, correram até o ateliê, agora gritando com ansiedade os nomes das crianças. E andaram, meio sem fôlego, pela praia perto da casa e não encontraram, para o alívio das duas, nenhuma pegada pequenina indo na direção da água.

Quando voltaram para casa, foram recebidas por Nick Weiler, que tinha conseguido vestir uma calça no meio da confusão toda.

"Encontraram as crianças?"

As mulheres não precisaram responder, só olharam para ele.

Ele segurou Ethelyn Blood pelo ombro. "Meu pai disse que você viu Dolly ir embora. Ela estava sozinha?"

A sra. Blood assentiu. "Estava."

Nick encarou os olhos amedrontados de Lucy com relutância. "Tinker disse que ela levou o dispositivo dele."

Lucy gemeu. A empregada passou um braço comprido pelos ombros dela e a apertou de forma reconfortante.

"O que é isso?", perguntou ela.

"Tinker", disse Nick, "disse para Lucy ontem que tem um dispositivo que ele e Dolly usaram para encolher coisas e pessoas. Ele a avisou para deixar as crianças longe de Dolly."

A sra. Blood arregalou os olhos. "Eu nunca ouvi falar de uma coisa assim", ofegou ela.

"Ele me avisou", disse Lucy com voz fraca.

"O que é isso?", disse Sartoris atrás deles. "Mais coisas diabólicas? Onde estão os pequenos? Por que vocês não os encontraram?"

Nick explicou para ele.

O pintor, agora usando o seu velho chapéu Panamá, sentado no muro de pedra do terraço, ouviu pacientemente e disse: "Parece loucura. Quero falar com esse Tinker. Enquanto isso, liguem para a Guarda Costeira, ou para o aeroporto, ou para alguém que possa descobrir se aquela mulher está com as crianças".

"Eu ligo", disse Lucy, e correu para o telefone.

"Ela está bem?", Sartoris perguntou a Nick.

"Ela tem que fazer alguma coisa", disse Ethelyn Blood, "vai fazer bem para ela. Ela vai ficar bem. Vou preparar o café da manhã. Parece que vamos precisar."

Sartoris e Nick encontraram Roger Tinker sentado em uma cadeira no quarto que dividiu com Dolly. Ele tinha vestido uma calça e uma camisa, mas a camisa estava do avesso e abotoada do jeito errado. Com uma careta a cada movimento, ele estava calçando meias nos pés inchados e com bolhas. Olhou para os dois com os olhos embotados de desinteresse, e voltou a atenção para as meias.

"Prove", disse o pintor calmamente.

Roger olhou para ele de novo. "Vocês encontraram as crianças?", perguntou com a voz trêmula.

Sartoris olhou para Nick. "Não. Ainda não."

"Estão com ela. E, se vocês forem verificar, vai parecer que ela está viajando sozinha."

A frustração de Nick explodiu. "Seu filho da puta."

"É", concordou Roger. "Seus peitinhos são lindos, Weiler, mas é melhor você se vestir também. Vamos ter que pegar aquela vaca maluca antes que ela encolha Nova York ou algo do tipo."

Sartoris chiou em um protesto zangado, mas tarde demais; seu filho, com uma doçura racional, segurava Roger Tinker pelo pescoço e estava tentando estrangulá-lo. Foi Lucy quem salvou Roger, e isso custou o nariz de Nick, quando ela abriu a porta do quarto para anunciar "Eu liguei..." distraindo Nick por tempo suficiente para Roger largar o punho na cara dele. O som do nariz quebrando interrompeu a mensagem de Lucy. Nick soltou Roger, que caiu na cadeira, ofegante. Sem palavras, Nick também recuou e levou as mãos lentamente ao nariz.

Lucy prendeu a respiração; Nick se virou para ela, abriu a boca, e o sangue jorrou pelo nariz, nas mãos dele. Ela gemeu; logo atrás, ouviu Sartoris segurar uma risada.

"Ethelyn!", gritou o pintor.

A empregada apareceu correndo, avaliou a situação em um olhar e sumiu. Voltou desta vez não com uma faca, mas com uma bolsa de gelo.

Lucy tinha empurrado Nick para a cama e o fez inclinar a cabeça para trás, nos travesseiros. Ele fez uma careta quando ela colocou o gelo, mas cedeu à contemplação da dor.

"Chega dessa tolice", disse Sartoris. "O que você descobriu, Lucy?"

"Eu liguei para o aeroporto de Bar Harbor", disse Lucy. Ela olhou para o homem idoso. "O helicóptero ainda estava no ar, mas já próximo. Mandaram uma mensagem de rádio. Havia uma passageira adulta a bordo."

"Então...?", disse o pintor.

"Então eu falei a verdade", retorquiu Roger. Ele estava enfiando os pés nos sapatos. "É melhor vocês chamarem outro helicóptero."

"Vou fazer isso", disse Ethelyn Blood.

"Nós não devíamos procurar na ilha?"

Roger fez um ruído debochado pela pergunta de Lucy.

Lucy, tomada por um desejo repentino de estrangular o ex-amigo de Dolly, apertou a bolsa de gelo e se aproximou mais de Nick.

"Ai", disse ele.

"Perda de tempo", disse Sartoris. "Vamos deixar a sra. Blood aqui e ir atrás de Dolly. Se as crianças estiverem brincando de pega-pega no meio dos arbustos, ela vai estar aqui quando se cansarem. Mas acho que você precisa encarar a ideia de que esse sujeito não está mentindo, Lucy. Ele pode ser maluco, mas não está mentindo."

Roger tentou parecer virtuoso, mas não adiantou de nada. Lucy não suportava olhar para ele. De repente, estava chorando, e Nick tentou abraçá-la enquanto segurava a bolsa de gelo no nariz.

Eles ficaram presos nas entranhas da logística.

"Não tem como um avião pequeno pousar aqui?", perguntou Roger.

Sartoris balançou a cabeça. "Primeiro nós vínhamos de barco e, depois da guerra, de helicóptero."

"O barco mais rápido disponível vai levar uma hora para chegar ao continente com o mar agitado que temos hoje", disse a sra. Blood, "e depois tem uns quinze minutos até o aeroporto, e meia hora até o aeroporto grande de Bangor."

"Ela pode ainda estar lá", observou Lucy. "Não vejo como poderia ter chegado a tempo para aquele voo das sete e quinze."

"Ela não precisaria", disse Roger. "Pode ter alugado um avião particular ou um carro, tanto em Bar Harbor quanto em Bangor."

"Ou Portland, ela pode ter ido de Bar Harbor para Portland de avião fretado ou helicóptero. O voo das 7h15 que sai de Bangor para em Portland, não para? Ela pode tê-lo pegado lá."

"Ou um jatinho particular, um avião regional, um ônibus, um carro e, depois de sair do Maine, até um trem", observou Sartoris. "Por que tentar pegá-la no trajeto?"

Roger concordou. "Melhor ir direto a ela. Nós sabemos para onde está indo, certo?"

"Então o que temos que fazer", disse Lucy, concluindo o pensamento, "é ir para Nova York."

"Sra. Blood", disse Sartoris, "veja se consegue nos colocar no voo de 12h53 de Bangor. Vamos chegar lá, de barco se precisarmos, ou de helicóptero se pudermos. Veja se tem um helicóptero em Bangor que possa vir nos buscar."

Havia, e, conforme o helicóptero decolava, Lucy viu a ilha encolher e desaparecer no mar, dividida entre dois pensamentos. Um deles, o menor, insistia que nada daquilo era verdade, ou sensato, ou possível; mas foi encolhendo e desapareceu como a ilha de Sartoris perante o pensamento dominante, um mar de dor e confusão contra o qual ela só podia lutar eternamente para não se afogar.

Os quatro — Sartoris, Nick Weiler, Roger Tinker, Lucy Douglas — ocuparam o helicóptero, os assentos das salas de espera do aeroporto de Bangor, o jato Delta no chão e no ar, falando uns com os outros só quando necessário, carregando seus segredos como um pedaço de vidro polido ou uma pedra no bolso, aparentemente iguais a todos os outros viajantes. O avião, voando alto, mostrou a eles o mundo além da ilha mais uma vez, e os levou ao chão em LaGuardia no começo da tarde.

Até onde Lucy podia ver, estava tudo igual ao que sempre tinha sido. Só que ela não sabia onde seus filhos estavam, nem como estavam, e se via seguindo a palavra de um maluco para chegar a essas informações. E se ele não fosse maluco, ela talvez estivesse procurando respostas que não queria ouvir.

O pintor e o filho, ambos escondendo o rosto embaixo de chapéus de aba larga, pareciam sentir a mesma coisa; eles assumiram posições instintivamente protetoras, cada um de um lado dela e segurando uma de suas mãos no trajeto de táxi até a cidade. Roger, no assento individual do táxi, não tinha escolha a não ser olhar para eles, a menos que quisesse virar o corpo para olhar o trânsito, mas, ainda assim, parecia reparar nos demais somente de vez em quando.

Ele rompeu o silêncio, falando sozinho. "Eu não devia ter feito uma coisa assim tão fácil."

"Não", disse Sartoris, "não devia. Por que fez?"

O rosto de Roger se fechou. "Tinha que ser fácil. Para ser rápido. Infalível. Nunca havia tempo para tomar cuidado."

"Como uma câmera instantânea, que qualquer um pudesse usar?", questionou o pintor.

Roger retorceu as mãos com nervosismo. "Sim. Qualquer um podia usar."

Sartoris suspirou.

Roger, conhecido dos seguranças, teve permissão para entrar no arranha-céu de Dolly e, com a chave que ela não se lembrou de tirar dele, adentrou o apartamento.

A empregada, Ruta, apareceu ao ouvir o ruído da porta, ofegou e levou a mão à boca.

"Está tudo bem, Ruta", disse Roger, supondo que Dolly tivesse dito que o sr. Tinker não voltaria, e que sua reaparição repentina evocasse visões de crimes passionais na cabeça da empregada, "eu vim buscar umas coisas minhas. É uma visita de amigos; eu trouxe alguns velhos conhecidos de Dolly. Você conhece a sra. Douglas, o sr. Weiler, e este é Leighton Sartoris, o pintor."

Ruta assentiu. A nora da srta. Dorothy, um dos antigos namorados dela e um pintor famoso que já tinha até aparecido na *vip*. Talvez nada de ruim fosse acontecer. Talvez os velhos amigos estivessem tentando suavizar o rompimento, não que ela fosse se importar muito caso a srta. Dorothy se desvinculasse e se livrasse daquele homem estranho.

"Ela está no quarto das casas de bonecas?", perguntou Roger.

"Sim", confirmou a empregada.

"Não se incomode conosco. Só vamos entrar lá rapidinho."

Em silêncio, eles se aproximaram do quarto das casas de bonecas. O som de Dolly cantarolando chegava a eles em intervalos esporádicos pela porta. Roger tentou a maçaneta, que se moveu apenas um pouco. Ele lançou um olhar rápido aos outros. Pela primeira vez, Lucy viu o que Dolly devia ter visto nele. Não houve tempo para pensar, pois Roger estava enfiando uma chave na fechadura e girando-a sorrateiramente. Todos prenderam a respiração.

Ele abriu a porta.

Dolly, inclinando-se sobre a Casa de Biscoito de Gengibre, olhou para eles e sorriu.

"Oi", cantarolou ela com alegria. "Eu estava esperando vocês."

Ela se adiantou e esticou os braços como se fosse abraçar a nora. Lucy deu um pulo para trás e foi amparada por Nick, com os braços em volta dela de forma protetora. Dolly desistiu no meio do gesto e se resignou a unir as mãos. Ela inclinou a cabeça para os visitantes.

"É uma gentileza vocês todos virem. E já que Lucy finalmente está aqui, quero que ela olhe a Casa Branca de Bonecas."

Ela chegou para o lado, esticou a mão para beliscar a bochecha de Roger e riu. "Preguei uma boa peça em você, não foi, fofinho?"

Roger já tinha observado o quarto, sabia tudo o que ela sabia e onde o miniaturizador estava. Mas primeiro ele tinha que chegar até lá, e torcer para distraí-la. Talvez mostrar a Lucy a casa de bonecas danificada fosse ajudar.

Lucy, com a boca seca e suando, estava com vontade de gritar. *Onde estão os meus filhos?* Mas o braço de Nick a segurou, até a respiração dele parecia lhe pedir calma se ela quisesse arrancar a resposta de Dolly. Não estava se importando nem um pouco com a casa de bonecas naquele momento, mas parecia que teria que entrar no jogo. Dolly estava no controle da situação.

Nick a soltou. Ela andou com os membros rígidos na direção da casa de bonecas, de repente com medo de a resposta ser a casa de bonecas enorme e destruída. Ao andar lentamente ao redor, ela viu que tinha ganhado uma base nova, grande o bastante para sustentar um modelo do jardim. Curiosa, tocou na grama, e um choque elétrico percorreu seu corpo quando ela se deu conta de que era real. Um carrossel tinha sido colocado no jardim; seus dedos percorreram a decoração elaborada e pararam. Agora ela via e também sentia o cheiro dos estragos feitos pelo fogo e pela água.

Eram óbvios, mas também não eram graves, consistindo, em sua maioria, de partes chamuscadas e manchas de fumaça. Ela passou os dedos por uma mancha. O fogo tinha começado em um quarto e sugou o oxigênio, como em qualquer incêndio doméstico, pelas janelas. Como em qualquer incêndio, de fato. Ao remover a parede, ela olhou para o quarto onde o fogo tinha se originado. Ali, o cheiro estava horrível. Ela passou os dedos pelas cortinas e reparou na mesma hora nos pequenos cortes no tecido, os rasgos na altura dos trilhos, que estavam inclinados como se alguém tivesse feito força para baixo.

Ela removeu outra parede e ficou olhando para a Sala Azul. Uma mancha como uma poça enferrujada sujava o tapete como a sombra de uma nuvem em um dia de sol. Com um dedo, ela a espalhou no chão fazendo uma linha, como uma veia logo abaixo da superfície da pele. Quando levantou a mão, estava tremendo.

Os outros estavam observando, Dolly com olhos brilhantes e curiosos, Nick e Sartoris com ansiedade, Roger com admiração, impressionado com a maneira como ela havia passado facilmente ao modo profissional. E então ele viu tudo desmoronar.

Ela olhou para eles, pálida, começando a tremer. Nick Weiler se aproximou para segurá-la.

"Acho que ela vai desmaiar", observou Roger.

A agitação não foi tão satisfatória quanto ele esperava, pois só o pintor e Weiler pareceram preocupados. Dolly, fria, distante e achando graça, ficou olhando com avidez, mas não fez nada para ajudar. Mas Roger estava decidido; aquele era seu momento, sua chance de botar o dedo no Botão de novo.

Ele pulou na direção da Casa de Vidro, onde o miniaturizador, parecendo uma escultura de vidro abstrata e curiosa, com dobras coloridas, estava camuflado nos ângulos da terceira casa de bonecas.

Ela se antecipou ao homem, esticando o pé com um sapato elegante para fazê-lo tropeçar. Ele caiu com todo o seu peso para frente, gritando "Não!", e se chocou contra a casa de bonecas. Enquanto todos, menos Dolly, olhavam horrorizados, a estrutura de vidro pareceu explodir ao redor dele. O quarto foi tomado de pedaços de vidro de todos os tamanhos, de pedras do tamanho de granizo, cacos e lascas, a pó de vidro. As mãos de Roger, cobertas de vermelho, tentaram pegar o dispositivo, que tinha voado para longe. Mas Dolly o pegou, enfrentando a tempestade de vidro e a movimentação dele.

Ela deu um passo para trás, mirou o dispositivo, e a coisa disparou na mesma hora. Todos sentiram uma repentina rajada mortal empurrando-os de lado em um banho de luz vermelha. Lucy e Nick protegeram os olhos instintivamente. Só Sartoris ficou olhando enquanto Roger, pintado com o próprio sangue por dezenas de cortes superficiais de vidro, levantava as mãos em um gesto inútil de proteção. Ele pareceu se contorcer para longe, como um pedaço de papel pegando fogo. O encolhimento foi tão incrivelmente rápido que era quase imperceptível aos olhos. Em um momento, Roger se contorcia em meio aos cacos de vidro; no momento seguinte, estava encolhido como um camarão gigante em cima de um losango de quinze centímetros que tinha sido parte do telhado da casa de bonecas.

Sartoris sentiu o coração dar um pulo, e travou uma batalha silenciosa e titânica consigo mesmo, ordenando que o músculo se erguesse uma vez mais, e de novo, e de novo. Ele inspirou lufadas do ar repentinamente frio e gelou os próprios ossos.

Dolly, os olhos cintilando feito pedaços de vidro à luz do dia, se virou como uma bailarina em uma caixinha de música, uma das mãos tão reta quanto o ponteiro de um relógio, apontando o dispositivo para Sartoris, Nick e Lucy, um de cada vez. Mas parou.

"Duas casas de boneca se foram", anunciou ela. "Mas você pode consertar a Casa Branca de Bonecas para mim, não pode?"

Lucy ficou olhando para ela, tremendo.

"Pelo menos", murmurou Dolly, "esta aqui ainda está perfeita." Ela dançou delicadamente nas pontas dos pés, a alguns passos da Casa de Biscoito de Gengibre.

Pela primeira vez, todos olharam para a casa. Ao lado, na mesa que a sustentava, as figuras de gesso de João e Maria tinham sido descartadas. Lá dentro, um garotinho estava encolhido na gaiola, e uma garotinha, com uma fina corrente no tornozelo, dormia sobre o tapete da lareira, abandonada, ao que parecia, por pais desalmados no cativeiro da bruxa cruel. E a luz capturava as lágrimas nas bochechas do garoto.

A dor cresceu no peito do pintor. Ele sentiu seu coração inchado e maltratado.

Dolly, fascinada com a própria bruxaria, encantada com as crianças, baixou a guarda.

Com um rosnado feroz, Lucy se lançou da periferia da visão de Dolly e a derrubou, como um jogador de futebol americano, pelos joelhos. Ao perder o equilíbrio, Dolly apertou o miniaturizador, mas não conseguiu impedir o braço de tentar instintivamente se equilibrar, e o esticou para cima. Sua mão bateu com força na madeira e maltratou os nervos sensíveis da pele fina das costas da mão. Com um grito de dor, ela soltou o dispositivo, que caiu no chão e foi pego por Nick Weiler.

Dolly se emaranhou com Lucy no chão e segurou um punhado do cabelo dela enquanto tentava se apoiar. Ao perceber o que tinha nas mãos, puxou com todas as suas forças. Lucy gritou; suas unhas foram direto para o rosto de Dolly.

Sartoris se afastou cuidadosamente delas. Não podia interferir; seu coração atribulado precisava descansar. Ele sentiu dor só de olhar para as duas, lutando com uma paixão tão íntegra e total. Fechar os olhos tornava tudo pior; ele ainda conseguia ouvir. Lentamente, foi na direção da Casa de Biscoito de Gengibre, pensando que, se pudesse, protegeria as crianças.

Com o nariz inchado e doendo, Nick olhou para o dispositivo na mão com torpor. Fosse como fosse, não sabia usá-lo. Ele o segurou com desprazer entre o polegar e o indicador, sentindo que era um aparelho profundamente maligno. Ficou com receio de se colocar entre as duas mulheres, que estavam usando os dentes, as unhas e os cotovelos uma na outra com entrega selvagem. Se assustou com tamanha violência feminina descontrolada.

Elas eram quase iguais na luta. Quando começaram a se cansar, tiveram que repensar seus atos. A selvageria ficou mais lenta e mais intensa. Lucy, mais forte, empurrou Dolly contra a parede das janelas do aposento. Estava determinada a bater com o crânio de Dolly no vidro, e buscou apoio embaixo do queixo da sogra. Dolly, enlouquecida de desespero, procurou o pescoço de Lucy com os dedos pequenos de pontas prateadas. O equilíbrio mudou abruptamente; Lucy começou a murchar com a interrupção do oxigênio. Os olhos de Dolly saltavam pelo esforço.

Libertando-se do transe, Nick Weiler deixou o miniaturizador no terreno da reprodução da Casa Branca e foi na direção das mulheres. Lucy fez um último e violento esforço. Em um espasmo de força que pareceu descer da cabeça aos pés, ela segurou Dolly e a jogou contra a janela. A vidraça rachou, e um grande pedaço de vidro se desprendeu e caiu. Sangue jorrava do nariz de Dolly, e ela caiu inerte em cima de Lucy.

O peso morto da mulher mais velha empurrou Lucy, à beira da exaustão, para trás. Ela começou a reagir. Leighton Sartoris se encolheu. Sem alternativa, Nick gritou: "Pare!".

Lucy empurrou Dolly com toda a força, jogando-a longe. O corpo inerte pareceu voar para trás na direção da janela, onde encontrou a vidraça. O vidro tremeu e cedeu. Ela caiu.

Lucy se virou e desabou nos braços de Nick Weiler. Foi Sartoris quem olhou e testemunhou pela janela quebrada o corpo de Dolly caindo como uma boneca de pano, virando em câmera lenta. Foi ficando cada vez menor, até se tornar uma figura escura e sem face despencando abaixo dele. Não houve som nem grito. Bateu no chão e se desintegrou. Sartoris fechou os olhos brevemente. E se virou na direção dos vivos.

Apesar da presença de Leighton Sartoris e de pelo menos três outras testemunhas, inclusive a empregada, Ruta Lansky, a antiga nora, Lucy Douglas, e Nicholas Weiler, diretor do Instituto Dalton, os fatos em torno morte de Dorothy Hardesty Douglas permanecem curiosamente obscuros. Um relato superficial liberado pela polícia sugere que a filha do ex-presidente estava deprimida e apresentava tendências suicidas, uma consequência da aparente morte por afogamento dos dois netos. Lucy Douglas, mãe das crianças desaparecidas, estava com vários cortes e hematomas, e Weiler teve o nariz quebrado em uma tentativa malsucedida de segurar Douglas.

O dia da morte de Dolly começou em uma ilha perto da costa do Maine, onde Sartoris vive uma existência eremita há várias décadas. Dorothy Hardesty Douglas, a viúva de seu filho, Lucy Douglas, os filhos de Lucy, Laurie, de sete anos, e Zachary, de quatro anos, Roger Tinker, um amigo da família, e Nicholas Weiler, filho de Sartoris, faziam uma visita à ilha depois do aparente sequestro e possível assassinato de lady Maggie Weiler, mãe de Weiler e antiga amante de

Sartoris. Naquela manhã, Dolly Douglas deixou a ilha sozinha. Uma ligação para o aeroporto de Bar Harbor, feita por Lucy Douglas e perguntando se Dolly Douglas era a única passageira do helicóptero, sugere que quando as crianças foram dadas como desaparecidas, Lucy Douglas teria desconfiado que a ex-sogra as tivesse levado consigo. O fato de Sartoris, Lucy Douglas e Weiler terem seguido Dolly até Manhattan sustenta a ideia.

Pontas soltas: Por que a busca em água e ar das crianças desaparecidas só começou depois da morte de Dolly? E qual é o paradeiro do amante mais recente de Dolly, Tinker, que pode ou não estar entre os desaparecidos? Um relato não confirmado de um barco desaparecido da casa de barcos de Sartoris forma a base de uma teoria: que Tinker, com o conhecimento de Dolly, e possivelmente a pedido dela, pode ter tentado sequestrar as crianças com a intenção de encontrar Dolly em um lugar secreto e pré-determinado, e que o sequestro terminou tragicamente nas notórias águas agitadas ao redor da ilha. Se a teoria tiver alguma base, a perda das crianças e do amante poderia ter sido a motivação para o suicídio da filha de Mike Hardesty, fora as possíveis acusações, que vão de sequestro a assassinato (homicídio decorrente da execução de um crime é automaticamente considerado assassinato em primeiro grau).

Mas parece improvável que toda a verdade algum dia seja conhecida.

22/08/1980
— viperpetrations, vip

Eles voltaram para a ilha. Como sempre, era impossível falar por cima do barulho do helicóptero enquanto eles voavam sobre o mar, mas ficaram de mãos dadas enquanto o pontinho escuro em meio àquele azul foi crescendo rápida e magicamente, até ser um lugar real de novo. E então eles viram o pintor e Ethelyn Blood esperando com o pônei e a charrete.

Lucy estava bem mais magra, reparou Sartoris, quando saiu do helicóptero. Ele a abraçou e beijou sua bochecha, que estava molhada. Ela tinha escondido os olhos por trás de óculos escuros, um ato de cortesia, para poupá-lo de sua dor. O homem olhou ansiosamente para o filho, que deu de ombros e levou as bolsas para a charrete.

Em poucos minutos, eles estavam no terraço em um silêncio confortável. O dia estava agradavelmente quente, mas com o calor fraco de um sol de outono. Ethelyn Blood serviu, com certa cerimônia, chá quente temperado com laranja. O aroma delicado se misturou ao aroma salgado do mar, gerando uma sensação intensa.

"Você contou a história toda para Lucy?", perguntou Sartoris, colocando a xícara na mesa.

"Não", respondeu Nick, esticando a mão para segurar a de Lucy.

Ela estava imóvel na cadeira, exceto pela mão que, convulsivamente, procurava a de Nick.

"Sinto muito", começou o homem. Ela virou os olhos protegidos na direção dele, mas ele não tinha certeza se ela o estava vendo. "Por tanta coisa horrível nos jornais e por você ter que ficar calada por tanto tempo." Lucy afastou o olhar na direção do mar. "Você acreditaria na verdade se não a tivesse visto?"

"Não", murmurou ela, com uma voz tão baixa que ele teve dificuldade para ouvi-la.

"Claro que não. Nicholas e eu achamos que haveria bastante tempo e espaço para usar e abusar do dispositivo", brincou Sartoris.

Ela deu uma risada áspera.

"Você estava em estado de choque", continuou. "Foi minha decisão manter as coisas o mais secretas possível. Tirei as crianças e Tinker do apartamento, como Nicholas contou, usando uma pequena caixa de joias de Dolly. Era pequena o suficiente para caber nos bolsos do meu paletó, e aparentemente ninguém pensou em revistar uma velharia como eu. Eu não tinha esperanças; achei que seria improvável que sobrevivessem. Pelo que Tinker contou, a coisa matou Maggie e a enfermeira; nós também não tínhamos certeza de que Dolly tinha usado o aparelho corretamente. Conseguimos convencer a polícia de que a morte de Dolly foi acidental, que ela atacou e você teve que reagir. Chamaram de suicídio para poupar o custo de uma ação legal contra você e qualquer investigação adicional. O fato de as crianças terem sumido pesou a seu favor, imagino. Mas havia um grande buraco na história, claro."

"A empregada", disse Lucy.

"Sim. Mulher tola", lamentou Sartoris. "Ela tinha visto Tinker. Felizmente, ela ficou histérica, e a polícia desconsiderou seu depoimento. Eu disse que tínhamos ido sem Tinker, que éramos só nós três. Ser famoso tem seus benefícios. Acontece que Tinker tem uma mãe, que escreveu várias cartas para a polícia. Uma figura bem patética, pelo que eu soube, mas a polícia a acha divertida."

Lucy deu um sorriso fraco.

"Como seu pai está lidando com isso?", perguntou o velho.

"Ele acha que meu cérebro finalmente virou aveia de tanto eu cheirar cola. Está confiando agradecidamente os meus cuidados a Nick, por acreditar que um homem bom e estável vai pelo menos tomar conta de mim."

"Mal sabe ele", murmurou Nick, "quem cuida de quem."

"Nós precisamos conversar mais sobre isso?", perguntou Lucy com uma voz baixa e arrasada.

Sartoris suspirou e deu um tapinha na mão dela. "Não muito mais. Vamos ao meu ateliê."

Ela se levantou e tirou os óculos do rosto. Ainda estava machucado, e havia sombras roxas debaixo dos olhos.

"Quero vê-los", sussurrou ela.

Uma música de carrossel, aguda e baixa e tão distante que podia estar vindo de outro mundo, chegou aos ouvidos deles antes de entrarem no ateliê.

A casa de bonecas, com boa parte do dano causado pelo fogo já consertado, estava em uma antiga caixa de areia que era agora o jardim mais maravilhoso que a casa já tivera. O carrossel, no meio de um labirinto de rosas, framboesas e girassóis, girava e girava, entoando a música metálica. As crianças montavam um cavalo enquanto brincavam de cavaleiros e rainhas. Seus filhos, que não a tinham visto.

Lucy deu um gritinho, mas Sartoris a fez se calar e a puxou um pouco para longe. "Temos outras coisas a acertar. O som das nossas vozes machuca os ouvidos deles. Você não perguntou, então não contei. Tinker também sobreviveu, apesar da grande perda de sangue. Ele tem uma oficina na casinha de bonecas e trabalha lá quase que o tempo todo. Está tentando encontrar um jeito de reverter o processo. Nós tivemos conversas. Ele me instruiu no uso e no conserto desse dispositivo e me contou tudo que sabia. Ele cuida bem das crianças, com a ajuda que Ethelyn e eu lhe damos."

As mãos de Lucy voaram até a boca. "Aquele monstro!"

Sartoris olhou para ela por um momento, como se estivesse memorizando suas feições. Em seguida, foi até a antiga escrivaninha e tirou o miniaturizador da gaveta na qual guardava o Wild Turkey.

"O processo é irreversível neste momento. Se alguém for capaz de revertê-lo um dia, vai ser aquele homenzinho. Sim, ele é uma espécie de monstro. Ele confessa que sabe bem pouco sobre os efeitos em longo prazo. É possível, diz ele, que ele tenha o tempo natural de vida de um rato ou de algum outro pequeno roedor."

Lucy olhou para ele com calma. "Por favor", pediu em voz baixa.

Nick esticou os braços para ela novamente, como se para segurá-la. Ela se deixou abraçar e beijar, e logo saiu dos braços dele. Nick cobriu os olhos.

Depois que Lucy foi miniaturizada e colocada em uma cama dentro da casa de bonecas, aos cuidados de Roger Tinker, os dois homens ficaram olhando o carrossel girar por um tempo.

Finalmente, o filho se virou para o pai. "Minha vez", disse ele, tentando ser brincalhão.

O pintor hesitou. "Nicholas, eu estou muito velho. Não sou o homem que era aos setenta e cinco anos. Duvido que eu ainda vá viver mais do que cinco anos. Todos os dias, sinto o quanto decaí, o quanto perdi. Quem vai cuidar de você? E deles?"

"Tem a Ethelyn. E o pai de Lucy. Ele vai acreditar quando vir."

Sartoris cedeu. Seria feito. Eles se abraçaram.

"Adeus", sussurrou Nick. "Eu te amo. Lembre-se que não vou muito longe. Vamos estar mais próximos do que estivemos em anos. E não se preocupe conosco. Nós sobreviveremos."

E sobreviveram.

Gostaria de agradecer a valiosa ajuda da minha irmã Catherine Graves e do marido dela, David; de Chris Lavin, funcionário do então senador Edmund Muskie; da minha irmã Stephanie Leonard; de Kirby Mc-Cauley e sua irmã, Kay McCauley; e do meu marido, Stephen King. O Instituto Dalton também tem minha gratidão eterna pela ajuda gentil de seus funcionários.

— TABITHA KING, 1981 —

TABITHA KING nasceu em Old Town, no Maine, em março de 1949. Estudou na St. Mary's Grammar, onde se formou, em 1963, e fez Faculdade de História na Universidade do Maine. *Pequenas Realidades*, primeiro de uma série de títulos que serão publicados no Brasil pela DarkSide® Books, foi lançado em 1981 e é uma de suas obras mais aclamadas. Autora prolífica nas décadas de 1980 e 1990, Tabitha King escreveu nove livros, duas peças de não ficção e também participou de duas antologias, *Shadows 4* e *The Best of the Best*. Personagens cheios de camadas, provocações mordazes, descrições vívidas e histórias que discorrem sobre a natureza humana, seja ela qual for, são sua marca registrada. Tabitha King atua em diversos conselhos e comitês no estado do Maine e é uma das responsáveis pela administração de duas fundações filantrópicas da família King.

DARKLOVE.

Diante da vida, tudo parece pequeno.
— TABITHA KING ESTÁ EM CASA —

DARKSIDEBOOKS.COM